Elle Casey

Falsche Frage, richtige Antwort

Montlake Romance

Das Buch

Toni wird bewundert als die starke, knallharte, durchtrainierte Frau im Team der Sicherheitsfirma Bourbon Street Boys. Tatsächlich ist sie jedoch sehr verwundbar und kann die Gefühle für ihren charmanten Freund und Kollegen Lucky nicht mehr unterdrücken.

Als sie sich vor zehn Jahren geküsst hatten, lief sie vor einer Beziehung davon, aus Angst, Unruhe in ihre Clique zu bringen. Stattdessen warf sie sich Hals über Kopf dem Rocker Charlie in die Arme, der sie jahrelang gequält hat – bis sie der Beziehung ein jähes Ende setzte.

Die Fehler der Vergangenheit lassen Toni nicht los, und ihr Leben gerät völlig aus den Fugen. Wird sie diesmal die richtige Antwort auf die wichtigsten Fragen des Lebens finden?

Die Autorin

Elle Casey, eine frühere Anwältin und Lehrerin, ist eine amerikanische Autorin, die mit ihrem Mann, drei Kindern und einer Reihe vierbeiniger Freunde in Südfrankreich lebt. Ihre Bücher erscheinen regelmäßig in den Bestsellerlisten der New York Times und von USA Today. Sie hat Titel aus mehreren Genres veröffentlicht und bringt im Schnitt einen Roman im Monat auf den Markt.

ELLE CASEY

Die Bourbon Street Boys

FALSCHE FRAGE
Richtige Antwort

Roman

Aus dem Amerikanischen
von Julia Becker

Montlake Romance

Die amerikanische Ausgabe erschien 2016 unter dem Titel »Wrong Question, Right Answer« bei Montlake Romance.

Deutsche Erstveröffentlichung bei
Montlake Romance, Amazon Media EU S.à r.l.
38, avenue John F. Kennedy, L-1855 Luxembourg
Juli 2019

Die Übersetzung dieses Buches wurde durch Amazon Crossing ermöglicht.

Umschlaggestaltung: semper smile, München, www.sempersmile.de
Originaldesign: Lisa Horton
Umschlagmotiv: © Russell Kord / Alamy Stock Photo; © Suzanne C. Grim / Shutterstock; © Polupoltinov / Shutterstock
Lektorat und Korrektorat: Verlag Lutz Garnies, Haar bei München, www.vlg.de
Gedruckt durch:
Amazon Distribution GmbH, Amazonstraße 1, 04347 Leipzig /
Canon Deutschland Business Services GmbH, Ferdinand-Jühlke-Straße 7, 99095 Erfurt /
CPI books GmbH, Birkstraße 10, 25917 Leck

ISBN 978-2-91980-814-4

www.montlake-romance.de

Kapitel 1

Ich bin die Erste im Pub. Ich bestelle einen Long Island Iced Tea und suche mir einen Platz am Rand der Theke, wo mich hoffentlich niemand behelligt. Dass ich nicht hier bin, um zu flirten, sollte potenziellen Kandidaten eigentlich sofort auffallen. Meine langen, dunklen, glatten Haare stecken in einem schlampig zusammengebundenen Dutt, der von einer Stahlnadel zusammengehalten wird, mit der ich bei Bedarf problemlos eine Lunge punktieren könnte. Ich trage enge Jeans, ein weißes Tanktop, darüber eine abgetragene Jeansjacke und klobige schwarze Stiefel mit Reißverschluss bis zum Knie. Ich bin zwar gerade nicht im Dienst, aber wenn nötig, kann ich Leuten auch zwischen zwei Cocktails gehörig den Arsch versohlen. Ich bin immer vorbereitet.

Meine Teamkollegen müssten eigentlich bald kommen, und wenn ich geahnt hätte, dass sie sich verspäten, wäre ich noch nicht reingegangen. Ich hasse es, allein in Bars zu sitzen. Ständig machen mich irgendwelche Typen an, und wenn ich ihnen einen Korb gebe, verletzt das ihr Ego und sie gehen mir auf die Nerven. Besser, ich reiße mich zusammen. Ich bin ziemlich leicht reizbar, aber wenigstens bin ich Frau genug, um es zuzugeben.

Die Tür geht auf, und ein bulliger Kerl betritt den Pub. Ich hebe den Kopf, weil ich zuerst annehme, es sei mein Boss, doch als mir klar wird, dass er es nicht ist, widme ich mich wieder meinem Drink. Ein Blick auf meine schwarze Suunto-Militäruhr – ein Geschenk des Teams – lässt mich die Stirn runzeln. Sie sind schon zehn Minuten zu spät. Arschlöcher! Als hätte ich nichts Besseres zu tun, als hier auf sie zu warten. Mit einem genervten Seufzen nehme ich einen weiteren tiefen Schluck und funkle über mein Cocktailglas hinweg die Tür an. Ich schwöre, ich höre, wie die Sekunden auf meiner inneren Uhr tickend vergehen.

Ich merke, dass jemand näher kommt, und schaue in die Richtung. Es ist ein Typ im Hemd mit gegeltem Haar, das so gestylt ist, als hätte er keine dreißig Minuten damit zugebracht, es genau so hinzukriegen. Er trägt eine teure Citizen-Armbanduhr, einen zu seinen Halbschuhen passenden Ledergürtel, ist glatt rasiert und hat keine sichtbaren Narben. Ich gebe mir alle Mühe, nicht höhnisch zu grinsen. Er ist so was von nicht mein Typ. Insgeheim nenne ich ihn Skip.

»Hey. Ich habe dich hier noch nie gesehen.« Skip deutet mit seiner Bierflasche auf mich und lächelt.

Mit diesen Zähnen könnte er Colgate-Werbung machen.

»Echt? Komisch, ich bin hier nämlich seit zehn Jahren Stammgast.« Ich nippe an meinem Cocktail und hoffe, mein unhöflicher Kommentar, der jeglichen Enthusiasmus hat vermissen lassen, werde ausreichen, ihn abzuschrecken. Dieses Spiel habe ich schon so oft gespielt, dass ich kaum zu schlagen bin. Die klugen Typen verpissen sich, um es ein andermal zu versuchen. Die dummen holen sich eine blutige Nase. Aber das ist nicht meine Schuld. Ich sende die erforderlichen Signale aus: Kaltherzige Zicke. Abstand halten.

Früher habe ich mich von Typen in Bars abschleppen lassen, wenn mein Ex Charlie und ich gerade mal wieder vorübergehend getrennt waren, aber jetzt, wo wir endgültig nicht mehr zusammen sind, mache ich das nicht mehr. Schon gar nicht heute Nacht. Ich bin nicht in der Stimmung. Ich wollte hier mein Team treffen, um unseren letzten Sieg und den damit verbundenen Bonus zu feiern, nicht, um mich irgendwelcher Typen zu erwehren, die es zur Abwechslung mal wild wollten. Hoffentlich weiß Skip auch, wie das Spiel läuft, und macht einen Abgang, bevor es peinlich wird.

»Ach, echt? Also kommst du von hier. Großartig. Schöner Dialekt übrigens.«

Vielleicht weiß er es auch nicht.

»Süß und irgendwie sexy.« Er zwinkert mir zu.

Alles klar, er hat offenbar keine Ahnung, wie man dieses Spiel spielt. Wahrscheinlich holt er sich nur selten einen Korb. Genau das strahlt er aus: jede Menge Selbstvertrauen und eine Ahnungslosigkeit, wie sie die wohlhabenden, attraktiven Männer hier in der Gegend häufig auszeichnet. Leider unterstützen viele der Frauen hier, die diesen Männern jederzeit ihre Titten zeigen würden, um ein Collier oder so was abzustauben, ihre völlige Selbstkritiklosigkeit noch.

Ich schweige. Wortlos starre ich ihn an und trinke noch einen Schluck. Spürt er denn die Eiszapfen nicht, die mein kalter Blick tief in seinen weichen Leib treibt?

»Ich schätze, der Dialekt hätte mir verraten müssen, dass du in New Orleans geboren und aufgewachsen bist.«

Ich zucke kaum merklich die Achseln. »Vielleicht.« Ich habe mit diesem Typen nichts zu bereden, aber ich kann ihn auch nicht einfach nur anstarren und mich daran weiden, wie er sich windet. So gnadenlos bin ich nun auch wieder nicht. Nicht ganz jedenfalls. Eine Haftstrafe und zwei Jahre Bewährung machen das mit einem Mädchen.

»Bist du allein hier?« Skip schaut sich um.

»Nicht mehr lange.«

Seine Augen leuchten auf.

Ich erkenne meinen Fehler, sobald ich diese Reaktion sehe. Jetzt macht er sich Hoffnungen. Ich stelle meinen Drink auf den Tresen und schüttle den Kopf. »Ich warte auf jemand anderen.«

Sein Lächeln verrutscht ein wenig. »Ja klar. Auf jemand anderen. Na, dieser Jemand verspätet sich offenbar.« Mein neuer Freund schaut ostentativ auf die Uhr und hält sich dabei für süß, lässt aber in Wirklichkeit unabsichtlich ein Stückchen von dem Arschloch erkennen, das er in Wirklichkeit ist.

Der Hauch eines Lächelns huscht über meine Lippen. Jetzt kriege ich endlich den echten Mann hinter der Maske zu sehen. Als Skip noch dachte, er könne bei mir landen, war er total süß und höflich, aber seine guten Manieren erodieren schnell. Genau wie jeder andere Mann auf der Welt – mit Ausnahme meiner Teamkollegen natürlich – spielt er eine Rolle, um zu kriegen, was er will. Und dann später tritt die wahre Persönlichkeit hinter dem Vorhang hervor, um Verwüstungen anzurichten, wenn sie ihre Beute sicher am Haken hat. Wenigstens habe ich jetzt etwas Unterhaltung, bis meine Freunde kommen. Keine Gnade für Arschlöcher.

»Was ist?«, frage ich. »Nervt es dich, dass ich auf jemand anderen warte?«

Die Muskeln in seinem Kiefer arbeiten, ehe er antwortet. »Nein. Das nervt mich nicht.«

»Deine Körpersprache verrät etwas anderes.« Mein Lächeln wird noch breiter, und ich nippe an meinem Drink. Ich habe diesen großzügig gemixten Cocktail mehr als zur Hälfte ausgetrunken und freue mich schon auf den nächsten. Mit erhobenem Finger mache ich den Barkeeper auf mich aufmerksam. Er nickt, denn er weiß genau, was ich brauche. Schon füllt er ein weiteres Glas mit Eis für mich. Genau, Kumpel. Her mit diesem watteweichen Gefühl aus Wodka, Tequila, Rum, Gin und Triple Sec …

Skips Körper ist völlig angespannt. »Zumindest würde es mir nichts ausmachen, wenn es wahr wäre.«

Ich werfe ihm einen Seitenblick zu. »Bezeichnest du mich als Lügnerin?«

Er schüttelt den Kopf. »Frauen wie du lügen ständig.« Er nimmt einen großen Schluck Bier, als sei er eiskalt, dabei ist er gerade auf dem besten Weg, sich gehörig die Finger zu verbrennen.

Ich drehe mich halb auf meinem Barhocker um, hebe ruckartig den Kopf und deute so mit dem Kinn auf ihn. »So gut kennst du mich schon, nachdem du etwa zehn Sekunden in einer Bar mit mir geplaudert hast?«

Er schüttelt den Kopf und weigert sich jetzt, meinen Blick zu erwidern. »Du bist heute Abend hergekommen, weil du nicht allein sein willst, aber wenn dich dann endlich jemand anspricht, machst du einen auf Luxusschlampe.«

Langsam ist es nicht mehr lustig. Möglicherweise habe ich ein Problem mit dem Wort Schlampe, vielleicht, weil ein Mann, den ich zu lieben glaubte, es als Spitzname für mich verwendet hat, wenn er in einer bestimmten Stimmung war.

Ich schiebe mich halb vom Barhocker und stelle den linken Fuß auf den Boden. »Bitte sag mir, dass du mich gerade nicht als Schlampe bezeichnet hast. Sag mir, dass du nicht in meine Bar gekommen bist, wo ich versuche, mich nach der Arbeit zu entspannen, und mich als Schlampe bezeichnet hast, nur weil ich dich habe abblitzen lassen.«

Er sieht mich überrascht an. »Die Bar gehört dir?«

»Nein, Skip, sie gehört nicht mir, aber es fühlt sich so an.« Ich komme seit meinem sechzehnten Lebensjahr hierher. »Warum verpisst du dich nicht einfach, bevor ich richtig sauer werde?« Ich stelle auch den anderen Fuß auf den Boden. Adrenalin flutet meine Adern, während mein Gehirn rasch die

Situation und ihre möglichen Ausgänge abschätzt. Ich muss auf alles vorbereitet sein. Mit leicht gespreizten Beinen stelle ich mich kampfbereit hin.

Er lacht freudlos. »Das ist ein freies Land. Ich kann mein Bier trinken, wo es mir passt …«

Er macht eine Kunstpause, ehe er seinen Satz vollendet. »… Schlampe.«

Mein erster Impuls ist, ihn gegen die Schläfe zu boxen, doch dann fliege ich hier raus und kann nicht mit dem Team feiern. Danny, der Barkeeper und Besitzer, ist ein Freund von mir, aber es gibt klare Regeln. Also hebe ich stattdessen das Bein, stemme dem Typen meinen Pfennigabsatz in die Hüfte und übe so viel Druck aus, wie ich kann, während ich mich am Tresen festhalte.

Skip hat weder mit dem Körperkontakt noch mit so viel Kraft gerechnet, deshalb verliert er sofort das Gleichgewicht, kippt um und reißt dabei sein Bier mit. Seine Füße verheddern sich, und er landet seitlich auf dem Boden, wobei seine Flasche auf den Dielen zerschellt. Bier spritzt in alle Richtungen und durchnässt die Hosenbeine des Mannes am nächststehenden Tisch.

Der Getroffene, ein bärtiger alter Biker, springt auf und stößt dabei seinen Stuhl rückwärts um. Er funkelt den Mann am Boden an, durch dessen Schuld seine Hose biergetränkt ist.

»He, Mann! Scheiße, was ist dein Problem?«

»Das war nicht meine Schuld!«, brüllt Skip und deutet in meine Richtung. Seine Stimme ist plötzlich eine volle Oktave höher. »Das war sie!«

Der alte Typ sieht mich an, und ich lächle und zucke, so mädchenhaft ich kann, die Achseln. »Er ist einfach umgefallen. Vielleicht auf seinen hübschen Schuhchen ausgerutscht. Ich glaube, er hat zu viel getrunken.« Dabei runzle ich geziert die Stirn.

Skip rappelt sich auf, als der Barkeeper auf uns zukommt. Danny stellt meinen neuen Drink neben meinen alten. »Was ist denn hier los?« Er sieht mich an. »Toni? Gibt's ein Problem?«

Ich schüttle den Kopf. »Nein, Danny. Der Typ ist einfach umgefallen.« Ich deute auf Skip und reiße dabei die Augen weit auf, um noch unschuldiger zu wirken.

Skip steht inzwischen wieder und zittert vor Wut. »Sie hat mich getreten! Umgestoßen! Dabei haben wir uns nur unterhalten.«

Ich weiche einen Schritt vom Tresen zurück, um deutlich zu machen, wie klein ich bin – inklusive der hohen Hacken eins achtundfünfzig. »Ja, klar. Ich habe dich umgestoßen.« Der Typ ist mindestens dreißig Zentimeter größer und vierzig Kilo schwerer als ich.

Nach meinen Worten mustern uns die Umsitzenden, rechnen kurz im Kopf nach und schütteln dann den Kopf in Richtung Skip. Wie peinlich, ein so kleines Mädchen für die eigene Dummheit verantwortlich machen zu wollen. Nur Danny funkelt mich an. Er kennt mich besser.

»Was haben Sie getrunken?«, fragt Danny Skip müde. »Die nächste Runde geht auf mich. Nur setzen Sie sich ans andere Ende der Theke.« Er deutet auf eine Stelle, die so weit wie möglich von mir weg ist, wie es nur geht, wenn man nicht die Bar verlassen will.

Mister Schuhe-mit-passendem-Gürtel funkelt mich an, als wolle er noch etwas sagen, doch dann seufzt er nur zischend und entfernt sich kopfschüttelnd. Ich hatte eigentlich gehofft, er würde das S-Wort noch mal sagen, aber den Gefallen tut er mir nicht. Möglicherweise ist er doch nicht so dumm, wie er aussieht.

Vor mich hin lächelnd, schwinge ich mich wieder auf meinen Barhocker und greife nach meinem Glas, um den ersten Drink zu leeren. Meiner Erfahrung nach wird mir dieses kleine

Drama entweder einen Abend ungestörter Trinkfreuden bescheren, weil ich alle anderen Typen in der Bar abgeschreckt habe, oder dafür sorgen, dass sie ab jetzt Schlange stehen, um mich abzuschleppen, überzeugt, dass ich nur an attraktiverer Beute interessiert bin, also an ihnen. Ich warte ein paar Sekunden, bis sich die Lage vollends beruhigt hat, und wende mich dann schwungvoll meinem zweiten Drink zu.

Die Tür der Bar öffnet sich, und diesmal kommt tatsächlich mein Boss Ozzie rein.

Er hat seine Freundin dabei, meine Teamkollegin May.

Ich seufze erleichtert. Ich habe kein Problem mit Gewalt und kann im Notfall durchaus meine Frau stehen, aber viel lieber trinke ich einfach etwas und quatsche mit den Menschen, die mir am nächsten sind, über einen sauber erledigten Job. Ich brauche niemanden, der mir den Rücken freihält, aber ich bevorzuge es, so jemanden in der Nähe zu haben. Manchmal, wenn ich allein operiere, gehen die Pferde mit mir durch, und dann verliere ich die Kontrolle. Das möchte ich, wenn möglich, für den Rest meines Lebens vermeiden. Ich hätte mich damit schon einmal beinahe selbst umgebracht. Schmerz versucht, sich in meiner Brust breitzumachen, und ich schiebe ihn resolut beiseite. Damit möchte ich mich jetzt nicht befassen. Heute Nacht wird gefeiert, nicht lamentiert.

Ich warte, bis sie mich bemerkt haben, und erwidere Mays Winken mit einem grüßenden Nicken. Sie ist immer so überenthusiastisch. In den sechs Monaten, die wir jetzt zusammenarbeiten, habe ich mich fast an ihre ständige Fröhlichkeit gewöhnt, aber leicht war es nicht. Manchmal möchte ich sie einfach nur in den Schwitzkasten nehmen und diese absurd übertriebene Heiterkeit aus ihr herausquetschen. Ich lächle, als ich sie mir als riesige Tube Glitzerzahnpasta vorstelle, die ausgedrückt werden muss.

Ozzie ist wesentlich zurückhaltender, er lässt mich lediglich mit einem angedeuteten Nicken wissen, dass er mich an der Bar sitzen sieht. Unmittelbar hinter den beiden treten mein Bruder Thibault und mein Teamkollege Lucky ein. Lucky kenne ich praktisch schon mein ganzes Leben, wäre also versucht zu sagen, er sei ein Bruder für mich, aber das geht nicht. Als Jugendliche haben wir einmal Dummheiten gemacht und uns geküsst, ich könnte ihn also nie als eine Art zweiten Thibault sehen.

Lucky und ich haben diesen Fehler nur einmal gemacht, aber das verhindert nicht, dass ich von Zeit zu Zeit daran denke. Jetzt zum Beispiel. In dieser schwarzen Lederjacke sieht er besonders gut aus, vor allem, wenn sein Haar ganz strubbelig ist und ihm ins Gesicht hängt wie im Augenblick. Wenn er vor sich hin grübelt wie jetzt, frage ich mich immer ganz automatisch, was ihm wohl durch den Kopf geht. Ich hatte schon immer einen Hang zu tiefgründigen Typen.

May unterbricht meinen Gedankengang, indem sie mich in die Arme schließt. »Du bist früh dran! Oh, und du riechst gut! Nach Kirschen.«

Ich löse mich halb aus ihrer Umarmung und trinke über ihren Arm hinweg, der noch um meine Schulter liegt, mein Glas aus, dann fische ich die Kirsche heraus, die im Eis schwimmt, und zerkaue sie. Danny gibt mir immer eine Kirsche extra. Er hat einmal gesagt, irgendwann müssten die mich doch mal ein bisschen süßer machen.

»Ich habe schon mal angefangen«, sage ich. »Ich konnte schließlich nicht die ganze Nacht auf euch warten.«

Als mich May schließlich loslässt, begrüßt mich Ozzie per Gettofaust, und mein Bruder hebt die Hand und kneift mich in die Wange.

»Uh-oh. Sie trinkt Long Island Iced Teas.« Thibault grinst.

Ich kicke ihn mit der Fußspitze. »Schnauze!«

Ozzie zückt eine Kreditkarte und knallt sie auf die Theke. »Die Drinks gehen heute Abend auf mich. Wir haben einen hübschen Bonus bekommen.« Er hebt eine Hand und winkt Danny zu, der zustimmend nickt. Ozzie ist hier genau wie der Rest des Teams Stammgast. Hier feiern wir jedes Mal, wenn wir einen Fall abgeschlossen haben.

Hier kommen wir alle schon her, seit wir noch viel zu jung zum Trinken waren. Im Hinterzimmer stehen mehrere Billardtische, und es läuft ziemlich gute Musik. Das Publikum ist gemischt, Einheimische und Touristen wie Skip. Er versucht, so zu tun, als sähe er uns nicht.

Ha, Arschloch. Ich habe dir doch gesagt, ich treffe hier jemanden.

»Hi«, sagt Lucky, setzt sich auf den Barhocker neben meinem und wirft mir einen Blick zu, ehe er sich den Alkoholflaschen hinter der Bar widmet. Dabei kneift er die Augen zusammen, doch ich weiß, dass er echte Adleraugen hat.

»Selber hi.« Ich meide seinen Blick. Irgendetwas stimmt nicht mit ihm. Üblicherweise lächelt er ständig und sagt Dinge, die Leute dazu bringen, sich zu entspannen, aber heute Abend wirkt er ernst, fast schon deprimiert.

Doch ich bin nicht daran interessiert, das Rätsel Lucky zu lösen. Zumindest nicht heute Abend. Auf mich warten noch mindestens zwei weitere Long Island Iced Teas und eine Feier, bei der ich mich so richtig zu amüsieren gedenke, vor allem jetzt, wo die Zeche auf Ozzies Kreditkarte geht. Wenn mit Lucky wirklich etwas nicht stimmt, wird er sich auch morgen noch komisch benehmen, und dann kann ich ihn immer noch fragen, was los ist. Jetzt, da ich in Cocktaillaune bin, könnte es schwierig werden, mich damit zu befassen.

Wenn ich getrunken habe, bin ich nicht gerade für meine Selbstbeherrschung bekannt, und heute Abend werde ich mich definitiv abschießen. Es ist lange her, seit ich mich das letzte

Mal so richtig habe gehen lassen. Fast fünf Jahre. Bald jährt sich die letzte Nacht, in der ich nicht klar denken konnte, und damit geht ein Haufen echt schräger Erinnerungen einher. Ich könnte heute Abend ziemlich gut ohne einige davon auskommen.

Ich proste meinen Freunden zu. »Auf den, der zuerst umkippt!« Laut durch den Strohhalm schlürfend, trinke ich meinen zweiten Cocktail aus. Es ist Zeit, dass die Party richtig losgeht.

Kapitel 2

Beim dritten Cocktail wird mir klar, dass ich mit Lucky allein an der Bar sitze. Mit zusammengekniffenen Augen schaue ich mich um. »Wo sind denn die Arschlöcher schon wieder hin?«

Ohne mich anzusehen, antwortet Lucky: »Sie spielen im Hinterzimmer Billard.« Er ist über sein Bier gebeugt, hat die Schultern hochgezogen und trägt noch immer seine Lederjacke. Angestrengt starrt er auf das Etikett seiner Flasche, als versuche er, es sich einzuprägen.

Im Hinterzimmer? »Sie sind nach hinten gegangen, ohne mich zu fragen, ob ich mitspielen will?«

»Sie haben dich gefragt, aber nachdem du gesagt hast, sie sollen sich verpissen, haben sie genau das getan.«

Ich wirble herum und verpasse ihm einen Ellbogenstoß. »Das habe ich nicht gesagt.«

»Doch.« Er wendet sich mir zu und schaut mich an. »Dein Gedächtnis leidet, wenn du säufst.«

Ich funkle ihn zornig an. »Willst du Ärger?«

Einer seiner Mundwinkel verzieht sich zu einem angedeuteten traurigen Lächeln. »Vielleicht.«

Ich stoße ihn weg, denn ich weiß, er will nur spielen und nicht wirklich mit mir flirten. Lucky ist der König der Charmeure, der heißeste Typ auf Gottes weiter Erde, und er weiß es genau. Er ist im Allgemeinen kein Herzensbrecher, aber er weiß, wie man sich in Szene setzt. Ich hasse es, dass all die Cocktails mein Herz so weich gemacht haben, dass ich für eine Sekunde dachte, er stünde wirklich auf mich. Mit einem tiefen Atemzug versuche ich, mich zu beruhigen. Die verdammte Erinnerung an diesen Kuss in der Mittelstufe will mir nicht aus dem Kopf gehen, und mein nüchternes »Ich weiß, dass ich nicht gut für Lucky wäre«.

»Was ist überhaupt mit dir los?«, fragt er und beugt sich ein wenig zu mir herüber. »Aus irgendeinem Grund bist du total schräg drauf.«

Er richtet sich auf und nimmt einen Schluck Bier, ohne mich aus den Augen zu lassen. Begehren trifft mich wie ein Blitz, fährt mir bis zwischen die Beine. Ich bin nicht in der Stimmung für seine oberflächlichen Spielchen. Vielleicht hat er vergessen, dass sich bald der schlimmste Tag meines Lebens jährt, aber ich weiß es ganz genau.

»Ich muss mal telefonieren.« Mit diesen Worten nehme ich meine Tasche vom Tresen und gleite vom Barhocker. Ich brauche ein ruhiges Plätzchen für diesen Anruf. Der Laden ist inzwischen voll, und der Lärm dröhnt in meinen Ohren.

Lucky dreht sich auf seinem Barhocker um, plötzlich sehr interessiert, was ich vorhabe. »Wen willst du denn betrunken anrufen?«

»Was geht dich das an?« Ich halte inne, stehe vor ihm und durchwühle meine Tasche nach meinem Handy.

Er zuckt die Achseln, lässt die Hände zwischen den hochgezogenen Knien baumeln und hat die Füße auf dem unteren Ring des Barhockers stehen.

»Deine Freunde sind alle hier. Wen solltest du denn anrufen wollen, wenn nicht einen von uns?«

Die Frage nervt mich. Ich weiß, was er denkt, und vielleicht hat er sogar recht, aber das ist mir egal. Mein Privatleben geht ihn nichts an. *Was ist schon dabei, dass ich den Bruder des Mannes anrufen will, den ich getötet habe?*

Ich funkle ihn an, das Handy in der Hand. »Glaubst du echt, ich hätte sonst keine Freunde?«

Diesmal ist sein Lächeln herablassend, was vielleicht auch dem Bier geschuldet ist. »Nein, ich weiß es. Du bist viel zu gemein, als dass du andere Freunde haben könntest.«

»Offenbar nicht gemein genug, wenn du es für angebracht hältst, mir so einen Scheiß ins Gesicht zu sagen.« Ich lasse meine Tasche fallen und hebe die Hand, um ihm eine zu knallen, aber er fängt nur Zentimeter vor der Wange, die meine Ohrfeige hätte treffen sollen, mein Handgelenk und hält es fest. Sein herablassendes Lächeln hat sich nicht verändert.

»Lass mich los!«, knirsche ich mit angespanntem Arm.

Er ist stärker als ich und schafft es, meine Hand herunterzudrücken, ehe er mich loslässt. »Fang nie etwas an, das du nicht zu Ende bringen kannst, Toni.«

Ich weiß nicht genau, was er damit meint, aber seine Worte sind mir furchtbar unangenehm. »Oh, halt die Klappe!« Ich hebe meine Handtasche auf und suche schnellen Schrittes das Weite.

Wie kann er es wagen? Wie kann er es wagen anzunehmen, ich hätte keine Freunde, mir Vorschriften zu machen und mich daran zu hindern, ihm eine zu knallen, wenn er es verdient hätte? Ich würde am liebsten auf dem Absatz kehrtmachen, zu ihm zurückmarschieren und ihm eine ordentliche Lektion erteilen, aber ich tue es nicht, weil er mir im Augenblick geistig überlegen ist. Bevor ich ihm verbal eins auswischen kann, braucht er noch ein paar Bier.

Ich begebe mich ans andere Ende der Theke, wo in einer Nische ein nicht mehr funktionstüchtiges altes Münztelefon hängt. Abgesehen von einer Kabine auf der Toilette, ist dies der leiseste Ort in der ganzen Kneipe. Während ich durch meine Kontakte scrolle, versichert mir mein alkoholumnebeltes Gehirn, dies sei eine großartige Idee. Ich werde Rowdy anrufen und mich dafür entschuldigen, dass ich seinem Bruder fünfmal in die Brust geschossen habe. Um die Gefühle, die mich zu übermannen drohen, im Griff zu haben, beiße ich so heftig die Zähne zusammen, dass mein Kinn vor Anstrengung zittert.

Wenn ich eine Person aus dieser Familie dazu bringen kann, mir zu verzeihen, könnte ich vielleicht daran arbeiten, mir selbst zu vergeben. Eine gewagte Idee, aber in diesem Augenblick, während sich mein Kopf dreht wie ein Karussell, kommt sie mir hervorragend vor.

Ich drücke den Rufknopf, lege das Handy ans Ohr und warte darauf, dass die Verbindung zustande kommt. Aber plötzlich habe ich nur noch meine Finger am Ohr, mein Handy ist weg. Ich brauche ein paar Sekunden, um zu begreifen, was passiert ist.

Dann drehe ich mich um, und da steht Lucky mit meinem Handy in der Hand und lächelt mich an. Er schaut auf das Display, als er den roten Knopf drückt, um den Anruf zu unterbrechen. »Rowdy LeGrande.« Sein spielerisches Lächeln verschwindet, und er funkelt mich stirnrunzelnd an. »Du rufst Rowdy an? Bist du jetzt völlig übergeschnappt?«

Mit bebenden Nasenflügeln beiße ich die Zähne zusammen. Dafür wird Lucky bezahlen. Ich strecke die Hand aus. »Gib mir sofort mein Handy zurück, sonst bereust du es.«

Er schüttelt den Kopf. »Nein. Kommt nicht infrage.«

Ich gehe einen Schritt auf ihn zu, aber er hält das Handy über seinen Kopf. Er ist über eins achtzig groß, ich habe also trotz meiner hohen Absätze keine Chance, es sei denn, ich sorge dafür, dass er in die Knie geht, was mir im Augenblick wie ein sehr verführerischer Gedanke vorkommt.

»Ah, ah, ahhh … immer schön Abstand halten, Mädchen.«

»Wenn du mir nicht innerhalb der nächsten fünf Sekunden mein Handy wiedergibst …«

Er hebt die Brauen. »Was dann? Willst du mich erschießen?«

Ohne auch nur einen einzigen klaren Gedanken zu fassen, greife ich ihn an. Ich stoße meinen Kriegsschrei aus, werfe mich auf ihn und versuche, ihm die Augen auszukratzen.

Leider sieht er mich kommen und wirft mein Handy weg, um anschließend mit einer Hand meine beiden Handgelenke zu umfassen. Mit der anderen zieht er mich an sich.

Wir kippen gemeinsam nach hinten um. Als sein Rücken gegen die Wand hinter ihm prallt und er sich den Kopf an der Holzverkleidung anschlägt, zischt er vor Schmerz kurz auf, lässt mich aber nicht los.

Unsere Gesichter sind nur wenige Zentimeter voneinander entfernt. Ich will ihn mit meinen Nägeln traktieren, ihm die Augen auskratzen und für das bluten lassen, was er gesagt hat, aber ich kann es nicht. Er umklammert meine Handgelenke wie eine Schraubzwinge, und ich bin zu betrunken, um mich anständig zu wehren. Der Raum dreht sich um mich, und sein Gesicht ist so unglaublich dicht vor meinem. Ich rieche seinen Bieratem. Eigentlich sollte ich das widerlich finden, doch das tue ich nicht. Mein Herz droht zu zerspringen, so wütend und verwirrt bin ich. Ich habe ihn noch nie mit so schmutzigen Tricks arbeiten sehen.

»Tut mir leid, das hätte ich nicht sagen sollen.« Seine Stimme ist rau, vielleicht vor Bedauern, aber das ist mir egal. Er hat eine dicke rote Linie überschritten.

»Sehr richtig, hättest du nicht.« Ich wehre mich, versuche, mich von ihm zu lösen, aber er ist doppelt so stark wie ich. Ich reiße das Knie hoch und hoffe, es ihm in die Eier rammen zu können, aber das sieht er voraus, dreht sich zur Seite und fängt den Angriff mit dem Oberschenkel ab. Ich treffe ihn hart genug, um einen blauen Fleck zu hinterlassen, aber sein Griff lockert sich nicht.

»Ich versuche nur, dir zu helfen …«, sagt er und zischt auf vor Schmerz, »… dich daran zu hindern, einen großen Fehler zu machen.«

»Ich brauche deine Hilfe nicht, Arschloch.« Ich stoße mit meinen von seiner Hand umklammerten Armen in Richtung seines Gesichts, doch er fängt meinen Angriffsversuch drei Zentimeter, bevor ich ihn berühren kann, ab. Jetzt ändere ich meine Meinung, was seinen Atem angeht. Er stinkt widerlich.

Budweiser. Igitt.

»Sieht aber ganz so aus. Du wolltest gerade Rowdy anrufen, den Typen, der eines deiner Teammitglieder entführen wollte, dafür aber nicht ins Gefängnis musste mit der Auflage, sich einer psychiatrischen Behandlung zu unterziehen … den Typen, der dir immer noch den Arsch versohlen will, wenn nicht noch Schlimmeres. Komm schon, Toni, das weißt du besser.«

Ich weiß nicht, warum seine Worte mir so wehtun, aber ich kann es nicht ändern. Ich hasse es, schwach zu sein, nach der Akzeptanz meiner Kollegen zu gieren. Es sollte mir egal sein, was sie denken. Ich gehe meine eigenen Wege, lebe mein eigenes Leben und bin niemandem Rechenschaft schuldig. *Warum ist mir dann nicht egal, was er sagt?*

»Halt die Klappe, Lucky! Du kennst mich nicht.«

Seine Miene wird weicher, doch er lässt mich nicht los. »Ich kenne dich besser, als du glaubst.«

Ich schnaube und antworte dann höhnisch: »Ach bitte. Glaubst du, du kennst mich, nur weil wir uns in der Mittelstufe mal geküsst haben?«

Zu spät wird mir klar, dass ich ihn in meine Karten habe schauen lassen. Wahrscheinlich hätte ich diesen verdammten Kuss einfach vergessen sollen, genau wie er. Schließlich ist das zehn Jahre her. *Ein ganzes Leben.* Es kommt mir aber nicht so lange vor.

Wahrscheinlich, weil mein Herz auch nach all der Zeit an dieser Erinnerung hängt.

Ob es mir gefällt oder nicht, dieser Augenblick mit Lucky hat mir durch wirklich schwere Zeiten geholfen. Ich habe oft davon geträumt, was aus uns hätte werden können, wenn ich meine Gefühle für ihn zugelassen hätte, statt zu Charlie zu rennen.

Er schüttelt den Kopf. »Über den Kuss rede ich nicht.« Dann lächelt er und wirkt sehr selbstzufrieden. »Aber ich bin froh, dass du ihn nicht vergessen hast.« Er legt den Kopf schief. »Wie lange ist das jetzt her? Zehn, fünfzehn Jahre?«

Ich bin rasend vor Wut. Er glaubt nicht nur, mir Vorschriften machen zu können, er verspottet mich auch noch.

»Wen kümmert's?« Ich mache mich stocksteif und starre ihn an. »Lass mich los, dann bekommst du dreißig Sekunden Vorsprung. Betrachte sie als vorgezogenes Geburtstagsgeschenk.«

»Ich habe eine bessere Idee.« Er starrt zurück und zeigt sich von meiner Drohung nicht im Geringsten beeindruckt.

Ich würde mich ja gern auf ein Blickduell einlassen, nur habe ich dafür zu viel getrunken. Der Raum dreht sich um mich, und ich muss den Blick abwenden. »Ach ja? Nämlich?«

Er legt die Finger unter mein Kinn und dreht meinen Kopf zu sich. Ich schaue ihm ins Gesicht, wehrlos, als er sich mir nähert. »Versuchen wir es noch mal«, sagt er.

Ehe ich michs versehe, berühren sich unsere Lippen, und wir küssen uns.

Kapitel 3

Der Wahnsinn dieses Kusses dauert nur etwa drei Sekunden, dann drehe ich völlig durch, boxe Lucky gegen die Brust und schreie aus vollem Hals. Wenn ich eine Waffe hätte, würde ich ihn abknallen. *Wie kann er es wagen?*

Wie kann er es wagen, mit meinem Herzen umzugehen, als wäre es ein Spielzeug?

Lucky lässt mich sofort los und springt zurück, schafft Distanz zwischen uns, um die Situation besser unter Kontrolle zu bringen. Diese Vorgehensweise kenne ich aus unserem Training. Er streckt die Hände in einer Geste aus, die mich möglicherweise beruhigen soll.

Die Leute drehen sich zu uns um und fragen sich, was los ist, aber in diesem Laden kommt es jede Nacht zu unerwünschten Küssen, weswegen niemand Handlungsbedarf sieht. Sofort wenden sich alle wieder ihren Bieren und Cocktails zu, und ich bleibe allein mit Lucky und wild pochendem Herzen in der Nische zurück.

»Was tust du da?«, knurre ich ihn an und wische mir mit dem Handrücken den Mund ab. Meine Lippen kribbeln. Es fühlt sich an, als berührten seine sie noch immer, als lecke seine Zunge noch immer über meine, also wische ich mir erneut über den Mund. Ich bin so sauer, dass ich am liebsten auf den Boden spucken würde.

Lucky schaut mich verwirrt an. »Tut mir leid. Ich weiß nicht …«

Ich schaue an ihm vorbei aus der Nische und bete, dass niemand aus dem Team uns beobachtet hat. Aber die anderen sind nirgends zu sehen. Wahrscheinlich spielen sie immer noch Billard. Ohne mich. Mein Herz fühlt sich an, als wolle es an drei Stellen gleichzeitig zerspringen.

Ich hebe meine Handtasche vom Boden auf, werfe sie mir über die Schulter und bücke mich, um mir mein Handy zu schnappen. Großartig. Das Display hat einen Sprung. Ich muss schleunigst hier raus, ehe ich noch etwas Schlimmeres tue. Auf dem Weg zur Eingangstür schiebe ich mich an Lucky vorbei.

Leider ist er direkt hinter mir. »Wo willst du hin? Du kannst nicht fahren. Zu viel Alkohol.«

Mein Atem geht schwer, und ich verstehe nicht, warum. Ich jogge jede Woche achtzig Kilometer. Ich könnte auf der Stelle meine Tasche fallen lassen und auf meinen hohen Absätzen einen Marathon laufen, wenn ich wollte, aber aus irgendeinem Grund kriege ich gerade zu wenig Sauerstoff. Dann wird mir klar, wo das Problem liegt. Ich ersticke an seiner Nähe.

»Lass mich in Ruhe! Es geht dich nichts an, was ich tue.« Ich habe noch eine ganze Menge mehr zu sagen, zum Beispiel: Ich bin nicht deine Freundin. Für wen hältst du dich eigentlich? Oder: Warum bist du jetzt plötzlich an mir interessiert, wo du mich doch vor zehn Jahren so locker hast gehen lassen? Aber das würde Antworten von ihm Tür und Tor öffnen, von denen ich nicht sicher bin, ob ich sie hören möchte. Er mag mich nicht und ich ihn nicht. Nicht so. Nicht mehr. Der Kuss war ein Fehler, das wissen wir beide. Beide Küsse.

Ich schreie ihn also nicht an. Die Dinge, die Erinnerungen an vor zehn Jahren wachrufen würden, an denen ich keinerlei

Interesse habe, bleiben ungesagt, obwohl es mir vielleicht guttäte, diese Dinge aus dem Kopf zu kriegen, indem ich sie mal laut ausspreche. Stattdessen sehe ich mich auf der Straße um und hoffe wider besseres Wissen, irgendwo einen Wagen zu sehen, der mich nach Hause bringen kann.

Ich rechne damit, keinen zu sehen, denn ich habe mit so etwas nie Glück, doch ein kleines Stück die Straße entlang steht ein Taxi, dessen grünes Licht an ist. Gott persönlich hält heute Nacht seine schützende Hand über mich. Danke, Vater, Sohn und Heiliger Geist. Ich jogge los. Atemlos erreiche ich die Beifahrerseite des Autos und beuge mich zum Fenster hinunter. »Sind Sie frei?«

Der Taxifahrer, der die Innenbeleuchtung anhat und Zeitung liest, schaut zu mir auf, hat es aber offenbar nicht eilig zu antworten. Langsam und mit schwerem Südstaatenakzent fragt er: »Gehören Sie zu den Bourbon Street Boys?«

Damit hatte ich nicht gerechnet, deshalb starre ich ihn ein paar Sekunden lang mit gerunzelter Stirn an. Ich könnte schwören, er hat gefragt …

Mit seiner brummenden Stimme fährt er fort: »Ich stehe hier, weil ich Leute vom Team der Bourbon Street Boys heimbringen soll. Die Fahrten für die Angestellten sind schon bezahlt. Also, wenn Sie zum Team gehören, kann ich Sie heimbringen.«

»Ja, ja, ich gehöre zum Team.« Ich lege die Hand an den Türgriff und warte mit angehaltenem Atem auf seine Zustimmung.

»Können Sie sich ausweisen? Ansonsten rufen Sie sich ein anderes Taxi.« Er sieht aus, als wolle er wieder nach seiner Zeitung greifen, also wedle ich mit der Hand.

»Kein Problem. Ich kann belegen, dass ich zum Team gehöre. Mein Name ist Toni.« Dann verschwende ich keine Zeit mehr, denn ich habe Angst, Lucky könnte es sich in den Kopf gesetzt haben, mir zu folgen. Ich öffne die hintere Tür, gleite auf den Rücksitz und zeige dem Taxifahrer eine meiner Visitenkarten, um ihm zu beweisen, dass ich wirklich die bin, die ich zu sein behaupte.

Im Inneren des Fahrzeugs riecht es leicht nach Rauch, und das Polster hat schon bessere Tage gesehen, aber ich habe das Gefühl, mein Ritter in strahlender Rüstung sei gerade noch rechtzeitig eingetroffen, um mich vor mir selbst zu retten. Ich drehe mich um und sehe durch die Heckscheibe Lucky näher kommen, er ist auf dem Weg zu dem Beifahrerfenster, an dem ich gerade noch gestanden habe.

Ich packe den Fahrersitz von der Seite und ziehe mich daran nach vorn. »Fahren wir. Ich sage Ihnen unterwegs, wo es langgeht. Erst mal nach Norden.« Ich deute durch die Windschutzscheibe, um ihn zum Losfahren zu bewegen.

Der Fahrer dreht sich zu mir um und zeigt aus dem Seitenfenster. »Gehört der Typ zu Ihnen?« Lucky beugt sich herunter, sein makelloses Gesicht füllt plötzlich die Fensteröffnung aus.

Verdammt! Jetzt weiß er, dass ich versucht habe, ihm zu entkommen. Ich lasse mich nach hinten in den Sitz fallen und seufze zischend. »Nein. Dieser Typ gehört ganz definitiv nicht zu mir.«

Lucky tut, als hätte er es nicht gehört, aber ich weiß ganz genau, dass er meine Worte mitbekommen hat.

»He, teilen wir uns das Taxi?« Er lächelt mich an, während ich ihm gleichzeitig in die Fresse hauen und ihn erneut küssen will.

Ich schüttle heftig den Kopf. »Nein. Ruf dir ein eigenes.« Ich kann ihn nicht anschauen. Es bricht mir das Herz, sein Gesicht zu sehen.

Wie kann er es wagen, mich so zu küssen?

»Gehört er zum Team?«, fragt der Taxifahrer.

Lucky und ich antworten gleichzeitig.

»Nein!«, rufe ich.

»Ja!«, bestätigt er.

Der Taxifahrer schüttelt den Kopf. »Sie müssen sich schon einigen. Ich habe einen Job zu erledigen, und ich verdiene erst Geld, wenn ich losgefahren bin.«

Lucky beugt sich ins Taxi herein und fixiert den Fahrer mit einem ernsten Blick. »Sie haben Geld dafür bekommen, Mitglieder des Teams der Bourbon Street Boys heimzubringen, und wir gehören beide dazu. Sie ist voll wie eine Strandhaubitze, deshalb werde ich mich vergewissern, dass sie gut nach Hause kommt, bevor Sie mich absetzen.«

Ehe ich etwas erwidern kann, mustert mich der Taxifahrer im Rückspiegel und nickt Lucky zu.

Die Beifahrertür öffnet sich, Lucky steigt ein und schlägt sie hinter sich zu. Der Drecksack musste sich nicht mal ausweisen. Der Taxifahrer ist auch ein Drecksack. Sexistische Schweine.

Ich funkle die beiden Arschlöcher auf den Vordersitzen an und versuche, mich zu entscheiden, was ich jetzt tun will. Eigentlich will ich nur hier raus und mir eine andere Mitfahrgelegenheit suchen, aber ich habe viel zu viele Long Island Iced Teas im Bauch und fühle mich nicht besonders. Ich muss heim ins Bett. Aber dort werde ich mir noch einen ganz besonderen Cocktail mixen, ehe ich bewusstlos umfalle. Thibaults bewährten Anti-Kater-Mix. Ich habe das Gefühl, ich werde eine doppelte Dosis brauchen.

»Einverstanden?«, fragt der Fahrer und schaut mich im Rückspiegel an.

Ich gucke aus dem Seitenfenster. »Ja, ja.« Lucky braucht gar nicht zu denken, dass ich ihn noch reinbitten werde. Wenn er versucht, mit reinzukommen, werde ich ihm die verdammte Nase brechen. Ich versuche hier mit aller Kraft, das Richtige zu tun, aber auch meine geistige Kraft ist irgendwann erschöpft, und dann werde ich die Fäuste sprechen lassen.

Kapitel 4

Das Taxi hält vor meinem Haus, und ich steige aus. Ich gebe dem Fahrer kein Trinkgeld, weil ich weiß, dass sich Ozzie auch darum gekümmert hat. Das ist einer der Vorteile unseres Jobs. Wenn wir feiern, sorgt er dafür, dass wir gut heimkommen. Üblicherweise fährt er uns in seinem Pick-up, aber ich schätze, er hat heute Abend zusammen mit seiner Freundin andere Pläne.

Ich versuche, bei diesem Gedanken keine Bitterkeit zu empfinden. May ist ziemlich nett, aber ohne sie war mein Leben viel leichter. Ozzie schenkte mir viel mehr Aufmerksamkeit, war stärker auf mich konzentriert und hatte immer ein offenes Ohr für mich, wenn ich Redebedarf hatte. Ich bin nicht scharf auf ihn, empfinde für ihn viel zu sehr wie für einen älteren Bruder. Aber als mein Boss ist er so was wie der Mittelpunkt meines Universums, denn mein Beruf bedeutet mir alles. Er hat mich gerettet, als ich mich an einem wirklich dunklen Ort befand, und beschäftigt mich so sehr, dass ich nicht allzu oft an meine Vergangenheit denken muss, was wirklich gut ist. Ich habe eine ganze Armee von Leichen im Keller, und sie sind alle drei Meter groß und hämmern ständig gegen die Tür, weil sie rauswollen.

Hinter mir schlägt eine weitere Tür zu, und ich gehe rascher die Auffahrt hinauf, weil ich weiß, was dieses Geräusch bedeutet.

»Warte!« Lucky nähert sich zügig von hinten.

»Nein!« Als ich meine Eingangstür erreiche, renne ich praktisch. Ich krame in meiner Handtasche nach dem Schlüssel, da höre ich das Taxi wegfahren. Als ich den Kopf hebe, sehe ich, wie es sich wieder in den Verkehr einfädelt, und Lucky hat den Weg meine Einfahrt hoch schon zur Hälfte zurückgelegt. *Verdammt! Wo ist dieser blöde Schlüsselbund?* Ich brauche eine kleinere Handtasche.

Ohne ihn anzusehen, sage ich: »Geh besser einfach weiter nach hinten, Lucky.« Mein Bruder wohnt in einem Häuschen hinter dem Hauptgebäude, wo Lucky jederzeit ein und aus gehen kann. Er weiß, wo der Schlüssel liegt. Wir haben das gesamte Anwesen von unseren Eltern geerbt, aber Thibault hat mir das größere Gebäude überlassen. Ich habe nicht groß protestiert, weil ich gern viel Platz habe. Vielleicht werde ich eines Tages, mit fünfzig, sogar heiraten und ein paar Hunde oder so haben. Aber keine Kinder, nein danke.

Mit Kindern komme ich nicht gut aus. Ich fühle mich in ihrer Gegenwart unbehaglich. Nie weiß ich, was ich sagen oder tun soll, wenn sie einfach nur dastehen und mich anstarren. Jennys Sohn Sammy ist wahrscheinlich das einzige Kind, in dessen Gegenwart ich mich je wohlgefühlt habe, und das liegt mit Sicherheit daran, dass er sich wie ein seltsamer Mann in einem zu kleinen Körper benimmt. Er ist eher ein Charakter als ein Kind. Devs Sohn ist auch gar nicht so schlecht, aber den sehe ich selten. Sammy hingegen gehört im Lagerhaus inzwischen fast zum Inventar. Seine Mutter kommt vorbei, um Dateien vorbeizubringen oder abzuholen, und hat ihn dabei häufig im Schlepptau. Ich sehe ihn mindestens dreimal die Woche, und er schüttelt mir immer die Hand und nennt mich Miss Toni. Der Kleine bringt mich zum Lachen.

Luckys Stimme zwingt mich, mich wieder auf die Gegenwart zu konzentrieren. »Ich will nur sichergehen, dass du klarkommst.« Sand knirscht unter seinen Füßen und auf dem Beton, als er näher kommt. Er ist klug genug, drei Meter Abstand zu halten.

»Einen Schritt weiter, und ich ramme dir die Eier bis in den Hals.«

Lucky schüttelt den Kopf, als sei er enttäuscht von mir. »Warum so feindselig, Babe? Ich habe dich doch nur geküsst, nicht mal mit Zunge.«

Ich kneife die Augen zusammen und versuche, ihn mir genauer anzuschauen. Er findet es wohl witzig, mich zu provozieren. Das sieht ihm überhaupt nicht ähnlich. »Babe? Seit wann nennst du mich Babe? Wer bist du, Fremder, und was hast du mit Lucky gemacht?«

Es ist wirklich lange her, dass ich ihn so erlebt habe. Normalerweise ist er zurückhaltend und bleibt meist für sich, aber heute Nacht hat er mir nicht nur einen Kuss geraubt, er spielt auch noch den Schutzengel und neckt mich, nachdem er in der Bar mit Leidensmiene so getan hat, als müsse er seinen Kummer in Alkohol ertränken. Vielleicht ist ihm das Bier zu Kopf gestiegen. Oder vielleicht sind es Nachwirkungen der Zusammenarbeit mit Jenny.

Mays Schwester Jenny hat sich dem Team vor ein paar Monaten angeschlossen, und sie und Lucky arbeiten viel zusammen. Ich glaube, davor hat er sich gelangweilt, aber jetzt bilden er und Jenny ihr eigenes kleines Team, das praktisch unabhängig von dem größeren arbeitet. Er kommt jetzt früher zur Arbeit und bleibt länger, und ich würde wetten, sie analysiert ihn ständig, wenn sie mit ihm zusammen ist. Sie ist die Sorte Frau, die gern in den Kopf anderer Leute kriecht, um zu sehen, wie sie ticken. Deshalb bin ich sehr froh darüber, dass wir nicht gemeinsam an Projekten arbeiten. Ich behalte meine Gedanken gern für mich, wo sie anderen keine Angst machen können.

Ich verstehe schon, warum sich Lucky mehr öffnet, seitdem er mit ihr zusammenarbeitet, warum er sich freier äußert und sich sein Verhalten zum Positiven geändert hat. Teil von etwas Besonderem zu sein hat auch mein Leben verändert. Lucky und Jenny hängen über ihren Computern, flüstern miteinander und lachen über den Kram, den sie dort finden. Mir ist es ein Rätsel, wie einem das Spaß machen kann. Ich komme mit Computern nicht klar. Überwachungstätigkeiten draußen vor Ort sind viel eher mein Ding. Ich versuche, beim Gedanken daran, dass Jenny so viel Zeit mit Lucky verbringt, nicht eifersüchtig zu werden. Die Tatsache, dass sie total verknallt in unseren Partner Dev und ihm hundertprozentig treu ist, erleichtert das. Wahrscheinlich sollte ich überhaupt nicht eifersüchtig sein, was Lucky angeht, aber ich habe noch nicht herausgefunden, wie ich meinem Herzen das untersagen kann.

»Was meinst du damit? Ich bin's. Lucky. Der Typ, den du in der Mittelstufe geküsst hast.« Er wirft mir ein Lächeln zu, das er für durchtrieben hält, und zwinkert. Meine Verandabeleuchtung lässt seine Zähne blitzen.

Für einen Augenblick erinnert er mich an Skip aus der Bar, aber dann verflüchtigt sich dieses Bild. Die beiden sind nicht zu vergleichen. Lucky ist … Lucky. Er ist einmalig.

Wahrscheinlich sollte ich weiter sauer auf ihn sein, aber er ist so verdammt süß, dass ich ihm einfach verzeihen *muss*, dass er sich heute Nacht in mein Leben drängt. Ehrlich gesagt, wäre es vermutlich auch gar keine gute Idee, heute Nacht für mich zu sein, wo der Jahrestag meiner größten Sünde wie ein Damoklesschwert über meinem Kopf hängt. Ich seufze, schüttle den Kopf und wende mich ab, damit er mein Lächeln nicht sieht. »Das wirst du mich niemals vergessen lassen, oder?«

»Warum sollte ich? Es war der schönste Tag meines Lebens.«

Ich kriege rote Ohren, und mein Herz schlägt schneller. *Meint er das ernst oder verarscht er mich?* Seltsam, wie diese körperliche Reaktion der ähnelt, die ich habe, wenn ich befürchte, gleich von einem der bösen Jungs erwischt zu werden, die wir überwachen. So viel zum Thema Adrenalin. *Muss an den Long Island Iced Teas liegen.* Ich schüttle den Kopf, um ihn klar zu kriegen. Lucky kann das nicht ernst meinen. Ich hätte doch gemerkt, wenn er all die Zeit über etwas für mich empfunden hätte.

Schließlich finde ich meinen Schlüsselbund ganz unten in meiner Tasche und stecke den Hausschlüssel ins Schloss. »Ja, klar.« Ich weiß, er sagt diesen Quatsch nur, um nett zu sein. Lucky ist ein ziemliches Genie. Ihm entgeht nicht viel.

All die Jahre war er da, hat mir über die Schulter geschaut. Immer, wenn er sieht, dass mir der Kamm schwillt, kommt er an und sagt etwas Dämliches, sodass ich mich wieder ein bisschen beruhige.

Bisher habe ich immer geglaubt, mir diese kleinen Rettungsaktionen nur eingebildet zu haben, aber jetzt habe ich das unbestimmte Gefühl, dass er die ganze Zeit bewusst auf mich aufgepasst hat. *Aber warum? Aus welchem Grund sollte er das tun?* Wenn er auf mich stehen würde, hätte ich das gemerkt, aber diesen Eindruck hat er nie erweckt. Er hat sich einfach nur immer im Hintergrund meines Lebens aufgehalten. Ich kann ihm keinen Vorwurf daraus machen, dass ich ihm nach all den Fehlern, die ich gemacht habe, leidtue. Schließlich greife ich auch ein, wenn ich sehe, dass jemand etwas tut, das dem Team schaden könnte.

Ich öffne die Tür, trete ein und drehe mich zu ihm um, die Hand am Türblatt. »Ich komme schon klar. Du brauchst dir um mich keine Sorgen mehr zu machen. Geh ruhig rüber zu Thibault.« Alle im Team wissen, wo der Schlüssel versteckt ist, und kennen den Code der Alarmanlage.

Ich trete ganz ins Haus und schließe die Tür halb, während ich den Code eingebe, der meine Alarmanlage deaktiviert.

Lucky kommt näher und steht jetzt zwei Schritte von der Schwelle entfernt. An jedem anderen Tag hätte ich ihm einfach wortlos die Tür vor der Nase zugeschlagen und wäre direkt ins Bett gegangen. Aber dies ist kein Tag wie jeder andere.

In weniger als einer Woche jährt sich der Tag, der mein Leben für immer verändert hat. Ich spüre ihn wie einen schweren Mantel, der sich um meine Schultern legt, unangenehm warm, etwas, das man am liebsten abstreifen würde, das man aber nicht loswird. Je näher er rückt, desto mehr habe ich das Gefühl zu ersticken. Jedes Jahr nimmt mir die Erinnerung daran, dass ich meinen Ex-Freund Charlie getötet habe, beinahe den Atem. Vielleicht ist das der Grund, warum ich heute Nacht drei Long Island Iced Teas zu viel hatte. Ich hasse es, allein zu sein, wenn Charlie so präsent in meiner Erinnerung ist.

»Lass mich rein.« Er kommt einen Schritt näher.

Die Versuchung ist groß … ich schüttle den Kopf. »Nein, ich gehe ins Bett. Allein. Hau ab!« Meine Hand schließt sich fester um die Tür. Ich sollte sie einfach zuschlagen und weggehen.

Er macht einen weiteren Schritt vorwärts, sein Fuß steht auf meiner Schwelle. »Ich möchte aber mit reinkommen. Wir müssen reden.« Er klingt sehr ernst, was mich innehalten lässt.

Ich schiebe die Hüfte vor und lehne den Unterarm gegen die Türkante. »Worüber?«

Lucky öffnet sich anderen nur selten, aber ich weiß, dass ich nicht die Einzige bin, die ein Problem mit einem Jahrestag hat. Vor fast zwei Jahren ist seine Schwester gestorben. Stirnrunzelnd versuche ich, mich an das genaue Datum zu erinnern, aber dann muss ich ein paarmal blinzeln, weil mir vom Alkohol leicht schwindelig wird. Ich möchte ihm in die Augen sehen können, wenn er mir sagt, worüber er mit mir reden will. Das wird mich beruhigen und mir die Geduld verleihen, ihm bis zum Ende zuzuhören.

Lucky hat etwas an sich – es ist schwer zu erklären. Für mich ist er der Inbegriff der *Stabilität.* Er hat eine beinahe mystische Präsenz – ist wie ein Schutzengel, von dem ich weiß, dass er da sein wird, wenn ich ihn wirklich brauche, koste es, was es wolle, und egal, wo ich bin. Aber ich bin nicht gerne schwach. Ich hasse es, von jemandem abhängig zu sein, egal, worum es geht. Deshalb habe ich diesen Schutzengel noch nie zu Hilfe gerufen, und ich werde heute Nacht nicht damit anfangen. Ich warte auf seine Antwort auf meine Frage, bin aber gleichzeitig beinahe sicher, dass ich ihm am Ende die Tür vor der Nase zuschlagen werde.

»Nicht hier. Du musst mich reinlassen.« Er schiebt die Hände in die Taschen und senkt den Blick.

Meine Neugier ist geweckt. Das ist das erste Mal heute Nacht, das erste Mal seit langer Zeit, dass mir Lucky unsicher vorkommt.

»Ist was mit Sunny?« Lucky hat einen Goldfisch, der ihm sehr wichtig ist. Das mag für jeden anderen verrückt klingen, aber ich habe Verständnis dafür. Irgendwie. Er gehörte seiner Schwester Maribelle. Vielleicht denkt er auf diese Weise an sie. Jenny hat allen im Team erzählt, Lucky müsse über den Tod seiner Schwester reden, um seine Trauer über ihren Selbstmord zu bewältigen, und deswegen werde ich Mordsschuldgefühle entwickeln, wenn ich ihm jetzt die Tür vor der Nase zuschlage.

Ich trete zurück und öffne die Tür ein Stück weiter. »Komm rein. Ich mache uns zwei von Thibaults Katerkillern.«

Lucky tritt ein und schließt die Tür hinter sich. »Warte mal noch eine Sekunde. Ich muss erst noch etwas erledigen.«

Verwirrt bleibe ich in der Diele stehen, die in meine Küche führt. Er kommt auf mich zu, aber ich zucke nicht zurück. Ich rege keinen Muskel. Das Schwindelgefühl, das mich zu übermannen drohte, verschwindet jäh, als er mir so nahe kommt, dass er mich berühren könnte.

Ich schaue zu ihm auf, sehe das Feuer in seinen Augen lodern, und stelle die Frage, die mir durchs Hirn zuckt. »Was tust du da?« Ich weiß nicht genau, wie seine Antwort lauten wird, aber mein Herz schlägt trotzdem wie eine Kriegstrommel.

»Etwas, worüber ich schon sehr lange nachdenke. Ich habe beschlossen, nicht weiter darüber nachzudenken und es einfach zu tun.«

»Warum?« Ich spiele auf Zeit, versuche zu verstehen, worauf er hinauswill.

»Eine Freundin hat neulich zu mir gesagt, ich soll jeden Tag etwas tun, das nicht getan zu haben ich in Zukunft bedauern würde, und deshalb bin ich hier.« Er kommt immer näher, zwingt mich zurückzuweichen. Er unterschreitet meinen Sicherheitsabstand, dringt in meinen persönlichen Bereich ein, und mein Herz rast, während ich zu begreifen versuche, was er vorhat. Ich war bereit, ihm ein offenes Ohr zu schenken, einfühlsam zu sein, was mir eigentlich gar nicht liegt. Doch was er jetzt tut, wirft mich völlig aus der Bahn. Ich begreife es einfach nicht.

»Ich verstehe … ich verstehe nicht …« Mein Rücken stößt gegen die Wand. Weiter kann ich nicht zurück, aber Lucky kommt immer noch näher.

Unmittelbar vor mir bleibt er stehen und schaut mir von oben herab in die Augen. »Toni, ich werde dich jetzt noch mal küssen. Bitte ramm mir nicht das Knie in die Eier und schlag mir nicht ins Gesicht.«

Ich beiße mich auf die Innenseite meiner Wange und versuche, ein Lächeln zu unterdrücken. Nicht so verzweifelt, so ernst. Aber diesmal ist er clever genug, mich vorzuwarnen. Ich bin so damit beschäftigt zu überlegen, ob ich Ja oder Nein sagen soll, dass mir entgeht, wie er sich bereits über mich beugt.

Er nimmt mein Gesicht in die Hände, beugt sich noch näher und schließt die Augen.

Sollte ich mich wegducken und die Flucht ergreifen? Sollte ich ihm das Knie in die Eier rammen, obwohl er mich explizit gebeten hat, es zu unterlassen? Sollte ich die Augen schließen und mal abwarten, was passiert? *Zu viele Long Island Iced Teas, nicht genug Zeit.* Etwas flüstert in meinem Hinterkopf, ein anderer Teil von mir, nicht so schnapsvernebelt wie mein Bewusstsein. *Nein*, flüstert er und versucht verzweifelt, mich aus dieser Lage zu befreien. *Tu's nicht! Du wirst ihn kaputt machen! Er wird dich zerstören! Das kann nicht gut enden!* Leider bin ich eine Meisterin darin, gute Ratschläge zu ignorieren.

Luckys Lippen berühren meine, zuerst sanft, doch dann wird der Kuss ziemlich schnell ziemlich heiß. Sekundenlang bilde ich mir ein, ich könne mich zwingen, nicht zu reagieren, ihm die Bühne überlassen, damit er merkt, dass ich nicht daran interessiert bin, diese Spielchen mit ihm zu spielen. Aber etwas in mir entflammt, und ich verliere innerhalb weniger Sekunden jegliche Kontrolle. Die schwache Stimme der Vernunft in meinem Kopf wird immer leiser. *Tut mir leid, Gehirn, falsche Antwort.* Meine Antwort auf seine Ankündigung, mich küssen zu wollen, ist nicht *Nein*, sondern ein lautes *Ja, Ja, Ja!*

Er presst mich gegen die Wand, seine Hände wandern von meinen Wangen zu meinen Schultern. Ich packe ihn an der Hüfte, kralle mich in sein Hemd, klammere mich an ihn, als gäbe es kein Morgen. Er schmeckt nach purer Waghalsigkeit und riecht wie Lucky, eine berauschende Kombination. Ich will mehr von ihm spüren, diesem kribbeligen Gefühl nachgeben, das mich zu verschlingen droht.

Er stöhnt auf, und mein Blutdruck rast in ungeahnte Höhen. Meine Finger fahren in sein Haar und ziehen ihn näher heran. Eine seiner Hände umfasst meine Brust. Ich stehe in Flammen. Bin unsagbar erregt. Es ist zu lange her, dass ein Mann mich berühren durfte.

Ich weiß im Augenblick nicht einmal, wer ich bin, worum sich mein Leben dreht, wie meine Zukunft aussieht. Es zählt nur dieser Augenblick, diese paar Sekunden, die Lucky und ich der Welt, der Wirklichkeit rauben. Er ist Teil meines Lebens, solange ich denken kann, war immer da, immer im Hintergrund, immer lächelnd, immer ein viel besserer Mann, als ich es verdiene. Es kann nicht richtig sein, etwas mit ihm anzufangen, aber ich tue es trotzdem. *Verdammt, ja!* Um die Konsequenzen mache ich mir später Sorgen.

Seine Zunge ist heiß, seine Lippen sind voll und weich. Ich habe am ganzen Körper Gänsehaut, weil seine Hände sich in Bereiche vorwagen, wo sie nicht hingehören. Beide Brustwarzen sind hart, und mein Höschen ist feucht.

Er umarmt mich, ohne unseren Kuss zu unterbrechen, und zieht mich von der Wand weg.

»Wo willst du hin?« Seine Zähne schaben über meine Lippe, und ich giere nach mehr. Ich kriege in dieser Nacht einfach nicht genug von ihm.

»Küss mich einfach«, haucht er und zieht mich durchs Haus, wobei er unterwegs gegen Möbel stößt und Dinge umwirft. Wir landen im Wohnzimmer und lassen uns aufs Sofa fallen. Er liegt auf mir, und ich spüre seinen stahlharten Schwanz, der sich gegen die weiche Stelle zwischen meinen Beinen drückt. Ich brenne, kann keinen klaren Gedanken mehr fassen. Das Einzige, woran ich denken kann, ist, wie sehr ich ihn in mir spüren will.

Scheiß auf die Konsequenzen! Scheiß auf die peinlichen Momente, die mir morgen und in den nächsten Jahren unweigerlich bevorstehen! Ein Kuss in der Mittelstufe hat zehn Jahre überdauert. Wie sieht wohl die Halbwertszeit hiervon aus? *Scheiß drauf!*

Ich rede mir ein, dass wir gar nicht groß daran zurückdenken werden. Oder zumindest nicht lange. Wir sind erwachsen.

In ein paar Tagen haben wir das verdaut, und dann geht das Leben weiter. Ich brauche ihn. *Jetzt.*

»Ich will dich schon so lange«, murmelt er ganz dicht an meinem Mund.

Es passt mir nicht, dass er die Dinge kompliziert zu machen versucht. Für mich geht es hier nur um Sex, und wenn ich das hinkriege, dann kann er es auch. »Schnauze!«, knurre ich und zerre das Hemd aus seiner Jeans. »Zieh dich einfach nur aus und fick mich!«

Er hält inne und keucht gegen meinen Hals. »Bist du sicher?«

Ich funkle ihn an, wütend, dass er diese Frage ausgerechnet jetzt stellt. Als hätte ich eine Wahl. »Fahr zur Hölle, Lucky!«

Sein Lächeln, so dicht bei mir, so schön, wird finster. »Das mag ich an dir, Toni. Klare Ansagen.«

Insgeheim gefällt mir das, aber das werde ich ihm nicht sagen. »Ich sage dir nicht zweimal, du sollst deine verdammten Klamotten ausziehen.«

Plötzlich beeilt er sich. Seine Jacke fliegt zusammen mit seinem Hemd durch die Luft. Ich nehme mir einen Augenblick Zeit, seine Brust, die wie gemeißelt aussieht, und seine wohlgeformten Schultern zu bewundern. Dann ist seine Hand an meinem Shirt, zieht es mir über den Kopf. Das ist in keiner Weise schön oder anmutig, aber wir sind beide in unter einer Minute nackt, und dann gleitet er in mich.

Ein tiefes, lang gezogenes Stöhnen entrinnt mir, als er quälend langsam ganz in mich dringt. Ich bin so feucht, so bereit für ihn. Kaum zu glauben, dass das wirklich passiert. Der Junge, in den ich schon verknallt war, noch bevor ich Brüste bekam, gleitet in mich und wieder heraus, bewegt sich schwitzend und stöhnend auf mir. Jetzt werde ich mir erst einmal gestatten, diesen Augenblick zu genießen.

Für Bedauern ist später noch genug Zeit.

Ich umklammere seinen Rücken und kralle mich in ihn, als hinge mein Leben davon ab, zerkratze ihm die Haut mit meinen stumpfen Nägeln und zittere vor Lust.

Er zischt als Reaktion auf den Schmerz und stößt in mich. »Ich ficke dich, Toni.«

Ich beiße mir auf die Unterlippe, klammere mich noch fester, dränge mich ihm entgegen und ziehe ihn noch tiefer in mich. »Nein. Ich ficke *dich*.«

Sein Lachen ist tief, eher ein Knurren, und er erhöht das Tempo. Unsere Körper prallen aufeinander, schweißfeucht und glitschig. Stoß für Stoß, Bewegung für Bewegung halte ich seinen Rhythmus. Wir keuchen beide, streben dem Höhepunkt entgegen. An seinem Zittern spüre ich, dass er genauso erschüttert ist wie ich.

»Ich kann mich nicht mehr lange beherrschen«, stöhnt er.

Die Alkoholmenge, die wir intus haben, sollte unser beider Empfindungsfähigkeit dämpfen, aber mir geht es genauso. »Warte nicht auf mich.« Ich hechle wie ein Hund, bin kurz vor dem Höhepunkt. Es ist zu lange her, und ich habe so viele Jahre über Lucky fantasiert. Doch das hier ist viel besser, als ich mir je hätte träumen lassen.

Ich spüre etwas, das gefährlich nah an Glück ist, aber vor diesem Gefühl habe ich Angst. Normalerweise bedeutet es, dass hinter der nächsten Ecke der Schmerz lauert. Ich verdränge diesen Gedanken und konzentriere mich auf seine Erektion, die mich ausfüllt, mich immer weiter meinem Höhepunkt entgegentreibt. Lucky weiß irgendwie genau, was ich brauche, und gibt es mir wortlos.

Er schiebt den Arm unter meinen Rücken, hebt mich an und stößt immer schneller in mich. Ich schreie jetzt, kann die Sturzflut der Gefühle nicht mehr ausblenden, die von allen Ecken und Enden meines Geistes und meines Herzens ausgeht. Solchen Sex hatte ich noch nie und werde ich vermutlich auch nie wieder haben, weil dies hier eine einmalige Sache bleiben wird. Jetzt geht es dem Ende entgegen, dem bittersüßen Augenblick, den wir beide herbeisehnen und den ich vermutlich für den Rest meines Lebens bedauern werde.

»Ich komme!«, brüllt er. Sein ganzer Körper ist angespannt und steinhart. Er trieft vor Schweiß.

Seine Worte zu hören und seinen bebenden Körper auf meinem zu spüren ist alles, was ich brauche.

»Ich auch!«

Wir kommen gemeinsam zum Höhepunkt, und es fühlt sich an, als sei in meinem Wohnzimmer gerade ein Wunder passiert. Wir explodieren beide gleichzeitig innerlich, krallen uns aneinander fest, um nicht zügellos und ohne Wiederkehr ins Universum davonzutreiben. In meinem Kopf explodiert ein Feuerwerk, in meinem Körper auch. Ich pulsiere vor Begehren und erschöpfter Ekstase. Lucky geht es genauso. Dann verlieren sich all die Hitze, all das Feuer und die intensiven Emotionen, er sackt auf mir zusammen, erdrückt mich mit gut neunzig Kilo Was-zum-Teufel-haben-wir-gerade-getan.

Ich spüre seinen Herzschlag an meinem, das harte Hämmern holt mich in die Wirklichkeit zurück.

Aber ich bin zu müde und zu erschöpft, um irgendetwas dagegen zu tun. Morgen werde ich mich hassen. Im Augenblick will ich einfach nur dem nachfühlen, was eben passiert ist, und genießen.

Lucky richtet sich auf den Ellbogen auf und sieht schweigend auf mich herab.

Unter seinem prüfenden Blick weicht das warme Gefühl schnell der Unbehaglichkeit. »Warum siehst du mich so an?«

Diesen Gesichtsausdruck kenne ich genau. *Reue.* Er schweigt noch immer.

Ich stoße ihm mit aller Kraft vor die Brust, schiebe ihn so weit zurück, dass er aus mir herausgleitet und mit einem lauten Knall auf den Boden fällt.

Es scheppert, als er dabei Dinge von meinem Couchtisch reißt. »Au«, ertönt seine Stimme vom Fußboden.

Ich stehe auf und sammle rasch meine verstreuten Klamotten ein. Bis er sich aufgesetzt hat, bin ich schon halb aus dem Zimmer.

»Wo willst du hin?« Er wirkt verwirrt, was absolut keinen Sinn ergibt. Ich tue, was ich tun muss, und er sollte mir dafür dankbar sein.

Ich nehme immer zwei Stufen auf einmal. »Weg!«, rufe ich, bemüht, so viel Abstand von ihm zu gewinnen wie möglich. Ich kann nicht glauben, dass ich gerade mit Lucky geschlafen habe. *Was zum Teufel ist bloß los mit mir? Habe ich mich noch nicht genug selbst bestraft? Muss ich auch noch ihn kaputt machen?*

Seine Stimme folgt mir die Treppe hinauf. »Kann ich raufkommen?«

Vor meinem Schlafzimmer bleibe ich stehen, ehe ich antworte. Auch wenn ich versucht bin, diese Katastrophe fortzusetzen, weiß ich, dass ich es nicht kann. Mein Leben ist schon ruiniert genug, da brauche ich Lucky nicht noch mit reinzuziehen. »Nein!« Ich schlage die Schlafzimmertür hinter mir zu und schließe ab, dann bleibe ich einen Augenblick stehen und lege eine zitternde Hand auf mein rasendes Herz, ehe ich unter die Dusche steige.

Kapitel 5

Ich liege im Bett und starre an die Decke, als mein Handy ein zweites Mal summt. Vom ersten Summen bin ich aufgewacht. Ich drehe den Kopf und sehe es auf dem Nachttisch liegen. Das Display leuchtet, eine eingegangene SMS wird angezeigt.

Wie ist es da hingekommen? Ich erinnere mich nicht, mein Handy mit ins Schlafzimmer genommen zu haben. Jetzt, wo ich darüber nachdenke, erinnere ich mich auch nicht, wie ich selbst hierhergekommen bin. Vage habe ich das Gefühl, dass in meinem Leben etwas nicht stimmt, aber ich komme nicht darauf.

Ich lasse meine Gedanken schweifen und versuche, die Hinweise zu deuten, die in mein verschlafenes Gehirn vorzudringen versuchen. Mein Magen knurrt, was mich daran erinnert, dass ich letzte Nacht viel zu viel getrunken und viel zu wenig gegessen habe.

Wo war ich? Ach ja, im Pub. Ich war mit meinem Team verabredet, und die anderen kamen zu spät. Während ich wartete, habe ich einem Typen in den Arsch getreten und fast dafür gesorgt, dass er rausfliegt. *Warum erinnere ich mich nicht daran, wie das Team eingetroffen ist?*

Eine Vision von Luckys Gesicht durchzuckt meinen Geist. Mir bleibt fast das Herz stehen, als mir wieder einfällt, was wir in der Nische mit dem alten Münztelefon getan haben. *O*

Scheiße! Nicht schon wieder! Ich zwinge mich, die Hände links und rechts neben mich auf die Matratze zu legen. Sie wollen meine Lippen berühren, die jetzt von der Erinnerung kribbeln. Auch andere Teile meines Körpers werden langsam warm.

Mir fällt noch etwas wieder ein: eine Taxifahrt. *Lucky hat mich nach Hause begleitet. Ist mit reingekommen.* Ich kralle mich in mein Shirt über meiner Brust, als ein Schmerz abrupt und scharf durch meine Rippen zuckt. *O Gott! Ich habe mit ihm geschlafen!* Ich drehe den Kopf und schaue wieder mein Handy an. *Ist das ein Anruf von ihm?* Ich bin gleichzeitig entsetzt und hoffnungsvoll, eine traurige Gefühlsmixtur.

Das Kissen an meiner Wange fühlt sich feucht an. Ich hebe die Hand und berühre meinen Kopf, mein Haar ist nass. *Habe ich geduscht? Mit Lucky? Nein, nicht mit Lucky.* Ich erinnere mich an die Dusche, und er war definitiv nicht dabei. Aber … heilige Scheiße, jetzt erinnere ich mich noch an andere Dinge. Viele andere Dinge. Gefühle … Empfindungen … Hoffnung … Angst … seinen schweren Körper auf meinem. Zwischen meinen Beinen wird es heiß.

Ich lege den Handrücken auf meine glühende Stirn. Ich kann nicht glauben, dass ich es mit ihm getan habe! Was ist bloß los mit mir? Will ich mein Leben komplett zerstören? Habe ich das nicht auch so schon weitgehend geschafft? Ich drehe mich um und zische vor Wut. *Verdammt!* Als wäre mein Leben nicht schon kompliziert genug. Leicht schwankend stehe ich auf, der Alkohol wirkt immer noch seine schwarze Magie. Ich reibe mir den Bauch. *Verdammt! Ich muss etwas essen, und ich brauche Thibaults magischen Katerkiller.* Auf der anderen Seite des Bettes angekommen, schnappe ich mir das Handy und habe fast Angst, Luckys Namen auf dem Display zu sehen.

Ich bin erleichtert und enttäuscht zugleich, eine SMS von Thibault vorzufinden.

T-BO: Hast du Lucky gesehen?

Seine SMS ergibt für mich keinen Sinn. Ob ich Lucky gesehen habe? Ich lächle bitter. *Ja, habe ich. Er hing direkt über meinem Gesicht.* Die Erinnerungen kehren viel zu schnell und viel zu heftig zurück: wie der Schweiß von ihm tropfte, unmittelbar bevor er auf mir landete, wie er sich in mir anfühlte, wie er mein Herz in Flammen aufgehen ließ. Ich sehe jetzt alles wieder allzu klar vor meinen Augen, fast als wäre er noch bei mir. Kopfschüttelnd verscheuche ich die Erinnerungen und tippe gleichzeitig eine Erwiderung.

Ich: Seit gestern Nacht nicht mehr.

Eine mehr oder weniger ehrliche Antwort.

T-BO: Er ist verschwunden.

Stirnrunzelnd werfe ich einen Blick auf mein Handy. Es ist 9.30 Uhr. Heute ist Samstag, und es war eigentlich keine Wochenendschicht geplant. Was meint er damit, Lucky sei verschwunden?

Ich: Lass mich in Ruhe, Thibault. Du bist voll. Geh wieder ins Bett.

T-BO: Ich komme rüber.

Ich: Bin gerade aufgestanden. Gib mir zehn.

T-BO: Ich komme jetzt rüber.

Wenn mein Bruder sich etwas in den Kopf gesetzt hat, lässt er sich nicht davon abbringen. Ich stolpere durchs Zimmer, schnappe mir meine schmutzigen Jeans sowie ein Paar Stiefeletten mit flachen Absätzen und ziehe beides in Rekordzeit an. Dann streife ich mir ein abgetragenes T-Shirt über und bürste mein Haar durch, da öffnet sich unten auch schon die Eingangstür und schlägt wieder zu.

»Bist du da oben?«, ruft Thibault.

»Ich komme gleich runter. Setz schon mal Kaffee auf!« Es ist zu spät für Thibaults Katerkiller. Den hätte ich gestern Nacht noch trinken müssen. Ich werde die Kopfschmerzen und die Folgen meiner schlechten Entscheidungen einfach wie eine Frau nehmen müssen. Wenn ich sie nämlich wie ein Mann nähme, müsste ich den ganzen Tag jammern, und darauf stehe ich gar nicht.

Ich putze mir überhastet die Zähne, dann gebe ich meine Bemühungen, halbwegs präsentabel auszusehen, auf und gehe nach unten in die Küche zu meinem Bruder. Er hat mich schon in schlimmeren Zuständen gesehen.

Thibault steht mit einer leeren Kanne da, in der er gerade Kaffee kochen will. Ich gehe zu ihm hinüber und nehme zwei Becher aus dem Schrank zu seiner Rechten. Anschauen kann ich ihn nicht. *Was, wenn er Bescheid weiß?*

»Hast du Lucky nicht gesehen?«, erkundigt sich Thibault.

»Ich habe doch geschrieben, gestern Abend das letzte Mal. Genau wie du.« Wieder rast mein Puls. Ich hasse es, meinen Bruder zu belügen, doch noch mehr hasse ich den Gedanken an meine Schwäche der vergangenen Nacht. Ich hätte Lucky gar nicht erst hereinlassen sollen. Er hat mich total manipuliert, weil er Sex wollte. *Arschloch!* Wenn wir uns wiedersehen, trete ich ihm definitiv in die Eier. Hoffentlich erzählt er niemandem, was wir getan haben.

»Wusstest du, dass er gestern bei mir drüben geschlafen hat?«, fragt Thibault.

Ich schüttle den Kopf, denn ich möchte mich nicht darauf verlassen, dass es mir gelingt, ehrlich zu klingen.

»Er hat mir eine Notiz hinterlassen. Darin heißt es, er werde ein Weilchen nicht erreichbar sein. Was zum Teufel meint er damit?«

»Keine Ahnung.«

Ich gerate in Panik. *Ist er meinetwegen abgehauen?* Natürlich. Warum sonst? Ich hasse mich, weil ich in der Nacht zuvor so kaltherzig war. Warum habe ich ihn nicht bleiben lassen? Wenigstens auf der Couch? Ich bin völlig durch den Wind. Am liebsten würde ich ihn gleichzeitig verprügeln und umarmen. *Vielleicht hat ihn das mit seiner Schwester stärker mitgenommen, als uns klar war.*

Thibault dreht sich um und lehnt sich mit dem Po gegen den Küchentresen. »Warum war er hier?«

»Woher soll ich das wissen?« Ich hole Zucker und Milch, die wir beide nicht nehmen. Jetzt bin ich wütend. Wütend, weil ich gezwungen bin, Thibault anzulügen.

»Warum so empfindlich? War doch nur eine Frage.«

Ich zucke die Achseln. »Ich mache mir Sorgen um ihn, genau wie du. Ist das ein Verbrechen?«

Thibault starrt mich lange an. Ich ignoriere ihn und gehe in die Speisekammer hinüber, um mir etwas zu essen zu suchen. Aber eigentlich habe ich keinen Hunger mehr. In erster Linie geht es mir darum, seinem durchdringenden Blick auszuweichen. Ich schwöre, manchmal durchschaut er mich im wahrsten Sinne des Wortes.

»Seid ihr zusammen mit dem Taxi hierher zurückgefahren?«

Aus der Speisekammer antworte ich: »Vielleicht. Tatsächlich weiß ich nicht mehr viel von gestern Nacht. Ich hatte zu viele Long Island Iced Teas.«

Thibault grunzt eine Antwort. Der Kaffee läuft langsam durch, und sein Duft erfüllt die Küche. Ich tue, als hätte ich alle Hände voll mit Frühstücksvorbereitungen zu tun, doch in Wirklichkeit ist das ein reines Ausweichmanöver. *Er weiß es. Gar kein Zweifel.*

»Ich hoffe, er kommt am Montag wieder zur Arbeit. Für den nächsten Fall brauchen wir ihn wirklich.«

»Ach ja?« Ich strecke den Kopf aus der Speisekammer. »Um was geht es denn?«

»Ozzie hat gestern Nacht noch spät einen Anruf von Captain Tremaine bekommen. Sie haben Probleme oben im Sechsten Bezirk.«

Ich schnappe mir wahllos eine Schachtel Müsli und gehe in die Küche zurück. »Was werden wir tun?«

»Wir kennen noch nicht alle Details, aber es klingt, als gehe eine der Gruppierungen dort jetzt ein wenig raffinierter vor. Sie nutzen massiv soziale Medien und vernetzen sich in privaten Chatgruppen. Lucky und Jenny sollen sich darum kümmern, aber wir müssen auch ein bisschen gute alte Überwachungsarbeit machen.«

Ich nicke. »Cool.« Genau das brauche ich, um Lucky aus meinem Kopf zu kriegen. Arbeit. Gefahr. Adrenalin.

Genau, Kumpel.

Ich hole zwei Schalen aus dem Schrank und schütte Müsli hinein, dann schnappe ich mir auf dem Weg zurück zum Tisch zwei Löffel aus der Schublade.

»Bist du sicher, dass du dich nicht erinnerst, ob Lucky hier war?« Wieder starrt mich Thibault an.

Ich kann ihm nicht in die Augen schauen. Mit lautem Scheppern stelle ich die Schalen auf den Frühstückstisch und lasse mich auf meinen Stuhl fallen. Mit dem Löffel attackiere ich die gezuckerten Frühstücksflocken. »Ich sagte doch, nein. Hör auf, mich auszufragen. Mein Gott, das ist doch kein Verhör hier.« Ich hebe den Blick und funkle ihn an. »Oder hab ich etwas verbrochen?«

Er zuckt die Achseln. »Du warst echt voll. Als Ozzie den Anruf bekam, warst du nicht da, konntest also nicht an der Besprechung teilnehmen.«

Genervt fuchtle ich mit der freien Hand herum. »Soweit ich weiß, wollten wir feiern, nicht arbeiten, und wenn ich feiere, trinke ich Long Island Iced Tea. Ende der Geschichte.« Ich nehme einen Löffel voll Müsli in den Mund, knuspere darauf herum, und ein Tropfen Milch macht sich selbstständig und fällt von meinen Lippen in die Schale zurück.

»Vielleicht solltest du das nächste Mal nach *einem* Cocktail aufhören.«

Mit vollem Mund erwidere ich: »Vielleicht solltest du dich das nächste Mal um deinen eigenen Kram kümmern.« Ich knalle meinen Löffel auf den Tisch, stehe auf und verlasse die Küche, denn ich habe Angst, ihm noch heftiger ins Gesicht zu springen, als ich es schon getan habe. Thibault ist daran gewöhnt, aber normalerweise habe ich einen guten Grund, so zu explodieren, und dann macht es ihm nichts aus. Jetzt hingegen weiß ich nicht genau, warum ich eigentlich so sauer bin. Ist mir das Ganze peinlich? Schäme ich mich? Mache ich mir Sorgen? Ich weiß es selbst nicht. Ich hasse es, wenn ich mir selbst ein Rätsel bin.

Ich gehe hinauf ins Schlafzimmer und schließe mich ein. Dann schnappe ich mir mein Handy vom Nachttisch und schreibe rasch eine SMS.

Ich: Wo bist du? Was ist los?

Ich wollte eigentlich nicht mit Lucky kommunizieren. Mein Plan war gewesen, Gras über die Sache wachsen zu lassen und weiterzuleben, als sei nichts passiert, aber sein Verschwinden ändert alles. Wenn er nach dem Verlassen meines Hauses eine seltsame, geheimnisvolle Notiz für Thibault hinterlassen hat, kann ich das nicht einfach ignorieren. Niemand aus dem Team darf einfach so abtauchen. Wir passen aufeinander auf. Es ist gefährlich, sich ohne Rückendeckung in freier Wildbahn zu bewegen.

Die erwartete Antwort bleibt aus. Das nervt mich. Wir haben vor weniger als zwölf Stunden miteinander geschlafen.

Zumindest eine Antwort schuldet er mir.

Ich: Hör zu, Arschloch. Du musst mir antworten.

Meine Hände zittern. Ich weiß nicht, ob aus Zorn, Sorge oder einem anderen Grund.

Ich versuche es noch mal.

Ich: Wenn du nicht antwortest, erzähle ich allen, was du getan hast.

Die Antwort kommt schneller als erwartet.

Lucky: Was WIR getan haben, meinst du.

Ich kann mir ein Lächeln nicht verkneifen. Ich stehe ja so auf böse Jungs. Lucky ist kein böser Junge, aber manchmal verhält er sich echt wie einer.

Ich: Ich war betrunken.

Lucky: Ich auch.

Seine Reaktion macht mich ziemlich traurig. *Verdammt!*

Ich: Wo bist du?

Lucky: Das braucht dich nicht zu interessieren.

Ich würde am liebsten mein Handy quer durch den Raum werfen, lasse es aber sein. Das Display hat bereits einen Sprung und fällt beinahe ab. Ich schicke eine weitere, kurze SMS.

Ich: Sag schon.

Keine Antwort, und ich werde nicht betteln. Wenn er ein Arsch sein will und unbedingt möchte, dass sich alle um ihn Sorgen machen, gut. Ich weiß, dass er noch lebt. Er wird schon wieder auftauchen, wenn er erledigt hat, was auch immer er gerade tut.

Wahrscheinlich leckt er seine Wunden. Ich zumindest werde das eine Weile tun müssen. Nachdem ich das Handy wieder auf meinen Nachttisch gelegt habe, gehe ich nach unten.

»Es geht ihm gut.«

Thibault starrt mich von der anderen Seite des Raumes her an, wo er darauf wartet, dass der Kaffee fertig durchgelaufen ist.

»Lucky? Hast du mit ihm geredet?«

»Ja. Wie gesagt, es geht ihm gut. Er will nur eine Weile seine Ruhe haben.« Ich setze mich auf meinen Platz und nehme meinen Löffel. »Ich weiß nicht, warum.« Ich kann meinem Bruder unmöglich sagen, was Lucky und ich getan haben oder wie ich so schnell mit ihm in Verbindung treten konnte.

»Warum beantwortet er deine SMS, meine aber nicht? Oder hast du ihn angerufen?«

Ich schaufle mir Müsli in den Mund und antworte um die vollgesogenen Frühstücksflocken herum: »Ich habe ihm eine SMS geschrieben. Aber er wird mir nicht antworten. Lass ihn einfach in Ruhe.« Ich starre in meine Schale.

Thibault komm zu mir herüber und stellt mir einen Becher heißen Kaffee hin. Dann setzt er sich mir gegenüber und isst ebenfalls sein Müsli. Ich hoffe, wir werden in geselligem Schweigen frühstücken, aber er nimmt mir diese Hoffnung mit der nächsten Frage.

»Ist gestern Nacht zwischen euch irgendwas gelaufen?«

Ich lasse meinen Löffel klappernd in die Schale fallen und funkle ihn an. »Könntest du dich bitte mal um deine eigenen Angelegenheiten kümmern?«

Thibault, der schlaue Fuchs, lächelt mich an. »Irgendetwas ist geschehen. Versuch nicht, es zu leugnen.« Er kneift die Augen zusammen. »Aber was könnte dich so auf die Palme bringen? Hmm ...« Er stochert mit dem Löffel in seinem Müsli herum, ohne mich aus den Augen zu lassen. Dann schiebt er einen Löffel voll in den Mund und kaut ganz langsam.

Ich stehe auf, schnappe mir meine Schale und meinen Löffel, gehe rasch zur Spüle hinüber und stelle sie hinein. »Ich bin fertig. Du findest ja raus.«

»Hältst du das für eine gute Idee?« Thibaults Worte folgen mir durch den Flur.

»Ich erörtere das nicht mit dir.«

»Ich will nur nicht, dass dir wehgetan wird.«

Zu spät. Ich renne die Treppe hoch, entschlossen, es hinter mich zu bringen, und das Herz schmerzt in meiner Brust. *Gott, bitte pass gut auf Lucky auf. Ich kann ihm gerade nicht den Rücken freihalten, und ich will nicht, dass ihm etwas passiert.*

Kapitel 6

Das Wochenende vergeht viel zu langsam. Am Montagmorgen laufe ich schon um acht Uhr auf der Arbeit ein und bin damit viel zu früh dran. Trotzdem sind Dev, der Mann, der für unser aller Fitness zuständig ist, und Jenny bereits im Trainingsbereich zugange. Sie arbeiten seit mehreren Monaten an Jennys Verfassung, und es zahlt sich langsam aus.

An ihrem ersten Tag bei uns sah sie aus wie ein typischer weiblicher Computernerd – eben wie jemand, der den ganzen Tag am Schreibtisch sitzt und Chips in sich reinstopft. Mittlerweile ist sie eine Fälle knackende schlanke Maschine, die alles beherrscht, was sie können muss. Fast alles. Dev versucht schon eine Weile, ihr den Umgang mit einem Singlestick beizubringen, sie wehrt sich jedoch dagegen. Im Gegensatz zu ihrer Schwester May ist Jenny überzeugte Pazifistin. Ich höre sie am anderen Ende des Lagerhauses jammern.

»Ich arbeite am Computer. Ich werde niemals jemanden mit einem Stock schlagen.«

»Wahrscheinlich nicht«, erwidert Dev, »trotzdem solltest du im Ernstfall wissen, was du tust. Nur weil du süß bist, heißt das noch lange nicht, dass ich für dich eine Ausnahme mache.«

Sie kichert, und ich verdrehe die Augen. Die beiden sind so verknallt ineinander, dass es schon wehtut. Aber ich bin nicht eifersüchtig. Ihre Liebe funktioniert, auch wenn die Chancen eigentlich schlecht standen. Die beiden haben insgesamt vier Kinder, allerdings keine gemeinsamen, zwei davon haben besondere Bedürfnisse. Die Mutter des einen hat sich direkt nach der Geburt aus dem Staub gemacht, und Jennys Ex-Mann, der Vater der anderen drei, ist nicht gerade ein Musterbeispiel von einem Vater. Sie würden es nie zugeben, aber ich glaube, sie kommen gerne ins Lagerhaus. Das ist weniger stressig, als bei dieser lauten, verrückten Bande zu Hause zu sein.

»He, Toni«, begrüßt mich Dev und tritt aus dem Schatten. »Wie war dein Wochenende?«

»Schön«, lüge ich. Nie im Leben hätte ich ihm gesagt, wie lang und leer es mir vorgekommen ist und dass ich mir alle fünf Minuten Selbstvorwürfe gemacht habe. Die Reue nagt an meiner Seele.

Dev und ich sind Freunde, er ist wie ein Adoptivbruder für mich, aber ich habe ihn noch nie an meinen Gefühlen Anteil nehmen lassen. Das darf höchstens Ozzie. Er hat sich um mich gekümmert, als ich aus dem Knast kam, und mein Leben für mich in die Hand genommen, als ich es nicht konnte. Er ist der einzige Mensch auf der Welt, der meine Gefühle kennt, aber seit es May in seinem Leben gibt, haben wir nicht mehr viel geredet. Selbst meinen Bruder halte ich auf Distanz. Dankenswerterweise hat Thibault das Thema Lucky das ganze Wochenende über nicht mehr angesprochen – ich weiß nicht, wie ich darauf reagiert hätte. Vielleicht hat es geholfen, dass ich ihn gemieden habe wie die Pest.

Ich mag es überhaupt nicht, wenn sich jemand in meine Angelegenheiten einmischt. Charlie – mein Ex-Freund – hat einmal behauptet, ich hätte Angst, dass sich jeder, der mitbekommt, wie es in mir wirklich aussieht, sofort aus dem Staub macht. Blödsinn! Mir reicht dieses oberflächliche Miteinander, solange ich Teil dieses Teams sein darf.

»Ich habe gehört, du bist Freitagnacht mit Lucky verschwunden«, bemerkt Dev.

Jenny kommt aus dem Trainingsbereich, stellt sich neben ihn und schaut zu ihm auf. »Echt?«, fragt sie. »Warum höre ich davon erst jetzt?« Sie lächelt mich an und wackelt vielsagend mit den Augenbrauen. »Was ist dann passiert?«

Ich sehe sie stirnrunzelnd an. »Gar nichts.« Meine Worte klingen schärfer als geplant. Sie klingen schuldbewusst, und das hören wir alle. Ich versuche, in sanfterem Tonfall weiterzusprechen. »Es ist nichts passiert. Ich weiß eigentlich gar nicht, was er genau gemacht hat. Nur, dass ich total voll war und mit dem Taxi heimgefahren bin.« Ich recke das Kinn, sehe sie an und versuche, das Thema zu wechseln. »Aber was war mit euch? Ich habe euch im Pub gar nicht gesehen.«

»Wir haben es nicht geschafft«, sagt Jenny.

»Ja«, setzt Dev hinzu, »die Kinder hatten eine Pyjamaparty geplant, bei der wir für die Popcornversorgung zuständig waren und sie im Auge behalten mussten.«

Die beiden Turteltäubchen lächeln sich an.

Um höflich zu sein, ringe ich mir ein Lächeln ab. »Eine Pyjamaparty? Klingt spaßig.« Nein, tut es nicht.

Jenny ist nicht dumm. Wenn ich weiterrede, wird sie merken, dass etwas nicht stimmt, also gehe ich Richtung Treppe. Jenny ist eines dieser Mädchen, die andere ständig verkuppeln wollen, und das Letzte, was ich brauche, ist, mit einem Typen verkuppelt zu werden, der mich innerlich so durcheinanderbringt wie Lucky gerade.

Wenn ich mich wirklich auf jemanden einlassen soll, muss es ein ganz langweiliger Typ sein. Jemand, der mich nicht ständig auf hundertachtzig bringt, sondern mich beruhigt.

»Ich gehe schon mal hoch«, sage ich beiläufig, »muss ein paar Unterlagen sortieren.« Über meiner Schulter hängt eine

Aktentasche, allerdings befinden sich darin nur ein Notizbuch, ein Stift und ein Springmesser.

»Wir sind in ein paar Minuten oben«, verspricht Dev. »Ich muss ihr nur noch ein bisschen den Arsch aufreißen.«

Jenny schnaubt. »Du kannst es ja mal versuchen.« Als ich mich umdrehe, sehe ich, wie sie den Oberarm hebt und den Bizeps anspannt. Eine leichte Erhebung wölbt sich auf ihrem schlanken Arm.

Dev beugt sich über den Muskel und drückt ihn zwischen Daumen und Zeigefinger zusammen. Seine Hände sind im Vergleich zu ihrem zierlichen Körperbau riesig. »Nicht schlecht«, sagt er. »Dann zahlt sich ja all die harte Arbeit endlich aus.«

»All die harte Arbeit?« Sie schüttelt den Kopf und geht in Richtung der Trainingsgeräte. »Komm schon. Du brauchst noch ein bisschen Training.«

Schmunzelnd folgt er ihr und gibt ihr spielerisch einen Klaps auf den Hintern, woraufhin sie überdreht aufschreit und davonrennt.

Ich öffne die obere Tür und betrete den Raum, froh, wieder allein zu sein. Ihre Spielchen lassen mein Herz schmerzen. Vielleicht liegt das an ihrem übermächtigen Dauerglück.

In den vergangenen sechs Monaten habe ich miterlebt, wie sich zwei meiner Waffenbrüder in Mädchen verliebt haben, von denen ich nie gedacht hätte, dass sie in ihr Beuteschema passen. Aber was weiß ich schon von Liebe? Ich war nur ein einziges Mal in jemanden rückhaltlos verliebt, und diesen Menschen habe ich am Ende umgebracht. Dieses Spiel spiele ich nicht mehr. Ich will nicht noch jemanden töten, und Männer, die mir das Herz brechen, sind in dieser Hinsicht definitiv gefährdet.

Der Raum, den ich durchquere, um in den angrenzenden zu gelangen, der uns als Küche und Besprechungszimmer dient, ist vollgestopft mit Devs Spielzeugen – in erster Linie Schwerter.

Auf dem Display meines Handys sehe ich zwei neue SMS. Ein kleiner Teil von mir hofft, dass eine der beiden von Lucky stammt. Meine Finger schweben zögernd über der virtuellen Tastatur. Soll ich? Nur eine kurze Nachricht?

Ich werfe mein kaputtes Handy auf den Tisch und zische genervt. Es ist, als wäre ich wieder in der Mittelstufe. Damals hatten wir zum Glück keine Handys, sonst hätte ich mit meinem wahrscheinlich den gleichen Blödsinn angestellt, der mir jetzt vorschwebt. Ich hätte einem Typen SMS geschrieben, der es nicht verdiente, von mir zu hören.

Meine Gedanken schweifen ab. Ich denke an den Tag in der Mittelstufe, an dem mich Lucky beim Schulball geküsst hat. Er und mein Bruder haben mich so lange genervt, bis ich hingegangen bin, obwohl Tanzveranstaltungen ganz und gar nicht mein Ding waren. Sie haben vermutlich gehofft, mich auf der Tanzfläche zu erwischen, aber das kam überhaupt nicht infrage.

Stattdessen erwischte mich Lucky dabei, wie ich mich davonzustehlen versuchte. Er hat mich gebeten, zurückzukommen und mit ihm zu tanzen, aber ich wollte nicht. Da hat er mich einfach gepackt und geküsst. Ich habe keinerlei Widerstand geleistet. Vielleicht hätte ich mich wehren sollen, aber ich hatte einfach schon zu viele Jahre sein schönes Gesicht bewundert.

In diesem Augenblick wurde er vom besten Freund meines Bruders, der quasi zur Familie gehörte, zu dem Mann, von dem ich mein Leben lang nicht wegkommen konnte. Ich wusste, es war ein Fehler, aber wenn das Herz etwas will, hat der Verstand keine Chance. Wir lebten damals in einem echt engen, fast schon familiären Nachbarschaftsverbund, hingen alle in der Nähe der Bourbon Street ab und machten nur Unfug. Eine Gruppe von Jugendlichen, die alles gemeinsam durchzog, das Gute wie das Schlechte. Damals hatte niemand von uns einen moralischen Kompass. Ozzie nahm erst später Einfluss auf uns. Obwohl ich erst fünfzehn war, wusste ich, dass es die ganze Gruppe durcheinanderbringen würde, wenn Lucky und ich etwas miteinander anfingen. In der verhängnisvollen Nacht stieß ich ihn weg und rannte davon. Ich erinnere mich nicht mal mehr, wie ich von dem Ball nach Hause gekommen bin. Wie ich mich kenne, bin ich wahrscheinlich einfach bei irgendwem eingestiegen. Aber dieser Kuss brannte mir noch jahrelang auf den Lippen.

Ich widerstehe dem Drang, die Hand zu heben und meinen Mund zu berühren. Mir ist, als spürte ich immer noch seine Berührung von Freitagnacht.

Die Entscheidung, die ich in dieser Ballnacht vor zehn Jahren getroffen habe – mich von Lucky fernzuhalten und damit unsere Quasifamilie zu retten –, trieb mich in Charlies Arme. Ich sagte mir, ich bräuchte einen Freund, um nicht mehr ständig an Lucky denken zu müssen und ihm klarzumachen, dass ich nicht verfügbar war, und Charlie bot sich einfach an: der Inbegriff des bösen Buben mit Motorrad und Lederjacke, der täglich eine Packung Camel ohne Filter rauchte. Er hatte mich zuvor schon bemerkt, mir eine Kippe oder eine Mitfahrgelegenheit auf seinem Motorrad angeboten. Ich hatte ihn bis dahin ignoriert, aber das änderte sich nach Luckys Kuss.

Kopfüber stürzte ich mich in die Beziehung und gestattete ihm vorbehaltlos, mein Leben zu ruinieren. Damals dachte ich natürlich, er sei der Richtige für mich. Ich sah nicht, was ich direkt vor der Nase hatte: einen alkoholabhängigen, prügelnden Vater, der immer mal wieder im Knast saß. Ein unbeherrschtes Temperament. So große Komplexe, dass für kaum etwas anderes in seinem Leben Platz war.

Unsere Liaison dauerte mehrere Jahre, war aber nie glücklich. Ausbrüche gequälter Leidenschaft wechselten sich mit Phasen voller betrunkener Streitereien und endloser Diskussionen ab. Die Beziehung war in vielerlei Hinsicht körperlich geprägt. Lange konnte ich meine blauen Flecken vor den anderen verstecken. Ich trieb Sport, konnte sie also immer locker auf die gegnerische Mannschaft schieben. Aber eines Tages erwischte Thibault Charlie dabei, wie er mich so heftig schüttelte, dass mir der Kopf mehrfach unkontrolliert in den Nacken flog, und wurde misstrauisch.

Danach behielten sie mich alle genau im Auge, und es war nur eine Frage der Zeit, bis sie herausfanden, dass er mir wehtat. Das war in meinem Abschlussjahr. Charlie hatte die Schule schon eine Weile hinter sich. Damals hätte ich die Beziehung beenden sollen. Teufel auch, ich hätte sie damals schon lange beendet haben sollen, aber ich war süchtig. Nach Charlie, nach Adrenalin und Schmerz. Zusammenfassend kann man sagen, ich war ziemlich am Arsch.

Für nichts von alldem gebe ich Lucky die Schuld. Er hätte nie gewollt, dass ich so etwas erlebe, und mir Zuneigung geschenkt, die mir nie wehgetan hätte. Ich konnte sie einfach nicht annehmen. Meine Wahlfamilie aus der Nachbarschaft war mir zu wichtig, schon bevor wir gemeinsam das Team der Bourbon Street Boys bildeten.

Ich hätte gehen sollen, nachdem Charlie das erste Mal tätlich geworden war, das weiß ich heute. Doch damals war ich zu rebellisch, um das Richtige zu tun. Ich fand Entschuldigungen für ihn. Mein Bruder versuchte, mich vor ihm zu warnen, doch ich wollte mir von niemandem etwas sagen lassen.

Ich schätze, so bin ich weitgehend immer noch, aber ich bilde mir ein, ich kann heute von Zeit zu Zeit in den Rückspiegel schauen und meine Fehler erkennen, um sie nicht ein zweites Mal zu machen. Deshalb verabrede ich mich nicht mit Typen und lasse mich nicht mehr in Bars abschleppen. Ich halte mich besser einfach von Männern fern, die ich nicht kenne, da ich mich auf mein Urteilsvermögen nicht verlassen kann.

Leider musste ich diese Lektion auf die harte Tour lernen. Das ist bei mir immer so. Ich blieb bei Charlie, bis es echt übel wurde, und landete im Krankenhaus. Als ich endlich versuchte, aus der Sache herauszukommen, war es zu spät. Charlie war genauso süchtig nach unserer kranken Beziehung wie ich.

Vor fünf Jahren tauchte er eines Nachts bei mir auf, nachdem ich ausgezogen war, und ich tat das einzig Mögliche, um der Sache ein Ende zu machen. Als er meine Tür eintrat und sich Zugang zu meinem Haus verschaffte, schoss ich auf ihn.

Fünf Mal. Mitten ins Herz.

Normalerweise kann man einen Einbrecher ganz legal und ohne viel Stress erschießen, weil davon ausgegangen wird, dass er Böses im Schilde führt. Aber ich habe nicht nur auf Charlie geschossen, um ihn aufzuhalten. Ich habe auf ihn geschossen, um ihn für all das zu bestrafen, was er mir angetan hat – und ich mir selbst.

Der Prozess wurde nicht vor einem Geschworenengericht verhandelt. Mein Anwalt hielt es für besser, wenn nur ein Richter meine Aussage hörte. Er empfand mich als nicht sehr sympathische Zeugin oder so, außerdem war Charlies Familie in der Gegend ziemlich bekannt, ein Haufen Kleinkriminelle mit Verbindungen zu großen Verbrechersyndikaten, mit denen sich die meisten Leute nicht anlegen wollten. Mit anderen Worten: Neutrale Geschworene wären schwer zu finden gewesen.

Richter Culpepper war ein ergrauender Mann Ende sechzig, ein Gentleman der alten Schule aus Louisiana, wo er gezeugt, geboren und aufgewachsen war. Er hatte wahrscheinlich ein paar brave Jungs mit besten Verbindungen als Söhne. Ihm war völlig egal, dass Charlie doppelt so groß gewesen war wie ich und meine Krankenakte aus der örtlichen Klinik zahlreiche Hämatome und Knochenbrüche dokumentierte. Er erkannte die Schüsse Nummer zwei bis fünf als das, was sie gewesen waren: Rache.

Also kam ich wegen Totschlags in den Bau. Ich schätze, er wertete das Notwehrargument meines Anwalts als Grund, mich nicht wegen Mordes zu verurteilen. Zu meinem Glück kam ich ziemlich bald auf Bewährung wieder raus.

Das alles ist fünf Jahre her. Charlies Todestag jährt sich heute wieder, und ich bin verdammt froh, dass er auf einen Montag fällt. So kann ich den Lärm in meinem Kopf unter einer Lawine von Arbeit begraben.

Die Tür zur anderen Hälfte des Raumes öffnet sich, und Ozzie kommt aus seinen privaten Räumlichkeiten herein, dicht gefolgt von seiner Hündin Sahara und dem winzigen Felix, Mays Chihuahuamischling. Der Kleine ignoriert mich, denn er ist immer auf seine große, haarige Freundin konzentriert, die zehnmal so groß ist wie er, ihn aber ebenso abgöttisch liebt wie er sie. Selbst Hunde haben dieses Beziehungsding besser drauf als ich.

»Morgen«, knurrt Ozzie.

Ich nicke. »Morgen. Wie war dein Wochenende?«

»Gut.« Er geht zum Kopfende des Tisches und nimmt Platz. »Hast du schon gefrühstückt?«

»Müsli.«

»Heldenfrühstück.«

»Ja.«

Die Tür, durch die Ozzie gerade hereingekommen ist, öffnet sich, und May stürmt in den Raum. Sobald sie mich sieht, beginnt sie zu strahlen.

»Toni! Ich bin so froh, dass du da bist. Du bist die Zweite nach Jenny, die die tollen Neuigkeiten zu hören kriegt.«

Sie bleibt am anderen Ende des Tisches stehen und klatscht ein paarmal in die Hände, ehe sie sie mir hinstreckt. »Schau. Schau, schau, schau!«

Ich starre ihre Hände an, sehe aber nur manikürte Fingernägel, die länger sind, als sie sein sollten.

Sie hat mich beim waffenlosen Kampftraining mehr als einmal damit gekratzt.

»Was genau soll ich mir anschauen?«

Sie schüttelt die Hände und hält sie mir noch eindringlicher entgegen. »Schau doch! An meinem Finger!«

Meine Augen treten ein wenig aus den Höhlen, als ich endlich sehe, worüber sie so aufgeregt ist. Ich schätze, ich habe es kommen sehen, aber es tatsächlich vor der Nase zu haben ist noch einmal etwas ganz anderes, als es sich einfach nur vorzustellen. »Du hast einen neuen Ring.«

Sie umklammert ihre Hand und hüpft quietschend auf und ab. »Ja, unglaublich, oder?« Sie tritt zu Ozzie, umarmt ihn von hinten und nimmt ihn liebevoll in den Schwitzkasten. »Dieses Riesenbaby hat gestern Abend um meine Hand angehalten.«

Na toll. Selbst schuld. »Gratuliere.«

May schaut mich an. »Du solltest wissen, dass das zwischen dir und Ozzie oder zwischen uns beiden nichts ändert.«

Ich schaue sie finster an, weil ich ihr nicht ganz folgen kann, aber ziemlich sicher bin, dass mir nicht gefällt, was sie damit meint. »Was?«

Ozzie dreht den Kopf und schaut zu May auf. »Würdest du mir noch eine Tasse Kaffee holen, Babe?«

Sie tätschelt seinen Kopf, als sei er ein Chihuahua. »Okay, Babe. Sofort.« Dann wendet sie ihre Aufmerksamkeit mir zu. »Willst du auch einen?«

Ich fühle mich immer noch verloren. Vielleicht wird mir Koffein helfen. »Klar.«

Als sie in der Küche herumlärmt, senke ich die Stimme, damit wir uns zumindest halb ungestört unterhalten können. »Wovon hat sie da gerade geredet?«

Ozzie schüttelt den Kopf und flüstert zurück: »Sie macht sich Sorgen, du könntest eifersüchtig sein. Spiel einfach mit.«

Ich brumme genervt. Noch nie habe ich auf Ozzie gestanden, und das wird sich auch nicht ändern. Sie kann ihn gerne haben. Er ist für meinen Geschmack viel zu dominant und zu groß. Er würde niemals im Zorn einer Frau wehtun, aber ich habe die Tendenz, das Schlechteste an Menschen zum Vorschein zu bringen, und das Schlechteste an Ozzie möchte ich wirklich nicht erleben.

»Wenn du meinst«, sage ich. »Ich hoffe, du wirst glücklich.«

»Bin ich schon.« Er meint es so. Ozzie macht keine halben Sachen. Wenn er sich etwas in den Kopf setzt, ist es schon so gut wie erledigt. Vor sechs Monaten hat er sich entschlossen, May zu lieben, so albern sie auch manchmal sein kann, und das war's jetzt. Ozzie ist für immer vom Markt.

Ehe May mit dem Kaffee zurück ist, öffnet sich die Tür zur Straße, und alle außer Lucky kommen herein. Die Besprechung wird jetzt ohne das einzige Teammitglied beginnen, das ich heute wirklich gerne gesehen hätte. Ich hasse es, mir das eingestehen zu müssen. Toller Sex wird noch mal mein Tod sein.

Kapitel 7

»Wir haben einen neuen Fall und müssen uns sofort an die Arbeit machen«, verkündet Ozzie, als wir mit dampfenden Kaffeetassen zusammensitzen. »Die Stadt hat wieder Ärger im Sechsten Bezirk. Manche von euch haben schon am Freitagabend im Pub davon gehört, am Wochenende hat mich Captain Tremaine detailliert ins Bild gesetzt. Erinnert ihr euch noch an David Doucet und die Bande, der er angehört?« Er hält inne, als wir nicken, und legt May, die ein bisschen blass um die Nase geworden ist, eine Hand auf die Schulter.

Wie könnten wir David Doucet vergessen? Der Schwerstkriminelle hat May vor einer Weile in ihrem Haus aufgelauert und wollte sie ausschalten, weil sie beobachtet hatte, wie er auf Ozzie geschossen hat. Zum Glück konnte sie dank Devs Training im entscheidenden Moment richtig reagieren. Sie hat sich wohl nicht besonders elegant verteidigt, aber sie hat es dem Typen gezeigt.

Dev hätte nicht stolzer sein können, ich war einfach nur erleichtert. Sie ist eine verdammt gute Fotografin, und ich habe damals schon gewusst, wie viel sie Ozzie bedeutet. Wenn ihr etwas Schlimmeres widerfahren wäre, hätte das unser Team gesprengt. Ozzie mag ein harter Kerl sein, aber ein Blick von May genügt, und er wird weich wie Butter. Das ist ganz schön peinlich mit anzusehen, was ich ihm auch ins Gesicht sagen würde, wenn ich nicht befürchten müsste, dass er dann meine Trainingseinheiten verdoppelt und mich den Rest meines Lebens im Müll nach Beweisen wühlen lässt.

Ich bin froh, dass sie weiter trainiert und mittlerweile große Fortschritte macht, weil sie eine Schwachstelle in unserem Team darstellt. Genau wie ihre Schwester Jenny. Die beiden sind wesentlich behüteter aufgewachsen als wir anderen. Sie körperlich und geistig zu stählen obliegt seit ihrer Aufnahme ins Team Dev, doch wir anderen stellen uns gerne als Sparringpartner zur Verfügung oder helfen sonst irgendwie beim Training, wann immer wir Zeit haben. Dev ist gewiss nicht zu beneiden. Er hat einen schweren Job. In ihrem ganzen Benehmen und ihrem Auftreten erinnern mich die Schwestern an Marshmallows. Am Anfang waren sie ganz weich und fluffig … jetzt, nachdem sie schon eine Zeit lang dabei sind, ist das Äußere ein bisschen fester geworden, der Kern aber immer noch zu weich.

Ozzie reißt mich aus meinen Gedanken. »Offenbar kommt eine verfeindete Gang in die Stadt, und die Lage auf den Straßen verschärft sich. Es hat einige Drive-bys gegeben, was an sich noch kein Grund wäre, uns zu engagieren, doch die Angriffe wirken wesentlich geplanter als üblich. Es scheinen gezielte Anschläge zu sein, mit mehr Opfern als sonst.«

»Ist das nicht gut?«, fragt Jenny. Sie mustert die versammelte Mannschaft. »Das sind doch alles Drogendealer und Bandenmitglieder und solche Leute, oder nicht? Spart es nicht Steuergelder, wenn die sich gegenseitig abmurksen? Das Gesetz der Straße oder wie man das auch nennt?«

Thibault schüttelt den Kopf. »Nein. Die Täter fahren mit ihren Autos zu Quinceañeras – diesen lateinamerikanischen Feiern anlässlich des fünfzehnten Geburtstags eines Mädchens –, Taufen, Geburtstagsfesten, Grillpartys und anderen Familienfeiern vor und ballern drauflos. Sie nehmen mittlerweile auch Mütter und Großmütter ins Visier. So langsam wird es ganz schön hässlich da draußen.«

Jenny fällt die Kinnlade herunter. »Oh! Das ist mir jetzt echt unangenehm. Sie schießen wirklich auf alte Omas?«

May streckt den Arm aus und tätschelt Jennys Hand. »Keine Sorge, große Schwester. Wenn irgendwas passiert, bin ich am Start.«

Ich unterdrücke ein Lachen. Immer wenn May versucht, Straßenslang zu sprechen, klingt sie wie ein als Gangster verkleideter Muppet. Jenny verdreht die Augen und wirft mir einen vielsagenden Blick zu. Sie verstellt sich nicht, sondern weiß genau, wer sie ist und was sie kann. Dafür respektiere ich sie.

Dev legt den Arm über Jennys Stuhllehne und gibt ihr damit schweigend und vermutlich ohne, dass sie es bemerkt, vollste Rückendeckung. Ich reibe mir den Brustkorb, um den Schmerz zu vertreiben, der plötzlich darin auflodert. Mit Eifersucht hatte ich bisher nie Probleme, jetzt trifft sie mich mit voller Wucht. Warum dürfen eigentlich alle anderen glücklich sein? Die Antwort auf diese Frage kenne ich, und sie macht mich nur noch wütender. Charlie. Wenn ich mein Leben nur noch mal von vorn anfangen könnte! Das Schicksal ist eine miese, nachtragende Schlampe.

Dann denke ich an Lucky. Er ist auch unglücklich. Wahrscheinlich ist er auch deshalb gerade nicht hier. Ist es möglich, dass er sich meinetwegen jetzt noch schlechter fühlt als vorher? Super. Einfach toll. Genau, was ich gebraucht habe. Ich schiebe die Gedanken an ihn beiseite und konzentriere mich auf Ozzie, damit ich nicht anfange, zu heulen wie ein Baby.

»Im Zuge dieses Auftrags müssen wir uns in einige Twitter-, vielleicht auch ein paar Facebook-Profile hacken.« Ozzie sieht Jenny an. »Schaffst du das?«

Sie nickt. »Klar. Gar kein Problem.« Wann immer Ozzie oder sonst jemand Jenny auf ihre Arbeit anspricht, verändert sich ihre Art grundlegend. Sie verwandelt sich von einem Marshmallow in eine Tigerin. Das gefällt mir.

Es lässt mich hoffen, dass sie nicht völlig die Nerven verliert, wenn wir irgendwann gemeinsam in eine brenzlige Situation geraten.

»Werden wir Luckys Hilfe benötigen?«, fragt Thibault.

Jenny sieht sich um. »Wo ist Lucky eigentlich? Er hat nicht auf die SMS geantwortet, die ich ihm heute Morgen geschickt habe.«

Ich halte den Mund und hoffe, Thibault findet eine einfache Erklärung für seine Abwesenheit, die Jenny nicht allzu neugierig macht.

Sie interessiert sich auch so schon viel zu sehr dafür, was Freitagnacht zwischen uns passiert ist.

Wie üblich hält meine Pechsträhne an. Noch ehe Thibault antworten kann, meldet sich May mit ihrer Trällerstimme. »Irgendetwas ist ihm am Wochenende passiert. Mit Toni.« Sie schaut mich mit leuchtenden Augen an.

Meine Miene verfinstert sich, und ich würde jetzt am liebsten meine halb volle Kaffeetasse quer über den Tisch auf sie schleudern. »Gar nichts ist passiert.«

Thibault ergreift das Wort, ehe May weiter darauf herumreiten kann. »Im Moment müssen wir nur wissen, ob wir Lucky für den Auftrag brauchen. Mehr nicht.«

Jennys Blick wandert von mir zu Thibault und dann zu May. Sie sieht verwirrt aus, fixiert aber schließlich unseren stellvertretenden Boss und beantwortet seine Frage. »Für das, was Ozzie will, brauche ich Lucky nicht. Wenn ich euch nur Zugang zu den Konten verschaffen soll, damit ihr sie überwachen könnt, schaffe ich das auch allein.«

Thibault nickt. »Spitze. Das wollte ich hören.« Er schaut zu Ozzie. »Was brauchen wir sonst noch?«

»Wir müssen drei Ziele überwachen, es ist allerdings noch unklar, wie wir genau vorgehen. Zuerst einmal gucken wir uns die Accounts an, alles Weitere überlegen wir uns danach.«

»Was soll ich tun?«, frage ich. Ich muss mich unbedingt beschäftigen. All diese freie Zeit gibt mir zu viel Raum zum Nachdenken, gestattet meinen Gedanken, zu sehr abzuschweifen.

»Toni, du arbeitest mit May zusammen. Springt in den Van und fahrt in der Innenstadt und in Tremé herum, schaut euch um, macht euch ein Bild. Ein paar Fotos wären gut.«

»Sollen wir den Papagei einsetzen?« Ich hoffe inständig, dass er Ja sagt. Es macht mir Spaß, die Drohne zu fliegen, auch wenn ich es nicht besonders gut kann. May hat es mir gezeigt, weil sie aus irgendeinem Grund super mit dem Ding umgehen kann. Als sie es punktgenau auf einem Strommast landen ließ, als hätte sie das schon ihr ganzes Leben lang gemacht und nicht gerade zum ersten Mal, traute ich meinen Augen kaum. Es hätte mich total abgenervt, wäre ich nicht so beeindruckt gewesen. Seither ist sie stetig noch besser geworden.

»Nein«, entgegnet Ozzie. »Erst einmal nicht. Ihr könnt ihn mitnehmen, setzt ihn aber noch nicht ein. Ich schätze, es dauert eine Weile, bis Jenny Ergebnisse liefert.«

Ozzie wendet sich an Thibault. »Ruf den mit dem Fall befassten Ermittler an. Vielleicht hat er noch hilfreiche Informationen für uns.« Er wirft einen Blick auf seine Notizen. »Allerdings ist die Polizei nach allem, was ich gehört habe, im Augenblick ziemlich ratlos. Leider scheint die Zeit knapp zu werden. Es geht das Gerücht, dass bald eine große Sache läuft, deshalb will der Polizeichef, dass wir uns ranhalten.«

Jenny ergreift das Wort. »Warum hat die Polizei überhaupt unsere Hilfe angefordert?« Sie mustert nachdenklich die einzelnen Teammitglieder. »Darf ich diese Frage überhaupt stellen? Mir würde es helfen, alle Einzelheiten zu kennen, auch die,

die auf den ersten Blick bedeutungslos scheinen. Manchmal bekommen dadurch übermittelte Nachrichten eine andere Bedeutung, besonders solche, die Codewörter enthalten.«

Ozzie fühlt sich offenkundig unwohl. »Ich habe noch nicht alle Informationen, deshalb kann ich im Augenblick nur sagen, dass der Polizeichef den Verdacht hegt, dass diese Typen einen Maulwurf in seiner Behörde haben. Das erleichtert es ihnen, unbehelligt zu entkommen und unterzutauchen.«

May reißt die Augen auf. »Ein Maulwurf?« Sie sieht zu Ozzie auf. »Warum hast du mir das nicht gesagt?«

»Ich habe es eben erst erfahren. Es versteht sich von selbst, dass diese Information das Team nicht verlassen darf. Wir wissen nicht, wie eng diese Verbindung zu den Banden ist oder wie weit sie reicht, also behaltet das für euch. Keine vorschnellen Schlüsse. Ich will nicht, dass ihr unachtsam werdet und euch Kleinigkeiten entgehen, weil ihr glaubt, bereits alles zu wissen.«

Alle Anwesenden nicken ernst und höchst konzentriert. An Tagen wie diesem bin ich stolz, zu diesem Team zu gehören. Es ist eine ganz schön große Sache, dass die Polizei von New Orleans uns diesen Fall anvertraut, besonders, wenn man bedenkt, dass viele von uns häufiger mal eine Nacht in der Arrestzelle verbracht haben, als wir jünger waren.

Damals, als wir ständig Ärger gesucht haben. Ozzies Militärdienst hat uns alle von der schiefen Bahn geholt. Als er zurückkam, hat er uns unaufhaltsam wie ein entgleister Frachtzug ausfindig gemacht. Er hat uns gesagt, wie die Dinge ab jetzt laufen und wie wir zusammenarbeiten, als anständige Bürger. Dass wir uns endlich zusammenreißen müssten. Weil wir auf die bisherige Tour gar nichts erreichen würden.

Die Welt trat uns regelmäßig in den Arsch, und Ozzie bot uns ein Festgehalt an.

Da wir praktisch alle verirrte Seelen auf der Suche nach dem nächsten Ärger waren, kam uns das vor wie eine gute Idee.

Er hatte seinen gesamten Sold angespart, verfügte also über ein ordentliches Startkapital für seine Sicherheitsfirma. Bald arbeiteten wir profitabel, und unser Ruf sprach sich herum. Das heißt, unser neuer Ruf – dass wir eine Gruppe von Leuten waren, die Aufträge grundsätzlich erledigten, ein Team, das agierte wie ein Dieb in der Nacht, unauffällig, unmerklich, unsichtbar … wir sammelten Informationen und gaben sie an die Bullen weiter, die sie dann für ihre Zwecke nutzten. Wir beherrschen so einfache Dinge wie das Sammeln von Beweisen, mit denen man einen Richter überzeugen kann, einen Durchsuchungsbeschluss auszustellen, aber auch die ganz komplizierten Dinge, etwa das Zusammentragen von Indizien für einen Mordprozess.

Erst letzten Monat haben wir geholfen, einen Typen für fünfundzwanzig Jahre hinter Gitter zu bringen. Er wird nie wieder auf freien Fuß kommen, denn er ist schon Mitte siebzig – nach einem ganzen Leben voller Verbrechen konnte er mithilfe der Bourbon Street Boys endlich dingfest gemacht werden. Wir bekamen einen Dankesbrief vom Polizeichef und fünftausend Dollar Bonus aus dem Drogengeld, das die Polizei beschlagnahmte, als sie ihn hochnahm. Als jemand, der im Knast gewesen und jetzt wieder auf freiem Fuß ist, kann ich ganz klar sagen, ich gehöre lieber zu den Guten.

Ozzie überreicht May eine Aktenmappe. »Auf diesen Karten sind ein paar Örtlichkeiten markiert, die in meinen und Thibaults Augen interessant sein könnten. Seht euch da mal um und macht Fotos. Ihr könnt losfahren, sobald ihr euren Kaffee getrunken habt.« Die nächsten Worte richtet Ozzie wieder an das gesamte Team. »Der Rest bleibt hier, damit wir unsere nächsten Schritte erörtern und die abgeschlossenen Fälle evaluieren können.«

Ich stehe auf und trage meine Tasse in die Spüle. Es dauert keine zwei Sekunden, da steht May neben mir.

»Ich liebe es, mit dir zu arbeiten, Toni. Wenn wir draußen rumfahren, können wir vielleicht mal über die Hochzeitsvorbereitungen sprechen. Ich würde wirklich gerne deine Meinung zu ein paar Dingen hören.«

Ich hatte eigentlich gedacht, mir könne nichts Schlimmeres passieren, als Lucky zu verlieren. »Mal sehen. Vielleicht kommen wir gar nicht dazu.« Möglicherweise meint es das Schicksal ja ausnahmsweise mal gut mit mir, und ein Drogendealer hat es auf unseren Van abgesehen.

Die Hoffnung stirbt zuletzt.

Kapitel 8

Wir sind keine zwei Minuten gefahren, da legt May auch schon los. »Also, was ist am Freitag mit Lucky gelaufen?«

Ich versuche zu tun, als müsse ich mich so auf die Straße konzentrieren, dass ich ihr nicht antworten kann, aber hält sie das auf? Nein. Natürlich nicht.

»Ihr wart da, aber irgendwie auch nicht. Wir haben nur Billard gespielt. Warum seid ihr eigentlich nicht dazugestoßen?«

»Ich war beschäftigt.«

»Beschäftigt? Womit?«

»Mit dem Ertränken meines Kummers.« Ich bedauere die Worte, kaum dass ich sie gesagt habe.

»Kummer? Bist du traurig?«

Ich schüttle den Kopf. »Nein. Ich bin glücklich. Mein Leben ist einfach toll.«

Aus dem Augenwinkel sehe ich, wie May die Stirn runzelt.

»Ich weiß gerade nicht, ob du sarkastisch bist oder nicht.« Sie schweigt ein paar Sekunden lang. »Möchtest du darüber reden?«

Ich schaue zu ihr hinüber. »Du weißt schon, mit wem du redest, oder?«

Sie lächelt. »Ja, aber die Hoffnung stirbt zuletzt. Wann wirst du dich mir endlich öffnen, Toni? Du weißt doch, niemand kann mir ewig widerstehen.«

Das musste auch der stärkste Mann feststellen, den ich kenne, sie könnte also recht haben, aber ich bin dafür gerade nicht in Stimmung und kann mir auch nicht vorstellen, es je zu sein. »Nicht in diesem Leben.«

»Glaubst du, Lucky geht's gut?« Sie versucht eine andere Herangehensweise, aber ich kann die Sorge nicht ignorieren, die ihre Worte in mir auslösen.

»Warum sollte es ihm nicht gut gehen?«

Sie zuckt die Achseln. »Weiß nicht. Er hat Probleme. Außerdem glaube ich, es geht Sunny nicht besonders gut.«

Ich umklammere das Lenkrad. Mache ich mir wirklich gerade Sorgen wegen eines dummen Fisches? »Was stimmt denn mit dem Ding nicht?«

»Du meinst, mit dem *Fisch*. Pass bloß auf, was du sagst, Mädchen. Sunny ist ein *männlicher Fisch*, kein *Ding*.«

»Von mir aus.« Ich verdrehe die Augen. Diese Liebe zu Fischen werde ich nie verstehen.

»Jenny und ich haben uns lange über Lucky und seine Beziehung zu Sunny unterhalten. Wir sind zu ein paar recht interessanten Schlussfolgerungen gekommen.«

Ich lache kurz auf. »Vermutlich ohne jegliche Beteiligung von oder Kommentierung durch Lucky.« Ich kann mir gut vorstellen, wie die beiden das gesamte Team analysieren und einen Haufen Scheiße annehmen, der nichts mit der Wirklichkeit zu tun hat, nur damit alles interessanter wirkt, als es wirklich ist.

May antwortet sehr selbstzufrieden: »Tatsächlich solltest du wissen, dass Lucky und Jenny in einem regen Austausch stehen. Sie sind ziemlich enge Freunde geworden.«

Ich hasse die Tatsache, dass mich das eifersüchtig macht. Sie arbeiten ständig zusammen. Es ist völlig normal, dass sie sich unterhalten, wenn sie so viele Stunden allein miteinander verbringen. Außerdem ist die Beziehung zwischen Jenny und Dev völlig intakt. Sie würde ihn niemals betrügen.

Man sollte eigentlich meinen, angesichts all der rationalen Gedanken sollte mir Mays kleine Geschichte nichts ausmachen, aber das ist nicht der Fall. Ich breche gleich wie ein Baby in Tränen aus. Offenbar habe ich total schlimm PMS. Mays Geplapper lenkt mich zu sehr ab, als dass ich ausrechnen könnte, wann ich das nächste Mal meine Tage kriegen müsste.

»Lucky hat Jenny erzählt, dass er seine Schwester wirklich vermisst, und Sunny ist jetzt so etwas wie seine letzte verbliebene Verbindung zu ihr. Ich hasse den Gedanken daran, was aus Lucky wird, wenn Sunny stirbt. Das wird er nicht so ohne Weiteres wegstecken.«

»Lucky ist stark. Er kommt schon klar.«

Sie schüttelt den Kopf. »Nur weil jemand stark ist, muss er noch lange nicht gut mit Verlusten umgehen können. Aber er wird auch nicht gleich daran zerbrechen, wenn etwas Schlimmes passiert.«

Ich halte an einem Stoppschild an und ärgere mich über May und den Quatsch, den sie redet. Aber ich schüttle nur schweigend den Kopf.

»Meinst du nicht? Oder glaubst du, eine starke Persönlichkeit muss immer hundertprozentig krass drauf sein?«

Ich trommle mit den Daumen aufs Lenkrad, nicht sicher, ob ich überhaupt antworten möchte. Ich würde sie damit nur ermutigen, und May braucht gar keine Ermutigung, um mit hundert Stundenkilometern zu quatschen.

»Was ist denn los mit dir? Hat's dir die Sprache verschlagen?«

Ich schüttle den Kopf. »Nein. Ich bin nur nicht in Plauderlaune.«

May zuckt die Achseln. »Schon gut. Dann plaudere ich eben für uns beide.«

Die Ampel springt auf Grün, und ich fahre los. Gleichzeitig redet auch May weiter.

»Wusstest du, dass Lucky mit dem Fisch manchmal zum Tierarzt geht? Kannst du dir das vorstellen? Wie er da im Wartezimmer sitzt, umgeben von Katzen und Hunden, mit seinem Glas mit dem Goldfisch auf dem Schoß?«

»Ich bezweifle, dass er den Fisch in seinem Glas transportiert.«

»Hm. Da hast du auch wieder recht. Das spritzt zu sehr. Was glaubst du, was er verwendet? Einen wiederverschließbaren Plastikbeutel?«

»Wen interessiert das? Es ist doch nur ein Fisch.«

»Uh-oh. Sei bloß vorsichtig.«

Ich schaue zu ihr hinüber, weil sie wirklich betroffen klingt. »In welcher Hinsicht?«

»Hüte dich, Dinge leichtfertig abzutun, die jemandem, der dir wichtig ist, viel bedeuten.«

Jetzt bin ich richtig wütend, aber ich glaube, nicht auf May. In ihren Worten steckt ein Körnchen Wahrheit, das ich nicht leugnen kann. Nur bin ich nicht gut in den Dingen, über die sie da redet.

Trotz meiner Vorbehalte beiße ich an. »Ich verstehe nicht, warum er sich wegen eines Goldfischs so hat, selbst wenn er seiner Schwester gehört hat. Das ist nicht einmal ein Warmblüter. Man kann weder im Bett mit ihm kuscheln noch mit ihm Gassi gehen.«

May seufzt. »Da gebe ich dir recht. Hunde sind aus meiner Sicht viel interessantere Haustiere, aber unsere Meinung spielt in diesem Zusammenhang keine Rolle, oder?«

Sie erwartet definitiv eine Antwort von mir, und wenn ich ihr weiter ausweiche, wird sie begreifen, dass mir dieses ganze

Gespräch unangenehm ist, und dann werden die Gottlosen, in diesem Falle ich, keinen Frieden mehr finden.

Ich zucke die Achseln. »Weiß nicht. Ich schätze, du hast recht.«

»Wenn man jemanden wirklich liebt, muss man die Dinge, die ihm wichtig sind, durch seine Augen sehen. Nicht durch die eigenen. Man darf sie nicht mit seinen eigenen Maßstäben und Erfahrungen messen, sondern muss sie einfach akzeptieren. Wenn Lucky sagt, Goldfische sind großartig, sind Goldfische großartig. Punkt.«

»Was, wenn das, was dem geliebten Menschen wichtig ist, schlecht für ihn ist?«

»Du glaubst, ein Goldfisch sei schlecht für Lucky?«

Ich schüttle den Kopf und muss wie üblich an Charlie denken. »Nein. Der Goldfisch ist prima, aber du hast gesagt, wenn jemand, den ich liebe, etwas wirklich mag, soll ich es einfach akzeptieren und mich damit abfinden. Was aber, wenn es sich nicht um einen Goldfisch handelt? Sondern etwas Schlechtes?«

»Das zählt nicht. Wenn ein Freund etwas tut, das schlecht für ihn ist, das ihm schaden könnte, musst du eingreifen. Du musst ihm eine gute Freundin sein. Wenn du das nicht bist, bist du ihm eigentlich überhaupt keine Freundin, oder?«

Ich frage mich, ob May klar ist, wie genau jede einzelne ihrer Aussagen auf mich zutrifft. Es ist, als boxe sie mich mit jedem Satz in den Bauch. Bin ich Luckys Freundin? Tue ich, was ihn angeht, das Richtige? Ich wünschte, ich wüsste die Antwort auf diese Fragen. Er verdient gute Leute in seinem Leben, die sich um ihn kümmern. Leute, die seinen Fisch für großartig halten, obwohl er es gar nicht ist.

»Du solltest ihn anrufen.« May nickt, absolut überzeugt, dass das ein toller Rat ist.

Ich sehe das anders. »Kommt nicht infrage. Er will nichts von mir hören.«

»Das glaube ich nicht.«

Ihre Stimme hat einen seltsamen Unterton, deshalb fahre ich rechts ran und schaue sie an. »Warum sagst du das?« Mein Herz schlägt viel zu schnell.

Sie lächelt und sieht dabei sehr raffiniert aus. »Ich habe es dir doch gesagt … Jenny und ich haben darüber ausführlich gesprochen, und sie ist die ganze Zeit mit Lucky zusammen deshalb …« Sie zuckt viel zu selbstzufrieden die Achseln.

Ihr selbstgefälliger Gesichtsausdruck lässt mich die Augen zusammenkneifen. Wenn Sie je ein Marshmallow mit selbstgefälliger Miene gesehen hätten, wüssten Sie, warum bei mir plötzlich die Alarmglocken schrillen. »Was hast du getan?«

Sie hebt die Hände. »Gar nichts. Möglicherweise hat Jenny ein paar Fragen gestellt oder ein paar Vorschläge dich betreffend gemacht, ich bin vollkommen unschuldig.«

Kopfschüttelnd fädle ich den Van wieder in den Verkehr ein. »Du machst wohl Witze.« In mir versuchen Panik und Verärgerung zu gleichen Teilen, sich Bahn zu brechen. Ich beiße die Zähne zusammen, um meine Emotionen im Zaum zu halten. Langsam tut mir schon der Kiefer weh. *Jenny die Kupplerin hat wieder zugeschlagen.*

Endlich verstummt May, was meinem Kopf aber nur Gelegenheit gibt, endgültig durchzudrehen. Paranoia packt mich. Was hat Jenny zu Lucky gesagt? Hat er deshalb in der Bar mit mir rumgemacht? Glaubt er, ich stehe auf ihn?

Ich habe zwanzig Fragen an May und ihre dämliche Schwester, aber wenn ich sie stelle, gieße ich nur noch Öl ins Feuer. Ihr Kuppelradar wird ausschlagen, und sie werden beide ihre klebrigen, pappigen Marshmallowbemühungen, aus Lucky und mir ein Paar zu machen, noch verstärken. Lucky hat wahrscheinlich schon kapiert, was sie vorhatten, ist abgetaucht und wartet, bis ich das Interesse verloren habe. *Gott, wie schrecklich.*

Ich kommentiere diese neue Hölle nicht, die gerade zum Brennpunkt meines Zorns geworden ist. Stattdessen beiße ich die Zähne weiter zusammen und kralle mich am Lenkrad fest, als wir von der Tulane Avenue in Richtung Innenstadt abbiegen.

»Hol besser dein Zeug«, sage ich in gemessenem Tonfall zu meiner Partnerin. »Wir sind gleich da.«

»Okay. Cool.« May klettert vom Beifahrersitz in den hinteren Bereich des Vans. Lärmend sucht sie ihre Fotoausrüstung zusammen.

»Mache ich nur Bilder oder auch ein paar Videos?«, fragt sie.

»Bereite dich besser auf beides vor.« Ozzies und Thibaults Anweisungen waren ziemlich unklar. Ich bin nicht sicher, was sie sich davon erhoffen, dass wir hier einfach durch die Gegend fahren, aber ich habe vor, mich zu orientieren, um mögliche Fluchtrouten zu kennen und herauszufinden, wo die Straßengangster tagsüber abhängen.

Bei gutem Wetter, so wie jetzt, hängen immer Gruppen von jungen Männern im Freien herum und plaudern. Im Sechsten Bezirk laufen kleine Deals auf dem Bürgersteig. Die großen Fische sieht man hier draußen natürlich nie, aber die kleinen führen einen früher oder später immer zu ihnen.

May setzt sich wieder auf den Beifahrersitz und schnallt sich an. Sekunden später ist ihre Aufmerksamkeit schon wieder ganz woanders. »Schau mal! Prostituierte.« Sie macht ein paar Fotos. Danach schaut sie auf ihr Display und lächelt. »Die eine hier finde ich wirklich hübsch. Hast du ihre Beine gesehen? Traumhaft. Ich wünschte, ich hätte solche Beine.« Sie seufzt.

Ich schnaube. »Für solche Beine braucht man Eier.«

May sieht mich irritiert an. »Was?«

»Sie ist eine Transe, hat Eier unter ihrem Minirock. Solche Beine hat niemand, der als Frau geboren wird.«

»Oh!« May schaut erneut aufs Display und vergrößert den Bildausschnitt. »Ich sehe keine verräterischen Ausbuchtungen. Bist du sicher?«

»Sie klemmen den Kram zwischen die Beine, sodass er praktisch verschwindet.«

»Echt?« Sie runzelt die Stirn. »Danach muss ich Ozzie mal fragen. Ich glaube dir nicht. Du verarschst mich doch.«

Ich lache und freue mich über ihre Naivität. »Wenn du meinst. Frag ihn.«

»Glaub bloß nicht, ich hätte unser Gespräch von vorhin vergessen.« Mays Stimme klingt jetzt ein wenig düster.

»Wovon redest du?«

»Du weißt, wovon ich rede. Lucky. Ich finde wirklich, du solltest mit ihm reden. Dich ihm gegenüber ein wenig öffnen. Ihm deine sanftere Seite zeigen.«

»Ich habe keine sanftere Seite.«

»Aber klar. Die hat jeder. Ich weiß, du hast jemanden getötet, aber das bedeutet nicht, dass du eine Verbrecherin bist. Klar, du warst mal eine, aber jetzt nicht mehr. Du bist jetzt nicht in alle Ewigkeit eine schreckliche, fürchterliche Person, die nie wieder glücklich werden darf.«

Der Van kommt mit quietschenden Reifen zum Stehen, als ich eine Vollbremsung mache. Hinter uns hupt jemand laut, aber ich ignoriere es. Ich schaue zu ihr hinüber, und meine Blicke treffen sie wie Kugeln. »Machst du Witze?«

Sie windet sich ein wenig auf ihren Sitz. »Bin ich zu weit gegangen? Oh! Das tut mir leid. Ich wollte darüber schon lange mit dir reden und habe mir überlegt, wie ich wohl am besten darauf zu sprechen komme, aber jetzt bin ich wohl einfach so damit herausgeplatzt.«

»Ich verstehe nicht, warum du glaubst, das ginge dich etwas an.« Am liebsten würde ich sie auf der Stelle ohrfeigen oder Schlimmeres, aber ich bin nicht sicher, ob ich das Echo von Ozzie vertragen könnte.

Er würde es nicht verstehen. Er findet das blöde Geschnatter und ihre Übergriffigkeit süß.

»Ich bin nicht deine Feindin, Toni. Im Gegenteil, ich respektiere dich und mag dich sehr. Egal um was es geht, ich stehe hinter dir. Ich spreche überhaupt nur über etwas so Privates und Persönliches mit dir, weil mir etwas an dir liegt.« Sie klingt, als würde sie gleich anfangen zu weinen. »Heute ist der Jahrestag, oder?«

Ich fahre wieder an, nicht sicher, ob ich antworten kann, ohne richtig fies zu werden. Soweit ich das sehe, ist sie die Einzige, die an diese schreckliche Tatsache meines Lebens gedacht hat, und das macht mich stinkwütend auf die gesamte Welt. *Warum hat keiner der anderen etwas gesagt? Warum ausgerechnet May?* Mein Zorn ist wie ein Gift, das aus einem tiefen, dunklen Loch in mir, in dem reinste Schwärze herrscht, in meine Adern rinnt.

Ich habe meine Strafe abgesessen und meine Lektion gelernt, aber dadurch bin ich die Wut nicht losgeworden, die mich manchmal zu übermannen droht. May sieht mich völlig falsch. Ich *bin* eine schreckliche, fürchterliche Person.

»Ich weiß, du bist sauer, deshalb halte ich jetzt die Klappe, aber ich möchte, dass du weißt, dass du mir wichtig bist, und Ozzie erst recht, und wenn du über etwas, das in deinem Leben oder in deinem Liebesleben oder wo auch immer vor sich geht, reden willst, sind wir beide für dich da. Wir wollen nur das Beste für dich, was dich glücklich macht.«

Mit fast komplett zusammengebissenen Zähnen sage ich: »Gut zu wissen.« Von einem Augenblick auf den anderen ist mein Tag vollkommen und unwiederbringlich ruiniert. Nicht, dass er nicht vorher schon beschissen war, aber das ist echt die Krönung. Nicht nur, dass der einzige Typ, der mir wirklich etwas bedeutet, mich links liegen lässt, nachdem er großartigen Sex mit mir hatte – der Mann, der mir praktisch das Leben gerettet hat, redet auch noch hinter meinem Rücken über mich mit seiner Marshmallowfreundin, die in meinen Augen noch immer nichts in unserem Team zu suchen hat.

Kapitel 9

Ich möchte die Unterhaltung mit May am liebsten vollkommen aus meiner Erinnerung streichen, doch das ist unmöglich.

Gesprächsfetzen schwirren mir durch den Kopf und nagen auch dann noch an mir, als ich in die Einfahrt zum Lagerhaus abbiege. Mit einem flauen Gefühl im Magen halte ich genau an der Stelle, an der Jenny von Charlies Bruder Rowdy belästigt wurde. Uff! Wann wird dieser Albtraum endlich ein Ende haben?

May und ich sind stundenlang durch die auf den Karten markierten Gegenden gefahren und haben Material gesammelt, das wir die nächsten Tage sichten können. Hoffentlich hat der leitende Ermittler Thibault mit ausreichend Informationen versorgt, damit wir die Überwachung in Gang bringen können. Ich brauche unbedingt etwas zu tun und Ablenkung.

Wenn ich jetzt an Lucky denke, haben sein Verhalten und sein Gesichtsausdruck in letzter Zeit eine neue Bedeutung.

Hat er die ganze Zeit stumm um Hilfe gebeten, und ich habe es nicht kapiert? Weil ich zu sehr auf mich konzentriert war, um zu bemerken, dass es einem mir wichtigen Menschen nicht gut geht? Ich komme mir furchtbar selbstsüchtig und egozentrisch vor.

Es klingt verrückt, aber ich glaube tatsächlich, dass ich mit dem Schmerz eines anderen Menschen besser umgehen kann als mit meinem eigenen.

Vielleicht wäre es nicht das Schlechteste, wenn ich mehr Raum in Luckys Leben einnehme. Es muss dabei ja nicht um Sex oder gar eine Beziehung gehen. Wir könnten unsere Freundschaft mehr pflegen, die immerhin seit einer halben Ewigkeit besteht.

Ein winziger Teil meines Herzens glaubt, dass May und Jenny recht haben könnten. Vielleicht sollte ich Lucky anrufen, ihn nicht so leicht vom Haken lassen. Wenn mir jemand seine Hilfe anbietet, sage ich auch immer zuerst Nein, genau wie Lucky. Einzig Ozzie hat diesen Abwehrmechanismus bei mir je durchdrungen, und das liegt nur daran, dass er sich nicht hat abwimmeln lassen. Er hat die Mauer um mich herum einfach plattgemacht, wie eine Dampfwalze, und mir keine Wahl mehr gelassen. Dafür danke ich Gott, denn wenn er es nicht getan hätte, wäre ich heute vielleicht tot. Er hat mich gerettet.

Stellt sich nur die Frage, ob Lucky gerettet werden muss. Und ob ausgerechnet ich ihn retten kann. Oder versuche ich mich gerade nur davon zu überzeugen, weil ich noch einmal mit ihm schlafen will? Ich kann nicht darauf bauen, dass ich mich schon richtig entscheiden werde. In Sachen Männer bin ich eine Katastrophe, ehrlich. Schlimmer geht es nicht. Meine Beziehungen enden mit Mord und Totschlag.

Allerdings hat Lucky es verdient, dass ich mich aus der Deckung wage. Wenn ich mich irre, stehe ich dumm da, aber das ist nach ein paar Tagen wieder vergessen. Damit kann ich leben. Wenn ich recht habe und Lucky wirklich Hilfe braucht, kann ich ihn vielleicht retten, genau wie ich gerettet wurde. Damit müsste ich doch auch ein paar Karmapunkte gutmachen und mein Konto ausgleichen, oder? Ein gerettetes gegen ein geraubtes Leben?

Es verleiht mir neue Kraft, dass dieser Gedankengang nur einen logischen Schluss zulässt: Ich muss Lucky anrufen. Ich muss ihn dazu bringen, mir zuzuhören. Vielleicht fahre ich sogar zu ihm, werfe einen Blick auf den Goldfisch und sage Lucky, wie hübsch ich ihn finde. Oder gut aussehend. Woher weiß er eigentlich, dass es ein Junge ist? Hat ein Goldfischmännchen einen Penis? Ich stelle mir vor, wie ich vor dem Aquarium stehe. »Das ist aber ein hübscher Goldfisch, Lucky. Er ist so … golden.«

Egal. Mir wird schon was einfallen. Ich drücke den Knopf, mit dem sich das Tor des Lagerhauses öffnen lässt, und warte ein paar Sekunden, bis ich mit dem Van durchfahren kann.

»Was nun?«, fragt May.

»Lad deine Fotos hoch und lösch die schlechten. Ich werde unsere Beobachtungen in einem Bericht für das Team zusammenfassen.«

»Klingt gut.«

Ich warte, bis May an ihren Arbeitsplatz gegangen ist, ehe ich die Kurzwahltaste für Lucky drücke. Er ist natürlich unter der Nummer 7 abgespeichert, der Glückszahl.

Die Mailbox springt an, und ich lege prompt wieder auf. Dann rufe ich ihn erneut an. Wenn er glaubt, mich damit abwimmeln zu können, hat er sich getäuscht. So leicht wird er mich ganz bestimmt nicht los.

Auch beim nächsten Versuch nimmt er nicht ab. Diesmal lege ich allerdings nicht auf. »Lucky, ich bin es«, sage ich nach dem Piepton der Mailbox. »Geh schon ran.«

Ich lege auf und wähle danach gleich noch einmal die Nummer. Jetzt springt sofort die Mailbox an. Ich ramme die Faust in den Türrahmen des Vans und überlege, wie ich weiter vorgehe.

»He, du!«

Ich schaue hoch und sehe Thibault oben am Treppenabsatz stehen. »Was gibt's?«, frage ich, so lässig ich irgendwie kann, um die Anspannung zu überspielen.

»Hast du mal eine Minute?«

»Vielleicht sogar zwei.« Thibaults Tonfall gefällt mir nicht. Er klingt ganz wie der große Bruder.

»Ich komme zu dir runter.«

Ein kleiner Teil von mir möchte am liebsten auf dem Absatz kehrtmachen und durch das Lagerhaustor die Flucht ergreifen, was vollkommen lächerlich ist. Ich bin schließlich eine erwachsene Frau und könnte im Zweifel auch meinen Bruder überwältigen, wenn ich es wirklich wollte.

»Komm.« Er bedeutet mir, ihm zu den Trainingsgeräten hinüber zu folgen, und setzt sich auf die Hantelbank. Ich nehme daneben auf einem anderen Gerät Platz.

»Was ist los?«, frage ich.

Er spricht leise, und in seiner Stimme höre ich einen Hauch Mitleid, was mich gleich auf die Palme bringt. Es kommt mir so vor, als hätten die anderen heute kollektiv beschlossen, mir mit unnötigen Lebenstipps den Tag zu vermiesen. Ich mache mich auf eine Flut gut gemeinter Ratschläge gefasst.

»Was ist am Freitag zwischen dir und Lucky passiert?«

Ich komme zu dem Schluss, dass ich doch lieber wegrenne, als mich körperlich mit einem Typen anzulegen, der fünfundzwanzig Kilo schwerer ist als ich, und stehe auf. Ich bin nicht angepisst genug, um es mit ihm aufzunehmen. Das schaffe ich nur mit nacktem, rechtschaffenem Zorn.

»Setz dich wieder hin«, fordert er mich auf und verleiht seinen Worten mit einer energischen Geste Nachdruck, als gehe ihm meine vollkommen normale emotionale Reaktion gehörig auf die Nerven. »Ich will dir gar nicht den Arsch aufreißen. Aber ich muss es unbedingt wissen. Irgendwas stimmt da nicht.«

Ich nehme wieder Platz und bin zwar noch immer misstrauisch, aber er hat mich neugierig gemacht. »Was?«

»Sag mir erst, was passiert ist.«

»Nichts ist passiert.«

»Lüg mich nicht an. Ich weiß, dass Lucky mit dir heimgegangen ist und im Haus war.«

Ich zische erbost und hoffe, dass Thibault das Zeichen richtig interpretiert, was er natürlich nicht tut. Er starrt mich erwartungsvoll an.

»Er ist nicht mit mir heimgegangen, klar? Ich bin ins Taxi gestiegen, und er ist einfach mit reingesprungen. Dann wollte er mit mir über etwas reden, also ist er für eine Weile mit reingekommen.«

»Was hat er zu dir gesagt?«

Ich habe mir selbst eine Falle gestellt. Na super!

»Nicht viel.«

Thibault beugt sich vor und legt die Unterarme auf die Knie. »Du musst ehrlich zu mir sein, Toni. Ich bin nicht hier, um über dich zu richten.«

Ich stehe wieder auf, weil ich zu unruhig und zu angefressen bin, um sitzen zu bleiben. Ich fühle mich verletzlich und von ihm angegriffen. »Zu richten? Worüber willst du denn richten? Wir sprechen hier schließlich über mein Leben, das ich so führe, wie ich es für richtig halte. Ich habe meine Strafe verbüßt, okay? Jetzt brauche ich keinen Bewährungshelfer mehr.« Diesen Mist habe ich Gott sei Dank vor sechs Monaten hinter mich gebracht.

Thibault senkt den Kopf, schüttelt ihn und seufzt.

»Was?« Es macht mich rasend, dass er sich wie ein Arschloch verhält.

Er sieht mich mit fast schon gequältem Gesichtsausdruck an. »Warum muss bei dir immer alles so schwierig sein?«

Ich habe wieder einmal das Gefühl, mein Herz würde jeden Augenblick brechen. Ich falle ihm zur Last, das weiß ich genau. So war es schon immer. »Schwierig? Fick dich!«

Thibault springt plötzlich auf und fährt mich an. »Fick dich? Nein, Toni, fick du dich. Ich habe dich gebeten, mit mir zu reden, deinem Bruder, dem Typen, der fast den Verstand verloren hat, als du ins Gefängnis musstest. Du kannst nicht mal für eine verdammte Sekunde von deinem hohen Ross heruntersteigen, mir wenigstens das kleinste bisschen Respekt entgegenbringen und einen Funken Mitgefühl für einen Freund zeigen.«

Mein Mund steht offen, aber ich bringe kein Wort heraus. Ich hatte ja keine Ahnung, dass mein Bruder so enttäuscht von mir ist. Er hat mir das noch nie ins Gesicht gesagt. Es fühlt sich an, als hätte sich mitten in meinem Herzen ein Schlund geöffnet, der den Muskel Stück für Stück einsaugt. Bald wird nichts mehr davon übrig sein. Thibault wendet sich ab und fährt sich mit der Hand durchs Haar. »Scheiße! Tut mir leid. Das hat total falsch geklungen.«

Ich gehe rückwärts, brauche Abstand von ihm. »Nein, Mann. Das hat genau richtig geklungen. Ich hab's kapiert.« Nichts wie weg. Ich kann nicht hier stehen und ihm sagen, dass mir leidtut, dass ich die bin, die ich bin. Dass ich Scheiße gebaut habe und es nicht verdiene, hier zu sein. Aber das weiß er offenbar alles schon, und ich will definitiv nicht, dass er sich für seine Gefühle entschuldigt. Das wäre ihm gegenüber nicht fair. Ich würde an seiner Stelle genau das Gleiche empfinden.

»Wo willst du hin?«, fragt er, als ich rasch mehr Abstand zwischen uns bringe.

»Ich muss noch etwas erledigen. Bis später.« Ich kriege die Worte kaum heraus, weil ich sämtliche Muskeln angespannt habe, um meine Tränen zu unterdrücken. Ich werde nicht weinen. So ist das Leben. Da kann man nichts machen. Ich muss da einfach durch.

Ich springe in meinen Wagen und fahre so schnell rückwärts aus dem Lagerhaus, wie ich kann, ohne Reifenspuren auf dem Boden zu hinterlassen, was Ozzie hasst. Nach zwei, drei Kilometern brechen schließlich die Dämme. Als ich mein Zuhause erreiche, ist die Vorderseite meines T-Shirts völlig durchnässt, und mein Gesicht gleicht einer Ruine, wie mir ein Blick in den Rückspiegel verdeutlicht.

Dass ich nicht allein bin, kriege ich erst auf halber Strecke vom Parkplatz zum Haus mit. Ich bemerke einen Schatten auf der vorderen Veranda. Als ich näher komme, erkenne ich Lucky, der auf meiner Hollywoodschaukel sitzt, ein Goldfischglas auf dem Schoß.

Kapitel 10

Langsam gehe ich auf mein Haus zu und versuche, Luckys Stimmung aufzufangen, während ich mir das verschmierte Make-up aus dem Gesicht wische. Er hat den Kopf gesenkt und starrt in sein Goldfischglas. Er sitzt so still da, dass ich nicht sicher bin, ob er schläft oder wach ist.

Als ich mich der Veranda nähere, räuspere ich mich, doch er reagiert nicht.

»He, Lucky. Wie geht's, wie steht's?« Ich nehme die drei Stufen nach oben und bleibe schräg vor ihm stehen.

Er hebt den Kopf. Sein Gesichtsausdruck ist nicht zu deuten. »Keine Ahnung, warum ich hier bin.«

Ich zeige auf sein Haustier. »Du hast offenbar Besuch mitgebracht.« Ich muss an Mays Ratschlag denken, besonders daran, dass ich die Dinge mal aus Luckys Perspektive betrachten soll. Das ist allerdings nicht so einfach, denn er hält nicht gerade einen goldigen Welpen in den Händen. Soweit ich das auf die Distanz beurteilen kann, ist dieser tumbe Fisch höchstens groß genug, um als Köder für eine ordentliche Mahlzeit zu dienen. Ihm bedeutet er alles. Also habe auch ich heute mal ein Herz für Sunny, den Goldfisch. Für einen Freund kann man ja wenigstens mal so tun.

»Es geht ihm nicht so gut«, sagt Lucky.

»Warum kommt ihr beide nicht mit rein? Ich mache uns Kaffee. Wir könnten auch ein Bier trinken.«

»Bier klingt gut.« Lucky steht vorsichtig auf, um kein Wasser zu verschütten. Er macht das so gut, dass er darin ziemlich geübt sein muss. Mir kommt der irrwitzige Gedanke, dass er seinen Fisch möglicherweise jeden Tag ausführt.

Ich schiebe den Gedanken weg, weil er mein Bild von Lucky auf unfaire Weise trüben würde. Er braucht jetzt einen geschützten Raum, in dem ihn niemand verurteilt, wo er ganz der Fischnerd sein kann, der er nun mal ist. Ich kann mich in ihn reinversetzen und diesen Fisch mit seinen Augen sehen. Denke ich.

Ich mache die Tür ganz auf, damit er ungehindert mit dem Goldfischglas hereinkommen kann. Weil ich zu keinem Zeitpunkt vergessen kann, dass es mehr als genug Leute gibt, die mir eine unangenehme Überraschung in meinem eigenen Zuhause bereiten wollen, schließe ich die Tür hinter meinem Gast ab. Charlie hatte mehrere Brüder und Cousins, und jeder von ihnen hat noch eine Rechnung mit mir offen. Wenn man mal von Jennys unschönem Erlebnis mit Rowdy vor ein paar Monaten absieht, lassen sie mich seit über zwei Jahren in Ruhe, aber vielleicht warten sie einfach nur auf den richtigen Moment. Die meisten von ihnen sind nicht auf den Kopf gefallen und wissen, dass erst noch mehr Zeit seit Charlies Tod vergehen muss, bevor mir etwas zustößt, damit sie nicht sofort verdächtigt werden. Rowdy hat wohl einen Frühstart hingelegt, was mich allerdings nicht überrascht. Selbst Charlie hat häufiger Witze darüber gerissen, dass sein kleiner Bruder dumm wie Brot ist.

»Wo soll ich hin?«, fragt Lucky im Flur, wo er in der Lederjacke, die ich so sehr mag, völlig verloren dasteht und mit seinem Goldfischglas auch ein bisschen lächerlich aussieht. Er hat recht, Sunny scheint es wirklich nicht besonders gut zu gehen. Der Fisch treibt die Hälfte der Zeit reglos im Wasser und schwimmt in der anderen kraftlos im Kreis.

»Geh ins Wohnzimmer. Da kannst du Sunny auf den Tisch stellen und vom Sofa aus im Auge behalten. Ich komme gleich.«

Ich bewahre die Fassung und gehe in normalem Tempo in die Küche, obwohl ich am liebsten rennen würde. Was, wenn Sunny draufgeht, bevor ich da bin? Geht Lucky dann wieder? Ich will nicht, dass er geht. Er soll hierbleiben. Der Gedanke macht mich total unruhig.

Keine Ahnung, was er wirklich trinken will, auch wenn er zum Bier Ja gesagt hat. Da es vermutlich besser ist, wenn ich nüchtern bleibe, setze ich Kaffee auf, hole dann aber auch zwei Flaschen aus dem Kühlschrank. Ich nehme sie in eine Hand und schnappe mir mit der anderen eine Tüte Chips und eine Packung Salzbrezeln vom Küchentresen, bevor ich mich zu Lucky ins Wohnzimmer geselle.

Ich setze mich neben ihn und verteile die Snacks und Getränke. Er starrt wie in Trance auf seinen Fisch.

Ich bin nicht mal sicher, ob er mich bemerkt hat.

Ich stoße ihn sanft mit dem Ellbogen an und reiche ihm ein Bier. »Der Kaffee läuft auch, falls du welchen möchtest.«

Er nimmt die Flasche entgegen, dreht den Verschluss ab und leert sie mit drei großen Schlucken bis zur Hälfte, ohne dabei auch nur eine Sekunde den Blick von seinem Haustier zu nehmen.

Ich zucke die Achseln. »Dann eben Bier.« Ich nippe nur an meinem, weil es ganz und gar nicht gut wäre, wenn wir uns beide betrinken. Den Fehler haben wir schon einmal gemacht, auf eine Wiederholung kann ich verzichten.

»Ich war mit ihm beim Tierarzt«, bricht es plötzlich aus Lucky heraus. »Die können nichts mehr für ihn tun. Er ist einfach alt.«

»Scheiße! Wie alt ist er denn?« Ich möchte die Packung Salzbrezeln öffnen, habe aber das Gefühl, dass das taktlos wäre.

»Er ist sechs. Im Internet steht, dass Goldfische bis zu dreißig Jahre alt werden können. Der Tierarzt aber meint, dass sie seiner Erfahrung nach mit ein oder zwei Jahren sterben. Also ist sechs wohl kein schlechtes Alter.«

»Ja, nicht schlecht, vor allem wenn man bedenkt, dass du ihn in einem so altmodischen Ding hältst.« Lächelnd deute ich mit der Bierflasche auf das Goldfischglas.

»Altmodisch?«

Ich bin ein Vollpfosten. Ohne es zu wollen, habe ich ihm gerade durch die Blume mitgeteilt, dass Sunny stirbt, weil er in einem winzigen Glasbehälter leben muss.

Mein Lächeln verwandelt sich in eine schiefe Grimasse. »Ich wollte sagen, dass … also bei meinem Zahnarzt steht so ein riesiges altes Aquarium mit ganz unterschiedlichen Fischen und Luftblasen und einer kleinen Schatzkiste und einem Skelett auf dem Grund …« Ich nehme einen Schluck Bier und reiße die Packung Salzbrezeln auf, weil es wahrscheinlich das Beste ist, wenn ich mir einfach den Mund vollstopfe und nichts mehr sagen kann.

»Darin transportiere ich ihn nur. Zu Hause hat er ein größeres Aquarium nur für sich allein. Ich wollte nicht, dass er krank oder verletzt wird. Andere Fische könnten gemein zu ihm sein und ihm wehtun oder ihn traurig machen.«

Ich nicke, als ergäbe das für mich vollkommen Sinn. »Verstehe.« Muss ich mir über Luckys geistige Gesundheit Sorgen machen? Er redet über seinen Fisch wie andere über ihr Kind im Grundschulalter.

Es ist jetzt vollkommen still im Raum, nur meine Kaugeräusche sind zu hören. Normalerweise nehme ich die gar nicht wahr, aber jetzt sind sie so laut, als hätte ich ein Mikrofon im Mund. Jedes Mal, wenn ich auf eine Salzbrezel beiße, klingt es wie ein Erdbeben. Ich nehme noch einen Schluck Bier, um die Geräusche zu dämpfen.

»Ich könnte noch eins vertragen.« Lucky stellt die leere Flasche vorsichtig auf den Tisch, ohne dabei den Blick von seinem Goldfischglas zu nehmen.

Ich starre die leere Flasche an. An anderen Tagen unterstütze ich meine Teamkollegen liebend gern, wenn sie sich einen hinter die Binde kippen wollen, heute scheint mir das keine gute Idee zu sein. An keinem anderen Abend in meinem Leben wäre es so wichtig gewesen, nüchtern zu bleiben, wie an diesem. Denn wenn der Alkohol meine Zunge erst mal gelockert hat, kann ich für nichts mehr garantieren, und davor habe ich Angst.

»Ich habe was Besseres. Bin gleich zurück.«

In der Küche gieße ich den Rest meines Biers ins Waschbecken, nehme zwei Kaffeebecher vom Regal und gieße sie voll. Wir sollten definitiv lieber nüchtern sein für das, was gleich folgt.

Als ich ins Wohnzimmer zurückkehre, klopft Lucky gerade an das Goldfischglas. Der Bewohner rührt sich nicht mehr. Hastig stelle ich die Tassen auf dem Tisch ab, setze mich neben Lucky und beuge mich zu ihm vor. »Alles in Ordnung mit ihm?«

Er antwortet nicht, klopft einfach nur weiter an das Glas.

Ich ziehe seinen Finger sanft zurück und lege die Hände darum.

»Was machst du?«, fragt er und sieht mich an.

»Pst!« Ich halte den Finger weiter umschlossen und deute auf das Glas. »Lass ihn in Ruhe und Frieden gehen.«

»Was?«

Ich drehe den Kopf zur Seite und schaue Lucky in die Augen. Sein Gesicht ist so nah vor mir, dass ich jede einzelne Falte sehen kann. Er sieht heute zwanzig Jahre älter aus als am Freitag.

Ich spüre seine Haut unter meiner und versuche trotzdem, meine Gedanken in Worte zu fassen. »Ich würde nicht wollen, dass jemand neben meinem Kopf auf einer Trommel herumschlägt, wenn ich meinen letzten Atem aushauche. Ich würde mir Ruhe und Frieden wünschen. Einen Moment des Innehaltens. Das Leben ist chaotisch genug. Wir alle verdienen ein geruhsames Ende.«

Charlie habe ich das verwehrt, das quält mich bis heute, jeden Tag. Vermutlich bis an mein Lebensende.

Er ist in einem Kugelhagel verreckt, in einem Gefühlsinferno aus Hass und rasender Wut, Rachegelüsten und Bösartigkeit. Ich möchte nicht, dass es diesem dummen Fisch auch so ergeht, weil er Lucky so viel bedeutet.

Er legt seine Hand auf meine, nickt und dreht den Kopf wieder weg, doch ich sehe eine Träne über seine Wange rinnen. »Du hast recht. Sunny verdient Respekt.«

»Wie wir alle. Fische wie Menschen.«

Sunny wedelt noch ein paarmal kraftlos mit den Flossen, dann ist es vorbei. Der Bauch dreht sich nach oben, wenige Sekunden später rührt sich nichts mehr im Fischglas.

Ich weiß nicht, was ich tun oder sagen soll, also sitze ich ganz still da und versuche, alle anderen Gedanken aus meinem Kopf zu vertreiben. Wir verharren eine gefühlte Ewigkeit reglos und halten Händchen. Als die Zeitschaltuhr meiner Wohnzimmerlampe um Punkt 18.30 Uhr das Licht anmacht, sitzen wir noch immer auf der Couch.

Allerdings scheint die plötzliche Helligkeit Lucky aus seiner Trance zu reißen. Er lehnt sich zurück, wodurch unsere Hände den Halt verlieren, und das Leder seiner Jacke quietscht, als es aneinanderreibt.

Ich drehe mich zu ihm um und frage leise: »Kann ich irgendetwas für dich tun?«

Er schüttelt den Kopf und starrt ins Leere. »Nein.«

Ich stehe auf. »Ich mache uns Abendessen.«

»Ich habe keinen Hunger.«

»Mir egal. Du wirst trotzdem etwas essen.«

Ich habe ein schlechtes Gefühl dabei, ihn mit dem steif im Glas treibenden Sunny allein zu lassen. Andererseits braucht er vielleicht auch einen Moment, um sich von der letzten lebendigen Erinnerung an seine Schwester zu verabschieden.

Die ganze Sache macht mich viel trauriger, als ich erwartet hätte. Schließlich sprechen wir über einen Fisch. Doch als ich Lucky allein weinend auf dem Sofa sitzen sehe, wird mir klar, dass Sunny mehr war als das. Charlie war ja auch nicht nur ein Problem für mich. Nichts ist so, wie es scheint, und nur wir selbst wissen wirklich, welche Bedeutung Dinge oder Personen für uns haben.

Charlie war nicht nur mein Freund; er war meine dunkle Seite. Er verkörperte den unbändigen Zorn, der seit den Misshandlungen und der Vernachlässigung in meiner Kindheit in mir wuchs. Charlie hat das Schlimmste aus mir herausgeholt, aber das war nicht sein Fehler. Ich habe zugelassen, dass er Teil meines Lebens wird, mich kontrolliert und ausgezehrt hat, als ich am schwächsten war.

Früher hat es auf mich immer den Anschein gehabt, als hätte Lucky ein tolles Leben. Seit dem Tag, an dem wir uns auf einem Grundstück über den Weg gelaufen sind, auf dem einige Monate zuvor ein Gebäude abgerissen worden war, war er für mich immer der lächelnde Tölpel. Er hat dort mit einem Luftgewehr Löcher in den Bauschutt geschossen, was Thibault und ich natürlich auch unbedingt ausprobieren wollten. Wir kannten bis dahin niemanden unter fünfzehn, der eine solche Knarre besaß. Wir waren gerade mal elf.

Ich wusste nicht, was bei Lucky zu Hause abging, weil er ständig bei uns oder draußen abhing, hatte aber immer das Gefühl, dass die Dinge nicht toll standen. Er hat uns nie zu sich eingeladen, was wir als Kinder einfach so hingenommen haben. Es hat mich beeindruckt, dass er trotz der widrigen Umstände, welche das auch genau gewesen sein mögen, immer so fröhlich war. Vielleicht hat er aber auch immer nur fröhlich gewirkt. Vielleicht hat mein Eindruck getäuscht.

Vielleicht geht es ihm genauso schlecht wie mir damals.

Ich mache mich daran, Abendessen für zwei Personen zu kochen. Es gibt Spaghetti mit aufgetauten Fleischbällchen, also nicht gerade ein Festmahl, aber es wird reichen. Ich koche nicht besonders gerne, deshalb freue ich mich jedes Mal, wenn es Essen bei Ozzie gibt. Da weder Lucky noch ich im Augenblick großen Appetit haben, spielt es auch keine Rolle, dass ich auf Tiefkühlkost zurückgreife.

Ich zucke zusammen, als ich hinter mir ein Geräusch höre, und wirbele mit dem Löffel in der Hand herum. Wenn sich jemand an mich anpirscht, muss ich noch immer daran denken, wie Charlie immer auf mich losgegangen ist. Ozzie meint, das sei eine posttraumatische Belastungsstörung, aber das halte ich für übertrieben.

Lucky steht in der Küchentür, die Hände in den Hosentaschen. »Tut mir leid. Ich wollte dich nicht erschrecken.«

Ich rühre in der Soße, damit sie nicht anbrennt. Sie ist aus dem Glas, ich muss sie also nur aufwärmen. »Kein Problem. Ich bin gleich fertig.« Mit einer Gabel angle ich eine Nudel aus dem Kochtopf und teste ihre Festigkeit. Perfekt. Nachdem ich den Herd ausgeschaltet habe, hole ich zwei Teller aus dem Küchenschrank daneben. »Nimm dir ruhig etwas zu trinken.«

»Ich habe keinen Hunger.«

»Das ist egal. Dann schaust du mir eben beim Essen zu.« Ich habe auch keinen Hunger, werde mich aber zum Essen zwingen. Das ist immer noch leichter, als die richtigen Worte zu finden. Ich habe keine Ahnung, was man in solchen Momenten am besten sagt, also gebe ich ihm einfach etwas zu tun. »Kannst du Gabeln und Löffeln aus der Schublade holen?«

Lucky war schon so oft bei mir zu Hause, dass er sich auskennt. Den Geräuschen nach zu urteilen kommt er meiner Bitte nach, während ich die Nudeln auf die Teller verteile, Soße darüberschütte und jede Portion mit zwei Fleischbällchen garniere. Wenn er nicht aufisst, nehme ich die Reste mit ins Lagerhaus und verfüttere sie an Sahara und Felix.

Ich schütte mich innerlich aus vor Lachen, als ich mir vorstelle, wie die beiden danach um die Wette furzen und May angewidert und mit gerümpfter Nase den Raum verlässt.

»Was möchtest du trinken?«, fragt Lucky teilnahmslos.

»Das Gleiche wie du.«

Ich höre, wie er die Kühlschranktür öffnet, und das Geräusch aneinanderschlagender Glasflaschen verrät mir, dass wir beide mehr Alkohol trinken werden. Hoffentlich war das kein Fehler.

Ich trage die beiden Teller zum Küchentisch und setze mich Lucky gegenüber. Meine Essecke bietet gerade so genug Platz für vier Personen, wir sind uns also ziemlich nahe. Ich bin froh darüber, dass keine Kerzen auf dem Tisch stehen, denn sonst könnte Lucky noch denken, ich würde diesen vollkommen unpassenden Moment für ein Date ausnutzen. Ich starre auf meinen Teller dampfender Nudeln.

Normalerweise spreche ich vor dem Essen ein Tischgebet, nur scheint mir das heute nicht angemessen. Auf der Innenseite meiner Wange kauend, überlege ich, was ich als Nächstes tue. Ich möchte Lucky nicht wieder traurig machen, indem ich ihn an Sunny erinnere, aber der kleine Kerl sollte auch nicht unerwähnt bleiben.

»Macht es dir etwas aus, wenn ich ein Gebet spreche?«, fragt Lucky.

Erleichtert darüber, dass wir offensichtlich den gleichen Einfall hatten, falte ich die Hände über dem Teller und stütze mich mit den Ellbogen auf dem Tisch ab. Dann senke ich den Kopf und lege das Kinn auf die Fingerknöchel. »Leg los.«

Lucky entfährt ein tiefer Seufzer, ehe er anfängt zu sprechen. »Lieber Gott … danke für dieses köstliche Essen, das ich wahrscheinlich nicht runterbringe, das aber verdammt gut riecht. Danke auch für meine wunderbare Freundin Toni, die so viel Geduld mit mir hat, obwohl das nicht gerade ihre starke Seite ist, besonders nicht an einem Tag wie diesem, an dem die Erinnerungen an die Vergangenheit ihr wahrscheinlich gehörig zu schaffen machen. Danke für Sunny und für meine Schwester. Es tut mir leid, dass ich heute so schwach bin und dich enttäusche. Hilf mir, morgen wieder stärker zu sein.«

»Amen.« Mir ist das Herz in die Hose gerutscht. Er weiß, was dieser Tag für mich bedeutet. Im Gegensatz zu Ozzie hat er es nicht vergessen. Er tut mir furchtbar leid, aber ich habe keine Ahnung, was ich für ihn tun kann. Ich lasse die Hände sinken und sehe ihn an. Seine Stirn liegt noch immer auf seinen Händen, seine Schultern beben.

Ich habe Lucky noch nie so fertig gesehen. Auch sonst niemanden aus unserem Team. Ehrlich gesagt, habe ich bis eben geglaubt, dass nur Leute in Filmen derart zusammenbrechen. Es fühlt sich an, als würde der Boden unter mir weggezogen.

Was mache ich denn, wenn ich völlig verzweifelt bin?

Alles, um nicht vollkommen den Verstand zu verlieren. Ich stehe auf, knie mich neben Luckys Stuhl und lege ihm die Arme um die Taille. »Es tut mir so leid, Lucky. Das ist scheiße, richtig scheiße. Bitte, sei nicht so traurig.« Ich drücke ihn ganz fest.

Er umarmt mich fest, also ziehe ich ihn enger an mich heran. Wir klammern uns in meiner kleinen Essecke aneinander, Lucky zittert und schnieft, und nach kürzester Zeit weine auch ich.

Wenn ich doch vor dem Essen nur Musik angemacht hätte, dann würde er mich jetzt nicht schluchzen hören. Ich komme mir furchtbar kaltherzig vor, weil ich mich über seinen Fisch lustig gemacht habe. Das würde mir zwar jetzt nicht mehr einfallen, doch ich fühle mich schlecht für das, was ich May gegenüber gesagt und über Sunny gedacht habe. Ich hätte wissen müssen, wie viel er Lucky bedeutet. Hätte mich häufiger erkundigen müssen, wie es ihm geht. Hätte mehr für ihn da sein sollen.

Ich habe es mir leicht gemacht und mein Fehlverhalten immer auf Charlie geschoben und darauf, wie schrecklich es mir ging, als ich seine Freundin war. Doch Charlie ist mittlerweile seit fünf Jahren tot, und ich bin seit zwei Jahren aus dem Gefängnis raus. Kurz vor dem Tod von Luckys Schwester wurde ich entlassen, aber selbst im Knast hätte ich besser Kontakt zu ihm halten können, nach seinem Wohlergehen fragen können, Thibault damit beauftragen können, nach ihm zu sehen, wenn ich das Gefühl gehabt hätte, dass etwas nicht stimmt.

Ihr Tod liegt zwei Jahre zurück, aber niemand weiß besser als ich, dass sich solche Erlebnisse auch nach langer Zeit noch ganz frisch anfühlen und genauso wehtun können wie am Anfang. Ich habe mich damit zufriedengegeben, dass Lucky äußerlich stabil wirkte, und mich nie bemüht, hinter die Fassade zu blicken und herauszufinden, ob ihn das alles innerlich quält. Er muss schrecklich enttäuscht von mir sein, sich im Stich gelassen fühlen. Es bereitet mir körperlich Schmerzen, das zu erkennen. Ich begreife jetzt auch, dass ich mich mehr um ihn bemühen und ihm eine bessere Freundin sein muss, ihm häufiger zuhören, mehr mit ihm reden sollte, um herauszufinden, wie es ihm wirklich geht.

»Sie war viel zu jung«, schluchzt Lucky. »Warum hat sie das getan?«

»Du hast recht. Maribelle war zu jung. Ich glaube, sie hat sich einfach nicht mehr anders zu helfen gewusst.«

»Womit denn?« Er hört für einen kurzen Moment auf zu schluchzen.

»Dem Schmerz, dem sie nicht entkommen konnte. Sie hat ihn einfach nicht mehr ertragen. Sie war ein Teenager und von Natur aus schon unheimlich sensibel. Sie hat alles doppelt so schlimm empfunden wie wir anderen. Ich kannte sie nicht so gut, weil sie viel jünger war als wir, doch daran erinnere ich mich. Sie hat viel geweint. Ich weiß noch, wie sie völlig die Fassung verloren hat, als sie gelesen hat, dass Tiere im Tierheim eingeschläfert werden. Sie konnte das nicht ertragen, erinnerst du dich? Da war sie erst sieben oder acht.«

»Ja.« Er sieht mich mit tränenüberströmtem Gesicht an.

Ich streiche ihm mit dem Handrücken über die Wange. »Sie hatte ein unheimlich weiches Herz. Von Geburt an.«

»Unsere Eltern waren in dieser Hinsicht auch keine große Hilfe.« Er starrt auf den Boden, seine Kiefermuskeln zucken.

»Keiner von uns hat sich zu Hause wohl oder gar behütet gefühlt. Deshalb haben wir so viel Zeit damit verbracht, mit deinem Luftgewehr auf der Brache rumzuballern.« Mir rutscht das Herz in die Hose. Lucky war maßgeblich an meiner Rettung beteiligt. Ich frage mich, ob er das weiß. Er würde mich für verrückt erklären, wenn ich ihm das sage, deshalb verkneife ich es mir.

»Sie war einfach zu klein, um mit uns abzuhängen«, sagt er, ohne das Melodrama, das sich gerade in mir abspielt, auch nur zu erahnen.

»Ja. Außerdem stand sie nicht so auf Knarren.«

Er lacht traurig. »Sie war die geborene Pazifistin. Mein Luftgewehr war ihr ein besonders großer Dorn im Auge, weil sie mir unterstellt hat, ich würde damit heimlich auf Vögel schießen.«

Allein der Gedanke lässt mich die Stirn runzeln. Lucky war immer ein Tierfreund, genau wie seine Schwester. »Das hättest du niemals getan.«

Er zuckt die Achseln. »Das wissen wir beide, sie war jedoch immer argwöhnisch. Sie hatte Schwierigkeiten, anderen zu vertrauen, selbst mir.«

»Hast du eine Ahnung warum?« Vielleicht bohre ich gerade zu tief nach, doch ich hoffe, dass ihn meine Fragen erkennen lassen, wie seine Schwester wirklich war. Er gibt sich fälschlicherweise die Schuld an ihrem Tod, und das muss aufhören. Schließlich kann er nichts dafür.

»Keine Ahnung. Unsere Eltern waren Arschlöcher. Ich war kaum zu Hause.«

Ich schüttle den Kopf. »Das stimmt doch gar nicht. Du hast viel Zeit mit ihr verbracht. Meine Güte, du hast Maribelle sogar im Kinderwagen draußen herumgefahren.«

Er lächelt traurig. »Als sie noch jünger war, war das alles einfacher. Später hatten wir kaum noch etwas miteinander zu tun. Wir kannten uns kaum.«

»Als sie älter wurde, hat sie angefangen, Nachrichten zu schauen und sich mit der Außenwelt zu befassen. Ich glaube, das hat ihr zu sehr zugesetzt. Sie hat mitbekommen, wie viele böse Menschen da draußen herumlaufen, wie vielen Tieren Leid widerfährt, wie viele Kinder missbraucht werden. Nichts anderes hat mehr eine Rolle gespielt. Sie konnte sich gar nicht mehr auf das Gute konzentrieren, weil das Schlechte in ihrem Kopf zu viel Raum eingenommen hat.«

»Aber warum? Warum hat sie immer nur das Schlechte gesehen und sich nie auf das Gute konzentriert?«

Ich zucke die Achseln. »Das weiß ich nicht. Manche Menschen sind einfach so, sie können nicht aus ihrer Haut.« Das ist nur die halbe Wahrheit. Ich verschweige Lucky, dass ich gut nachempfinden kann, wie sich seine Schwester gefühlt hat, als sie sich das Leben nahm, und dass ich womöglich das Gleiche getan hätte, wären da nicht Ozzie und das Team gewesen.

Im Gegensatz zu ihr war ich allerdings bereit, mir helfen zu lassen, und ich habe mich damals den Jungs schon sehr verbunden gefühlt. Sie hatte nie enge Freunde, sondern hat immer nur in ihrer eigenen Welt gelebt. Selbst ihr Bruder schien ihr nicht so nahezustehen, wie es von außen den Anschein machte.

Lucky entlässt mich zögerlich aus seiner Umarmung, und ich lasse ihn ebenfalls los. Er reibt sich die verweinten Augen. »Ich verstehe es einfach nicht«, murmelt er. »Warum war sie so verzweifelt? Warum hat sie sich mir nicht anvertraut und um Hilfe gebeten?«

Ich zucke die Achseln. »Das kann ich dir nicht sagen. Wir werden es nie herausfinden. Vielleicht konnte sie es einfach nicht. Manchmal passiert im Leben so viel Scheiße auf einmal, dass man einfach nicht weiterweiß. Nicht jeder besitzt immer die Stärke, damit umzugehen.« Ich höre mich schon an wie May. Verdammt!

Lucky knallt so heftig die Faust auf den Tisch, dass das Geschirr klappert. »Ich hätte für sie da sein müssen! Ich bin doch ihr verdammter Bruder!«

»Ganz genau.« Ich stimme den sanftesten Tonfall an, den ich zustande bringe. »Du bist ihr Bruder, nicht ihr Vater, nicht ihr Schutzengel und vor allem nicht Gott. Du hättest ihre Probleme nicht alle lösen oder beseitigen können, du konntest nicht verhindern, dass der Zustand der Welt sie so mitnimmt. Du hättest deine Schwester nicht tiefgreifend ändern können, und nur das hätte ihr letztlich geholfen. Sie war einfach so. Wir können schließlich auch nicht aus unserer Haut. Jeder Mensch hat mit seinen inneren Dämonen zu kämpfen, und ihre waren einfach zu stark für sie. Wir haben Glück, dass es uns gelingt, sie in Schach zu halten … meistens zumindest.«

Er starrt kopfschüttelnd ins Leere. »Ich kann es einfach nicht fassen. Ich kann nicht glauben, dass ich ihr nicht hätte helfen können, diese Dämonen zu besiegen.«

»Ich weiß. Deshalb musst du eine Therapie machen.«

Der Hauch eines Lächelns huscht über sein Gesicht. »Das ist ja lustig.«

Ich lächle halbherzig zurück. »Was ist lustig?«

»Dass ausgerechnet du mir zu einer Therapie rätst.«

Achselzuckend gestehe ich die Ironie ein. »Was soll ich sagen, ich weiß eben, wie es ist, so richtig am Arsch zu sein.«

Lucky streichelt meine Wange und sieht mir endlich in die Augen. »Sag so was nicht. Du bist gut so, wie du bist. Ich wünschte, du würdest endlich aufhören, so gemein zu dir selbst zu sein.«

Ich lege einen kurzen Moment die Hand auf seine, dann ziehe ich sie schnell wieder zurück. Es fühlt sich komisch an, dass wir uns so nahe sind und er so zärtlich mit mir umgeht. Das soll nicht heißen, dass es mir etwas ausmachen würde, es ist einfach nur verdammt ungewohnt.

»Versuch erst gar nicht, dich bei mir einzuschleimen«, sage ich im Versuch, dem Gespräch eine etwas fröhlichere Note zu verleihen. »Ich habe nur noch eine Portion Tiramisu im Kühlschrank, und die gehört mir.«

Er strahlt mich plötzlich mit einer solchen Intensität an, dass ich das Gefühl habe, ein Laser zeige direkt auf meine Augen. Dann beugt er sich so weit zu mir herunter, dass sich unsere Nasen beinahe berühren. »Vertrau mir … wenn ich dieses Tiramisu will, wirst du es auch rausrücken.«

Ich hebe eine Braue. »Darum müsstest du dich schon mit mir prügeln.«

»Alles klar.« Im nächsten Augenblick drückt er seine Lippen auf meine, und wir rollen über den Küchenboden und reißen uns die Kleider vom Leib.

Kapitel 11

Stuhl- und Tischbeine, die uns im Weg sind, schieben wir einfach beiseite. Innerhalb weniger Sekunden zerren wir Shirts aus Hosenbünden, damit unsere Hände freie Bahn haben.

Diesmal ist unsere Leidenschaft nicht einfach nur Ausdruck zweier verknallter Schüler oder ein paar Bier beziehungsweise Long Island Iced Teas zu viel. Wir sind zwei Erwachsene, die in Myriaden nicht zusammenpassender Gefühle ertrinken: Traurigkeit. Zorn. Hoffnung. Begehren. Verlust. Lust. Das volle Programm.

Sie elektrisiert jede Faser meines Körpers, und ich verstehe nicht, warum sie mich antreibt, statt mich umzubringen. Das hier ist Lucky, der Junge, mit dem ich aufgewachsen bin und den ich länger, als ich denken kann, wie einen Bruder behandelt habe. Ich sollte ihn eigentlich wegstoßen und anschreien, ihn daran erinnern, dass wir gerade einen schrecklichen Fehler machen, der das gesamte Team ruinieren und unsere Freundschaft zerstören wird. Aber ich tue nichts von alldem. Ich heiße die Dunkelheit willkommen, die dieser Fehler zweifellos nach sich ziehen wird. Sie erscheint mir viel vertrauter als das Licht, von dem er vorgibt, wir könnten es teilen. Um die Albträume kann ich mich auch morgen noch kümmern.

»Du bist so wunderschön«, raunt er mir ins Ohr, ehe er mich in den Hals beißt. Sein Körpergewicht drückt mich zu Boden.

Ich fahre ihm mit beiden Händen ins Haar, um ihn von meiner empfindlichen Haut wegzuzerren. »Halt die Klappe. Du weißt nicht, was du redest.« Ich drehe seinen Kopf und stürze mich auf seinen Hals, um den Biss zu erwidern.

Als er plötzlich erstarrt, mein Gesicht in die Hände nimmt und aus fünf Zentimetern Entfernung auf mich herabstarrt, halte ich überrascht inne. »Toni, sag mir nicht, ich soll die Klappe halten. Du *bist* wunderschön. Das fand ich schon immer.«

Ich sehe ihn fragend an, versuche zu erfassen, worauf er hinauswill. Warum überschüttet er mich ausgerechnet jetzt mit Komplimenten? Er weiß doch schon, dass ich mit ihm schlafen werde. Mir fehlen die Worte.

Er seufzt tief. »Vielleicht sollten wir das lassen.« Er stützt sich mit den Händen links und rechts von meinem Kopf ab, als wolle er gleich Liegestütze machen.

Ich lächle ihn schief an. »Natürlich. Es war beim ersten Mal schon ein Fehler, und beim zweiten wird es ein noch größerer sein.«

Langsam grinst er mich an, der Teufel in ihm kommt wieder zum Vorschein und will spielen. »Ich bin ziemlich gut darin, Fehler zu machen. Tatsächlich kann ich das sogar besser, als das Richtige zu tun.«

Ich ziehe ihn an den Oberarmen zu mir herab. »Ich auch.«

Dann küssen wir uns wieder. Der Kuss ist genauso heiß wie der letzte, nur nicht ganz so verzweifelt. Jetzt wissen wir Bescheid. Wir sind uns beide darüber im Klaren, worauf wir uns einlassen und was es bedeutet. Es ist ein Fehler, aber wir werden trotzdem unseren Spaß haben. Vielleicht wird uns das hier – was immer es ist – helfen, das Schmerzliche in unserem

Leben zu vergessen. Selbst eine kurze Atempause ist besser als gar keine.

Lucky hält wieder inne.

»Was ist denn jetzt schon wieder?«, frage ich mit einem genervten Seufzen. Er benimmt sich wie eine männliche Jungfrau – was soll denn dieses dauernde Zögern?

Er rollt sich von mir herunter und holt sein Portemonnaie aus der Gesäßtasche. »Lass mich diesmal wenigstens ein Kondom benutzen. Nur, um doppelt sicherzugehen.«

Ich brauche ein paar Sekunden, um diesen Kommentar zu verdauen. Während er damit beschäftigt ist, das Präservativ aus dem Portemonnaie zu pfriemeln und auszupacken, überschlagen sich meine Gedanken. Ich bin nicht einmal sicher, dass ich richtig gehört habe.

»Was hast du gerade gesagt?«

Er setzt sich auf und streift in einer fließenden Bewegung Shirt und Jacke ab. »Du hast schon verstanden. Wir sollten doppelt vorsichtig sein.«

Jetzt öffnet er seinen Gürtel, hat meine Panik überhaupt nicht geschnallt.

»Aber du hast gesagt, du musst diesmal ein Kondom benutzen. Was zum Teufel hast du damit gemeint?«

Sein Gürtel ist offen, sein oberster Hosenknopf ebenso. Er zögert und schaut über mir kniend auf mich herab. »Das, was ich gesagt habe. Das letzte Mal haben wir das vergessen, aber das sollte nicht mehr vorkommen. Wenn wir das hier regelmäßig machen wollen, müssen wir aufpassen. Das ist alles. Keine große Sache.«

Ich stoße ihn weg und springe auf, am ganzen Körper zitternd. Mit schriller Stimme schreie ich: »Lucky!«

Er ist offensichtlich verwirrt. »Was denn?«

»Willst du mir damit sagen, dass wir neulich Nacht nicht verhütet haben?«

Lucky bleibt der Mund offen stehen, aber er sagt kein Wort. Ich höre nur das Geräusch, mit dem die Kondomverpackung den Boden berührt, nachdem sie ihm aus den schlaffen Fingern gerutscht ist.

Kopfschüttelnd weiche ich zurück. »Nein. Das kann nicht sein. Wir haben ein Kondom benutzt, da bin ich mir sicher.«

Langsam setzt er sich auf, zieht die Knie an und stützt die Ellbogen darauf. Das unbenutzte Kondom baumelt zwischen Daumen und Zeigefinger seiner rechten Hand. »Tut mir leid, Babe. Ich glaube, wir haben uns beide mitreißen lassen. Haben wir nicht.« Er zuckt die Achseln. »Ich dachte, du nimmst die Pille, und habe mir nichts dabei gedacht.«

Diesmal fahre ich mit beiden Händen in mein Haar und reiße mir im Versuch, mich selbst aus diesem Albtraum zu wecken, einige Strähnen aus. Ich starre in sein unglaublich attraktives Gesicht, das ich momentan am liebsten mit der Faust zertrümmern würde. Wie konnte er so unvorsichtig sein? Und ich so dumm?

Lucky wirft mir einen Blick zu, den ich früher unsagbar süß fand. »Ich schätze, ich habe mich geirrt?«

Mit beiden Händen reibe ich mir mehrfach übers Gesicht. Dann sage ich zwischen den Fingern hindurch: »Ja, da hast du dich gründlich geirrt. Ich nehme weder die Pille, noch verhüte ich sonst irgendwie.«

Lucky steht auf. Ich spüre, wie er sich mir nähert. »Warum nicht?«, fragt er und klingt endlich besorgt.

Ich lasse die Hände sinken, damit ich ihn sehen kann. »Weil mich das Zeug verrückt macht. Ich vertrage es nicht, wenn Ärzte mit meinen Hormonen herumpfuschen.«

Er nickt sehr ernst. »Kann ich mir vorstellen.«

Ich stoße ihn weg und verlasse die Küche. »Geh jetzt!«

Als ich an der Wohnzimmertür vorbeikomme, bemerke ich das Fischglas, und ich bleibe unwillkürlich stehen, weil mir wieder einfällt, warum Lucky eigentlich gekommen ist. Nicht, um mit mir zu schlafen. Er ist hier, weil er leidet und nirgendwo anders hinkonnte. Daran hat sich auch nichts geändert. Er hat nach wie vor heute etwas verloren, das ihn an den Tod seiner Schwester erinnerte – eine Tragödie, die er noch nicht überwunden hat.

Wieder raufe ich mir das Haar, wünschte, ich könnte hier und jetzt in der Diele in Tränen ausbrechen und in Stücke brechen. Doch ich weiß, das geht nicht. Ich kann mir den Luxus nicht leisten, durchzudrehen und mir alle Gründe haarklein vorzustellen, warum ein Kind mein Leben zerstören würde, denn mein Freund braucht mich, und das ist wichtiger als das, was in meinem Leben vorgeht. Also drehe ich mich um und rufe ihm aus der Diele zu: »Vergiss es! Du kannst bleiben! Ich muss nur kurz online gehen.«

In meinem Arbeitszimmer starte ich meinen Computer und bete um einen Ausweg aus meinem Dilemma.

Vielleicht kann ich online ausrechnen, ob Freitag einer meiner fruchtbaren Tage war oder so.

Aber eigentlich weiß ich nicht, warum ich mir die Mühe mache. Ich habe immer Pech und werde nicht davon ausgehen, dass sich das plötzlich geändert hat, nur weil ich mit einem Typen namens Lucky geschlafen habe. Meine Eierstöcke waren Freitagnacht wahrscheinlich damit beschäftigt, zehn große, fette, fruchtbare Eizellen zu produzieren. Ich kann mir die kleinen Schlampen richtig vorstellen … Komm, Sperma, komm, komm …

Lucky tritt hinter mich, während ich die Ovulationsschaubilder betrachte. Als ich eilig versuche, zu tarnen, was ich tue, klicke ich auf eine Anzeige für eine Pille danach. Auch recht. Warum nicht ein weiteres Mal die Zehn Gebote brechen?

»Toni, tu das nicht.« Lucky legt mir die Hände auf die Schultern und drückt sie leicht.

Wütend schüttle ich sie ab. »Sag mir nicht, was ich tun soll.«

Er zieht einen Stuhl heran und setzt sich neben mich. »Keine Panik. Die Wahrscheinlichkeit, dass du … was auch immer … bist, ist sehr gering. Lass uns einfach erst mal abwarten.« Er streichelt meinen Oberarm.

Mein Finger erstarrt auf der Maustaste. Ich drehe mich zu ihm um und versuche, ihn die Qual, die ich empfinde, nicht in meinen Augen sehen zu lassen. Widerlich, wie schwach ich plötzlich agiere. »Das kann nicht dein Ernst sein. Wenn ich schwanger bin, sind wir am Arsch. Kinder hassen mich, und ich mag sie auch nicht. Ich wäre eine schreckliche Mutter. Das Leben des Kindes wäre von vornherein ruiniert.« Ich kriege das Bild eines vernachlässigten, einsamen kleinen Mädchens nicht mehr aus dem Kopf. Sie ähnelt Luckys Schwester sehr.

»Nein, wäre es nicht. Das ist lächerlich.« Er sieht die Anzeige auf meinem Bildschirm und schaut mich trauriger an, als ich ihn je erlebt habe. Noch trauriger als beim Tod Sunnys. »Was hast du denn vor? Eine spontane Abtreibung? Wirklich?«

Ich ertrage das alles nicht mehr. Weder seine Worte noch sein Gesicht oder die Bedeutung, die plötzlich hinter allem steckt. Ich springe auf und schreie: »Ich kann das nicht, Lucky! Ich kann nicht! Ich schaffe das nicht!«

Beim Gedanken, ein weiteres Leben zu beenden, sehe ich rot. Ich weiß, es ist irrational, denn Charlie mit fünf Schüssen in die Brust zu ermorden ist nicht das Gleiche, wie die Pille danach zu nehmen, aber ich bekomme die Flut von Gefühlen, die in mir toben, einfach nicht in den Griff. Charlie, Charlie, Charlie … ich habe einen Mann getötet, den ich hätte lieben sollen. Ich bin eine Mörderin, und das wird sich nie mehr ändern.

Im Versuch, der Emotionen Herr zu werden, die komplett Besitz von mir ergreifen, packe ich das Nächstbeste, was mir in die Finger kommt, und werfe es quer durch den Raum. Es zerschellt an der gegenüberliegenden Wand. Leider war es eine der antiken Vasen meiner verstorbenen Großmutter, aber davon lasse ich mich nicht aufhalten. Die Gefühle sind immer noch da, zehren mich auf.

Es folgt eine Kiste mit Büchern. Ich kippe sie um, sodass sich der Inhalt über den gesamten Fußboden ergießt. Nachdem ich die Bücher zertrampelt habe, rufen die Sofakissen nach mir. Ich wünschte, ich könnte die Bezüge und die Füllung in tausend winzige Stückchen zerfetzen, aber dazu fehlt mir die Kraft. Stattdessen schleudere ich die Kissen gegen Bilder an den Wänden, sodass sie alle herunterkrachen. Jedes Mal splittert Glas.

Weinend halte ich inne und brülle zur Decke: »Warum? Ist das Teil meiner Strafe, Gott? Ist das meine Buße? Lebenslange Reue? Muss ich mein ganzes Leben lang auch noch das eines anderen Menschen ruinieren?« Ich sehe in einem Wandspiegel mein hässliches Gesicht und stürze mich mit ausgestreckten Händen darauf.

Unmittelbar bevor ich ihn erreiche und danach greifen kann, um ihn von der Wand zu reißen, legen sich von hinten Stahlbänder um mich. Lucky steht hinter mir und umklammert mich mit aller Kraft.

»Lass mich los! Lass mich los, verdammt!« Ich versuche, mich aus seinem Griff zu lösen, doch es gelingt mir nur zu strampeln. Lucky hält mich fest, weigert sich, mich loszulassen.

»Nein.« Er schnaubt vor Anstrengung, doch er hält mich weiter fest. »Du musst dich beruhigen, sonst zerlegst du noch dein Haus.«

»Ist mir egal, ob ich mein Haus zerlege.« Ich winde mich, kann mich aber nicht befreien, genauso wenig fruchtet mein

Versuch, in seine Pulsadern zu kneifen. Morgen muss ich Dev unbedingt sagen, wie beschissen seine Befreiungstechniken sind.

»Vertrau mir, später wird es dir nicht egal sein. Beruhige dich erst mal, und dann reden wir über alles. Das ist nicht das Ende der Welt, Toni. So ein großes Arschloch bin ich auch wieder nicht.«

Dass er sich selbst Vorwürfe macht, lässt mich schließlich innehalten. Ich erschlaffe einfach, als ich begreife, dass er davon ausgeht, ich würde ihn hassen. Dabei hasse ich gar nicht ihn, sondern mich.

Lucky zerrt mich zur jetzt kissenlosen Couch hinüber, und gemeinsam plumpsen wir darauf.

Er stöhnt, als sein Hintern mit dem massiven Holzrahmen der alten Couch Bekanntschaft macht.

»Machst du weiter Sachen kaputt, wenn ich dich loslasse?«, fragt er. Sein Mund ist direkt neben meinem Ohr.

»Möglich.« Ich recke stur das Kinn, obwohl mir nicht mehr danach ist, mein kleines Reich zu demolieren. Das mit der Vase tut mir bereits leid. Gott sei Dank hat mich Lucky daran gehindert, den Spiegel zu zerschlagen. Er gehörte zu den Lieblingseinrichtungsstücken meiner Großmutter.

»Ich bin kein Arschloch. Du kannst dich bedingungslos auf mich verlassen.«

Ich versuche weiter, mich zu befreien, aber er lässt mich nicht los.

»Warum macht dich das so wütend?«

»Darum. Ich halte dich nicht für ein Arschloch, und du musst dich mir nicht verpflichtet fühlen. Ich kann schon auf mich aufpassen.«

Lucky schiebt mich von seinen Beinen herunter, sodass wir nebeneinander sitzen. Er dreht mein Gesicht zu sich um. Jemand, der von draußen hereinsieht, würde denken, wir säßen eng umschlungen auf der Couch. Sein Blick ist zu intensiv. Ich will nicht sehen, was sein Herz mir erzählt. Ich habe seine Freundlichkeit nicht verdient.

»Du musst nicht alles allein machen«, sagt er mit sanfter, freundlicher Stimme. Es klingt irgendwie fast flehend. »Du hast eine Familie. Mich.« Er schüttelt sich ein wenig, und ich spüre an meinem Arm, wie sich dabei sein Bizeps an- und wieder entspannt.

»Ich habe dich nicht. Ich habe das Team und Thibault.« Ich will nicht, dass sich Lucky an mich bindet, weil er glaubt, er hätte mich möglicherweise geschwängert. So läuft das nicht. Dieses Spiel kann ich nicht gewinnen, und ich habe schon genug verloren.

Seine Stimme ist ruhiger als meine. »Ich weiß, du bist jetzt wütend und schlägst blind um dich, deshalb werde ich dir das nicht übel nehmen.«

Ich sehe ihn kopfschüttelnd an. »Ich bin nicht wütend. Nur ehrlich. Das wird aber häufig verwechselt.«

Er erwidert mein Kopfschütteln, und der Kampf unserer Egos ist voll entbrannt. »Toni, wann kapierst du endlich, dass ich weiß, wie du tickst? Ich weiß das schon, seit wir Kinder waren. Du kannst nichts vor mir verbergen. Du kannst nicht so tun, als sei dir etwas egal, wenn es gar nicht stimmt. Ich weiß, du hast gerade Angst und bist panisch, aber ich glaube, das muss nicht sein. Solche Scheiße passiert dauernd, und die Leute stehen sie durch.«

Ich presse die Lippen aufeinander, damit sie nicht zittern. »Wir sind nicht wie andere Leute. Du und ich, wir sind anders. Ich bin anders.«

Er schenkt mir ein trauriges kleines Lächeln. »Ich gebe zu, du bist speziell, aber mit dir ist alles in Ordnung, auch wenn du das anders siehst.«

Ich habe keine Kraft mehr, mich zu wehren. Ich bin so müde, dass ich nur noch ins Bett will. »Lucky, lass mich los.«

»Warum? Was hast du vor?« Er mustert mich so intensiv, dass ich den Blick abwenden muss.

»Ich gehe ins Bett. Hier kann ich keinen klaren Gedanken fassen.«

»Ich komme mit.«

Endlich gelingt es mir, mich aus seinem Griff zu befreien, und ich stoße ihn weg. Ich stehe auf und schiebe die Hände in die Taschen. »Nein. Du solltest bleiben, aber hier unten. Ich komme schon klar.«

Nach ein paar Schritten rückwärts drehe ich mich um, die Trümmer knirschen unter meinen Füßen. Ich verlasse das Zimmer, ohne mich noch einmal umzudrehen, und eile die Treppe hoch in mein Schlafzimmer. Erst dort breche ich wieder in Tränen aus. Heilige Scheiße! Was habe ich jetzt wieder angerichtet?

Kapitel 12

Lange wirbeln mir Gedanken an das Worst-Case-Szenario meines Lebens durch den Kopf, aber irgendwann dämmere ich einfach weg, und vor meinem geistigen Auge entsteht ein Bild Charlies. Im Halbschlaf lasse ich ihn in meine Gedanken.

Meist gelingt es mir, Gedanken und Erinnerungen an ihn zu verdrängen, aber ich schätze, in dieser Nacht schaffe ich es angesichts all dessen, was mit Lucky passiert ist, einfach nicht – außerdem ist heute der Jahrestag seines Todes. Der Mann, den ich getötet habe, steht mir gegenüber, und eine Rauchfahne von der Zigarette, die er gerade aus dem Mund genommen hat, steigt über seinem Kopf auf. Dunkelgrauer Rauch quillt zwischen seinen Lippen hervor, als er lächelt. Es ist kein fröhlicher Gesichtsausdruck.

»Na so was«, sagt er. »Wer hätte das gedacht? Die kleine Antoinette Delacourte wird Mutter.«

Er schüttelt den Kopf. »Dass ich das noch erleben darf. Vielleicht kriegen wir einen kleinen Jungen.«

Mir ist zum Kotzen zumute. Ich weiß, das ist alles nicht real, denn Charlie kann weder hier sein, noch kann er der Vater meines hypothetischen Babys sein. Ich habe ihn umgebracht. Nichts von dem, was hier passiert, ist rational erklärbar, aber es fühlt sich völlig real an. Es ist, als stünde er in meinem

Schlafzimmer und schaue vorwurfsvoll auf mich herab, beansprucht meine Zukunft für sich.

Passiert das, wenn man einen Mord begeht? Sucht einen der Geist des Opfers heim und beurteilt alles, was man tut, bis man selbst stirbt? Kontrolliert er das Leben seines Mörders? So schlimm das klingt, es kommt mir auch fair vor. Ich habe ihm das Leben genommen, und jetzt nimmt er mir meins.

Dagegen lässt sich nichts sagen, aber ich versuche dennoch, den Kopf in Richtung von Charlies Geist zu schütteln. Ich kriege kein Kind. Ich bin nicht schwanger. Es war nur eine kleine Unaufmerksamkeit, und für die hat Gott mich schon genug bestraft.

»Du solltest ihn Charlie nennen«, schlägt der Geist vor. Zwischen seinen Zähnen dringt noch mehr Rauch hervor. Ich habe den Eindruck, dass der Effekt nicht von der Zigarette kommt, die er noch zwischen den Fingern hält. Es ist vielmehr, als brenne ein Feuer in ihm. Ich bin sicher, dass gleich Flammen aus seinen Augenhöhlen schießen.

Meine Antwort ist ein Wimmern. Ich würde gerne *Nein!* schreien, bekomme aber kein Wort heraus.

Charlies Gesicht kommt näher, ragt über meinem auf und wird immer größer. »Wirst du ihn Charlie nennen? Wirst du ihm ins Herz schießen, wenn er unartig ist? Wie oft wirst du auf ihn schießen, Schlampe? Einmal? Zweimal? Fünfmal?«

Jetzt reicht's. Auch was sich ein Geist mir gegenüber herausnehmen kann, hat seine Grenzen. Ich hebe die Hand, um ihm eine zu knallen, aber er packt sie und hält sie fest. Das konnte Charlies Geist bisher noch nie. Hat der Jahrestag seines Todes ihn stärker gemacht? Ich sitze in der Falle. Schreiend strample ich, winde mich, versuche, mich zu befreien. Ich weiß genau, er wird mich mit sich in die Hölle hinabreißen.

»Toni! Toni!«, ruft eine Stimme aus weiter Ferne nach mir. Es ist Lucky. *Hat er es auf Lucky abgesehen?*

»Lucky!«, schreie ich. »Er ist hier! Er ist hier … lauf!«

Hart, aber ungezielt schlage ich mit der Faust zu, versuche, mich vom Geist meiner Fehler zu befreien.

»Uff … au … verdammt, das hat wehgetan …«

Etwas trifft meinen Nacken. Es fühlt sich an wie … *ein Kinn*? Ich höre auf, um mich zu schlagen, als ich mitbekomme, wie jemand vor Schmerzen stöhnt. *Ist das Charlie?* Für einen kurzen Moment fühle ich mich wie eine Siegerin, habe das Gefühl, den Geist in die Flucht geschlagen zu haben, der gekommen ist, mir und meinem Freund das Leben zu rauben.

»Jetzt hast du mir doch noch wie angedroht in die Eier gehauen«, sagt eine Stimme schmerzerfüllt hinter meinem Rücken.

Endlich fährt mein Hirn wieder hoch, und ich begreife, dass es Luckys Stimme ist. Er ist hinter mir. *Hinter mir?*

Meine Hand ertastet ein Laken vor mir. Ich liege definitiv in meinem Bett. *Lucky ist in meinem Bett?*

Ich drehe den Kopf und schaue ihn über die Schulter hinweg an. Es ist dunkel im Zimmer, doch die Vorhänge sind nicht zugezogen, ein Vollmond steht am Himmel. In seinem Licht sehe ich Lucky neben mir im Bett liegen. Er stöhnt.

»Verdammt, dafür, dass es ziemlich dunkel ist, war das ein echter Volltreffer«, keucht er schwer atmend.

Ich drehe mich ganz um, sehe ihn an und berühre seinen Kopf, um sicherzugehen, dass er real ist.

»Was ist denn passiert?«

Lucky atmet schwer. »Du hast mich voll mit der Faust erwischt.«

O Scheiße! »Soll ich Eis holen?«

»Wäre vielleicht keine schlechte Idee«, ächzt er.

Ich springe aus dem Bett und eile aus dem Zimmer. Aus dem Eisfach schnappe ich mir einen Beutel tiefgefrorene Okra und aus dem Kühlschrank eine Flasche Bier. Ich habe die Jungs beim Training bei der Arbeit oft genug zu Boden gehen sehen, um zu wissen, dass manchmal ein bisschen von beidem erforderlich ist, um den Schmerz zu lindern.

Als ich ins Zimmer zurückkehre, halte ich ihm beides hin. »Hier. Tut mir leid.«

Lucky hebt eine Hand, ohne vom Bett aufzustehen. Er presst sich den Tiefkühlbeutel mit dem Gemüse zwischen die Beine, hält ihn dort mit beiden Händen fest und ignoriert die Flasche.

»Ich habe dir auch ein Bier mitgebracht.«

»Nein, danke, ich glaube, ich habe genug getrunken. Ich sollte mal ein Weilchen abstinent leben.«

Also stelle ich das Bier auf den Nachttisch, setze mich auf die Bettkante und sehe ihn an. »Ich habe doch gesagt, du sollst unten bleiben, du Depp.«

Mit schmerzerfülltem Blick schaut er mich an. »Woran ich mich auch gehalten habe, bis du angefangen hast, meinen Namen zu brüllen.«

Ich sehe ihn stirnrunzelnd an. »Du lügst. Das könnte dir so passen.«

Er versucht vergeblich zu lächeln. »Es passt mir, aber ich lüge nicht. Ich habe meinen Namen mehrfach gehört. Klang, als sei hier oben jemand, der dich zu töten versucht.«

»So hat es sich auch angefühlt.«

Lucky versucht, sich auf einen Ellbogen zu stützen. Er sieht mich an, doch seine Stimme klingt noch nicht wieder fest. »Hast du oft Albträume von Charlie?«

Mit zusammengekniffenen Augen sehe ich ihn an. »Woher weißt du, dass ich von Charlie geträumt habe?«

Diesmal gelingt sein Lächeln besser. »Na ja, infrage kamen er und ich, und ich habe irgendwie gehofft, ich war es nicht.«

Ich verdrehe die Augen. »Halt die Klappe! Von dir hätte ich niemals einen Albtraum.«

»Nicht einmal, wenn ich dich geschwängert habe?«

Ich beuge mich vor und schubse ihn, sodass er auf den Rücken fällt.

Er stöhnt. »Au, Mensch, das hat wehgetan.«

»Du hattest es verdient.«

Er starrt zur Decke, den Beutel Okra immer noch fest zwischen den Beinen. »Und wenn ich dich nun geschwängert hätte?« Er legt den Kopf schief und sieht mich an. »Wäre das so furchtbar fürchterlich schrecklich?«

Offenbar hat er von dem Schlag in die Hoden einen Gehirnschaden davongetragen. »Das fragst du noch?« Es ist so seltsam, hier so mit Lucky zusammen zu sein. Es ist, als seien wir über Nacht in eine andere Form von Beziehung hineingerutscht, die zu definieren mir schwerfällt. Er benimmt sich jetzt eher wie mein Freund als wie mein Bruder. *Will ich das? Schaffe ich das? Mache ich mir bezüglich seiner Empfindungen etwas vor?* Ich fühle mich nicht qualifiziert, auch nur eine meiner Fragen zu beantworten.

Träge hebt er die Hand und legt sie auf mein Bein. Seine Finger wandern meinen Oberschenkel hoch. »Weißt du, dass wir ein gutes Paar abgeben würden?«

Ich schlage seine Hand weg. »Halt die Klappe!« Irgendwie zaubert er mir ein Lächeln auf die Lippen, obwohl ich noch vor wenigen Minuten einen schrecklichen Albtraum hatte. Ich weigere mich, es ihm zu zeigen.

Seine Hand ist wieder da. »Im Ernst. Das sagt jeder. Ich rede viel mit Jenny über uns. Sie gibt mir immer gute Ratschläge. Sagt, ich solle mir was trauen und zu meinen Gefühlen stehen.«

Ich nehme seine Hand und lege sie wieder auf die Okra. »Wer so etwas sagt, ist ein kompletter Idiot, auf den man nicht hören sollte.« Ich wusste, dass Jenny ihm einen Floh ins Ohr gesetzt hat. May wahrscheinlich auch. Die beiden Mädels müssen mal lernen, sich um ihren eigenen Kram zu kümmern, und das werde ich ihnen auch klipp und klar sagen, wenn ich sie das nächste Mal sehe.

Lucky schaut mich mit gespieltem Stirnrunzeln an. »Gerade eben richtest du schweren Schaden an meinem Ego an. Ist dir das eigentlich klar?«

Ich schnaube. »Glaub mir, dein Ego ist groß genug, das hält das aus.«

Lucky runzelt jetzt wirklich die Stirn und wird nachdenklich. Er hebt die Hand und reibt sich das Kinn. »Findest du, ich sollte mir einen Bart wachsen lassen?«

»Warum das denn?«

Er sieht mich an. »Jenny sagt, ich sollte mir einen Bart wachsen lassen, weil ich zu gut aussehe. Vielleicht ist das mein Problem. Dass ich zu gut aussehe und dir das Angst macht.«

Unwillkürlich muss ich lachen. »Lucky, du vergisst, dass ich dich kenne, seit du etwa elf warst. Erinnerst du dich noch an deine Zähne?« Ich schüttle mich in gespieltem Ekel. »Igitt.«

Er zeigt mir seine Schneidezähne. »Hat sich verwachsen, oder? Keine Spange, Baby.«

Das ist der Lucky, den ich kenne, nicht der, der Dingen nachweint, die er nicht ändern kann. Ich habe das Gefühl, endlich wieder festen Boden unter den Füßen zu haben, was ihn angeht.

»Mag sein«, sage ich, »aber jedes Mal, wenn ich dich anschaue, sehe ich diese Hasenzähne.«

»Ehrlich?« Er klingt beinahe verletzt.

Ich rutsche auf dem Bett nach oben, um mich mit meinem Kissen im Kreuz ans Kopfende lehnen zu können. Lucky sieht mich an.

»Weißt du noch, als wir beschlossen haben, das Klubhaus auf dem Brachgrundstück zu renovieren, wo du mit deinem Luftgewehr rumgeballert hast, als wir dich das erste Mal trafen?«

Lucky rutscht ebenfalls hoch bis ans Kopfende, bleibt aber auf dem Rücken liegen und starrt an die Decke. Sein Gesichtsausdruck ist nostalgisch, wahrscheinlich genau wie meiner. »Ja, das weiß ich noch. Das war der coolste Tag meines Lebens.«

Ich lache, verstumme aber, als ich merke, dass er es ernst meint. »Echt? Warum?«

Er sieht mich an. »Weil das hübscheste Mädchen, das ich je zu Gesicht bekommen hatte, zu mir rüberkam und mich fragte, ob sie mal meine Pistole ausprobieren darf. Weil sie damit aber nicht mal die Längsseite einer Scheune treffen konnte, bat sie mich, es ihr zu zeigen. Als ich dann alle Büchsen von der Wand schoss, sagte sie, ich sei ziemlich cool. Vergiss nicht, ich hatte diese Hasenzähne, deshalb bedeutete mir jedes Kompliment viel.«

Wahrscheinlich erwartet er, dass ich ihn dafür wieder schubse, aber die Mühe mache ich mir nicht. Ich ignoriere seine lächerliche Behauptung, er sei von Anfang an in mich verknallt gewesen. Seine Gespräche mit Jenny, der hyperromantischen Kupplerin, haben dazu geführt, dass er seine Vergangenheit verklärt. Ich verstehe das. Es ist schöner, das so zu betrachten, als sich auf unser echtes Leben zu konzentrieren, auf unsere Eltern und die Gründe, warum wir so viel Zeit außer Haus verbrachten.

Gott, war das Leben leicht, als wir noch nicht erwachsen waren. Wir hatten keine Verantwortung, keine Eltern, die uns nervten oder uns im Weg standen – sie waren immer froh, wenn wir nicht da waren, weil sie zu viele eigene Probleme hatten, um sich mit uns zu befassen –, und keinen Charlie. Ich hatte noch keine Fehler gemacht. Außer vielleicht den einen großen, nicht bei dem Nerd mit den Hasenzähnen zu bleiben. Er war schon damals sehr vielversprechend.

Lucky klopft mit der Außenseite seines Armes gegen mein Bein. »Was geht dir durch den Kopf?«

»Ich habe gerade gedacht, wie viel einfacher das Leben damals war und wie sehr ich mir wünsche, noch mal von vorn anfangen zu können.«

»Wir können doch von vorn anfangen. Du und ich. Wir nutzen einfach unsere zweite Chance.«

Ich lächle wieder – der Begriff kommt aus unseren Kickballzeiten. Dasselbe Brachgelände, derselbe Freundeskreis.

»Zweite Chancen sind super. Beim Kickball konnte man damals totalen Mist bauen, einfach *Zweite Chance!* rufen, und wenn alle einverstanden waren, durfte man noch mal – der Fehler zählte nicht, und man versuchte es einfach erneut.« Wenn wir damals die wahre Macht der zweiten Chancen erkannt und kapiert hätten, dass wir das Konzept nicht in die wahre Welt übertragen konnten, wären wir wahrscheinlich niemals erwachsen geworden. »Aber als Erwachsener kriegt man keine zweite Chance«, seufze ich. »Wenn man etwas tut, schafft man Fakten und muss mit den Konsequenzen leben.« Meine Worte holen mich in die Gegenwart zurück. Ich schaue auf Lucky herab. »Was machen wir, wenn ich schwanger bin? Mal im Ernst jetzt.«

Er setzt sich mühsam auf, bis er mit dem Rücken direkt neben mir am Kopfende des Bettes lehnt. Dann nimmt er meine Hand und verschränkt seine Finger mit meinen. Wir starren die Wand gegenüber an.

»Alles wird gut«, sagt er. »Du bist nicht schwanger. Selbst wenn, kommen wir damit klar. Genau wie früher. Genau wie mit Charlie und mit Sunny. Wir sind ein Team. Wir schaffen das.«

»Wir kriegen keine zweite Chance.« Weder für das Leben noch für unsere Beziehung. Was geschehen ist, ist geschehen. Wir sind, wer wir nun mal sind.

»Nein, keine zweite Chance. Aber die brauchen wir auch nicht. Die Zukunft sieht rosig aus … versprochen. Wart's ab. Ich irre mich fast nie.«

Mit tränenfeuchten Augen schaue ich ihn an. »Genau dieses *Fast* macht mir Angst.«

Kapitel 13

Eines der vielen Dinge, die ich an meinem Job liebe, ist die Tatsache, dass wir manchmal so viel zu tun haben, dass die Zeit vergeht wie im Flug und ganze Wochen im Nu verstreichen. Ich komme montagmorgens und arbeite bis Freitag wie verrückt, dann entspanne ich mich samstagmorgens mit der Zeitung in meinem Wohnzimmer – die ganze Woche ist vorbeigerauscht. Lucky und ich müssen vielleicht über vieles reden, aber das wird so bald nicht passieren. Nicht, solange uns dieser Job derart in Anspruch nimmt. Er und Jenny sind mit Arbeit am Computer zugeschüttet. Von May habe ich gehört, dass sie Nachtschichten geschoben haben, was mir recht ist. Ich freue mich nicht gerade auf unser nächstes Gespräch. Nachdem wir uns gegenseitig viel zu weit geöffnet haben, wird es bestimmt peinlich.

Seit anderthalb Wochen haben Lucky und ich keine drei Minuten am Stück miteinander verbracht.

Ich befinde mich mit May im Laderaum des Überwachungsvans ein paar Blocks von einem Haus entfernt, in dem wir mehrere Bandenmitglieder vermuten, die wir unter Beobachtung haben. Unsere Vermutung beruht auf Tweets, die die Gangster ausgetauscht haben. Jenny und Lucky haben offenbar einige ihrer Codewörter entschlüsselt.

»Gut«, sagt May. »Wir sind allein, und es ist nichts los. Jetzt können wir endlich über meine Hochzeitspläne sprechen.«

Ich sitze über einen Laptop gebeugt und versuche zu entscheiden, ob ich unsere Drohne etwas näher an den Hinterhof heransteuern soll, den sie überwacht.

»Oh, toll«, erwidere ich wenig begeistert.

Die meisten Menschen hätten meinen offensichtlichen Mangel an Enthusiasmus als Zeichen gewertet, das Thema zu wechseln, aber nicht so May.

»Ich wollte die Sache einfach halten. Nur das Team und natürlich meine Mutter. Vielleicht noch ein paar weitere Freunde. Was meinst du? Glaubst du, das wäre Ozzie recht?«

Ich hebe nicht mal den Kopf. »Er hat dir doch sicher schon gesagt, was er will. Hör einfach auf ihn.«

»Ja, aber du weißt doch, dass er manchmal eine Sache sagt, aber eine ganz andere meint. Ich bin nicht sicher, ob ich ihm glauben kann.«

»Das solltest du.« Ich schaue jetzt doch zu ihr auf. »Er wird etwas wirklich Kleines wollen. Ihr solltet wahrscheinlich einfach gemeinsam durchbrennen.« Bitte, brennt einfach durch.

May schüttelt den Kopf. »Ja, nicht wahr? Das habe ich auch gedacht.«

Ich stelle die Arbeit ein. »Ich kann dir nicht folgen.« In ihrer Miene suche ich nach dem Scherz, den ich hinter ihren Worten vermute, aber sie zuckt nur die Achseln.

»Er hat gesagt, er will den Polizeichef mit Familie einladen und dazu ein paar Kommissare und andere hohe Beamte.« Sie verdreht die Augen. »Was soll ich denn jetzt machen? Die beiden Seiten in der Kirche werden total ungleich besetzt sein.«

»Das kann nicht dein Ernst sein.«

»Doch.«

»Hat er das wirklich gesagt? Dass er all diese Leute einladen will?«

Sie hebt die Hand zum Zeichen des Schwurs. »So wahr ich hier stehe. Seltsam, oder? Vielleicht sollte ich es einfach ignorieren. Oder klipp und klar Nein sagen.«

Ich bin eigentlich ihrer Meinung, aber meine Loyalität wird immer Ozzie gelten. Außerdem geht das alles auf seine Kappe. »Er bezahlt die Hochzeit, oder?«

»Ja, schon, aber … ich würde das Geld lieber für unsere Hochzeitsreise als für die Feier ausgeben, du nicht?«

Ich wende mich wieder dem Computer zu, denn ich habe gerade keinen Nerv für diesen Unsinn. »Keine Ahnung.«

Sie jammert weiter, während ich mich bemühe, einen besseren Kamerawinkel zu finden. Ich höre gerade was von Kleidern für die Brautjungfern, als etwas über den Bildschirm huscht.

Ich hebe eine Hand, um sie zu unterbrechen. »Pst.«

Sie beugt sich so weit zu mir herunter, dass ich ihren Kaugummiatem riechen kann. »Was siehst du?«

»Ich bin nicht sicher. Da ist jemand.« Wir suchen David Doucets Bruder Marc. Er soll sich in besagtem Haus aufhalten, aber wir haben ihn noch nicht zu sehen bekommen. Marc ist jünger als sein Bruder, der Mann, der versucht hat, May umzubringen, und jetzt im Knast sitzt, und stärker am Einsatz von Technik und sozialen Medien für »berufliche« Zwecke interessiert als sein älterer Bruder. Er ist klug und stellt dadurch, dass er sich hervorragend auf Geheimhaltung versteht, eine Gefahr für die gesamte Stadt dar. Wenn wir wenigstens zweifelsfrei feststellen können, dass er dort ist, können wir bessere Überwachungstechnologie zum Einsatz bringen und vielleicht etwas mithören, das der Polizei weiterhilft. Hoffentlich wird es auch Lucky und Jenny helfen.

»Soll ich etwas mit dem Papagei machen?«, fragt May.

»Ich glaube nicht.« Mit den Pfeiltasten des Laptops bewege ich das Auge der Drohne. Dann begreife ich, warum ich nichts sehe. »Verdammt!«

»Was ist denn?« May beugt sich jetzt so dicht heran, dass sie komplett den Bildschirm versperrt.

Ich hebe die Hand, lege sie an ihre Schläfe und schiebe ihren Kopf nach links. »Darf ich mal?«

»Oh, tut mir leid. Was ist denn? Ich sehe nichts.«

»Genau das ist das Problem. Da ist was auf der Linse. Hast du sie vor dem Start gesäubert?«

Stirnrunzelnd dreht sie sich zu mir um. »Natürlich. Ich bin Fotografin. Berufsfotografin.« Sie wendet sich wieder dem Bildschirm zu. »Aber du hast recht – da ist etwas. Ich glaube, das ist ein Käferarsch. Hier … das hilft vielleicht.« Sie streckt die Hand aus und macht mehrere Screenshots in rascher Folge. Der Käfer, der sich auf unserer Linse niedergelassen hatte, verschwindet, von der Bewegung unter ihm verscheucht.

May überrascht mich immer wieder. Eben hat sie noch über alberne Hochzeitspläne gequatscht, und jetzt agiert sie, als sei ihr Beruf ihre zweite Natur. Ich versuche, darauf nicht eifersüchtig zu sein. Die verdammte Drohne kann ich immer noch nicht richtig steuern, obwohl ich seit über einem Jahr übe.

May wendet sich zu mir um und strahlt mich an. »Siehst du? Wenn du ein Problem hast, habe ich die Lösung.«

»Gute Arbeit.« Ehre, wem Ehre gebührt. Ich sehe jetzt definitiv mehr, und es kommt eindeutig jemand aus der Haustür. Er scheint circa eins fünfundsiebzig groß zu sein, etwa die Größe des Typen, nach dem wir suchen.

Ich deute auf den Bildschirm. »Ich glaube, das ist er. Was meinst du?«

May zückt ein Foto, das wir von der Polizei von New Orleans bekommen haben und das bei einer Festnahme des Kerls vor etwa einem Jahr gemacht wurde.

»Er könnte es sein. Die Kinnpartie stimmt. Er trägt sein Haar jetzt ganz anders. Ist das eine frische Narbe?«

Ich schüttle den Kopf. »Das kann ich nicht erkennen. Wo denn?«

»Na da.« Sie deutet auf den Bildschirm.

Als ich mich dicht an den Bildschirm heranbeuge, sehe ich eine Andeutung dessen, wovon sie möglicherweise spricht. »Vielleicht.«

»Ich mache besser mal ein paar Bilder«, sagt May.

Ich nicke. »Gute Idee.«

Sie geht in die hinterste Ecke des Vans und holt sich eine Kamera und unser größtes Teleobjektiv aus der schweren, stabilen Plastikkiste, die das gesamte Foto- und Videozubehör enthält.

Dann schiebt sie das Objektiv durch die kleine Lücke in dem blickdichten Vorhang, der den Ladebereich des Vans von der Fahrerkabine trennt, um den Verdächtigen in drei Blocks Entfernung fotografieren zu können.

»Ja, das ist er definitiv«, bestätigt sie und schießt ein paar Bilder. »Ich sehe ihn ganz deutlich. Er kommt näher.«

»Was meinst du damit?« Ich schaue auf den Laptopbildschirm, und tatsächlich kommt er auf uns zu.

»Was ich gesagt habe. Er ist auf dem Weg hierher.« Ihr Blendenverschluss klickt wie verrückt, als sie Bild um Bild macht. »Er hat eine neue Narbe. Echt groß und frisch. Noch rot. Eklig. Ich frage mich, wer ihm die beigebracht hat. Jedenfalls kein Chirurg, das kann ich dir sagen.« Sie lacht schnaubend über ihren eigenen Witz.

»Wie weit ist er noch weg?« Er hat den Sichtbereich des Papageis verlassen, und ich will die Drohne nicht bewegen, damit er nicht die Bewegung der Elektronik über seinem Kopf hört. Unsere Überwachungsdrohne hängt an einem Strommast ganz in seiner Nähe.

Ihre Stimme ist unglaublich ruhig. »Weiß nicht. Hinter einer Kameralinse schwer zu beurteilen.«

Ich beiße die Zähne zusammen, um meine Stimme ruhig zu halten. »Kannst du mir vielleicht anhand eines Orientierungspunktes eine Einschätzung geben?«

»Uhhh … ich glaube … er ist jetzt etwa einen Block entfernt.«

Ich packe sie an der Schulter, zerre sie zurück und schließe die Abdeckung der Lücke für Überwachungsfotos. Dann senke ich meine Stimme zu einem Flüstern. »Komm weg da. Er hat wahrscheinlich gemerkt, dass wir hier drin sind, oder ist zumindest neugierig. Warte einfach mal einen Moment.«

»Vielleicht geht er nur spazieren.«

»Typen wie er gehen nicht spazieren. Still jetzt!«

Mein Laptopbildschirm ist unsere einzige Beleuchtung. In seinem trüben Licht betrachte ich Mays Gesichtsausdruck. Sie hat endlich kapiert, dass wir ein Problem haben.

»Was nun?«, fragt sie in normaler Lautstärke.

Ich lege ihr die Hand auf den Mund, sehe sie mit weit aufgerissenen Augen an und würde am liebsten schreien, doch stattdessen flüstere ich: »Bist du jetzt bitte mal leise?«

May nickt und hebt die Hand, um meine von ihrem Mund zu entfernen.

Ich lasse es wider besseres Wissen zu. Am liebsten würde ich ihr den Mund zukleben, bis wir wieder im Lagerhaus sind.

Ihr nächster Satz kommt im Flüsterton. »Fahren wir weg oder sitzen wir das aus?«

»Wir warten.« Um Nachfragen zu verhindern, schüttle ich den Kopf.

Ich höre meinen Herzschlag in den Ohren. In mehreren Jahren Überwachungsarbeit für die Bourbon Street Boys habe ich es schon mehrfach mit Anwohnern zu tun gehabt, die den Van bemerkten und nachsehen kamen, aber es ist noch nie ein Ziel meiner Überwachung direkt auf mich zugekommen. Natürlich haben wir für diesen Fall trainiert, doch wie wir alle an irgendeinem Punkt unserer Laufbahn gelernt haben, kann Training sich der Realität immer nur annähern. Es fließt immer viel mehr Adrenalin, wenn ein echter Schurke sich dem eigenen Versteck nähert.

Rollsplit und Sand knirschen unter seinen Füßen. Ich bete lautlos, dass seine Schritte einfach vorbeigehen, aber natürlich habe ich wie immer kein Glück. Er bleibt auf Höhe des Fahrersitzes stehen. Zunächst geschieht nichts, doch dann klopft er gegen das Seitenfester.

»Hallo? Jemand zu Hause?«

May packt mein Handgelenk und drückt mit aller Kraft zu. Noch vor sechs Monaten hätte das nicht viel bedeutet, weil sie so viel Kraft in den Händen hatte wie eine Vierjährige, aber inzwischen hat sich das grundlegend geändert.

Sie hat mit Dev einen Haufen Gewichte gestemmt. Ich muss ihre Hand mit den Fingernägeln von meinem Handgelenk lösen.

Gleichzeitig werfe ich ihr böse Blicke zu, die sie anweisen, ihm besser nicht zu antworten und nicht zu jammern, weil ich mich so energisch aus ihrem Griff befreit habe.

Ihr Kopf ruckt hin und her.

Ich erkenne den Fluchtinstinkt, wenn ich ihn sehe, und sie ist eindeutig fluchtbereit. Mit beiden Händen umfasse ich ihr Gesicht und starre ihr in die Augen. Ich schüttle sehr langsam den Kopf und sage so leise wie möglich: »Tu … nichts.«

May blinzelt ein paarmal und scheint sich dann wieder im Griff zu haben. Sie nickt leicht panisch.

Als ich sicher bin, mich darauf verlassen zu können, dass sie ihre verdammte Klappe hält, lasse ich ihr Gesicht los.

Es klopft erneut am Fenster, nachdrücklicher diesmal. »Klopf, klopf! Ich weiß, dass Sie da drin sind!«

May öffnet den Mund, aber ich lege ihr den Finger auf die Lippen und schüttle den Kopf. Ich flüstere: »Lass mich das machen.«

May hat viel trainiert, aber in Notsituationen traue ich ihr nach wie vor nicht. Vielleicht werde ich das nie.

Ozzie würde mir niemals verzeihen, wenn ihr etwas zustieße, während wir zusammen unterwegs sind.

Das ist einer der Gründe, warum ich sie nicht gern im Team habe. Wenn sie dabei ist, können wir anderen nicht autonom oder sorglos agieren. Ich fühle mich immer wie eine Babysitterin, denn wenn sie verletzt wird, wird das meine Schuld sein. Was Ozzie denkt und was ihm etwas bedeutet, ist mir wichtig.

Gebückt erhebe ich mich und begebe mich in den Laderaum des Vans. Unser Ziel ist vorn, und ich will nicht, dass er sieht, was wir im Wagen haben, auch wenn die große Kiste und der Laptop auf dem Schreibtisch ihm wahrscheinlich harmlos vorkommen. Mein Plan sieht vor, hinten rauszuspringen und abzuschließen, ehe er etwas sehen kann. Dann werde ich irgendwie aus diesem Schlamassel entkommen, in den wir hier reingeraten sind. Noch habe ich allerdings keine Ahnung, wie. Hoffentlich fällt mir rechtzeitig etwas ein.

Ich beuge mich zu May, um ihr ins Ohr flüstern zu können: »Ich gehe hinten raus. Schließ hinter mir ab.«

May packt mich, schüttelt heftig den Kopf, aber ich stoße sie weg. Wenn wir nicht auf den Typen reagieren, wird er anfangen, den Van zu demolieren, und ich weiß, Thibault wüsste zu schätzen, wenn ich das nach Möglichkeit vermeide. Er faselt ständig von Sparmaßnahmen.

Wir haben unsere Überwachungstechnologie hier angebracht, und für alles Weitere, was wir in diesem Fall unternehmen, muss ich mich nicht sehen lassen, da wir unsere gesamte Überwachung online und per Wanzen erledigen, deshalb habe ich kein Problem damit, meine Tarnung auffliegen zu lassen. Ich will aber nicht einfach davonrasen, denn sonst weiß die Bande, dass sie beobachtet wird, und alles war umsonst. Nein, anders geht es nicht. Ich hole tief Luft und handle.

Kapitel 14

Ich steige schnell aus, denn ich bin sicher, dass May mir weitere Schwierigkeiten bereiten wird, wenn ich mich nicht beeile. In weniger als fünf Sekunden habe ich den Wagen durch die hintere Tür verlassen und sie wieder hinter mir zugemacht. Sobald meine Füße den Boden berühren, höre ich, wie sich unser Ziel bewegt. Ich habe gerade meinen Pferdeschwanz geöffnet, als Marc um die Stoßstange des Vans herumkommt.

»Schau an, schau an. Wen haben wir denn da?« Er mustert mich gierig, als wäre ich ein fettes, saftiges Steak und er ein verdammt hungriger Anhänger der Paleo-Bewegung. »Was ist denn da in meiner Gegend gelandet?«

Ich recke stolz das Kinn. »Was geht?« Ich schiebe die Hände in die Taschen und tue mein Bestes, um auszusehen wie ein weibliches Mitglied einer Straßengang. Mit meinem dunklen Haar und dem olivfarbenen Teint falle ich an vielen Orten gar nicht auf. Offenbar weiß er, dass ich nicht aus der Gegend bin, aber New Orleans ist groß.

Marc mustert meinen Van und dann mich. »Was machst du hier, Chica? Spionierst du mir nach?«

Ich grinse und lache leise. »Warum sollte ich? Bist du ein Promi, Hollywood?«

Er zuckt die Achseln und kommt ein Stück näher. »Weiß nicht. Möglich. Vielleicht bist du ja von der Polizei.« Seine Hände wandern hinter seinen Rücken, wo in seinem Hosenbund zweifellos eine Knarre steckt. Ich habe meine Waffe im Van gelassen, weil ich wusste, er würde sie als Bedrohung empfinden. Er muss glauben, dass ich keinen Ärger will, und ich muss hier weg, bevor etwas Blödes passiert.

»Polizei?« Ich schnaube verächtlich. »Also bitte. Ich habe gesessen. Niemals würde ich für die Bullen spionieren.«

Er mustert mich mit zusammengekniffenen Augen. »Du hast gesessen? Wo? Wann?«

Ich zucke die Achseln. »Saint Gabe. Totschlag. Schon paar Jahre her. Ich rede nicht gerne drüber.« Wieder recke ich trotzig das Kinn. »Wohnst du in der Gegend?«

»Vielleicht. Vielleicht auch nicht. Wer will das wissen?«

Ich setze zu einer Antwort an, komme aber nicht mehr dazu. Plötzlich sind wir zu dritt.

May hat beschlossen, sich zu uns zu gesellen, nachdem sie durch die Fahrertür ausgestiegen und auf die Rückseite des Vans gekommen ist.

Mir rutscht das Herz in die Hose, als sie in diesen lächerlichen schwarzen Stiefeln, die sie für Kampfeinsätze für hervorragend geeignet hält, praktisch angehüpft kommt. Zumindest hat sie das gesagt, als sie die Dinger am ersten Tag trug. Sie hat sie mir vor die Nase gehalten und verkündet: »Schau, Toni! Jetzt tragen wir beide Kampfstiefel!« Ihre sind an der Seite mit rosa Blümchen bestickt.

Ich senke kopfschüttelnd den Blick und seufze tief. Jetzt sitzen wir richtig in der Scheiße, und ich habe keine Idee, wie es weitergehen soll. Wenn wir wieder unter uns sind, werde ich sie umbringen. Hoffentlich ist sie dann nicht schon tot.

»He, Leute! Was geht?« May legt mir die Hand auf die Schulter. »Hast du ihn gefragt? Wegen der Veranstaltungslocation?«

Ich blicke zu ihr auf, und mir bleibt der Mund offen stehen. Ich habe absolut keine Ahnung, wovon sie redet.

May wedelt mit der Hand zwischen uns herum. »O mein Gott, meine Freundin ist so was von schwer von Begriff.« Sie reicht Marc die Hand. »Ich heiße Allison. Ich behaupte gerne, mein Name wäre Alice von Wunderland, aber das stimmt gar nicht. Allison Guckenburger.« Sie verdreht die Augen. »Ich weiß. Blöder Name, oder? Aber die gute Nachricht ist, ich heirate und werde den Namen meines Mannes annehmen.« Sie kichert und lässt ihre Hand vor den Augen des Gangsters in der Luft hängen, der wahrscheinlich gerade darüber nachdenkt, ob er sie auf der Stelle erschießen oder noch warten soll, was sie sonst noch Lächerliches zu sagen hat.

Marc sieht mich fragend an, umfasst aber langsam Mays Fingerspitzen, um ihr kurz die Hand zu schütteln, ehe er sie wieder loslässt. Dann lässt er die Arme an den Seiten hängen, die Waffe in seinem Hosenbund ist vorübergehend vergessen.

Doch das erleichtert mich nicht, denn ich habe das Gefühl, je mehr er von May mitbekommt, desto attraktiver wird ihm der Gedanke vorkommen, uns zu erschießen. Dies ist nur eine zeitweilige Atempause. Meine Gedanken überschlagen sich, als ich versuche, Wege aus diesem Schlamassel zu finden, aber ich habe keine gute Idee.

Ich räuspere mich, ehe ich spreche. »Ähhh, Allison … ich habe mich gerade mit …« Gott sei Dank halte ich gerade noch rechtzeitig inne, ehe ich ihn beim Namen genannt habe. »… äh … diesem Typen hier unterhalten, vielleicht möchtest du im Auto warten …«

»Marc«, sagt er und zwinkert mir zu.

»Marc«, wiederhole ich. »Ich habe mit Marc geplaudert.« Meine Halsschlagader pulsiert wie verrückt. Jetzt macht sich auch mein Fluchtinstinkt bemerkbar. Wie immer unterdrücke ich ihn mit all meiner Willenskraft. Niemand, der mich ansieht, würde ahnen, was für eine Scheißangst ich habe.

»Ich hab's gehört.« Sie strahlt. »Aber du schienst gar nicht zur Sache kommen zu wollen, deshalb habe ich beschlossen, auszusteigen und einzugreifen.« Sie lächelt mich an, ehe sie unserem Ziel wieder ihre Aufmerksamkeit widmet. »Wir suchen nach einer Location für meine Hochzeit. Nichts für ungut, aber Ihr Viertel wäre super dafür. Einfach super.«

Er schneidet eine Grimasse und versucht zu begreifen, was sie eigentlich will. »Eine Hochzeit? Wessen Hochzeit?«

»Meine, hab ich doch gesagt.« Sie wirft ihm ein weiteres strahlendes, total albernes Lächeln zu. »Das ist gerade unglaublich angesagt, haben Sie noch nichts davon gehört?« Sie sieht sich um, holt tief Luft und seufzt dann hochzufrieden. »Hochzeiten im urbanen Stil. Veranstaltet in den krassesten Vierteln. Das ist einfach wunderbar. Ich habe Fotos gesehen, da würde Ihnen das Blech wegfliegen.« Mit großer Geste deutet sie auf die Häuserfront auf der gegenüberliegenden Straßenseite. »Siehst du es auch vor deinem geistigen Auge? Zelte im Vorgarten. Die alten Schrottkarren repariert und golden lackiert.« Sie unterbricht sich und schaut mit noch immer erhobenem Arm Marc an. »Kennen Sie diese Autos, die man hydraulisch rauf- und runterfahren kann? Solche hätte ich gerne. Vielleicht ein purpurnes und auch ein blaues, denn das sind meine Farben.« Sie schaut mich an und nickt. »Kannst du es dir vorstellen? Das wäre perfekt.« Sie geht zurück zu Marc und stemmt die Hände in die Hüften. »Haben Sie Freunde mit solchen Autos? Glauben Sie, ich könnte eins davon für einen Tag mieten?«

Marc schüttelt den Kopf und mustert sie von Kopf bis Fuß. »Du bist total verrückt, Schlampe.«

May schaut ihn beleidigt an. Ich bin nicht sicher, ob sie es wirklich ist oder nur so tut. »Haben Sie gerade das S-Wort verwendet?« Für eine Sekunde scheint die Zeit stillzustehen.

Dann lächelt sie und läuft zu Marc hinüber, um ihn zu umarmen. »Das ist so was von perfekt! Sie sind so authentisch, irgendwie. Ich hätte Sie unglaublich gerne bei der Hochzeit dabei. Geben Sie mir Ihre Kontaktdaten?« Sie entlässt ihn aus ihrem Würgegriff, fischt ihr Handy aus der Gesäßtasche und steht schreibbereit da.

»Geben Sie mir Ihre Telefonnummer. Ich muss Sie unbedingt zu meiner Hochzeit einladen.«

Er deutet auf sie und schaut mich an. »Ist das ihr Ernst?«

Ich kann nur die Achseln zucken. Die einzige Erklärung für das, was hier gerade abläuft, ist, dass ich aus Versehen einen Giftpilz gegessen habe und in einen riesigen, geheimnisvollen Kaninchenbau gefallen bin. Das erklärt alles, auch Alice von Wunderlands Decknamen.

May deutet grob in meine Richtung, ohne den Blick von ihrem Handy zu wenden. »Beachten Sie Gigi gar nicht«, sagt sie und meint offensichtlich mich. »Anfangs war sie nur meine Locationberaterin, aber inzwischen haben wir uns richtig gut angefreundet. Sie kommt natürlich auch zur Hochzeit.« Sie schaut erst mich, dann Marc an und zwinkert. »Vielleicht wärt ihr beide ja was füreinander. Ihr wisst schon, so fangen die besten Beziehungen an … bei den Hochzeiten anderer.« Jetzt wendet sie Marc wieder ihre volle Aufmerksamkeit zu. »Wie war Ihre Telefonnummer noch mal?«

Der Typ scheint in einer Art Trance zu sein. Er rattert seine Nummer herunter, und May gibt sie rasch in ihr Handy ein.

»Perfekt. Perfekt, perfekt, perfekt. Ich muss Sie unbedingt einladen. Vielleicht kann ich Sie ja mal anrufen, wenn ich noch weitere Fragen habe? Ich muss mehrere Dinge anmieten, und vielleicht können Sie mir eine Quelle empfehlen.«

Jetzt lächelt er. »Was denn für Dinge?«

»Oh, ich weiß noch nicht. Wo trifft man sich denn hier zu festlichen Anlässen? Zu Quinceañeras und so? Ich glaube, solche

Sachen würde ich auch gern in meine Hochzeitsfeier einbauen. Die machen den urbanen Touch nur noch authentischer.«

Er schweigt, aber seine Miene verfinstert sich langsam.

Sie lächelt, wirkt aber nicht mehr so selbstbewusst wie gerade eben noch. »Na ja, das muss ja nicht Ihre Sorge sein. Überlegen Sie sich's, ich melde mich.« Dann schaut sie plötzlich auf die Uhr und tut völlig verzweifelt. »O nein! Wir kommen zu spät!«

»Ach ja?« Ich traue mich nicht zu fragen, wohin wir denn wollen, doch das verkündet Alice von Wunderland Guckenburger im nächsten Satz ohnehin der gesamten Welt.

»Ja! Klar. Weißt du nicht mehr? Wir wollten uns doch gemeinsam den Damenbart entfernen lassen.«

Marc weicht lachend ein Stückchen zurück und hält sich die Hand vor den Mund.

Ich bin kurz davor, May den Kopf abzureißen, bewahre aber mit Mühe die Fassung. »Ach, ja. Den Damenbart. Wie konnte ich das vergessen?« Ich lächle so angestrengt, dass ich beinahe einen Krampf bekomme.

May sieht Marc an und winkt ihm knapp. »Schön, Sie kennengelernt zu haben. Bis bald. Komm, Gigi, lass uns fahren. Wir wollen doch nicht, dass du noch jemanden mit deinen Stoppeln verletzt, wenn du ihn küsst, stimmt's?« Sie schubst mich in Richtung Beifahrerseite und geht zur Fahrerseite des Vans.

Mit gesenktem Kopf und rot glühenden Wangen gehe ich an Marc vorbei. Wie konnte ich nur so schnell und so vollkommen die Kontrolle über die Situation verlieren, und wie zur Hölle kommt May auf solchen Mist?

Ich befinde, dass der Grund für meinen Kontrollverlust wohl Lucky ist. Was vor fast zwei Wochen zwischen uns gelaufen ist, beschäftigt mich immer noch, und infolgedessen bin ich total unkonzentriert. Wie May auf solchen Mist kommt?

Dazu habe ich nur die Theorie, dass sie völlig verrückt ist, aber offenbar über viel gutes Karma verfügt. Um mit solchem Unsinn durchzukommen, braucht man schon nicht nur einen, sondern zehn Schutzengel.

»Wir sehen uns, Gigi«, sagt Marc, als ich in den Van steige.

Himmel, hoffentlich nicht. »Wer weiß«, antworte ich, so lässig ich kann.

Erst als wir beide im Wagen sitzen und losfahren, kralle ich mich in Mays Haar und ziehe daran.

Kapitel 15

»Au! Wofür war das denn?« May hält sich beim Fahren den Kopf und schaut mich finster an.

»Frag nicht so blöd. Du weißt ganz genau, wofür das war. Deinetwegen wären wir beide fast draufgegangen.«

Ich habe keine Ahnung, wie sie es schafft, so locker durch die Straßen dieses Viertels zu fahren. Normalerweise ist sie nach stressigen Situationen nicht so cool. Säße ich jetzt am Steuer, würden wir mit Vollgas davonrasen. Ich habe genug Adrenalin in mir, um einen Elefanten anzutreiben, und außerdem fährt hier niemand unter siebzig langsam. Das wirkt verdächtig. May kommt damit durch, weil man ihr auf den ersten Blick ansieht, dass sie nicht hierhergehört.

Mit viel zu selbstgefälligem Gesichtsausdruck biegt sie auf die Tulane Avenue ab. »Machst du Witze? Ich hatte den Typen voll im Griff.«

Ich schnaube. »Du hattest Glück, dass er dich nicht in den Griff gekriegt hat. Was war denn so verkehrt an meiner Vorgehensweise? Wieso hattest du das Gefühl, eingreifen zu müssen?«

»Zu deiner Information, er stand so, dass ich im Seitenspiegel perfekt seinen Rücken sehen konnte. Während du versucht hast, die Situation zu regeln, hat er nach hinten gegriffen und seine Knarre aus dem Hosenbund gezogen.« Sie funkelt mich an. »Was meinst du wohl, was er damit vorhatte? Hm? Was meinst du? Glaubst du, er wollte dich zum Munitionsvergleich auffordern?«

Mir wird ein bisschen schlecht. »Ich habe gesehen, wie er nach hinten griff. Natürlich habe ich eine Waffe vermutet.«

»Ja, aber hast du gewusst, dass er sie zieht? Hast du gewusst, dass man seine Schusswaffe üblicherweise in der Öffentlichkeit nur zieht, wenn man sie auch zu benutzen gedenkt?«

Ich muss die Zähne zusammenbeißen, um sie nicht anzubrüllen. »Ja, wir beide haben dasselbe Training durchlaufen.«

»Dann weißt du auch, dass unsere Aufgabe, wenn wir so etwas sehen, ist, die Situation zu entschärfen, und genau das habe ich getan. Also sag, statt mir die Haare auszureißen, lieber ›Vielen Dank, May‹, und dann sage ich ›Gern, Toni‹.« Sie trägt die Nase so hoch, dass sie fast an die Decke stößt.

Ich habe Schuldgefühle. Was sie sagt, ist gar nicht so falsch, und das wissen wir beide. Es wäre albern, wenn ich es weiter leugnen würde. Aber es bringt mich halb um, es laut auszusprechen.

»Na schön. Du hast die Situation im Griff gehabt. Ich zwar auch, aber du hast sie besser im Griff gehabt. Danke für die Hilfe.«

»Bitte. Danke, dass du auf meinen Plan eingestiegen bist, auch wenn ich ihn dir vorher nicht mitteilen konnte.«

Ich nicke. Als hätte ich eine Wahl gehabt.

»Also, was jetzt?«, fragt May.

»Wir fahren zurück und erzählen den anderen, was passiert ist. Schreiben ganz normal einen Bericht.«

An der nächsten Ampel sieht mich May seltsam an. »Bist du sicher?«

Die Frage irritiert mich. »Warum denn nicht? Ich verschweige dem Team nichts.«

Sie schüttelt den Kopf. »Das wollte ich auch gar nicht vorschlagen … ich habe nur gedacht, vielleicht …«

»Hör zu, ich bin nicht sauer auf dich. Ich kann für das geradestehen, was ich gemacht habe. Wenn ich etwas verbockt und dem Team damit eine Trainingsmöglichkeit verschafft habe, dann ist das eben so. Ich bin nicht perfekt, aber auch nicht zu stolz zuzugeben, wenn ich in einem Punkt Nachholbedarf habe.«

»Selbst mir gegenüber? Auch wenn ich dir möglicherweise noch etwas beibringen kann?«

Ich starre durch die Windschutzscheibe nach draußen, weil ich nicht möchte, dass sie meinen Gesichtsausdruck sieht.

Ehrlich gesagt, fällt es mir schwer, von May etwas anzunehmen. Sie ist Anfängerin, einer der Neulinge in unserem Team, und ich mache schon seit Jahren Außeneinsätze. Doch Tatsache ist, dass ihre rammdösigen Pläne manchmal besser funktionieren als die, die ich für vernünftiger halte. Ich schätze, sie versteht das Überraschungsmoment einfach besser zu nutzen als ich. Ich bin subtiler, aber offenbar kommt man mit Subtilität auch nicht immer weiter.

»Ja«, gebe ich mich seufzend geschlagen. »Selbst dir gegenüber. Alles gut.«

»Toll. Denn bis zum Lagerhaus sind es noch zwanzig Minuten, und ich möchte etwas wirklich sehr Wichtiges mit dir besprechen.«

Ich schaue zu ihr hinüber und habe regelrecht Angst vor dem Enthusiasmus in ihrer Stimme. »Ach ja? Was denn?« Ich bete darum, dass sie mir keine Privatstunde aufdrängen möchte. Dann könnte ich mich nämlich nicht zusammenreißen. Ich bin schließlich auch nur ein Mensch.

»Ich wollte dich eigentlich zum Mittagessen einladen, um dich das zu fragen, aber vielleicht ist es hier im Van, wo ein

Großteil unserer so besonderen Beziehung entstanden ist, sogar passender.«

Jedes Wort aus ihrem Mund bringt mich der Panik näher. Ich habe vor dem, was sie als Nächstes sagen wird, mehr Angst als vorhin vor Marcs Knarre.

»Ozzie und ich wüssten gern, ob du uns die Ehre erweisen würdest, eine meiner Brautjungfern zu sein.«

Ich stöhne unwillkürlich auf, als ich mir das bildlich vorstelle. Aber ich versuche, eine andere verbale Reaktion vorzutäuschen. »Ohhhh, Mann! Das wäre cool!« Ich wische mir mit dem Handrücken den Schweiß von der Oberlippe.

»Jetzt weiß ich gerade nicht, ob das dein Ernst ist oder ob du mich auf den Arm nimmst.« Sie wirft mir einen Seitenblick zu.

»Oh, das ist mein Ernst. Es wäre mir eine Ehre.« Ich stelle mir mich selbst in einem Kleid vor, in dem ich aussehe wie eine Art regenbogenfarbene explodierte Eisbombe. Hübsch ist anders. Tatsächlich ist die Vorstellung ziemlich schrecklich. Ich starre weiter stur geradeaus und wünsche mir, alle Ampeln würden auf Grün schalten, damit wir den Hafen schneller erreichen. Komm schon, komm schon …

»Hervorragend.« Sie lächelt wieder. Ich höre es an ihrer Stimme. »Ich bin so aufgeregt. Die Kleider habe ich schon ausgesucht, und Jenny hat natürlich auch zugesagt, und da ich die Sache im Rahmen halten möchte, werdet es nur ihr beide sein. Aber keine Sorge … ich werde zwei Blumenmädchen und zwei Ringträger haben, es wird also auch kein winziges Hochzeitsfest.«

»Fantastisch.« Ich höre ihr gar nicht mehr richtig zu. Sie redet in der Folge unablässig über Farben, Örtlichkeiten, Kuchen, Blumen und weiß Gott was, aber mein einziger Gedanke ist, wie mies ich mich fühlen werde.

Ich habe damit gerechnet, dass Ozzie eine ehrliche Frau aus May machen und dass sie auf einem Ring, einer Kirche und Hochzeitsbildern bestehen würde, habe aber gehofft, bis dahin wäre noch etwas Zeit. Ihre Beziehung, und was sie mit unserem Team und meiner Freundschaft mit Ozzie gemacht hat, ist noch neu. Es tut noch weh. Ich bin nicht wütend darüber, aber ich würde auch nicht sagen, ich hätte mich schon daran gewöhnt.

Ich wünschte wirklich, ich könnte diesen Teil meines Lebens im schnellen Vorlauf überspringen, bis dahin, wo ich mit allem klarkomme. Aber hier wird etwas überstürzt, wozu ich noch nicht bereit bin – andererseits ist es nicht mein Leben, nicht wahr?

Mays Stimme dringt in mein Bewusstsein. »Hörst du mir überhaupt zu?«

Ich schaue zu ihr hinüber. »Aber ja. Ich habe alles mitbekommen.«

»Ach ja? Welche Farbe werden meine Blumengestecke haben?«

Mein Gehirn kramt hektisch in all den Worten, die es möglicherweise registriert hat. »Rot?« Es ist ein Schuss ins Blaue. Ich habe keine Ahnung.

Sie verdreht die Augen. »Ich habe doch gewusst, dass du nicht aufgepasst hast. Ich sagte rosa, Toni. Rosa Blumen. Also bitte … rot? Zu kühn. Rot ist für kühne Menschen wie dich. Rosa ist für sanftere wie mich.«

Das bringt mich zum Lachen. Zum ersten Mal an diesem Tag wird mir etwas leichter ums Herz. »Du bist nicht kühn?«

Sie sieht mich pikiert an. »Nein, ich bin nicht kühn. Ich bin sanft und zurückhaltend.«

Ich lache so, dass ich mir den Bauch halten muss, damit er nicht platzt. Es fühlt sich an, als hätte ich zwanzig Sets Situps gemacht.

»Ich weiß gar nicht, was daran so lustig ist.«

Bis ich endlich wieder normal sprechen kann, haben wir die Tür des Lagerhauses erreicht. »Du bist die Frau, die gerade praktisch einen Gangster angegriffen und ihn gezwungen hat, ihr seine Telefonnummer zu geben, damit sie ihn zu ihrer ›Hochzeit im Urban-Look‹ in seinem Viertel einladen kann.« Ich schüttle den Kopf. »Wenn das nicht kühn war, dann weiß ich auch nicht.«

Schniefend drückt sie den Türöffner. »Ich habe einfach nur reagiert.«

Ich schnaube. »Klar. Auf die denkbar kühnste, krasseste Art und Weise. Das hatte nichts Zurückhaltendes an sich, das kann ich dir sagen. Wenn du rosa Blumen willst, dann bitte in Neonrosa.«

Lächelnd steuert sie den Van ins Lagerhaus.

Ich schaue sie an und lächle unwillkürlich auch. »Was freut dich denn so?«

Sie bringt den Schalthebel des Vans in die Parkposition, schaltet den Motor ab und sieht mich mit albernem Grinsen an. »Die krasseste Frau, die ich kenne, hat mich gerade krass genannt.« Sie grinst noch breiter. »Wie könnte ich da nicht glücklich sein?«

Kapitel 16

Ich überlasse es May, an ihrem Arbeitsplatz die Fotos und Videos hochzuladen, und gehe nach oben, wo ich Ozzie und Thibault vorzufinden erwarte. Aber als ich hochkomme, sitzt nur Lucky mit einer Tasse Kaffee am Tisch. Zögernd bleibe ich in der Tür stehen und frage mich, ob ich umdrehen und wieder gehen soll. Ich sehe ihn seit einer ganzen Weile das erste Mal auf der Arbeit, und es fühlt sich sofort peinlich an. Ein kleiner Stich des Bedauerns durchzuckt mich. Wahrscheinlich hätten wir das alles lassen sollen, aber dafür ist es jetzt zu spät.

»Hi«, sagt er, und ein Lächeln erhellt sein Gesicht.

Als ich den Raum betrete, schlägt mein Herz etwas schneller. Wir freuen uns beide, den jeweils anderen zu sehen. Warum sollte ich das nicht zugeben? Ein Grinsen macht sich ungebeten auf meinem Gesicht breit. »Selber hi.«

Ich setze mich ihm gegenüber und starre auf meine sich unruhig bewegenden Finger. Normalerweise verschwende ich keinen Gedanken an meine Hände, aber heute weiß ich nicht wohin damit. »Was geht?«, frage ich und hoffe, dass er meine Anspannung nicht bemerkt.

»Nicht viel. Ich hatte gerade eine Besprechung mit Jenny, und jetzt sitze ich hier und frage mich, was ich mit dem angebrochenen Tag anfangen soll.«

»Ich war bis eben mit May unterwegs.« Kopfschüttelnd setze ich hinzu: »Sie ist verrückt.«

Lucky erhebt sich und schiebt mit den Beinen seinen Stuhl zurück. »Komm. Wir gehen was trinken, und du erzählst mir alles.«

Mir liegt ein Nein auf der Zunge, aber ich zucke nur die Achseln. Ich habe meine Aufgaben für heute erledigt und nichts Besseres zu tun. Ich sollte vermutlich einen Bericht darüber schreiben, was mit Marc dem Gangster und Alice von Wunderland passiert ist, aber das kann warten. Vergessen werde ich es bestimmt nicht.

Ich erhebe mich also ebenfalls, dann beuge ich mich vor, schnappe mir Luckys Kaffeetasse und trage sie zur Spüle, während er hinausgeht.

Als ich zu ihm aufschließe, lächelt er. »Danke. Du bist ein Schatz.«

Ich boxe ihn im Vorbeigehen in den Bauch, und er krümmt sich und mimt den Verletzten. Ich kann mir das Lächeln nicht verkneifen, als ich den Schwerterraum durchquere.

»Mein Auto oder deins?«, frage ich.

»Machst du Witze? Meins natürlich.«

Ich drehe mich um und funkle ihn rückwärts gehend an. »Was soll das denn heißen? Mein Auto ist hübsch.«

»Ja, aber du fährst es.«

Ich bleibe an der Tür nach draußen stehen. »Was soll das denn heißen?« Ich kneife die Augen zusammen und versuche zu entscheiden, ob er mich aufziehen oder wirklich beleidigen will.

Er hebt die Brauen. »Oh, nichts. Vergiss es!« Er schiebt sich an mir vorbei, nimmt Tempo auf und rennt praktisch die Treppe hinunter.

Kopfschüttelnd folge ich ihm. Wenn er glaubt, ich renne ihm nach, kennt er mich schlecht. Aber später wird er für seine Sprüche bezahlen. Ich bin eine hervorragende Fahrerin, das weiß hier jeder. Vielleicht klemme ich mich mal hinter sein Lenkrad und drehe damit irgendwo auf einem Parkplatz ein paar Powerslides, damit er lernt, sich nicht mit mir anzulegen. Ich lächle und stelle mir sein Gesicht vor, wenn die Welt draußen an seinen Autoscheiben vorbeiwirbelt …

Er steht an der Beifahrertür und schaut mich erwartungsvoll an, als ich sein Auto erreiche. Verwirrt bleibe ich vor dem Kühlergrill stehen. *Soll ich fahren?* Nach seinen Worten bezweifle ich das.

»Was machst du denn da?«

Er öffnet die Tür. »Wonach sieht es denn aus?« Er tritt zurück, macht mir Platz und deutet ins Wageninnere.

Ich schaue ihn mit schiefgelegtem Kopf an. *Ist das ein Witz?* »Was hast du vor?«

Er zuckt die Achseln. »Gar nichts. Ich bin nur höflich.«

Ich gehe hinüber, steige ein und schnalle mich an. Aus irgendeinem blöden Grund habe ich rote Ohren. »Wie du möchtest.« Vielleicht sollte mir seine Geste schmeicheln, aber das tut sie nicht. Sie bereitet mir Unwohlsein. Ich mochte unsere Beziehung, so wie sie war. Es soll sich nichts verändern. Warum auch? Zunächst mal werden alle merken, wenn er sich mir gegenüber komisch benimmt, und dann werden May und Jenny mich nerven, indem sie mir dauernd Fragen stellen, Tipps geben und so. Zweitens mag ich die Art, wie wir zusammenarbeiten. Alles ist locker, lässig. *Warum muss er alles so kompliziert machen?*

Er schwingt sich mit einer Anmut, die nicht viele Männer besitzen, auf den Fahrersitz. Als er rückwärts aus dem Lagerhaus fährt, merkt er, dass ich ihn anschaue, und zwinkert mir zu. »Wo soll's hingehen?«

Ich schaue durch die Windschutzscheibe. »Mir egal. Ich hätte nichts gegen den Pub.«

»Dann auf in den Pub.«

Lucky steuert den Wagen aus dem Hafengebiet. In meinem Kopf überschlagen sich mögliche Gesprächsthemen. *Arbeit? Fernsehsendungen? Filme?* Noch nie musste ich überlegen, worüber ich mit diesem Mann reden kann, doch jetzt bin ich so verunsichert, dass ich kein Wort herausbringe. Ich fauche genervt.

»Was ist?«, fragt er und wirft mir einen kurzen Blick zu.

»Ich hasse diese peinliche Stille.« Auch die Tatsache, dass ich das gerade laut gesagt habe, hasse ich.

Aber natürlich steckt Lucky es locker weg und lächelt wie immer. »Die ist doch nicht peinlich. Nur anders. Wann waren wir beide denn zum letzten Mal allein in einem Auto?«

Darüber muss ich ein paar Sekunden nachdenken. »Weiß nicht. Ich schätze, abgesehen von der Taxifahrt neulich ist es lange her.«

»Die Taxifahrt zählt nicht. Es ist über ein Jahr her. Weißt du noch, als wir letzten Sommer das Firmenpicknick im Staatspark hatten?«

Die Erinnerung zaubert ein Lächeln auf meine Lippen. Das war ein toller Tag. »O ja, ich erinnere mich. Dev hatte sich gerade dieses Monsterauto gekauft und uns gefragt, ob er uns mitnehmen soll, aber niemand wollte riskieren, liegen zu bleiben, und deshalb haben wir abgelehnt.«

»Ja, und das Ding hat auch gestunken. Verdammt, es war, als hätte sich dort ein stark nach Moschus riechendes Tier eingenistet, weißt du noch?« Er lacht.

Ich lache mit und genieße unser lockeres Geplauder. Die Peinlichkeit verfliegt, und ich merke es fast nicht. »Gott, es war, als sei da drin etwas gestorben.«

»Er musste wochenlang mit diesen Duftbäumen herumfahren.« Bei der Erinnerung daran schüttelt er langsam den Kopf. »Ich glaube, es stinkt nicht mehr, aber ich kann dir sagen, da muss ein Wunder passiert sein, dass er diesen Mief da rausgekriegt hat.«

»Du weißt, wie er den Gestank letztlich losgeworden ist, oder?« Ich kann nicht glauben, dass Lucky diese Geschichte noch nie gehört hat.

»Nein. Erzähl.«

»Kaffeebohnen. Er hat Kaffeebohnen auf dem Boden und den Sitzen verteilt und sie zwei Wochen später wieder aufgesaugt.«

»Echt? Ich wusste nicht, dass Kaffeebohnen diesen Effekt haben.«

Achselzuckend sehe ich aus dem Seitenfenster. »Na ja … Kaffeebohnen werden auch verwendet, um den Geruchssinn von Drogenspürhunden zu verwirren. Das will was heißen.«

Wieder wird es still im Auto, aber diesmal ist die Stille nicht peinlich. Niemand sagt ein Wort, bis wir den Pub erreichen. Es steht nur noch ein weiteres Auto auf dem Parkplatz.

Ich schaue auf die Uhr. »Schätze, wir sind zu früh.«

»Mir egal. Ich bin eh nur deinetwegen hier.« Lucky schaltet den Wagen in die Parkposition und macht den Motor aus.

Seine Worte lassen mein Herz hüpfen. Es ist, als wären wir wieder Teenager, nur diesmal flirten wir, ringen nach Worten und versuchen, nicht zu viel von dem preiszugeben, was uns durch den Kopf geht. Es fühlt sich gut an, aber es macht mir auch Angst.

Rasch öffne ich meine Tür, denn ich habe Angst, er könne wieder um den Wagen herumkommen und sie mir aufmachen. Diese Höflichkeitsscheiße ertrage ich nur in sehr kleinen Dosen, sonst werde ich nörgelig. Ich habe dann immer das Gefühl, er betrachte mich als hilflos, und nichts könnte weiter von der Wahrheit entfernt sein.

Er folgt mir wortlos zur Eingangstür des Pubs, beugt sich aber im letzten Augenblick vor, schnappt sich die Klinke und öffnet mir die Tür. Wenn er für mich den Türsteher machen möchte, bitte. Ich lasse ihn. Es ist albern, aber ich fühle mich dadurch wie etwas Besonderes. Dabei ist es nur eine verdammte Tür.

Als wir den Schankraum betreten, hebt Lucky die Hand und winkt Danny, dem Barkeeper. Er hebt zwei Finger und deutet damit auf unsere Köpfe. Wir setzen uns auf zwei Barhocker am anderen Ende des Tresens.

Danny kommt mit zwei Bier herüber, doch als er gerade das erste öffnen möchte, hebt Lucky einen Finger.

»Warte.« Er sieht mich von der Seite an und lächelt dann, bevor er seine Aufmerksamkeit wieder Danny zuwendet. »Mach die nicht auf. Ich habe vergessen, dass wir gerade enthaltsam leben. Bring uns lieber zwei Säfte.«

Danny sieht uns mit hochgezogener Braue an. »Zwei Säfte? Was für welche?«

Lucky streicht über sein bartloses Kinn. »Weiß nicht. Ich habe in einer Bar noch nie Saft bestellt. Was habt ihr denn?«

Danny schaut nach oben, als könne er die Getränkekarte von der Innenseite seiner Stirn ablesen.

»Also wir haben Orangensaft, Cranberrysaft, Apfelsaft …«

»Zwei Orangensaft.« Lucky sieht mich an. »Ja?«

»Von mir aus.« Seine Getränkewahl begeistert mich nicht gerade, aber ich weiß, warum er sie getroffen hat. Wenn ich schwanger bin, sollte ich keinen Alkohol trinken. Die Vorstellung geht mir schon wieder voll auf den Sack.

Schon wieder ist mir dieses potenzielle Baby im Weg.

Danny entfernt sich, und Lucky beugt sich zu mir. »Tut mir leid. Das war unüberlegt.«

Ich verdrehe die Augen. »Wenigstens hast du Danny nicht gesagt, ich sei schwanger. Ich schätze, man muss auch für Kleinigkeiten dankbar sein.«

»Glaubst du, er weiß, was los ist?«

Ich schüttle den Kopf. »Ich glaube, niemand würde je vermuten, ich sei schwanger. Wir haben sicher Glück gehabt.«

Lucky sieht mich stirnrunzelnd an. »Warum sagst du das?«

Ich schaue ihn an, als habe er einen Witz gemacht, aber es scheint ihm ernst zu sein. »So halt. Ist doch klar.«

Er dreht sich ein Stück in meine Richtung. »Was ist klar? Erklär's mir, ich komme nämlich nicht mit.«

Ich wende mich ihm zu, damit er mich besser sieht. »Schau mich an. Ich bin nicht zur Mutter geboren. Kinder finde ich furchtbar.«

Ein Anflug von Schmerz huscht über Luckys Gesicht, dann lächelt er wieder. »Machst du Witze? Du siehst aus, als könntest du einen ganzen Wurf Babys gebären.«

Ich schnaube, verdrehe die Augen und wende mich wieder dem Tresen zu. »Lächerlich.«

Lucky verstummt für eine Weile, dann stößt er mich wieder an. »Wieso magst du keine Kinder?«

Kopfschüttelnd schaue ich auf den Tresen und kratze mit dem Fingernagel daran, ehe ich antworte: »Ich sage ja gar nicht, dass ich sie nicht mag. Ich glaube, Kinder mögen *mich* einfach nicht, und das ist ihr gutes Recht.«

»Was? Das ist verrückt. Kinder lieben dich. Devs Sohn mag dich. Jennys Sohn liebt dich. Sammy findet, du bist die schönste Frau, die er je im Leben gesehen hat. Er hat mir erst neulich anvertraut, dass er dich heiraten will, wenn er zehn ist.«

Ich lache und erröte ein wenig. Keine Ahnung, warum mir das peinlich ist. Sammy ist doch nur ein kleiner Junge. »Ich glaube, der Schlingel braucht eine Brille.«

Zur Antwort murmelt Lucky halblaut: »Nein, er sieht ganz ausgezeichnet. Vertrau mir.«

Ich schaue Lucky an, aber mehr sagt er dazu nicht, und ich werde ganz sicher nicht nachfragen. Achselzuckend wende ich mich erneut dem Tresen zu. »Ich sehe mich einfach nicht als Mutter. Dafür bin ich zu egoistisch.«

Er schüttelt den Kopf, starrt aber weiter geradeaus. »Das kaufe ich dir nicht ab. Ich glaube, du hast nur Angst.«

Ich schnaube. »Ich? Vor einem Baby? Bitte.« Aber bei der Vorstellung, eines der kleinen Scheißerchen im Arm zu haben, schlägt mein Herz ein paarmal extra heftig. Ich würde es wahrscheinlich fallen lassen und kaputt machen. Niemand sollte mir je ein Baby anvertrauen. Genau deswegen sollte ich auch niemals schwanger werden. Ich wäre die einzige Mutter der Welt, die nicht imstande ist, ihr Kind im Arm zu halten.

»Wir müssen rausfinden, ob du schwanger bist oder nicht«, sagt Lucky plötzlich wie aus heiterem Himmel. »Denn wenn nicht, könnten wir uns ein paar Bier bestellen und richtig feiern.«

Diese Idee gefällt mir viel besser als Orangensaft, wie ich lächelnd feststelle. »Ja. Legen wir los. Klingt gut.« Ich könnte jetzt gut und gerne ein paar Sorgen ertränken.

Er wendet sich auf seinem Barhocker abrupt zu mir um und schaut mich mit weit aufgerissenen Augen an. »Das ist es!«

Ich sehe ihn argwöhnisch an. »Was ist was?«

»Wir müssen dir einen Schwangerschaftstest kaufen. Du musst deinen Urin testen.«

Ich sehe ihn stirnrunzelnd an. »Das kann nicht dein Ernst sein.«

Er springt vom Barhocker und hält mir die Hand hin. »O doch! Los!«

Ich starre ihn an, nicht sicher, was ich jetzt tun soll.

Er wackelt mit den Fingern, drängt mich, seine Hand zu nehmen. »Komm. Ich meine es ernst. Gehen wir.«

Ich schaue zu Danny hinüber, der mit zwei Gläsern Orangensaft auf uns zukommt. »Aber unsere Getränke …«

»Vergiss sie! Wir kommen nachher wieder.« Er nimmt meine Hand und zerrt mich vom Barhocker. »Wir sind gleich wieder da«, sagt er zu Danny. »Stell die für uns kühl.«

Danny kippt die beiden Gläser Orangensaft ins Spülbecken und verdreht die Augen, als wir vorbeigehen.

»Tut mir leid«, sage ich schuldbewusst.

Es ist noch nicht mal gelogen. Ich säße viel lieber am Tresen und tränke blöden Orangensaft, als einen Schwangerschaftstest kaufen zu gehen. Zwar will ich darüber hier in der Bar nicht mit Lucky streiten, weil uns sonst alle anstarren würden, aber das werden wir jetzt nicht tun. Das ist Wahnsinn. Ich werde ihm das draußen mitteilen, und dann kann er mich hier stehen lassen.

Lucky hält mich noch immer an der Hand, und plötzlich komme ich mir albern vor, wie ein Schulmädchen, das aufgeregt ist, weil ihr Schwarm ihre Gefühle teilt und das auch der gesamten Welt demonstriert. Dieses lächerliche Gefühl beschäftigt mich so, dass ich nicht einmal mitbekomme, wie wir sein Auto erreichen. Er öffnet die Tür und bedeutet mir einzusteigen, wobei er meine Hand loslässt.

»Beeil dich«, sagt er, »ich möchte das hinter mich bringen.«

Ich lege die Hand oben auf den Türrahmen und schaue Lucky über das Fenster hinweg an. »Warum so eilig? Am Ergebnis wird sich nichts ändern.«

Diesmal lächelt er schief, weniger selbstsicher als sonst. »Die Neugier bringt mich um. Ich muss es jetzt einfach wissen.«

Ich schüttle den Kopf und setze mich ins Auto. »Von mir aus.« Irgendwann erfahren wir es ja ohnehin, warum dann nicht jetzt? Aber ich bin nicht mehr in Stimmung für Small Talk darüber, wie mein Tag gewesen ist.

Ich schnalle mich an und starre stur geradeaus.

Als Lucky losfährt, ist die Atmosphäre im Auto wieder angespannt. Er merkt es vermutlich gar nicht, so eilig hat er es, zu einer Apotheke zu kommen; ich aber schon. Ich spüre es regelrecht auf der Haut.

Dankenswerterweise sind es nur zwei Blocks bis zur nächsten Apotheke, wir sind also im Nu da. Er stößt die Tür auf und steigt aus.

»Ich bin gleich zurück«, sagt er und streckt das Gesicht zum halb offenen Fenster herein. »Du musst nur pinkeln.«

Ich sitze da auf dem Parkplatz, und in meinem Kopf überschlagen sich die Gedanken, die meisten davon panischer Natur.

Ich kann nicht glauben, dass wir das tun. Es ist, als seien wir ein verliebtes Pärchen, das ganz aufgeregt ist, weil es eine große gemeinsame Zukunft plant. Aber das entspricht weder meinem noch Luckys Leben. Wir sind nur Freunde. Teamkameraden. Zwei Leute, die gemeinsam aufgewachsen sind. Er ist nicht mein Freund, und ich bin nicht seine Freundin. Es wäre ein Albtraum, wenn ich schwanger wäre. Warum ist er dann so aufgeregt? Vielleicht kann er es nur kaum erwarten, ein negatives Testergebnis zu bekommen, damit wir etwas trinken, dann heimfahren und zur Sache kommen können. Das fände ich gar nicht so schlimm. Ich hätte nichts gegen eine weitere Nummer, solange er ein Verhüterli trägt.

Er ist blitzschnell wieder da und wirft mir beim Einsteigen eine weiße Plastiktüte in den Schoß. Sie ist voller Schachteln.

Ich öffne die Tüte. »Was ist denn da alles drin?«

»Ich konnte doch nicht einfach nur Schwangerschaftstests kaufen. Das wäre mir zu peinlich gewesen.« Er hält einen Augenblick inne und lächelt mich an. »Ich habe auch Lakritze und Kondome.«

Ich lache. »Der Kassierer muss uns für irre gehalten haben.«

»Er hat mich irgendwie seltsam angesehen. Ich hatte den Eindruck, er werde jeden Augenblick anfangen, mir die Sache mit den Blümchen und den Bienchen zu erklären.« Er imitiert die Stimme eines alten Mannes. »Mein Sohn, ich glaube, du verwechselst da was … man braucht entweder das eine *oder* das andere …«

So besorgt ich wegen des Testergebnisses bin, ich muss lachen. So war er immer schon – der Typ, der mich zum Lachen bringen konnte, ob ich wollte oder nicht.

»Also, wo probieren wir dieses Ding aus?«, frage ich und schaue mich um. Wir sind wieder unterwegs, zurück in die Richtung, aus der wir gekommen sind.

»Diese Dinger, nicht dieses Ding. Plural. Ich habe vorsichtshalber mehrere gekauft.«

Ich schaue wieder in die Tüte und sehe darin tatsächlich drei Schachteln. Eine davon öffne ich.

In der Schachtel befinden sich zwei Teststäbchen. Ich prüfe nach, ob es bei den anderen beiden genauso ist, dann sage ich: »Du hast sechs Tests gekauft.«

»Sicher ist sicher.«

»Aber man hat nicht unendlich viel Urin in der Blase.«

»Hmm … da könntest du recht haben. Wir müssen vielleicht noch ein paar Gläser Orangensaft trinken, damit mein Plan aufgeht.«

Als er auf den Parkplatz fährt, vergeht mir das Lächeln. Ich spüre, wie sich so etwas wie Panik in mein Herz schleicht. »Ist das dein Ernst?«

Er parkt ein, stellt den Schalthebel des Wagens auf die Parkposition und schaltet den Motor aus. »Was meinst du damit? Ist das eine Fangfrage?«

Mit der Tüte deute ich auf die Kneipe. »Soll ich wirklich in einem Pub einen Schwangerschaftstest machen?«

»Warum nicht? Merkt doch keiner. Auf dem Damenklo gibt's doch Kabinen, oder?«

»Ja, aber …«

»Außerdem brauchen wir vielleicht noch weiteren Orangensaft, richtig?«

Ich schüttle den Kopf, denn ich weiß, die Diskussion ist fruchtlos. »Ach, egal. Bringen wir's hinter uns.« Ich bin fast sicher, dass ich nicht schwanger bin. Wie wahrscheinlich ist das schon? Wir haben es einmal ohne Verhütung getrieben, und wenn die Tabellen im Internet stimmen, war ich an dem Tag nicht mal fruchtbar. Oder vielleicht nur ein bisschen.

Gott, bitte lass es nur ein bisschen gewesen sein.

»Komm schon, das wird lustig.« Er steigt aus und kommt auf meine Seite.

Lustig? Der ist wohl verrückt. Mein Hintern fühlt sich an wie auf den Sitz geklebt. Ich kann mich nicht bewegen.

Lucky öffnet die Beifahrertür, beugt sich herein und streckt mir die Hand hin. »Komm, ich helfe dir.«

Ich schlage seine Hand weg. »Nein, mein Herr, Sie helfen mir definitiv nicht.« Ich stelle mir vor, wie er in der Kabine neben mir sitzt und mir Anweisungen zum Pinkeln auf das Stäbchen gibt. Am Türgriff wuchte ich mich aus dem Auto. »Ich gehe allein aufs Klo.«

»Gut, wie du meinst. Du bist die Chefin.« Er grinst.

Ich stehe da und starre ihn an, die Tüte halte ich mit beiden Händen in Hüfthöhe vor mich. »Nerv mich nicht, Lucky.«

Er beugt sich rasch vor und küsst mich auf die Nase. »Würde mir nicht im Traum einfallen.« Er fällt in Gleichschritt mit mir und legt mir die Hand ins Kreuz, schiebt mich regelrecht vorwärts.

Statt mich zu sperren, was meine erste Reaktion ist, folge ich ihm. Mit jedem Schritt wächst das Gefühl, auf mein Verhängnis zuzugehen. Ich war noch nie in einer solchen Situation, aber in keiner Geschichte, die ich von jemand anders in vergleichbarer Lage gehört habe, lief es so ab. Nie wurde jemand von einem seiner besten Freunde mit einer Tüte voller Schwangerschaftstests in eine Bar geführt. Ich frage mich langsam, ob dies auch nur ein Teil meiner Strafe ist, der gerechte Ausgleich für die Fehler, die ich gemacht habe, für das, was ich Charlie angetan habe. Die Folgerichtigkeit dieses Gedankens trifft mich wie ein Vorschlaghammer gegen die Brust. *Es muss so sein.*

Ich ergebe mich in mein Schicksal, gehe mit gesenktem Kopf in den Pub und dort auf die Toilette, bereite mich geistig darauf vor, mich der Realität zu stellen. Wenn Gott gerecht und fair ist, werde ich schwanger sein, denn das wäre die schlimmste Strafe, die ich mir für mich selbst einfallen lassen könnte.

Kapitel 17

Unglaublich. Ich hatte gedacht, ich hätte mich auf diese Möglichkeit vorbereitet und mich in mein Schicksal ergeben, aber als ich das vierte Stäbchen anstarre und in dem Fenster ein weiteres blassrosa Pluszeichen sehe, wird mir klar, dass ich für eine angemessene Vorbereitung gar keine Chance gehabt habe. Gott mag fair und gerecht sein, aber er hat auch einen schrägen Sinn für Humor.

Ich lege die Stirn gegen die Trennwand zwischen meiner Toilettenkabine und der leeren daneben. In mir ist kein Tropfen Urin mehr, aber das ist auch egal. Zwei weitere Tests, vier oder zehn – es würde keinen Unterschied machen. Ich bin schwanger. Punkt. Dem Kalender zufolge schon seit zehn Tagen. Hundertprozentige Gewissheit kann mir jetzt nur noch ein Arzt verschaffen. Ein Gedanke huscht mir durch den Sinn. *Noch ist es nicht zu spät abzutreiben.*

Mein Herz bleibt stehen und krampft dann schmerzhaft. Ich gehe vielleicht nicht jeden Sonntag in die Kirche, aber deshalb bin ich noch lange nicht völlig ahnungslos, was dort gepredigt wird. Als ich Charlie getötet habe, habe ich gelernt, wie kostbar ein Leben ist. Ich kann nicht noch ein weiteres zerstören, das geht einfach nicht. Vielleicht gibt mir Gott eine zweite Chance, und dies ist eine Art Test. Ungeachtet dessen habe ich eigentlich keine Wahl. So muss es sein. Wenn nicht in den nächsten achteinhalb Monaten etwas Verrücktes passiert, werde ich Mutter. Ich breche in Tränen aus und höre nicht mehr auf zu weinen.

Jemand hämmert an die Tür zur Damentoilette, aber ich bekomme es kaum mit. Ich reagiere nicht darauf. Die gebrauchten Teststäbchen landen in der Plastiktüte zu meinen Füßen, dann stehe ich langsam auf und schließe noch immer unter Tränen Hosenknopf und Reißverschluss meiner Jeans.

Die Tür öffnet sich mit lautem Quietschen. »Alles klar da drin?« Verdammt, es ist Lucky.

»Nein.«

Die Tür öffnet sich weiter. »War er negativ?«

Warum um aller Welt sollte es mir so schlecht gehen, wenn er negativ gewesen wäre? Wenn ich mich gerade nicht so beschissen fühlen würde, würde ich aus diesem WC stürmen und ihn in den Schwitzkasten nehmen, nur weil er so blöd ist.

Seine Stimme kommt näher, er steht jetzt direkt vor meiner Kabine. »Rede mit mir, Babe. Sag mir, was los ist.«

Er hat mich wieder *Babe* genannt, und es bringt mich um. Sein seltsames Verhalten wird noch alles zwischen uns kaputt machen. »Ich kann jetzt nicht, Lucky. Hau ab!« Impulsiv lege ich die Hand an die Tür, wo ich sein Gesicht vermute, lass sie dann aber nach unten gleiten. Ich liebe und hasse ihn gleichzeitig. Beide Gefühle sind gleich stark in mir. Liebe ich ihn schon immer? Ich denke ein paar Sekunden darüber nach, die mir wie eine Ewigkeit vorkommen, und mir wird klar, dass die Antwort Ja lautet. Zehn Jahre lang habe ich versucht, ihn wie einen Bruder zu lieben, aber das geht nicht mehr. Es hat nie wirklich funktioniert. Vielleicht war Charlie deshalb immer eifersüchtig auf ihn. Vielleicht wusste Charlie, dass er im Grunde nicht wirklich der Mann war, den ich wollte.

»Musst du groß?«, fragt Lucky sanft.

Mir bleibt der Mund offen stehen, und ich balle die Faust. Ich bin halb sauer und halb wie im Fieberwahn.

Unwillkürlich lache ich auf. »Nein! Halt die Klappe!« Dabei dachte ich, der Tag könne nicht mehr schlimmer werden. Mein Gesicht ist flammend rot beim Gedanken, Lucky könne mich beim Kacken im Damen-WC erwischen.

Ich höre das Lächeln in der Stimme des Drecksacks. »Hör zu, das muss dir nicht peinlich sein. Wenn du da drin grad ein größeres Geschäft machst, sag es einfach. Ich kann noch mal wiederkommen.«

Ich bringe ihn um. Hektisch schnappe ich mir die Tüte, die vor meinen Füßen liegt.

»Nein, warte. Ich hab's mir anders überlegt. Geh nicht weg. Bleib, wo du bist, damit ich dir in den Arsch treten kann.« Ich drehe mich um und betätige die Klospülung. Dann entriegele ich die Tür und reiße sie auf.

Ich bin so was von bereit, jetzt jemandem wehzutun.

Lucky lächelt und hat die Arme weit ausgebreitet. Ich habe ihn noch nie so schön oder so glücklich gesehen.

»Komm zu Papa«, sagt er.

In seinen Worten liegt mehr Hoffnung, Sanftheit und – wage ich, das zu denken? – Liebe, als ich ertrage. Mir ist, als müssten hier auf dem Damenklo des Pubs mein Kopf und mein Herz explodieren. Ich gehe einen Schritt auf ihn zu und falle ihm schluchzend in die Arme.

Blitzschnell fängt er mich auf und zieht mich eng an sich. Er hält mich fest, während ich in seinen Armen schluchze.

»Pscht, pscht, es wird alles gut.« Panisch reibt und streichelt er meinen Rücken, dann wandert seine Hand zu meinem Hinterkopf und macht dort weiter, bis mein Haar völlig zerzaust ist. »Ich kümmere mich um alles. Du musst nur die Füße hochlegen und den ganzen Tag Schokolade essen.«

»Das ist kein Witz«, schluchze ich. »Es geht hier um mein Leben, und das ist vorbei.«

Lucky schiebt mich von sich weg, um mir in die Augen schauen zu können. »Es ist nicht nur dein Leben. Es ist auch meins.« Er umfasst fest meine Schulter. »Es ist unser Leben.«

Ich bekomme mein Schluchzen so weit in den Griff, dass ich sprechen kann. »Unsere Leben.«

Er sieht mich kopfschüttelnd an. »Nein. Unser Leben. Singular. Wir sind jetzt ein Team. Wir bewegen uns nicht mehr getrennt auf parallelen Wegen. Wir gehören jetzt zusammen, ob es dir nun gefällt oder nicht.«

Ich funkle ihn an und schüttle seine Hand ab. »Es gefällt mir nicht.«

Er schneidet eine kecke Grimasse und zuckt die Achseln. »Dein Problem. Du hast dich mit dem Teufel eingelassen, und jetzt zahlst du den Preis dafür.«

Seine Worte bohren sich wie ein Messer in mein Herz. Ohne nachzudenken, hebe ich die Hand und ohrfeige ihn heftig.

Er legt nur die Hand auf seine flammend rote Wange. Seine Stimme ist sehr ruhig. »Ich habe keine Ahnung, warum du das gerade getan hast, aber ich werde es mal durchgehen lassen, weil du schwanger bist. Wahrscheinlich sind es die Hormone.«

Tränen des Zorns rinnen mir über die Wangen. »Erwähn Charlie mir gegenüber nie wieder.«

Sein wütender Gesichtsausdruck wird zu einem der Verwirrung. »Charlie? Wer hat denn etwas von Charlie gesagt?«

»*Du*«, antworte ich bitter und fühle mich verraten. »Diesen Quatsch von wegen ›mit dem Teufel einlassen‹.«

Er schaut noch ein paar Sekunden lang verwirrt, dann reißt er die Augen auf. »Das habe ich nicht gemeint. Ich habe nicht über Charlie gesprochen, sondern über meinen Schwanz.«

Jetzt bin ich verwirrt. Mein Blick fällt auf die Beule in seiner Hose. »Du nennst deinen Schwanz den Teufel?«

Sein Gesichtsausdruck wirkt komisch betroffen. »Das sollte poetisch klingen. Dich mit dem Teufel einlassen. Mit mir schlafen. Verstehst du?«

In all den Jahren, die ich ihn kenne, habe ich Lucky noch nie so albern erlebt. Ich lache und kann gar nicht mehr damit aufhören.

Er seufzt laut. »So witzig ist es jetzt auch wieder nicht.«

»O doch«, keuche ich und habe erneut einen hysterischen Anfall. Die nächsten Worte kriege ich kaum heraus. »O mein Gott! Urkomisch! Ich kann nicht glauben, dass du deinen Schwanz den Teufel nennst!«

»Pst!«, drängt er mich zu schweigen und unterdrückt ein Lächeln. »Das habe ich nie getan!«

Plötzlich öffnet sich die Tür, und zwei Mädchen stolpern herein. Sie bleiben abrupt stehen, als sie uns sehen. Luckys letzte Worte hängen noch in der Luft.

Ich halte inne und bekomme meine Hysterie vorübergehend in den Griff, aber als ich bemerke, dass sie Lucky beide zwischen die Beine starren, breche ich wieder in Gelächter aus.

»Tut uns leid. Entschuldigen Sie.« Lucky packt mich an der Schulter und zieht mich aus dem WC. »Wir wollten nicht die Toilette blockieren.«

Ich lache weiter, bis er sich durch die sich schließende Tür erneut an die beiden Frauen wendet.

»Sie hatte schlimme Verstopfung, und da musste ich reinkommen und ihr da durchhelfen.«

Ehe ich reagieren kann, flieht er quer durch die Bar vor mir. Doch statt ihn zu verfolgen, gehe ich zum Tresen und setze mich wieder auf meinen alten Platz. Die Tüte mit den blöden Schwangerschaftstests lege ich neben mich auf den Tresen und seufze tief. Ich habe das WC als Mensch mit einem klar vorgezeichneten Leben betreten und es als völlig andere Person verlassen, deren Zukunft vollkommen ungewiss ist. Es ist fast wie unmittelbar nach dem Mord an Charlie: Ein Augenblick veränderte mein Leben in einer Weise, die ich mir niemals hätte träumen lassen. *Unglaublich. Gut gemacht, Gott. Du hast mir wieder mal in den Arsch getreten.* Ich nicke respektvoll. Seine Macht ist unleugbar.

Danny kommt mit hochgezogenen Brauen zu mir herüber. »Darf's jetzt ein Bier sein?«

Ich schüttle den Kopf. »Kein Alkohol mehr für mich. Einen Orangensaft mit Eis und einer Kirsche, bitte.« Ich komme mir vor, als hätte ich gerade irgendwelche Drogen eingeworfen. Mein Herz ist wie mit Helium gefüllt. Nach der Erkenntnis, die ich gerade in einer Toilettenkabine des Pubs hatte, den ich schon seit über zehn Jahren frequentiere, sollte ich eigentlich völlig am Boden zerstört sein, aber das bin ich nicht. Jetzt, wo ich anerkannt habe, dass ich über meine Zukunft keine Kontrolle habe, ist es, als hätte jemand eine Tür zu einer völlig neuen Welt aufgestoßen, und ich stehe auf der Schwelle dazu. Ich stehe da und versuche, mich zu entscheiden, ob ich hindurchgehen soll, und das ist furchtbar und kräftigend zugleich.

Dann steht Lucky hinter mir, und unsere Schultern berühren sich, als er auf den Barhocker neben mir gleitet. Mir wird klar, dass wir beide auf dieser Schwelle stehen und gemeinsam in unendliche Weiten blicken. Auf uns wartet eine geheimnisvolle Welt, zu der zu gehören ich mir nie hätte träumen lassen. Das Wissen, nicht allein zu sein, macht das Ganze etwas weniger schlimm.

»Zwei Orangensaft«, sagt Lucky.

Danny sieht uns ein paar Sekunden lang fragend an, ehe er sich entfernt. Lucky und ich wenden uns gleichzeitig einander zu.

»Was dagegen, wenn ich mich zu dir setze und einen Orangensaft mit dir trinke?«, fragt er.

»Könnte ich dich daran hindern?«

Er zuckt die Achseln. »Könntest du, aber es wäre mir lieber, wenn du es nicht tust.«

»Setz dich her.« Mir wird inwendig ganz warm, als ich diese Worte sage.

Sein Lächeln ist wieder da, aber diesmal ist es sanft, fast zögerlich, freundlich und liebevoll. Er beugt sich vor und küsst mich auf die Wange.

»Du bist eine heiße Mama. Habe ich dir das je gesagt?«

»Nein. Aber würdest du das bitte in acht Monaten noch mal sagen? Ich habe das Gefühl, dann muss ich es dringender hören.« Ich schaue wieder nach vorn, und Lucky legt mir von hinten den Arm um die Taille.

»Ja, und außerdem jeden Tag bis dahin«, verspricht er.

Kapitel 18

Nachdem Lucky mich zu Hause abgesetzt hat, mache ich mich in Ruhe bettfertig. Jetzt, wo ich weiß, dass ich schwanger bin, stelle ich mir alle möglichen verrückten Dinge vor, etwa, dass ich erschöpft bin, obwohl ich eigentlich noch Kraft für vier weitere Stunden haben sollte. Ich weiß, dass das total psychosomatisch ist, aber das hilft mir auch nicht. Mir ist, als habe ich seit vierundzwanzig Stunden nicht mehr geschlafen.

Etwas mehr als eine Stunde später bette ich gerade mein müdes Haupt auf ein Kissen, als es an der Tür klingelt.

Ich gehe hinüber ins Schlafzimmer auf der anderen Seite des Flures und schaue durch das Fenster in den Vorgarten. Das Einzige, was ich sehe, ist Luckys Auto in der Auffahrt.

Ich renne aus dem Zimmer und die Treppe hinunter. Dort schiebe ich den kleinen Vorhang im Fensterchen meiner Eingangstür beiseite und sehe Luckys Rücken. Er ist auf dem Weg zu seinem Auto, und auf meiner vorderen Veranda stehen zwei Koffer.

Ich stelle die Alarmanlage ab und öffne die Tür. »Was zum Teufel …?«

Lucky kommt mit zwei weiteren Koffern unter dem Arm die Auffahrt herauf. Er atmet nicht einmal schwer, woraus ich schließe, dass sie leer sind.

»Was tust du da?« Ich stehe in der Haustür, eine Hand in die Hüfte gestützt.

Ohne mich auch nur anzusehen, stellt er die beiden Koffer ab. »Wonach sieht es denn aus?«

»Es sieht aus, als schafftest du ein paar leere Koffer in mein Haus. Ist dir plötzlich der Stauraum ausgegangen?«

»Die sind nicht leer.« Er schaut auf und grinst mich an. »Sie sind voll, Baby.« Dann wendet er sich ab und geht wieder die Stufen vor meinem Haus hinunter und auf sein Auto zu.

»Voll womit?« Hat er Babyklamotten eingekauft? Wir wissen noch nicht einmal, ob es ein Junge oder ein Mädchen wird, und ich habe im Internet gelesen, dass viele Schwangerschaften die ersten drei Monate sowieso nicht überdauern.

Es könnte sich um einen völlig falschen Alarm handeln.

»Mit meinen Klamotten und meinem Zeug. Womit sonst?«

»Warum bringst du deine Klamotten hierher?«

Er wuchtet die letzten beiden Koffer die Treppe hoch. Dann kommt er zu mir herüber, tritt vor mich und legt die Hände auf meine Schultern. Er sieht mir tief in die Augen und sagt: »Was ist los? Hast du schon Schwangerschaftsdemenz? Ist es dafür nicht noch ein bisschen früh?«

Ich streife seine Hände von meinen Schultern. »Halt die Klappe! Gibt es das überhaupt? Was soll das denn sein? Schwangerschaftsdemenz …« Wieder werde ich panisch. Ich brauche mein Gehirn einsatzbereit.

Er greift in die Seitentasche eines Koffers und entnimmt ihm ein Buch. »Ich habe die Seite für dich markiert.« Er deutet auf ein Eselsohr. »Das solltest du lesen. Du hast keine Ahnung, wie sehr sich dein Körper und dein Gehirn in den nächsten drei Monaten verändern werden.«

Meine Panik verschlimmert sich, als ich ihm das Buch aus der Hand nehme und mir den Titel ansehe. *Die wahren*

Umstände der anderen Umstände. Ich schaue zu ihm auf. »Ist das dein Ernst? Das hast du wirklich gekauft?«

»Ja. Direkt nachdem ich dich abgesetzt hatte, bin ich in den Buchladen gefahren. Dann habe ich angefangen zu lesen und begriffen, dass du mich hier brauchst.« Schnaufend fährt er fort: »Ich weiß, es ist uncool, mich in dein Leben zu drängen, aber lass mich ausreden …«

Er hält inne, wartet möglicherweise auf Widerspruch meinerseits, aber ich bin zu perplex, um etwas zu sagen. *Er hat noch im Laden Bücher über Schwangerschaft gelesen, unmittelbar nachdem er mich abgesetzt hatte?*

»Toni, du bist eine unabhängige Frau, und das respektiere ich. Wirklich. Ich kenne dich gut genug, um zu wissen, dass du diese Schwangerschaft überstehen wirst, egal wie hart es wird. Du wirst sie durchstehen, ohne um Hilfe zu bitten, selbst wenn du sie bräuchtest.«

»Das ist nicht …«

Er hebt eine Hand und schneidet mir das Wort ab. »Lass mich ausreden … wie gesagt, du bist sehr unabhängig und bist es gewohnt, Dinge allein zu erledigen. Aber ich glaube, diesmal wäre das ein Fehler.«

»Unabhängig zu sein?«

»Nein, alles allein zu erledigen. Diese Schwangerschaft wird deinen gesamten Körper und deinen Kopf mit Beschlag belegen. Dir wird schlecht sein, du wirst wirklich müde sein und hier Hilfe brauchen.« Er schaut sich um. »Deine Wohnung ist riesig. Sie ist so schon zu viel Arbeit für eine Person, aber für eine schwangere Person? Viel zu viel. Unmöglich. Das Haus wird unter unseren Augen vergammeln, und dann wird das Baby kommen, und die Lage wird vollends hoffnungslos sein.«

Ich mustere seine Koffer, das Buch noch in der Hand. »Du hast mich also abgesetzt, bist in den Buchladen gefahren, hast ein paar Bücher durchgeblättert und dann deinen gesamten

Kram zusammengepackt?« *All das in etwas mehr als einer Stunde zu schaffen war guinnessbuchverdächtig.*

»Ja. Ich habe angefangen, die Bücher zu lesen, und dann kapiert … dass es nicht fair ist, dich mit alldem allein zu lassen. Du brauchst mich hier. Ich bin schließlich für deinen Zustand mitverantwortlich.«

Da wird mir klar, dass meine Panik nicht mal annähernd so groß ist wie seine offensichtlich. Ich verdrehe die Augen. »Unsinn, ich bin ziemlich sicher, dass ich alleine klarkomme und mein Haus während der Schwangerschaft nicht verwahrlosen wird.«

»Okay, vielleicht schon, aber du musst das doch gar nicht alles allein schaffen.« Er schnappt sich zwei Koffer und schiebt mich praktisch aus dem Weg, um in den Eingangsflur zu gelangen. »Lies einfach mal das erste Kapitel. Dann wirst du sehen, was ich meine.«

Auf dem Weg ins Wohnzimmer blättere ich die ersten Seiten durch. Worte springen mir ins Auge: *Fötus. Plazenta. Schwangerschaftstoxikose. Schleimpfropf.* Die Bilder sind schrecklich. Ich lasse mich auf die Couch fallen, ohne daran zu denken, dass keine Kissen darauf liegen. Mein Hintern landet auf einem tuchbespannten Brett, und ich lehne mich stöhnend zur Seite, um mir den Steiß zu reiben.

Wie aus dem Nichts taucht Lucky auf. »Alles in Ordnung? Hast du Krämpfe?«

Ich schaue ihn finster an. »Nein, ich habe keine Kämpfe, du Idiot. Ich habe mich auf die Couch fallen lassen.«

Er nickt. »Ja. Du wirst Gleichgewichtsprobleme kriegen. Aber das ist ganz normal, also keine Sorge.«

»Gleichgewichtsprobleme?« Ich blättere wieder in dem Buch. Dieser Scheiß klingt mit jeder Sekunde angsteinflößender. Ich dachte, ich müsste mir nur über Schwangerschaftsstreifen und eine leichte Gewichtszunahme Gedanken machen.

»Keine Sorge, ich habe noch ein paar andere Bücher besorgt«, lässt er sich von der vorderen Veranda her vernehmen. »Die schauen wir uns an. Wir durchdringen das alles, und ich werde total auf den großen Tag vorbereitet sein. Keine Überraschungen.«

Ich lasse das Buch neben mir auf die Couch fallen. »Meinst du nicht, du übertreibst vielleicht ein bisschen?«

Er holt seine letzten beiden Koffer herein, stellt sie am Fuß der Treppe ab und macht die Tür hinter sich zu. Dann schließt er ab und schaltet die Alarmanlage scharf. »Du bringst ein menschliches Wesen auf die Welt.«

Er kommt zu mir ins Wohnzimmer und setzt sich mir so gegenüber auf den Tisch, dass sich unsere Knie berühren. »Du hast gedacht, es sei hart, für die Bourbon Street Boys zu arbeiten? Falsch. Vergiss es. Im Vergleich dazu, Leben zu spenden und Mutter zu werden, wird das ein Dreck gewesen sein. Alles wird dagegen ein Dreck sein. Wir müssen vorbereitet sein.« Er reibt sich die Hände wie ein verrückter Wissenschaftler.

Ich kriege rote Ohren. »Langsam machst du mir Angst.«

»Gut.« Er tätschelte mein Knie und erhebt sich. »Ich mache dir jetzt erst mal einen schönen, heißen Kräutertee. Kein Koffein mehr für dich.« Aus der Diele ruft er: »Süßer Pyjama übrigens!«

Ich schüttle den Kopf, während seine Schritte verhallen. In was habe ich mich da nur wieder reinmanövriert?

Kapitel 19

Eine Weile sitze ich allein auf der Couch und höre zu, wie Lucky in der Küche Tee kocht. Ich bin ein wenig benommen von seiner drastischen Reaktion. Klar, im Augenblick sieht es so aus, als würden wir ein menschliches Wesen auf die Welt setzen – was eine große Sache ist, das verstehe ich –, aber glaubt er wirklich, hier einziehen zu müssen? Aber vor allem: Glaubt er wirklich, das ohne meine vorherige Zustimmung tun zu können?

Ja … er ist eindeutig panisch. Männer reagieren so, wenn sie völlig orientierungslos sind. Ich habe mehr als einmal beobachtet, wie Thibault nicht mehr ein noch aus wusste, üblicherweise, wenn er es mit verwirrenden weiblichen Reaktionen auf alle möglichen Dinge zu tun bekam. Es gibt einen Grund, warum er noch Single ist, und es liegt nicht daran, dass er kein Frauenversteher ist.

Ich erhebe mich, denn mir ist klar geworden, dass ich das jetzt regeln muss, und zwar so sanft wie möglich. Offenbar werde ich dazu eine fremde Persönlichkeit annehmen müssen oder so was, denn Sanftmut ist nun mal nicht mein Stil.

Als ich die Küche betrete, erfüllt mich unvermutet eine erstaunliche Wärme, als ich Lucky an meiner Arbeitsplatte stehen sehe, der gerade Becher und Zucker aus den Küchenschränken holt. Er sieht bereits aus, als gehöre er hierher. Als habe er ein Recht, hier zu sein.

Dieser Gedanke bringt einen Anflug von Verbitterung. Ich mag es nicht, wenn andere mich herumschubsen und Entscheidungen für mich treffen. Lucky hat genauso wenig das Recht, hier mit mir zu leben, wie zum Beispiel Dev.

Schuld nagt an meinem Hirn. *Okay, vielleicht hat er in gewisser Hinsicht schon das Recht, Teil meines Lebens zu sein. Aber nicht so sehr.* Ich seufze über meine Stimmungsschwankungen. Eigentlich sollte ja nur die Schwangerschaft selbst schwer sein, aber offenbar wird mich alles daran total durcheinanderbringen, darunter auch eine seltsame, undefinierte Beziehung zum Kindsvater.

Lucky ist schon wirklich lange Teil meines Lebens, und es fühlt sich gar nicht so falsch an, dass er hier ist und tut, was er eben tut. Wenn ich ehrlich zu mir bin, muss ich zugeben, dass ich mir vorgestellt habe, wie es wohl wäre, mit ihm zusammenzuwohnen. Natürlich habe ich diese Ideen immer wieder verworfen, wenn mir klar wurde, wie tiefgreifend es unsere Teamsituation stören würde, aber das bedeutet nicht, dass ich sie nicht hatte. Ich schätze, ich werde herausfinden, wie es ist, mit Lucky zusammenzuwohnen, und sei es nur für eine Nacht. Diese Vorstellung gefällt mir viel besser, als sie eigentlich sollte.

Er wirft mir über die Schulter einen ernsten Blick zu. »Du solltest eigentlich keinen Zucker nehmen.«

Ich lasse meine Antwort spielerisch klingen, obgleich ich ihm eigentlich sagen möchte, er solle sich seine Ratschläge da hinstecken, wo die Sonne nicht scheint. Er versucht, mir ein guter Schwangerschaftspartner zu sein, und das kann ich ihm nicht vorwerfen. »Auch recht. Ich mag sowieso keinen Zucker im Tee.« Ich setze mich an den Tisch, an meinen üblichen Platz am Kopfende.

»Ich hatte noch keine Gelegenheit, groß weiterzulesen, aber ich habe ein paar Dinge zum Thema Ernährung gesehen.« Er gießt kochendes Wasser aus meinem Wasserkocher in zwei Becher. »Du darfst nur wenig Zucker und Koffein zu dir nehmen und überhaupt keinen Alkohol.«

Ich seufze. »Keine Sorge, ich hab's kapiert. Kein Spaß mehr. Mein Leben ist vorbei.« Ich hebe den Blick zur Decke und denke an die Schwangerschaftsstreifen, die meinen Körper in den nächsten neun Monaten zweifellos heimsuchen werden. *Na toll! Ein Träumchen.*

Er bringt die Becher an den Tisch, stellt mir einen hin, ehe er sich neben mich setzt. Dann lehnt er sich auf dem Stuhl zurück, starrt mich an und trommelt mit dem Finger auf den Henkel seines Bechers. »Dein Leben ist nicht vorbei. Es fängt gerade erst an.« Er lächelt, als sei es keine große Sache, dass wir hier sitzen und über ein Baby sprechen, das in meinem Bauch heranwächst.

Ich sehe ihn kopfschüttelnd an. »Wunderbar, wie lässig du mit alldem umgehst. Ich hoffe, dir ist klar, dass sich nicht nur mein Leben grundlegend verändern wird.«

Er beugt sich vor und legt die Hand auf mein Knie. »Vertrau mir, das ist mir klar. Ich denke darüber nach, seit wir das letzte Mal hier in der Küche waren.«

Mein Kopf spult zurück zu dem Augenblick, als wir hier über den Boden rollten, unmittelbar bevor uns aufging, was wir für einen Riesenfehler gemacht hatten. Geistesabwesend nicke ich. Ich werde einfach nicht damit fertig, wie sehr sich mein Leben in so kurzer Zeit verändert hat. Noch weiß eigentlich niemand davon. Ich kann mir nicht vorstellen, was Thibault, Dev und Ozzie dazu sagen werden. Mays und Jennys Reaktion hingegen ist mir eigentlich klar: Sie werden ausflippen. Auf ihren durchgeknallten Enthusiasmus freue ich mich nicht gerade. Schon der Gedanke daran bereitet mir Unwohlsein.

»Woran denkst du?«, fragt Lucky.

»Ich überlege, was das alles für das Team bedeutet.«

Lucky nickt, nimmt einen Schluck Tee und verzieht das Gesicht, weil er noch sehr heiß ist. »Natürlich werden sich Dinge ändern. Aber das muss ja nicht schlimm sein.«

»Du hast leicht reden. Dein Leben innerhalb des Teams wird sich überhaupt nicht verändern.« Ich weiß, dass ich verbittert klinge, aber wer könnte mir daraus einen Vorwurf machen? »Ich möchte nicht, dass du mit jemandem darüber sprichst.«

Er schaut mich stirnrunzelnd an. »Wie meinst du das?«

»Ich meine damit, ich will, dass du dich da raushältst. Das ist meine Sache, und ich werde entscheiden, wann ich das Team über die aktuelle Situation informiere, nicht du.«

An der Art, wie er sich aufrichtet und die Schultern zurücknimmt, sehe ich, dass ihm das nicht recht ist.

»Wir werden sehen.«

Ich schüttle den Kopf und setze mich aufrecht hin. »Nein, werden wir nicht. Das ist meine Entscheidung, nicht deine.«

Er sieht mich mit schiefgelegtem Kopf an. »Wie meinst du das? Es ist auch mein Kind.«

Ich werde jetzt nicht gemein sein und so tun, als könne auch jemand anders der Vater sein, aber das bedeutet nicht, dass er plötzlich die Entscheidungsgewalt über mein Leben hat. »Wir müssen mal etwas klarstellen, Lucky … nur weil du zu blöd warst, ein Kondom zu benutzen, triffst du noch lange keine Entscheidungen über mein Leben.«

Zwei hellrote Flecken erglühen auf seinen Wangen, und an seinem Kiefer zuckt ein Muskel ein paarmal, als er versucht, seine Wut unter Kontrolle zu halten. Ganz ruhig antwortet er: »Ich verwahre mich gegen diese Formulierung, weil ich sie für unfair halte.«

Er hat seine Worte sehr sorgfältig gewählt, aber das ist mir egal. Dies ist genau das Gespräch, das wir jetzt führen müssen, damit wir es hinter uns haben. Ich will nicht, dass er sich irgendwelche falschen Vorstellungen macht. Mühsam halte ich meinen Ton höflich.

»Tut mir leid, dass dir meine Formulierung missfallen hat, aber das ändert nichts an den Tatsachen. Dies ist mein Körper. Meine Arbeit geht nur mich etwas an. Ich entscheide, wann, wo und wie ich jemanden aus dem Team über meinen Zustand informiere, nicht du.«

Langsam nimmt er einen weiteren Schluck Tee und wartet fast eine volle Minute, ehe er antwortet. Die Spannung im Raum ist mit Händen zu greifen. »Ja, dein Körper trägt unser Kind aus. Doch das Leben darin ist genauso meine Verantwortung wie deine, und ich werde tun, was nötig ist, um die Sicherheit meines Kindes zu garantieren.«

Ich sehe ihn mit zusammengekniffenen Augen an. Meine Nasenflügel beben. Er rüttelt am Ohrfeigenbaum. »Willst du damit sagen, dass das bei mir anders ist? Dass ich die Sicherheit meines Kindes aufs Spiel setzen würde?«

Er schüttelt den Kopf und reckt das Kinn. »Ich will gar nichts sagen. Aber ich denke, wir wissen beide, dass du dazu neigst, gewisse Risiken einzugehen, die du möglicherweise erst als solche erkennst, wenn es zu spät ist.«

Ich gebe mir alle Mühe, ruhig zu bleiben, aber meine Stimme verrät mich, indem sie schrill klingt. »Nein, das sehe ich anders. Ich weiß genau, was ich kann und welches Risiko ich jedes Mal eingehe, wenn ich auf die Straße gehe.«

»Bitte sei nicht sauer«, fleht er und beugt sich zu mir vor, »aber manchmal, wenn nicht sogar sehr oft, bist du impulsiv und tollkühn, Toni. Es ist schon ein Risiko, dich nur hinters Steuer zu lassen. Du hast mehr Strafzettel wegen zu schnellen Fahrens als das gesamte restliche Team zusammen.«

Jetzt wird er fies, und das werde ich mir nicht bieten lassen. »Fick dich, Lucky.« Ich erhebe mich, schiebe mit einem lauten, hässlichen Geräusch meinen Stuhl zurück. Ich deute auf den Flur. »Verlass sofort mein Haus!«

Langsam schüttelt er den Kopf, schaut mit vorgestrecktem Kinn und festem Blick zu mir auf. »Ich gehe nirgends hin. Du hast mich mindestens für die nächsten neun Monate am Hals, wahrscheinlich sogar länger.«

Ich bin so sauer über diese Alphamännchenscheiße, dass ich gar nicht weiß, was ich sagen soll. Er ist hergekommen und hat sich in mein Leben eingemischt, als hätte er dazu jedes Recht, als kenne er mich nicht schon ewig und hätte vergessen, was ich mit Männern anstelle, die mich wütend machen.

Ich hole tief Luft, versuche, meine Atmung zu verlangsamen und mich zu beruhigen. Im Grunde hat er mir vorgeworfen, tollkühn und verrückt zu sein, deshalb ist es vermutlich nicht der beste Beleg, dass er sich irrt, wenn ich ihn jetzt im Stil einer schwangeren Frau attackiere. Als ich schließlich spreche, bin ich stolz, dass meine Stimme so ruhig und kontrolliert klingt.

»Ich weiß zu schätzen, dass du glaubst, es sei das Richtige, hier einzuziehen, aber es tut mir leid. Dafür bin ich noch nicht bereit. Ich will dich hier nicht. Du musst deine Sachen wieder ins Auto packen und gehen. Ich rufe dich an, wenn ich wieder bereit bin, mit dir zu sprechen.« Als ich die Küche verlasse, folgt mir seine Stimme.

»Wir können morgen weiterreden, aber du bist mir wichtig, und ich will mich wirklich einbringen. Das muss ich einfach!«

Ich bleibe mitten im Flur stehen und versuche zu entscheiden, wie ich mit dieser Situation umgehen soll. Ein Klopfen an der Eingangstür und das Geräusch eines Schlüssels im Schloss nehmen mir die Entscheidung ab.

Mit geschlossenen Augen hole ich erneut tief Luft. *Was zum Teufel ist das denn? Gott, hast du mich noch nicht genug gestraft?*

Die Tür öffnet sich, und Thibault streckt den Kopf herein. »He, Schwesterherz. Schön, dass du noch wach bist.«

Ich hebe genervt die Hand und klatsche mir damit auf den Oberschenkel. »Klar, komm doch rein. Das machen jetzt alle so.«

Thibault betritt die Diele und runzelt die Stirn, als er dort all die Koffer stehen sieht. »Verreist du?«

Ich kann nur den Kopf schütteln, bin zu genervt, um zu sprechen. Ein Geräusch hinter mir verrät mir, dass Lucky aus der Küche zu uns getreten ist.

»He, Mann.« Lucky stellt sich einfach neben mich und schiebt die Hände in die Taschen.

Thibault lächelt ihn flüchtig an. »He. Was geht?« Er sieht erst Lucky und dann die Koffer und mich an. Ich sehe förmlich, wie es in seinem Kopf rattert.

Also drehe ich mich zu Lucky um, versuche, ihn mit einem funkelnden Blick zu sagen, dass er ja kein Wort zu Thibault über die Situation sagen soll.

»Ich ziehe ein«, sagt Lucky.

Mit aller Kraft halte ich mich davon ab, ihm in den Bauch zu boxen, dass ihm die Luft wegbleibt. Vielleicht spürt er das, denn er tritt zur Seite, geht um mich herum und begrüßt Thibault mit einem Handschlag. »Deine Schwester wird hier Hilfe brauchen.«

Thibault schüttelt seinem Freund die Hand, hat aber offenbar keine Ahnung, was hier läuft. »Hilfe?« Er wirft mir einen Blick zu. »Renovierst du oder so?«

Ich kann wieder nur den Kopf schütteln. Vor Wut wage ich es nicht, etwas zu sagen. Aber das ist egal, denn Lucky, dieses Arschloch, hat einen Lauf. Er sieht mich nicht an. Seine Aufmerksamkeit gilt ausschließlich meinem Bruder.

»Nein, sie renoviert nicht. Sie ist …« Er hält inne, vielleicht, weil er endlich merkt, dass er zu weit gegangen ist.

Besser spät als nie.

»Sie ist was?«, fragt Thibault. Er wendet mir seine Aufmerksamkeit zu. »Bist du krank?«

»Nein, ich bin nicht krank. Nicht im engeren Sinne. Ich bin schwanger.«

Jetzt ist nur noch das Ticken der Wanduhr zu hören, die ich von meinem Großvater geerbt habe. Dann öffnet sich das Türchen der Uhr, und ein winziger Kuckuck kommt heraus und lacht mich aus. *Kuckuck, Kuckuck, Kuckuck* … Zehnmal ruft das kleine Vögelchen das Wort in die Stille, wie um mich zu verspotten.

Als der Vogel seinen Spottgesang beendet hat, antwortet Thibault: »Uhhh … tut mir leid … ich glaube, ich habe mich verhört. Ich hätte schwören können, du hättest gesagt, du wärst schwanger.« Er funkelt zuerst Lucky und dann mich an.

Ehe Lucky antworten kann, hebe ich beide Hände wie Stoppzeichen. »Kein Wort mehr! Darüber reden wir jetzt nicht.« Ich funkle Lucky an. »Habe ich dir nicht gesagt, du sollst dir deine Koffer schnappen und verschwinden? Das war mein Ernst.« Ich deute auf sein Gepäck. »Sammle deinen Scheiß ein, oder er landet draußen auf dem Rasen.«

Thibault tritt zwischen uns und legt uns je eine Hand auf die Schulter. Mein Versuch, sie abzuschütteln, ist erfolglos. Thibaults Griff ist eisern.

»Ich weiß nicht genau, was hier läuft, aber ich glaube, ihr braucht einen Schiedsrichter.« Er schubst uns beide Richtung Küche. »Na los. Setzt euch.«

Normalerweise sage ich meinem Bruder, er soll sich verpissen, wenn er sich benimmt, als wäre er mein Vater, aber diesmal will ein kleiner Teil von mir, dass er die Kontrolle übernimmt. Ich will, dass er Lucky in die Augen schaut und ihm sagt, er solle abhauen. Gerade jetzt, wo es sich anfühlt, als sei Lucky mein Feind, brauche ich jemanden, der Partei für mich ergreift, aber das ist normalerweise nicht Thibaults Rolle.

»Du kannst sagen, was du willst, aber ich bleibe«, erklärt Lucky und geht in die Küche zurück.

Thibault und ich schweigen, und ich fühle mich meinem Bruder verbundener als noch vor zwei Sekunden. Das erfüllt mich mit Vertrauen und Hoffnung. Ich werde nicht fremdbestimmt werden, nur weil ich schwanger bin. Schließlich bin ich laut meiner Teamgefährtin May die krasse Toni, bin vollkommen in der Lage, alles zu tun, was ich immer schon getan habe, und brauche dazu niemandes Erlaubnis. Ich bin stolz auf Mays Aussage über mich am Vormittag. Wahrscheinlich sollte ich ihr dankbar sein, dass sie so sehr auf meine Kraft vertraut, anders als offenbar jeder andere.

Thibault setzt sich ebenfalls an den Tisch, und ich nehme wieder vor meinem Becher Platz. Der Tee ist kalt, aber ich will ihn sowieso nicht. Lucky hat ihn gekocht.

»Also … stimmt das?« Thibault hat mir seine volle Aufmerksamkeit zugewandt. »Bist du sicher?«

Ich winde mich unter seinem prüfenden Blick. »Vielleicht. Ja. Schätze schon.«

Er hebt die rechte Braue. »Die Frage sollte doch leicht zu beantworten sein. Bist du nun schwanger oder nicht?«

Ich beiße ein paarmal die Zähne zusammen, um ihn nicht anzuknurren. »Ja. Na schön. Ich bin schwanger.«

Sein Gesichtsausdruck wird sanfter. »Bist du absolut sicher? Warst du beim Arzt?«

Lucky antwortet, während ich noch den Mund öffne. »Sie hat vier verschiedene Tests gemacht. Es gibt keinen Zweifel. Sie ist schwanger.«

Ich drehe ruckartig den Kopf in seine Richtung. »Sprich niemals für mich. Ich bin durchaus in der Lage, meinem Bruder ohne deine Hilfe zu antworten.«

Lucky schaut Thibault an. »Ich bin hier, um sie zu unterstützen, aber das passt ihr offenbar nicht.«

Thibault schaut Lucky an, sein Gesichtsausdruck ist härter, als ich ihn je gesehen habe. »Vielleicht ist deine Herangehensweise das Problem, Kumpel.«

Lucky ist von dieser Einstellung eindeutig überrascht. Freude erfüllt mich.

»Toni weiß, dass ich sie liebe, Mann.« Er schaut mich an. »Das weißt du, Toni. Du weißt, ich handle in deinem Interesse.«

Mein Herz fühlt sich an, als würde es gleich implodieren. Er hat das L-Wort benutzt. Wahrscheinlich ist ihm nicht einmal klar, was er gesagt hat, der Idiot. »Nicht du entscheidest, was in meinem Interesse ist.« Ich deute energisch mit dem Daumen auf meine Brust. »Sondern ich.«

Thibault hebt die Hände, als wolle er uns bremsen. »Okay, ich verstehe ja, dass die Situation sehr stressig ist, aber ich glaube, wir können sie ohne Blutvergießen bewältigen.«

Ich hätte im Augenblick nichts dagegen, etwas von Luckys Blut zu vergießen.

Thibault legt die gefalteten Hände auf den Tisch. »Toni, jeder im Team weiß, dass du hundertprozentig auf dich aufpassen kannst.«

Ich nicke. »Danke.« Höhnisch lächle ich Lucky an. *Habe ich dir doch gesagt, du Arsch.*

»Doch ich glaube, jeder, der etwas über Schwangerschaft und Geburt weiß, ist sich auch darüber im Klaren, dass man beides mit einem Partner viel leichter durchsteht.«

Ich funkle mein Bruder an. *Verräter!* »Ich brauche niemanden.«

Thibault will meine Hand nehmen, aber ich entziehe sie ihm und lege meine Hände in den Schoß. Er wird mich mit seinem supernetten Verhalten nicht manipulieren.

»Jeder braucht mal jemanden, ohne Ausnahme, junge Dame.«

Ich hebe die Brauen. »Sei besser vorsichtig, Bruderherz. Niemand nennt mich ungestraft ›junge Dame‹.«

Der Drecksack lächelt. »Sorry. Ich klinge wie Dad.«

»Keine gute Idee.«

Er nickt. »Ja. War keine Absicht. Sorry.«

Ich schaue die beiden Männer an, die vor mir sitzen und beide total auf dem Holzweg sind, und schüttle den Kopf. »Ich weiß nicht, warum ihr in mir plötzlich beide das kleine Mädchen seht, das Hilfe von allen möglichen Leuten braucht. Nur weil ich schwanger bin, bin ich doch kein anderer Mensch. Was ist denn bloß los mit euch?«

Lucky wirkt ein winziges bisschen zerknirscht. »Ich weiß nicht. Vom Kopf her weiß ich, dass du noch genauso hart bist wie immer.« Er zuckt die Achseln. »Ich weiß nicht, warum, aber ich sehe dich jetzt ganz klar mit anderen Augen. Wahrscheinlich bin ich nur ein sexistisches Schwein oder so.« Er senkt mit verwirrtem Gesichtsausdruck den Blick.

Ich haue auf den Tisch. »Dann sei das nicht! Du warst noch nie ein sexistisches Schwein, also fang jetzt nicht damit an. Ich bin immer noch dasselbe Mädchen wie vor zwei Wochen. Es hat sich nichts geändert.«

Thibault schüttelt mit besorgtem Gesichtsausdruck den Kopf.

Ich wende mich zu ihm um. »Was? Hast du ein Problem?«

Er schaut mich wieder an, als sei er mein Vater. »Du weißt, dass das nicht stimmt, Toni. Es hat sich etwas verändert. Du bist schwanger, eine Tatsache, die du nicht einfach ignorieren kannst. Du musst damit klarkommen.«

Ich bin weniger aufgebracht über seine Worte als über seinen Tonfall. »Was soll das denn heißen?«

»Das soll heißen, dass sich dein Aufgabenbereich notgedrungen verändern wird.« Thibault schaut Lucky an, der nickt. Sie wirken beide traurig, aber nicht halb so traurig wie ich. Ich kämpfe mit den Tränen.

»Warum? Was mich angeht, muss sich nichts ändern.«

Thibault lehnt sich zurück und seufzt. »Du vergisst, dass ich im Team für die Versicherungen zuständig bin. Ich muss nach Möglichkeit Risikomanagement betreiben. Dich auf Außenmissionen zu schicken, vor allem in die Viertel, in denen wir uns bewegen, kommt im Augenblick nicht infrage. Du wirst viel mehr im Lagerhaus arbeiten müssen. Es gilt, dein persönliches Risiko so weit wie möglich zu senken.«

Thibault ist mein Bruder, aber irgendwie auch mein Chef. Wenn ich jetzt explodiere, wird er wissen, dass ich mich nicht im Griff habe, wenn es hart auf hart kommt.

»Ich verstehe, warum du das denkst, aber meine Außeneinsätze sind praktisch risikolos. Wir gehen raus, schauen uns um, kommen zurück und erörtern, was wir gesehen haben. Das ist alles.«

Thibault hebt die Brauen. »Ich habe Mays Bericht über die Ereignisse des heutigen Tages gelesen. Das würde ich nicht gerade als risikolose Situation bezeichnen.«

Ich bin so wütend, dass ich platzen möchte. »Welchen Bericht? Diesen Bericht hätte ich schreiben sollen, und ich habe ihn noch nicht vorgelegt.«

»Tatsächlich hättet ihr einen gemeinsamen Bericht vorlegen sollen, doch da du vorzeitig nach Hause gegangen bist, hat May das allein erledigt. Das ist auch gut so, denn sein Inhalt ist relevant für dieses Gespräch.«

Fünf Sekunden einatmen, sechs ausatmen. Fünf Sekunden einatmen, sechs ausatmen. Nur so kann ich verhindern, dass ich aufspringe und ein Loch in die Wand schlage.

Lucky beugt sich vor und legt mir die Hand aufs Knie. »Babe, ich sehe, dass du wütend bist, aber ich wünschte, du würdest deinem Bruder mal eine Minute lang zuhören.«

Ich bewege mich keinen Millimeter. Nur mein völlig ausdrucksloser Blick wandert zu ihm. »Ich habe jedes Wort von euch beiden gehört. Vertraut mir.« Offenbar hat diese Schwangerschaft sie beide in Höhlenmenschen verwandelt, aber ich habe eine Neuigkeit für sie: Für mich gilt das nicht.

Er klingt jetzt fast flehentlich. »Ich weiß, du hast unsere Worte gehört, aber ich bin nicht sicher, ob du ihren Auslöser begreifst. Wir lieben dich nur so sehr und haben Angst, dass du im Versuch, dir etwas zu beweisen, ein zu großes Risiko eingehen und am Ende verletzt werden könntest. Du könntest dem Baby wehtun.«

Tränen steigen mir in die Augen, und ich kämpfe gegen sie an. »Willst du damit sagen, ich bin die Sorte Mutter, die ihrem Kind absichtlich wehtun würde?« Ich schätze, ich kann ihm aus diesem Gedanken keinen Vorwurf machen. Schließlich bin ich eine Mörderin. Aber es tut trotzdem weh.

Er umklammert mein Knie. »Nein, das würde ich niemals sagen. Auch nicht denken. Du missverstehst mich.«

»Komm schon, Toni, du weißt, er hat es nicht so gemeint.« Thibault klingt enttäuscht, was sich anfühlt, als stoße er mir ein Messer in den Bauch. »Hör auf, so furchtbar mitleidheischend zu sein.«

Langsam erhebe ich mich. Ich ertrage diese beiden Idioten nicht mehr. »Es ist schon spät. Wie ihr mehrfach erwähnt habt, bin ich schwanger, und ich schätze, deswegen bin ich müder als normalerweise. Deshalb gehe ich jetzt hoch und lasse euch Höhlenmenschen hier unten, damit ihr Pläne schmieden und davon träumen könnt, wie ihr mein Leben für mich organisiert. Aber …«, ich schaue beide nacheinander an, »… eines dürft ihr niemals vergessen: Dies ist mein Leben, mein Körper, und ich mache damit, was auch immer ich will, verdammt! Wenn ihr versucht, mich zu bevormunden oder mir vorzuschreiben, wie ich leben soll, wird euch das sehr leidtun.«

Ich mache auf dem Absatz kehrt und verlasse das Zimmer, dann gehe ich langsam nach oben, während mein Herz in mehrere kleine Stücke zerspringt. Meine Wut auf die beiden ist in diesem Augenblick so groß, dass ich bereit bin, bei den Bourbon Street Boys zu kündigen. Sie bringt mich um.

Immer, wenn ich zuvor vage mit der Idee gespielt habe, wie es wohl wäre, schwanger zu sein, habe ich es mir ziemlich beschissen vorgestellt, aber niemals so schlimm. Zwei der vier Männer in meinem Leben, Typen, die mir wichtiger sind als jeder andere auf der Welt, haben sich praktisch gegen mich gewandt. Sie behandeln mich wie eine Idiotin, wie einen Besitz. Als würden sie mich überhaupt nicht kennen. Ich fühle mich so allein. Wo sind all die Männer hin, die mich respektieren?

Dann fällt mir wieder ein, dass mir sonst nicht nur Thibault und Lucky den Rücken stärken. Sie sind nicht die Einzigen, die zu schätzen wissen, wer ich bin und was mir wichtig ist. Dieser Gedanke bringt mir augenblicklich Erleichterung, und ich fasse einen Plan. Morgen früh werde ich aufwachen und als Erstes mit Ozzie über all das reden. Ozzie wird es hinbiegen, wird wissen, was zu tun ist. Ich weiß, ich kann auf ihn zählen.

Ich gehe in mein Zimmer, werfe mich aufs Bett und falle sofort in einen unruhigen Schlaf. Ich bin kein bisschen überrascht, als mich Charlies Geist wieder heimsucht. Diesmal wehre ich mich nicht. Ich lasse ihn an mich heran. Was ist schon ein weiterer Mann, der mich zu vernichten versucht? Die Dunkelheit, die die Liebe repräsentiert, die ich einst für den Mann empfand, den ich getötet habe, und ich lauschen, während Charlie erneut alle Gründe aufzählt, warum ich nicht Mutter werden dürfe.

Kapitel 20

Ich gehe zur Arbeit in der Absicht, mit Ozzie meine Probleme mit Lucky und Thibault zu besprechen. Er wird mir sicher den Rücken stärken. Ozzie weiß, dass meine Schwangerschaft nichts an meinen Fähigkeiten ändert. Er hat mir mehrfach gesagt, wie sehr er meinen Beitrag zum Team schätzt, und ich weiß, er wird mich nicht hinter einen Schreibtisch setzen, wenn ich anderswo nützlicher sein könnte.

Leider erfahre ich schnell, dass Ozzies Tagesziel daraus besteht, dem Polizeichef Honig um den Bart zu schmieren. Zunächst hat er den ganzen Vormittag über Besprechungen auf dem Präsidium, dann isst er, wie ich von May höre, mit dem Polizeichef und ein paar Kriminalbeamten, mit denen wir häufig zusammenarbeiten, zu Mittag.

Ich trommle immer wieder mit meinem Bleistift auf einen Notizblock, während ich Stunden von Videomaterial durchsehe, frustriert, weil mein Privatleben in einer Sackgasse steckt.

»Was ist denn mit dir los?« May beugt sich vom Arbeitsplatz neben mir auf ihrem quietschenden Stuhl herüber, aus ihren Ohren hängen die Kabel von Ohrhörern. Ich checke unsere Videoaufzeichnungen, sie die Tonaufnahmen. Wir haben für diesen Tag Aufgaben getauscht, um uns nicht zu Tode zu langweilen.

Ich mache mir nicht die Mühe, sie mehr als zwei Sekunden anzusehen, ehe ich mich wieder dem Video zuwende. »Nichts.«

Sie nimmt die Ohrhörer heraus und wirbelt sie so in meine Richtung, dass sie mich mit einem davon am Arm trifft. »Lügenbeutel.«

Ich halte das Video an und seufze laut in der Hoffnung, dass sie den Hinweis verstehen wird: »Ich versuche hier zu arbeiten.«

»Du arbeitest jetzt schon drei Stunden am Stück. Mach mal Pause. Du kennst doch den alten Spruch – wenn Toni nur schuftet, ist sie stinklangweilig.«

Ich drehe mich zu ihr und stelle fest, dass sie grinst wie eine Wahnsinnige. »Wird dir das ständige Albernsein nicht irgendwann mal langweilig?«

»Nervt es nicht irgendwann, immer so mürrisch zu sein?«

Wieder runzle ich die Stirn. »Ich bin nicht mürrisch, sondern …« Beinahe hätte ich zugegeben, dass ich gestresst bin. *Heilige Scheiße!* Das fehlt mir gerade noch – dass ich Öl in ihr Klatschfeuer gieße.

Sie rollt mit ihrem Stuhl näher heran. »Was denn? Was ist los? Du kannst es mir ruhig erzählen. Ich sage es niemandem weiter, versprochen.«

»Außer natürlich deiner Schwester und Ozzie.«

Sie zuckt die Achseln. »Versteht sich von selbst. Aber es hat ja wohl niemand etwas dagegen, wenn die beiden wissen, was ich weiß.«

Da hat sie wahrscheinlich recht. Beide würden niemals ein Geheimnis gegen mich verwenden. Aber das bedeutet nicht, dass ich sie ausgerechnet jetzt ins Bild setzen möchte. »Mir geht's gut. Ich möchte nur etwas mit Ozzie besprechen.«

»Oh, fragst du deshalb dauernd nach ihm?«

Ich verdrehe die Augen. »Warum sollte ich sonst nach ihm fragen?«

May zuckt die Achseln. »Weiß nicht.«

Ihr Tonfall macht mich misstrauisch. Ich nehme ihren Gesichtsausdruck genauer in Augenschein und lese Besorgnis darin. »Wie oft muss ich dir das denn noch sagen … ich habe absolut kein Interesse an deinem Freund.«

Sie zwinkert mir zu. »Verlobter. Er ist jetzt mein Verlobter. Aber mir ist trotzdem klar, dass du kein Interesse an ihm hast.«

Mir liegt auf der Zunge zu fragen, was sie eigentlich so beschäftigt, denn es ist nicht zu übersehen, dass irgendetwas durch ihren verrückten Kopf geht, aber ich möchte mit seiner Verlobten wirklich kein Gespräch über meinen Boss führen. Gott allein weiß, welch vertrauliche Informationen sie mir anvertrauen würde, die ich nie wieder aus dem Sinn bekäme.

Ich wende mich also wieder meinem Video zu und spiele es weiter ab, um immer noch auf eine Eingangstür zu starren, die sich so gut wie nie öffnet. Wir haben am Vortag beobachtet, wie Marc aus diesem Haus gekommen ist, ihn aber seither nicht mehr gesichtet.

»Darf ich fragen, worüber du mit Ozzie reden willst? Oder ist es vertraulich?«

Ich schüttle den Kopf. »Nein, darfst du nicht.«

»Gut, dann gehe ich mal davon aus, dass es vertraulich ist. Also, worüber könnte Toni mit Ozzie reden wollen, das so vertraulich ist, dass es mich nichts angeht?«

Ich weigere mich, den Köder zu schlucken, aber ihre nächsten Worte treffen mich unvorbereitet.

»Du könntest heute Abend bei der Pizzaparty mit ihm reden.«

Ich halte mein Video wieder an und wende mich ihr zu. »Bei welcher Pizzaparty?«

Sie verdreht die Augen und schüttelt den Kopf. »Liest du meine E-Mails nicht? Ich habe dir die Info gestern geschickt.«

Normalerweise hebe ich mir ihre E-Mails auf, um sie am Stück zu lesen, wenn ich gerade genügend Kraftreserven habe, um die Geduld nicht zu verlieren. Sie mailt bei Weitem mehr als jeder andere im Team, und die Hälfte der Nachrichten sind meiner Auffassung nach nutzloses Geschwätz.

Ich rufe mein Mailprogramm auf und logge mich in meinen Account ein, der acht ungelesene E-Mails für mich bereithält. Ich überfliege sie, bis ich eine finde, in der eine Pizzaparty erwähnt wird. »Tut mir leid«, sage ich geistesabwesend. »Ich war beschäftigt.«

Halblaut murmelt May: »Ja, beschäftigt damit, mich auszublenden.«

Ich überfliege die Mail. Offenbar veranstaltet Jenny am Abend bei sich zu Hause eine Pizzaparty, und das gesamte Team ist eingeladen. Auf meiner Lippe herumkauend, überlege ich, wie ich reagieren soll. Lucky hat die Nacht im Haus meines Bruders verbracht, was mir die Notwendigkeit erspart hat, heute Morgen ihm gegenüber total ausfällig zu werden. Hätte ich ihn beim Erwachen aus all den Charlie-Albträumen in meiner Küche sitzend vorgefunden, hätte ich sicher die Beherrschung verloren. Dankenswerterweise kennt mich Thibault so gut, dass er wusste, dass Lucky besser bei ihm schläft.

Ich muss vor den beiden mit Ozzie reden. Sie sollen ihm nicht das Bild ins Hirn pflanzen können, ich sei eine hilflose Närrin. Außerdem brauche ich seinen Rat zum weiteren Vorgehen in Sachen Lucky. Ozzie kennt uns beide besser als jeder andere, sogar als Thibault, und ich traue seinem Urteilsvermögen mehr als meinem eigenen. Ich neige dazu, immer den krassesten Weg einzuschlagen, aber diese Situation erfordert ein wenig mehr Finesse. Das ist sogar mir klar.

»Was macht Ozzie denn nach dem Mittagessen mit dem Polizeichef?«, frage ich.

May hat wieder ihre Ohrhörer eingesteckt, ich muss mich also hinüberbeugen und einen herausziehen. Sie schaut mich ganz unschuldig an und versucht, die Tatsache zu überspielen, dass ich sie durch das Ignorieren ihrer E-Mails verletzt habe.

Ich unterdrücke das Bedürfnis, sie anzuknurren. »Ich habe gerade deine Mails gelesen. Tut mir leid. Wenn es dich tröstet, ich lese nicht nur deine Mails nicht.«

Sie lächelt ein wenig. »Tatsächlich tröstet mich das ein wenig.« Ihr Lächeln verfliegt. »Macht mich das zu einem schlechten Menschen?«

»Hast du meine Frage gehört? Wo geht Ozzie nach dem Mittagessen hin?«

Sie zuckt die Achseln. »Keine Ahnung. Aber er hat gemeint, wir sehen uns bei der Party, ich muss also davon ausgehen, dass er vorher nicht mehr herkommt, denn er wusste, dass ich den ganzen Nachmittag mit Schreibtischarbeit aus der Hölle beschäftigt sein würde.«

Mein Blick wandert zu dem Standbild auf meinem Monitor, und ich klopfe mit dem Bleistift dagegen, als mir klar wird, dass meine einzige Chance, mit Ozzie zu reden, die Pizzaparty sein wird, denn dieses Thema möchte ich nicht am Telefon erörtern. Leider gehören Pizzapartys zu den Dingen auf der ganzen Welt, die ich am wenigsten mag, vor allem, wenn das gesamte Team samt Familie eingeladen ist. Das ist mir einfach zu viel Lärm und Chaos. Aber wenn ich dort Ozzie finde, dann muss ich hin.

»Ich schätze, dann sehen wir uns bei der Pizzaparty.«

»Juchhu! Ich bin so glücklich. Jenny kriegt sofort eine Mail von mir, die dich ankündigt.«

»Ich bin sicher, es ist ihr egal, ob ich auftauche.«

»Nun, da irrst du dich, Fräulein Motzki. Jenny und ich lieben es, wenn du zu Veranstaltungen von uns kommst.«

Ich schaue mir weiter mein Video an, glaube ihr aber kein Wort.

Aber wäre es nicht nett, wenn es eine Gruppe von Menschen gäbe, die sich darauf freuen, mich zu sehen?

Ich weiß nicht, wo dieser Gedanke gerade hergekommen ist, aber er ist echt beunruhigend. *Igitt!* Ich wollte noch nie in meinem Leben zu etwas anderem gehören als zum Team der Bourbon Street Boys. Meine Finger schweben zitternd über der Tastatur. Ich fürchte, die Schwangerschaft hat bereits meinem Hirn geschadet.

Kapitel 21

Auf Jennys vorderer Veranda höre ich durch die geschlossene Tür den Lärm aus dem Haus. Ich habe bewusst gewartet, bis die Party in vollem Gange ist, in der Hoffnung, Ozzie würde sich dann gern hinter dem Haus mit mir unterhalten, um mal aus dem ganzen Chaos rauszukommen.

Vor der Eingangstür bleibe ich ein paar Augenblicke lang stehen, die Hand am Türgriff. Schmetterlinge tanzen Pogo in meinem Bauch, als ich mir vorstelle, wie ich Ozzie die Lage erklären soll. Bisher war das alles nur ein Konzept: Ich werde mit Ozzie reden und seinen Rat einholen. Aber jetzt, unmittelbar vorher, stelle ich mir vor, wie ich zu meinem Freund und Ratgeber aufschaue und ihm sage, dass ich schwanger bin, und beim Gedanken an seine möglichen Reaktionen dreht sich mir der Magen um. *Vielleicht sollte ich mich einfach umdrehen und abhauen.* Ein verführerischer Gedanke, aber ich weiß, das geht nicht.

Ich muss dem Mann, den ich mehr als jeden anderen auf der Welt respektiere, sagen, dass ich nicht kontrolliert genug war, um im Eifer des Gefechts eine Sekunde Pause zu machen und einem Typen zu sagen, er solle ein Kondom benutzen. Das ist schrecklich peinlich. Aber daran lässt sich jetzt nichts mehr ändern. Was geschehen ist, ist geschehen, und ich muss mich den Tatsachen stellen. Ich drehe den Türknauf und trete ein. Die Tür öffnet sich, und der Lärm trifft mich wie eine schwere Wolldecke, kratzig und erstickend.

»Toni! Du hast es geschafft!« May kommt auf Zehenspitzen angerannt, in einer Hand ein Stück Pizza, in der anderen ein Glas Wein. »Ich freue mich so, dich zu sehen.« Sie umarmt mich mit den Ellbogen.

Ich schaue zunächst nach links, wo ein Glas Wein gefährlich weit in Richtung meines Kopfes geneigt ist, und dann nach rechts, wo ich gleich ein Stück Pizza ins Auge kriegen werde. Also erstarre ich und warte, bis die einseitige Liebesbekundung vorbei ist.

Sie weicht zurück und lächelt mich an.

»Du hast Peperoni zwischen den Zähnen.« Ich blinzle sie an und warte auf ihre Reaktion.

»Echt? Wo?« Sie lächelt noch breiter.

Jenny kommt herüber zu uns und schiebt ihre Schwester beiseite. »Hi, Toni. Schön, dass du da bist. Wir haben uns lange nicht gesehen.«

Sie umarmt mich ebenfalls, allerdings ohne Wein oder Pizza.

Ich klopfe ihr mit einer Hand auf den Rücken. »Danke für die Einladung.«

May ist vollauf damit beschäftigt, ihre Zahnzwischenräume mit der Zunge von Pizzaresten zu befreien, doch Jenny lehnt sich zurück und lächelt mich an. »Ich habe gehört, du willst mit Ozzie reden. Er ist mit Lucky und Thibault vor der Hintertür. Möchtest du ein Glas Wein oder ein Bier?«

Ich presse die Lippen aufeinander und schüttle den Kopf. Alle nur möglichen schrecklichen Gedanken rauschen mir gleichzeitig durchs Hirn. *Was tun sie da draußen? Reden sie über mich?*

Schmieden sie Pläne, um mich aus dem Team zu drängen? Wollen sie mich rausschmeißen? Werden sie mich zu Hause einschließen und mich zwingen, koffeinfreie Getränke, frisches Obst und Gemüse zu mir zu nehmen, bis ich platze? Ich will unbedingt auch da raus zu Ozzie, aber ich möchte nicht, dass Jenny oder ihre Schwester das mitkriegen.

Ich zucke die Achseln. »Nur etwas Wasser, wenn's geht.«

Jenny sieht mich seltsam an. »Wasser? Na schön. Dann eben Wasser.« Sie wendet sich ab, geht in die Küche und zieht ihre Schwester am Ärmel mit sich. May sieht aus, als könne sie sich nicht entscheiden, ob sie ihrer Schwester folgen oder mich weiter verhören will, aber als Jenny sie ruft, ist der Konflikt beigelegt.

May macht auf dem Absatz kehrt und folgt ihrer Schwester den Gang entlang, wobei sie erneut in ihre Pizza beißt.

Als die beiden sich ein Stück entfernt haben, sehe ich links von mir Dev inmitten einer ganzen Kinderschar auf dem Boden sitzen. Sammy hat er auf dem Schoß, und der Rollstuhl seines Sohnes steht daneben. Sammy hat die Hand auf Jacobs Fuß, während sich Devs Sohn vorbeugt, um eine Actionfigur über Sammys Kopf laufen zu lassen. Sammy lächelt über diese Misshandlung.

Verrückte Kinder. Ich empfinde den seltsamen Drang, die Hand auf meinen Unterleib zu legen, aber ich kämpfe dagegen an. Diese Schwangerschaft ist vielleicht nicht mal von Dauer. In einem der Bücher, die Lucky bei mir gelassen hat, steht, dass über dreißig Prozent der Erstschwangerschaften als frühe Fehlgeburten enden. Vielleicht korrigiert sich mein Fehler ohne mein Zutun von selbst. Plötzlich habe ich Tränen in den Augen.

»Hey, Toni«, sagt Dev und sieht mich seltsam an.

Bei seinen Worten schauen alle Kinder auf und bemerken mich auf dem Flur. Mir zieht es das Herz zusammen, als mich all diese unschuldigen Augen anstarren. Ich habe das Gefühl, sie könnten durch mich hindurchsehen, direkt in meine Seele. Dort werden sie wohl Schwärze vorfinden, fürchte ich, und ich möchte nicht, dass sie auf sie abfärbt. Das erinnert mich daran, was ich für eine schreckliche Mutter sein werde. *Vielleicht sollte ich das Kind zur Adoption freigeben.*

»Miss Toni!«, ruft Sammy aus. »Du kommst zur Pizzaparty.« Er springt von Devs Schoß und kommt mit ausgestreckten Händen auf mich zugerannt.

Ich habe den Jungen bestimmt schon hundert Mal getroffen, aber er gibt mir zur Begrüßung jedes Mal die Hand. Wenn mein Baby so wäre wie er, wäre das gar nicht so schlimm.

Ich beuge mich vor, strecke die Hand aus und umschließe seine Fingerchen. »Hallo, Sammy. Wie geht's dir?«

»Richtig gut. Ist dir eine Veränderung an mir aufgefallen?« Mit den Händen auf dem Hintern schwankt er ein wenig, wodurch er besonders süß aussieht.

Ich stütze immer noch vorgebeugt die Hände auf die Oberschenkel und sehe ihn mir genau an. »Hast du eine neue Sommersprosse auf der Nase?« Ich deute auf sein Gesicht. »Die da?«

Er schüttelt den Kopf. »Nein. Falsch. Du darfst noch mal raten.«

Diesmal nehme ich mir einen Augenblick Zeit, um ihn mir wirklich genau anzusehen, aber der Kleine sieht für mich völlig unverändert aus. Solche Spiele kapiere ich einfach nicht. Ich zucke die Achseln. »Sorry, Kumpel, aber ich sehe keine Veränderungen an dir.«

Sammy nickt. »Sehr gut, Miss Toni. Du bist sehr aufmerksam. Aber der Unterschied, den du bemerken sollst, ist auch keine Sache der Augen.« Er spricht so lustig, dass es mir beinahe entgangen wäre. Aber dann wird mir klar, dass Sammy mir den größtmöglichen Tipp gegeben hat, ohne sein Geheimnis direkt zu verraten. Alle anderen Kinder sind ganz still und warten mit angehaltenem Atem, ob ich darauf kommen werde.

Ich weiß nicht, warum sich ein warmes Leuchten in mir ausbreitet, als ich ihm in die Augen schaue und ihm zuzwinkere. »Vielleicht höre ich da eine kleine Veränderung …?«

Sammy hüpft auf und ab, klatscht in die Hände und erinnert mich dabei auf unheimliche Weise an seine Tante May. »Du hast es gemerkt! Du hast es gemerkt! Ich gehe zur Logopädin.«

»Ist mir aufgefallen. Du sprichst ganz anders.«

Er stemmt die Händchen in die Hüfte und nickt. »Ja. Danke, dass du es bemerkt hast. Es ist sehr schwer, aber Miss Tansey sagt, wenn wir es weiter versuchen, ich Nachsicht mit mir selbst habe und mich nicht zu sehr aufrege, wenn ich etwas nicht schaffe, kann ich weit kommen.«

Ich richte mich auf, nicke und tätschle seinen Kopf. »Da hat sie sicher recht.«

Aus dem Augenwinkel sehe ich, wie Dev mich mit erhobenem Daumen lobt. Sein Sohn ahmt die Geste nach. Ich winke den beiden zu und gehe den Flur entlang. »Ich muss mal mit Ozzie reden. Bis später.«

Der gesamte Raum antwortet laut im Chor: »Bis später, Miss Toni!«

Ich muss mir die Brust reiben, ungefähr da, wo mein Herz ist, damit es aufhört zu krampfen. Meine inneren Konflikte erreichen ein Tageshoch. Ich mag Kinder nicht, und sie mögen mich nicht, aber diese kleinen Burschen sind gar nicht so schlimm. *Ist es möglich, dass mein Kind auch gar nicht so schlimm sein wird? Dass es mich nicht hasst?* Ich möchte nicht einmal daran denken.

Es kommt mir wie eine gute Idee vor, eines nach dem anderen abzuwickeln. Schritt für Schritt, ein Tag nach dem anderen. Etwa so, wie man gegen Alkoholsucht ankämpft. Die Analogie scheint mir gar nicht so daneben.

Nach der ganzen Geschichte mit Charlie ist mir klar geworden, dass ich nach Dunkelheit süchtig bin, aber ein Kind ist davon das genaue Gegenteil. Ich hätte mich nie bewusst dafür entschieden, aber die Entscheidung ist ohne mein Zutun oder zumindest aufgrund meiner Verantwortungslosigkeit und mangelnden Vorausschau gefallen. Jedenfalls weiß ich, dass mein Leben nicht für Dunkelheit *und* Licht Platz bietet. Eines von beiden wird gewinnen müssen, und ich bete, es möge Letzteres sein. Aber wenn ich mir treu bleibe, wird Ersteres den Sieg davontragen.

Was wird das für mein Kind bedeuten? Die unvermeidliche Antwort schießt mir durch den Kopf, und ich würde schon wieder am liebsten in Tränen ausbrechen. Aber vielleicht wäre es gar nicht so schlimm, wenn mein Kind mit Lucky als alleinerziehendem Vater aufwüchse. Vielleicht wären sie beide ohne mich besser dran. Diese Vorstellung macht mich mehr als traurig.

Als ich auf die hintere Veranda trete und die drei Männer, die dort stehen, sofort verstummen, wächst dieses Gefühl nur noch.

Kapitel 22

Thibault, Ozzie und Lucky weichen ein Stück auseinander, als ich näher komme. Ich habe das Gefühl, ein sehr vertrauliches Gespräch gestört zu haben, und das nervt mich. Lucky ist keiner meiner Chefs. Er hat keinen Grund, ohne mich ein vertrauliches Gespräch mit Ozzie und Thibault zu führen, es sei denn natürlich, es dreht sich um mich, und ich soll nicht hören, was sie zu sagen haben.

Ich gehe zu ihnen hinüber, stelle mich da hin, wo sie mir Platz gemacht haben, und nicke Thibault und Ozzie zu, während ich Lucky ignoriere. Ihn kann ich nicht einmal anschauen. Meine Gefühle würden mir möglicherweise in den Rücken fallen.

»He«, begrüßt mich Ozzie.

»He.« Ich schaue Thibault an, der mir zunickt.

»Was geht?« Ozzies Gesichtsausdruck verrät nur Neugier. Das lässt mich hoffen, dass die Jungs nicht hier gestanden und über mich geredet haben.

»Kann ich mal kurz mit dir sprechen? Unter vier Augen?«

Ozzie zuckt die Achseln. »Sicher.« Er schaut die Jungs an. »Lasst ihr uns mal für einen Augenblick allein?«

Thibault sagt: »Klar.«

Lucky schüttelt den Kopf. »Ich würde lieber bleiben.« Er verschränkt die Arme vor der Brust.

Ich wende mich ihm zu. »Du bist bei dem Gespräch nicht willkommen.«

Er öffnet den Mund, um etwas zu sagen, aber Ozzie tritt dicht vor ihn und hält Lucky die Hand unmittelbar vors Gesicht. »Ich will nichts hören. Toni hat um ein Vieraugengespräch gebeten, und das kriegt sie auch.«

Für einen Augenblick blitzt Trotz in Luckys Augen auf, doch dann schlägt er sie nieder und verzieht sich.

»Ich bin dann mal drinnen.«

Thibault geht Richtung Hintertür und schiebt Lucky an der Schulter vor sich her. Lucky schüttelt seine Hand ab, seine Körpersprache verrät seine Wut.

Ich schaue ihm finster nach. Wie kann er es wagen zu glauben, er dürfe entscheiden, mit wem ich worüber rede? Das ist total übergriffig, und ich werde ganz bestimmt dafür sorgen, dass Ozzie weiß, wie wenig mir das passt.

Ich warte, bis sie im Haus sind und die Tür sich geschlossen hat, ehe ich mich an meinen Boss wende. »So. Also. Wie hat dir dieses kleine Drama gefallen?«

Ozzie hakt die Daumen in seine Hosentaschen. Seine Brust und seine Oberarme schwellen, als er die Schultern strafft. Ich bin das gewohnt. Er war schon immer kräftig, und er verpasst nie eine Trainingseinheit. Es verleiht mir ein Gefühl der Sicherheit, dass dieser Mann hinter mir steht und nur mein Bestes will.

»Irgendwas läuft da doch.«

Ich schaue zu ihm auf. »Es ist dir aufgefallen?« Ich versuche zu lachen, aber es klingt eher wie ein irres Kichern. Ich gebe es auf, etwas Lustiges an der Situation zu finden, und versuche es wieder offen und ehrlich. »Lucky macht mich wahnsinnig, und das muss einfach aufhören.«

Ozzie runzelt die Stirn und legt verwirrt den Kopf schief. »Ich glaube, ich habe etwas nicht mitbekommen.«

Okay, die Jungs haben Ozzie also definitiv nicht von meiner Schwangerschaft erzählt. Das rechne ich ihnen hoch an. Ich fühle mich allerdings nur ein klein wenig schuldig, weil ich ihnen das insgeheim vorgeworfen habe.

Auf der Suche nach der besten Formulierung frage ich mich, ob ich Ozzie wohl wissen lassen kann, dass Lucky mich nervt, ohne ihm meine Schwangerschaft einzugestehen, aber ich verwerfe die Idee sofort wieder. Das käme mir unehrlich vor, also streiche ich den Gedanken zwei Sekunden, nachdem er mir eingefallen ist.

Ich starre auf die Holzbohlen und öffne den Mund, um zu sprechen, in der Hoffnung, ich würde schon die richtigen Worte finden, denn mein Gehirn kriegt irgendwie keinen Formulierungs-Masterplan hin. »Na ja, im Augenblick läuft ein Haufen Scheiße, und ich verstehe, dass Lucky sauer auf mich ist, aber gleichzeitig finde ich es auch nicht in Ordnung.« Ich verstumme und schaue entschuldigend zu Ozzie auf. »Ich drücke mich nicht besonders klar aus, was?«

Ozzie schüttelt den Kopf. »Nein.«

Er macht es mir nicht gerade leicht. Ich schätze, das ist nur fair. Wir sind beide erwachsen. Ich sollte in der Lage sein, entsprechend zu kommunizieren. Also atme ich ein paarmal tief durch, um von vorne anzufangen, und achte diesmal darauf, beim Sprechen Blickkontakt mit ihm zu halten.

»Vor wirklich langer Zeit ist zwischen mir und Lucky etwas vorgefallen, und vor ein paar Wochen haben wir uns alle freitags abends im Pub getroffen. Erinnerst du dich?«

Ozzie nickt nur.

»Dabei haben wir den Fehler, den wir mit fünfzehn gemacht hatten, praktisch wiederholt, nur sind wir diesmal viel weiter gegangen und hätten uns dabei benehmen sollen wie Erwachsene, haben das aber nicht.«

»Redest du so um den heißen Brei herum, weil du glaubst, ich komme nicht damit klar, oder weil es dir peinlich ist?«

Ich weiß, es ist sein persönliches Markenzeichen, immer direkt zum Punkt zu kommen, aber mir fällt das gerade überaus schwer.

»Na schön, gut. Ich sage es dir einfach ins Gesicht.«

Er lächelt leise. »Das wäre nett.«

Als ich spreche, kann ich ihm nicht in die Augen schauen. Zu sehr fürchte ich sein Urteil. Also starre ich die Holzveranda an, auf der wir stehen. »Als wir fünfzehn waren, sind wir zusammen mit Thibault tanzen gegangen, und Lucky und ich haben irgendwie rumgemacht. Es ist nicht zum Äußersten gekommen, aber … ach, ist ja auch egal. Jedenfalls haben wir in jener Freitagnacht im Pub wieder rumgeknutscht, und er ist mir nach Hause gefolgt. Ich war sehr betrunken, wie du weißt, und wir haben uns beide total blöd benommen, und eins führte zum anderen und …«

»Ihr habt miteinander geschlafen.«

Ich schaue ihn mit weit aufgerissenen Augen an. »Du weißt davon?«

Er lacht. »Nein. Aber ist das nicht offensichtlich?« Er zuckt die Achseln, als wolle er sich dafür entschuldigen, mich so leicht durchschaut zu haben.

Ich schüttle den Kopf und zische frustriert. »Ich weiß. Tut mir leid. Ich bin vollkommen durcheinander.«

»Ich sehe das Problem nicht. Ihr habt also miteinander geschlafen. Das ist doch keine große Sache. Vergiss es einfach.«

Ich lächle ihn humorlos an. »Wäre es nicht nett, wenn das einfach so ginge?« Mein trauriges Lächeln verfliegt, und ich spüre, wie blöde Tränen mir in die Augen steigen. »Leider waren wir beide betrunken und sind beide nicht die besten, was Kommunikation angeht, und deshalb haben wir am Ende ungeschützten Sex gehabt.«

Ozzies Gesicht wird vollkommen ausdruckslos. Seine Hände rutschen aus seinen Taschen, und seine Arme hängen an den Seiten herab, was ihn aussehen lässt wie einen riesigen Gorilla.

Meine Eingeweide scheinen zu schrumpfen, und etwas in mir krampft. Der Vorwurf, der in Wellen von ihm auszugehen scheint, ist so heftig, dass mir ganz schlecht davon wird.

»Was genau willst du mir damit sagen?«, fragt er ohne jede Gefühlsregung.

Ich öffne den Mund, um ihm zu antworten, doch dann merke ich, dass etwas noch viel dringender meinen Mund verlassen möchte als Worte. Ich renne zum Rand der Veranda hinüber, beuge mich über einen Pflanzkübel und erbreche mich in die darin befindlichen Blumen.

Ich sehe Ozzie nicht, höre ihn aber. Er dreht sich um, und die Sohlen seiner Stiefel quietschen auf dem Holz.

»Ich schätze, das beantwortet meine Frage«, sagt er. Er klingt müde.

Ich spucke Galle und werfe mein Haar über die Schulter, dann wische ich mir die Lippen und das Kinn mit dem Handrücken ab. Zum Glück habe ich den ganzen Tag nichts gegessen, es gibt also nicht viel aufzuwischen. *Tut mir leid, Pflanzen.*

Heilige Scheiße, wie peinlich. Ich beantworte Fragen durch Kotzen? Was ist bloß los mit mir? Ich wende mich ihm wieder zu. »Ja. Also … ich bin schwanger.«

Sein Gesicht durchläuft so viele verschiedene Mienen in kürzester Zeit, dass ich unmöglich daran ablesen kann, was er denkt.

»Würdest du bitte irgendetwas sagen?«, flehe ich ihn an.

Er hebt die Hand und fährt sich durchs Haar, dann reibt er sich den Nacken. Dabei hält er den Kopf gesenkt, sodass ich seinen Gesichtsausdruck nicht sehe. Doch dann hebt er den Blick und lächelt mich traurig an. »Gratuliere?«

Seine Worte treffen mich wie ein Messer ins Herz. Die Schleusen öffnen sich, und die Tränen fließen ungehindert.

»Falsche Antwort«, presse ich hervor, ehe ich mich abwende, um ins Haus zurückzukehren.

Er ist schneller als ich, packt meine Handgelenke und hält mich fest. Er tut das so heftig, dass ich gegen seine Brust geschleudert werde. Dann nimmt er mich in seine starken Arme und hält mich ganz fest, küsst mich auf den Scheitel wie ein Vater seine Tochter. »Du gehst nirgends hin.«

Ich versuche, mich zu befreien. »Lass mich los, Ozzie. Ich möchte nicht hier sein.«

»Dumm gelaufen. Jetzt bist du aber hier und wirst auch hierbleiben, bis ich etwas anderes sage.«

Seine Wortwahl gefällt mir nicht. Sie löst etwas in mir aus. Ich schreie, setze mich zur Wehr, schlage auf seinen Rücken ein, damit er mich loslässt.

Sofort stößt er mich weg, hält mich aber an den Schultern fest. Er beugt sich zu mir herab, bis sein Gesicht nur noch wenige Zentimeter von meinem entfernt ist, und sieht mir in die Augen. »*Hör auf!* Hör sofort auf!«

Ich erstarre, denn in diesem Augenblick weiß ich, wie sich ein Reh im Scheinwerferlicht eines heranrasenden Autos fühlt. Ich habe Angst, weiß aber nicht, wovor. *Vor Ozzie oder mir selbst?* Ich bin so durcheinander, dass ich es nicht genau sagen kann.

Er funkelt mich an. »Du musst jetzt erst mal deine Gefühle in den Griff kriegen.«

Ich spreche mit bebenden Lippen, meine Stimme ist beinahe ein Knurren. »Sag mir nicht, was ich tun muss. Ich gehöre dir nicht.«

Sein Gesichtsausdruck wird sanfter, der Griff, mit dem er meine Schultern umschließt, genauso. »Ich weiß. Du weißt, dass ich das weiß.« Er schüttelt den Kopf und seufzt tief. »Toni, du musst mit mir reden.« Er lässt nicht los, und da stehen wir und starren uns an. »Du weißt, ich bin für dich da, aber ich kann dir nicht helfen, wenn du dich nicht beruhigst und mit mir redest.«

Ich kann mein blödes Kinn nicht am Zittern und meine Lippen nicht am Beben hindern, und die Tränen wollen auch nicht aufhören zu fließen. Das muss wieder die Schwangerschaft sein, die Besitz von meinem Körper ergreift, denn die normale, nicht schwangere Toni wäre niemals ein solcher Waschlappen. Damit ist es offiziell: Ich hasse es, schwanger zu sein.

»Ich bin hergekommen, um mit dir zu reden, aber offenbar kann ich das nicht.«

Er klingt verletzt. »Warum nicht?«

»Ich weiß nicht.« Mein Blick huscht nach links und nach rechts, ich bin erfüllt vom Verlangen davonzulaufen. »Ich weiß nicht mehr, was in meinem Leben los ist. Alles verändert sich, und das hasse ich.«

Er hebt die Hände und streichelt meine Oberarme, diesmal viel sanfter. »Ich verstehe. Das muss furchterregend für dich sein. Teufel auch, es ist ja sogar für mich furchterregend.« Er wirft mir ein albernes Lächeln zu und kichert. »Aber wir kommen schon klar. Das wird super.« Er beugt sich ein Stückchen vor. »Also erzähl … was ist mit Lucky?«

Ich reiße die Arme hoch und schüttle seine Hände ab. »Ich weiß nicht. Als er hörte, dass ich schwanger bin, ist er eingezogen.« Ich hätte nicht übel Lust, auf etwas einzutreten, aber in

Reichweite sind nur Ozzies Schienbeine, und das hat er nicht verdient.

Ozzie runzelt die Stirn. »Eingezogen? Bei dir?«

»Ja!« Mir quellen praktisch die Augen aus dem Kopf. »Lucky ist einfach mit seinem ganzen Scheiß aufgetaucht und wollte rein. Er hat gesagt, er zieht jetzt bei mir ein, aber das ist mir nicht recht.«

Ozzie nickt. »Das verstehe ich. Wäre es mir auch nicht.«

»Danke!« Ich stoße bebend einen langen Atemzug aus und spüre mich endlich so etwas wie von Frieden erfüllt.

»Das habe ich auch gesagt. Ich meine, wir leben ja nicht im Mittelalter. Kein Mann kann für mich entscheiden, wie ich leben oder mit wem ich zusammenwohnen soll.«

Ozzie nickt weiter. »Verstehe. Du hast absolut recht. Soll ich mit ihm reden?«

Ich will schon Ja sagen, doch dann unterbreche ich mich. Soll Ozzie wirklich meine Schlachten für mich schlagen? Ich beiße mir auf die Lippe.

»Wenn nicht, musst du es nur sagen. Aber wenn du möchtest, mache ich das.« Ozzie hebt in einer Geste der Kapitulation die Hände. »Ich möchte nur helfen.«

»Diese Schwangerschaft stellt Sachen mit meinem Hirn an. Ich kann keinen klaren Gedanken mehr fassen.«

Ozzie tritt langsam wieder näher heran und umarmt mich erneut. Diesmal will er mich nicht kontrollieren, sondern trösten, und damit kann ich prima leben. »Ich habe gehört, so ist das bei Schwangeren. Aber tu mir einen Gefallen, ja?«

Ich schaue zu ihm auf und lege das Kinn gegen seine Brust. »Welchen?«

»Sei nicht zu hart mit dir selbst. Ich kenne niemanden, der härter mit sich ins Gericht geht als du. Im Augenblick finde ich, du solltest mit allen Menschen etwas mehr Nachsicht üben, auch mit dir selbst.«

Ich wende den Blick ab und sehe durch die Verandatür, dass May aus der Küche auf uns zukommt. Ich weiche einen Schritt zurück, bringe Distanz zwischen Ozzie und mich. Dieses verrückte Huhn braucht nur den leisesten Hinweis darauf, dass zwischen uns etwas sein könnte, um zu einem weiteren Stachel in meinem Fleisch zu werden, den ich nie wieder loswerde. Davon habe ich auch so schon genug.

»Ich werde es versuchen«, sage ich und bin nicht sicher, ob ich es ernst meine.

Die Tür öffnet sich, und May kommt fröhlich wie immer heraus. »Möchtet ihr noch Pizza? Sie wird langsam kalt.«

Ozzie hebt eine Hand. »Wir kommen gleich rein. Nur noch eine Minute.«

May zögert und schaut ihn unsicher an. Ich glaube, mit dieser Antwort hat sie nicht gerechnet. »Okay. Dann bis gleich. Bei der kalten Pizza.« Sie zieht sich langsam zurück und schließt die Tür hinter sich, starrt uns aber noch ein paar Sekunden durch das Fenster an, ehe sie geht.

Ich lächle zu ihrem Freund empor. »Sie glaubt, ich stehe auf dich.«

Er lächelt kopfschüttelnd. »Ich weiß. Ständig sage ich ihr, dass ich nicht an dir interessiert bin, aber sie will es nicht hören.«

»Ich glaube, sie ist einfach eine Drama-Queen.«

Ozzie schaut mich spöttisch an. »Wenn sie dein kleines Geheimnis erfährt, hat sie genug Drama für das ganze Jahr, ich sollte dir also vielleicht dankbar sein, dass du mich in diesem Punkt aus der Schusslinie gebracht hast.«

Ich verdrehe die Augen und wende mich zur Tür. »Erinnere mich nicht daran. Ich habe vor, es ihr erst zu sagen, wenn ich aus dem Krankenhaus wieder da bin.«

Ozzie lacht. »Ich bin nicht sicher, dass das klappen wird. Sie ist eine der aufmerksamsten Frauen, die mir je begegnet sind.« Er erreicht die Tür vor mir und öffnet sie.

Ich schaue stirnrunzelnd zu ihm auf. »Bitte fang du nicht auch noch an, mir die Tür aufzuhalten.«

»Auch noch?«

Ich gehe durch die Tür. »Lucky behandelt mich, als wäre ich aus Zucker.«

Ozzie tritt auch ein, dann legt er mir eine Hand auf die Schulter und verhindert so, dass ich weiter in die Küche gehe. Ich drehe mich um und schaue erneut zu ihm auf.

»Sei nicht zu streng mit Lucky. Du bist ihm wirklich wichtig. Ich bin sicher, er versucht, das Richtige zu tun, und daraus kannst du ihm keinen Vorwurf machen.«

»Er braucht Lektionen im Umgang mit Frauen.«

Ozzie schüttelt den Kopf. »Diese Lektionen helfen bei dir nichts, Toni.«

»Was soll das denn heißen?«

Ozzie legt mir den Arm um die Schultern und geht mit mir durch die Küche. »Du bist wie keine andere Frau. Ein Unikat – aber das weiß er. Mein Rat an dich lautet: Gib Lucky eine Chance. Ich glaube, er könnte dich glücklich machen.«

Ein warmes Gefühl erfüllt mich, als wir das Wohnzimmer betreten. Vielleicht ist es Hoffnung, ich weiß nicht. Ich bin nicht bereit, dem genauer nachzuspüren. Er nimmt den Arm weg, und May kommt mit je einem Stück Pizza und einem Lächeln zu uns herüber. Ich versuche, das Gefühl zu erwidern, aber in dem Augenblick, als der Duft der Peperoniwurst mir in die Nase steigt, weiß ich, es ist hoffnungslos.

Ich schiebe ihr den Teller wieder hin, drehe mich um und renne Richtung Klo, das ich gerade noch rechtzeitig erreiche, um meine Eingeweide in die Schüssel zu erbrechen. Als ich mit Würgen fertig bin und mir nur noch wünsche, tot zu sein, erhebe ich mich und schaue in den Spiegel. Jenny und May stehen wie Statuen im Türrahmen des WCs und starren mich an.

Seufzend schließe ich die Augen. »O Gott!«

Kapitel 23

Jenny und May betreten das WC und schließen hinter sich ab. Ich betätige die Spülung und weigere mich, sie anzusehen.

»Okay, was ist los?«, fragt May.

»Pst, lass sie reden.« Jenny versucht, vernünftig zu klingen, aber ich weiß es besser. Sie ist genauso neugierig wie May und wird mich wahrscheinlich hier drin festsetzen, bis ich beiden alles erzählt habe.

Ich drehe mich nicht um, denn ich habe Angst, sie könnten ihre psychologischen Tricks anwenden, um mich dazu zu bringen, ihnen mein Herz auszuschütten. »Gar nichts ist los. Ich habe mir den Magen verdorben. Diese Peperoniwurst war keine gute Idee.«

»Auf der Arbeit hast du noch ganz gesund gewirkt«, kontert May.

Ich reiße etwas Klopapier ab und wische mir damit den Mund ab, ehe ich mich umdrehe. Im Versuch, lässig zu wirken, zucke ich die Achseln. »Es hat gerade angefangen. Ich habe mich auch im Garten schon mal erbrochen. Das ist sicher so eine Vierundzwanzig-Stunden-Sache, aber haltet besser etwas Abstand.« Ich strecke die Hand aus in der Hoffnung, sie auf Distanz halten zu können.

Leider reagieren beide nicht auf meine sehr unverhohlene Drohung. Vielmehr beugen sich beide näher heran.

Ich biege den Rücken so weit durch, wie ich nur kann. »Ernsthaft, Leute … ich bin total ansteckend.«

Jenny kneift die Augen zusammen und mustert erst meinen gesamten Körper, dann eindringlich meine Brüste. »Deine Möpse sind gewachsen. Du kotzt.« Sie lächelt total durchtrieben. »Ich bin ziemlich sicher, was du hast, ist nicht ansteckend.«

Ich schaue auf meine Brust herab. Mir war aufgefallen, dass der BH heute ein wenig enger saß, aber das hatte ich als Fehler beim Waschen abgetan. Die passieren mir häufiger, als ich gerne eingestehe. Ich schaue zu den beiden auf und versuche, so viel Überzeugungskraft wie möglich in meine Stimme zu legen. »Das macht der BH. Ein Push-up. Extra gepolstert.«

May streckt blitzschnell die Hand aus und rammt den Finger in die Unterseite meiner linken Brust. »Ha! Du bist schon wieder ein Lügenbeutel. Das ist definitiv kein Push-up-BH.« Sie schaut ihre Schwester an und nickt. Sie klatschen sich ab, ehe sie ihre Aufmerksamkeit wieder mir zuwenden.

Ich lege die Hand auf den misshandelten Körperteil und funkle sie an. »Mensch, was soll das … Finger weg von meinen Möpsen!«

May zuckt die Achseln. »He, ich erkenne einen Push-up-BH, wenn ich einen sehe. Du weißt doch, ich bin Fotografin. Berufsfotografin.«

Ich kann einfach nicht anders, ich äffe sie nach, und zwar auf die Weise, wie es für mich geklungen hat – als das nervigste Nölen, das ich je gehört habe. »Ich bin *Berufsfotografin.*«

Jenny und May werfen sich einen bedeutsamen Blick zu. Dann nicken sie erneut.

Jenny wendet sich mir zuerst wieder zu. »Du hast extreme Stimmungsschwankungen, nicht wahr?« Sie legt den Zeigefinger an die Unterlippe und blickt zur Decke. »Was noch … Übelkeit? Schwellende Brüste? Extrem emotional? Alle Männer in deinem Umfeld benehmen sich wie Idioten? Worauf lässt das schließen?« Sie hält inne und schaut ihre Schwester an.

May nickt und lächelt mich dann triumphierend an. »Schwanger.«

Sie starren mich an und warten, dann warten sie noch ein bisschen mehr.

Ich recke das Kinn. »Ihr seid verrückt.«

May imitiert meinen Gesichtsausdruck. »Wir sind vielleicht verrückt, aber nicht schwanger.« Beim letzten Wort zittert ihre Stimme ein wenig.

Jenny wendet sich zu ihrer Schwester um und legt May die Hand auf die Schulter. »Was ist los, Babe? Bist du traurig?«

May schüttelt heftig den Kopf. »Nein. Es geht mir gut.«

Jenny verschränkt die Arme und starrt ihre Schwester an. »Wer ist jetzt ein Lügenbeutel?«

May boxt sie sanft gegen die Schulter. »Halt die Klappe.«

Ich spüre eine Chance und ergreife sie. »Stimmt etwas nicht mit dir und Ozzie?«

May reißt die Augen auf, vielleicht vor Angst. »Wie kommst du darauf?«

Ich zucke möglicherweise ein wenig melodramatisch die Achseln, doch ich bin irrsinnig glücklich, nicht mehr im Mittelpunkt des Interesses zu stehen. »Oh, ich weiß nicht. Wir haben uns vorhin im Garten unterhalten …« Ich lasse sie ihre eigenen Schlussfolgerungen ziehen, und sie braucht nur ein paar Sekunden für die völlig falschen.

»Hat er etwas gesagt?« Sie packt meinen Unterarm und drückt zu.

Ich zucke die Achseln. »Nicht viel. Aber du solltest vermutlich mal mit ihm reden.«

May dreht sich zu Jenny um. »Ich habe dir doch gesagt, da stimmt etwas nicht.« Hektisch entriegelt sie die Tür und verlässt das WC, sodass ich jetzt nur noch mit einer Wichtigtuerin fertigwerden muss. Wir schauen May nach, die in der Dunkelheit der unerleuchteten Diele verschwindet. Dann wendet sich Jenny mir zu und nickt langsam.

»Respekt.«

»Wieso?« Ich tue unschuldig, fühle mich aber keineswegs so. Eigentlich hätte ich nicht übel Lust, einen kleinen Siegestanz aufzuführen.

»Das war eines der erstaunlichsten Ablenkungsmanöver, die ich je gesehen habe. Gut gemacht. Aber ich hoffe, dir ist klar, dass dies unsere Neugier jetzt verzehnfachen wird.«

Ich gehe um sie herum zur Tür und wünschte, ich würde nicht so schwitzen. »Es besteht kein Grund zur Neugier.«

Als ich das WC verlasse, höre ich Jenny hinter mir sagen: »Lügenbeutel …«

Ich schlüpfe durch die Haustür, ehe sie aus dem WC kommt und ohne dass es einer der anderen Partygäste bemerkt. Da mir von der Pizza schlecht wird und ich mein Gespräch mit Ozzie hatte, gibt es für mich keinen Grund mehr zu bleiben. Die Erleichterung, die ich empfinde, als ich diesen lauten Ort verlasse, ist fast mit Händen zu greifen.

Auf halbem Weg zu meinem Auto höre ich, wie sich hinter mir die Tür öffnet und wieder schließt. Als ich mich umdrehe, sehe ich Luckys Silhouette im Licht der Veranda. *Na toll! So viel zu einer sauberen Flucht.*

»Wo willst du hin?«, fragt er, die Hände in den Taschen seiner Jeans. Seine Oberarmmuskeln treten hervor, und mein Herz schlägt schneller. *Verräterisches Herz … wann wirst du es je lernen?*

»Heim.« Ich schließe mein Auto auf und öffne die Tür, um einzusteigen und wegzufahren, ehe er auf die Idee kommt, mir zu folgen.

»Soll ich dir Pizza bringen?«

Der Mann hat ja keine Ahnung. Ich steige ein und brülle meine Antwort aus dem Fenster: »Nein! Ich will nicht, dass du mir etwas bringst, ich will, dass du mein Haus verlässt!« Rückwärts fahre ich aus der Einfahrt und hinterlasse Reifenspuren auf der Straße, als ich nach Hause brettere.

Auf dem gesamten Heimweg schäume ich vor Wut und rechne jeden Augenblick damit, Luckys Auto im Rückspiegel zu sehen. Er hat keine Ahnung, was er sich wird anhören müssen, wenn ich ihn auch nur in meiner Nähe zu sehen kriege. Aber ich komme gesund, munter und ganz allein zu Hause an. Nachdem ich die Stufen zur Veranda vor meinem Haus hinaufgestiegen bin, bleibe ich stehen und lausche vergeblich auf sein Motorengeräusch.

In dieser Nacht liege ich im Bett, gehüllt in völlige Stille. Ich dachte, das wollte ich, aber jetzt bin ich traurig, dass Lucky nicht darauf bestanden hat, bei mir zu sein. Alles steht kopf. Nichts ergibt mehr Sinn. Ozzies Ratschlag fällt mir wieder ein: *Gib Lucky eine Chance.* Ich hasse mich dafür, ihn vorhin so angefahren zu haben, wo er mir doch nur angeboten hat, mir etwas zum Abendessen zu bringen.

Mit der Hand auf dem Unterleib spreche ich mit der Person, die offensichtlich mein Gehirn gekapert hat, aber nicht so recht etwas damit anzufangen weiß.

»Wir müssen zusammenarbeiten, kleines Baby. Ich glaube, neun Monate lang ertrage ich dieses Durcheinander nicht.« Keine Antwort. Leicht panisch schlafe ich ein, erfüllt von der Sorge, ich könnte ein Kind auf die Welt bringen, das nichts mit mir zu tun haben will.

Kapitel 24

Nach der beinahe schlaflosen Nacht freue ich mich, arbeiten gehen zu können, auch wenn das bedeutet, dass ich Lucky wahrscheinlich direkt gegenübersitzen werde. Ich bin nicht mehr ganz so sauer über sein aufdringliches Verhalten, aber noch immer nicht bereit, die Lage mit ihm zu besprechen. Wir werden irgendwann eine Lösung finden, aber wir müssen ja nichts überstürzen, vor allem nicht, wenn meine Gefühle immer noch Achterbahn fahren.

Dankenswerterweise hat Ozzie alles ganz cool genommen. Das erleichtert es mir, aufdringlichen Männern gegenüber nachsichtig zu sein.

Als ich nach oben in den Besprechungsbereich komme, hat Ozzie bereits das Wort ergriffen. Ein rascher Blick auf die Uhr verrät mir, dass ich zwei Minuten zu spät bin. Eilig setze ich mich auf den letzten freien Platz, der sich zufällig direkt neben Lucky befindet. Ich werfe ihm einen Blick zu und nicke beiläufig, ehe ich meine Aufmerksamkeit Ozzie zuwende.

Dann konzentriere ich mich darauf, mein pochendes Herz zu beruhigen. Neben Lucky zu sitzen war früher nie ein Problem, doch das ist jetzt anders. *War er schon immer so sexy?* Ich glaube, meine Schwangerschaft führt zu einer Hormonüberproduktion.

»Was die Durchsicht der Bilder der Überwachungskamera und der Tonaufzeichnungen angeht – so weit, so gut.« Ozzie wirft einen Blick auf seine Notizen, ehe er fortfährt. »Wir haben eine Liste möglicher Codewörter, die Jenny und Lucky aus den Social-Media-Konten vermuteter Bandenmitglieder haben und die wir mit dem Überwachungsmaterial und den aufgezeichneten Textnachrichten, die ich von Detective Adams bekommen habe, abgleichen müssen, um zu sehen, ob wir Verbindungen finden.« Der Boss sieht mich an. »Toni, du musst da weitermachen, wo du gestern aufgehört hast, und versuchen, heute fertig zu werden. Nimm dann die Liste der Codewörter und die Protokolle und gleich sie mit Facebook und Twitter ab. Versuch, aus den gleichzeitig stattfindenden Aktivitäten Rückschlüsse auf die Bedeutung der Codes zu ziehen.«

Dann schaut er seine Freundin an. »May, du gehst mit Thibault. Ihr installiert an einem weiteren Ort, auf den wir gestern gestoßen sind, nachdem wir von mit dem Fall betrauten Ermittlern neue Hinweise bekommen haben, Überwachungstechnik.«

Diese neue Entwicklung sorgt dafür, dass ich rote Ohren bekomme. May war noch nie mit Thibault zu zweit unterwegs. Wenn Thibault auf Überwachungsmissionen unterwegs ist, begleite ich ihn normalerweise, nicht sie.

Ich hebe einen Finger, um Ozzie wissen zu lassen, dass ich etwas sagen möchte, aber er schüttelt nur den Kopf in meine Richtung und fährt fort, wendet sich an den Mann zu meiner Rechten.

»Lucky, wie weit seid Jenny und du mit den Social-Media-Hacks? Ist das alles, was wir erwarten dürfen, oder kommt da noch was?«

Lucky räuspert sich, aber ich sehe ihn nicht an. Ich starre Ozzie an und hoffe, seinen Blick aufzufangen. Es könnte

Paranoia sein, aber es kommt mir fast so vor, als vermeide er es, mir in die Augen zu sehen.

»Jenny hat sich jetzt in fünf Accounts gehackt, glaube ich. Ich müsste noch mal in ihre letzte E-Mail zu dem Thema schauen. Ein paar haben wir noch vor uns, aber wenn es sein muss, können wir echt schnell dort eindringen und Transkripte besorgen.«

Ozzie nickt. »Ja. Tut das und schafft sie zu Toni. Gute Arbeit. Weiter so. Haltet mich auf dem Laufenden. Ich habe in ein paar Tagen wieder ein Treffen mit dem Polizeichef, und es wäre toll, wenn ich da neue Informationen für ihn hätte.«

»Alles klar.«

Ich hebe erneut den Finger, aber Ozzie wendet Thibault seine Aufmerksamkeit zu. »Habt ihr alles, was ihr für eure heutige Aufgabe braucht?«

Vielleicht bilde ich mir auch das wieder nur ein, aber ich glaube, Thibault wirft mir einen besorgten Blick zu, ehe er antwortet: »Ja, wir sind startbereit.«

»Okay, das war's dann.« Ozzie klatscht einmal in die Hände. »Kurze Besprechung. Könntet ihr bitte alle darauf achten, eure Berichte rechtzeitig zu schreiben, damit ich alles für den Polizeichef zusammenstellen kann? Das wäre mir sehr recht.« Endlich sieht mich Ozzie an, und sein Gesichtsausdruck ist tadelnd.

Na schön … die perfekte Miss May ist mir also mit dem Bericht zuvorgekommen. Ja und?

Innerlich schäume ich vor Wut. Ich komme mir total ignoriert vor und glaube auch, sehr genau zu wissen, warum.

Als alle anderen einschließlich Lucky den Raum verlassen haben, stehe ich auf. Ozzie hat sich abgewandt und ist auf dem Rückweg in seine privaten Räumlichkeiten, aber ich halte ihn mit einem einzigen Wort auf. Es klingt schärfer als beabsichtigt.

»Ozzie.«

Er bleibt stehen und dreht sich halb um. »Ja?«

»Können wir kurz reden?« Ich balle die Fäuste und öffne sie wieder, versuche, mein Temperament in den Griff zu bekommen.

Er seufzt tief und dreht sich ganz zu mir um. »Klar. Was ist?«

Ich stehe vor dem Tisch und hoffe, dass ich nicht so aggressiv aussehe, wie ich mich fühle. Ozzie kann Drohungen nicht ab.

»Ich habe mich nur gefragt, warum ich einen Schreibtischjob kriege, wo ich doch eigentlich mit Thibault unterwegs sein sollte.«

Ozzie hebt die Brauen. Ich habe seine Entscheidungen, die Arbeit betreffend, bisher nie infrage gestellt, und vielleicht sollte ich das auch jetzt nicht tun, aber ich kann ihn diesen Mist auch nicht einfach unter den Teppich kehren lassen. Er schuldet mir eine Erklärung.

»Bist du sicher, dass du dieses Gespräch führen möchtest?«

Mein Herz schlägt plötzlich viel zu schnell. *Nein, eigentlich nicht, aber jetzt habe ich angefangen.* Ich mache immer fertig, was ich begonnen habe.

»Ja, ich bin mir sicher. Wie gesagt, ich möchte nicht anders behandelt werden, nur weil ich schwanger bin.«

»Wie kommst du denn auf die Idee?«

»So halt. Wie gesagt, *ich* sollte mit Thibault unterwegs sein. Nicht May.«

Ganz kurz sehe ich einen Muskel an seinem Kiefer zucken, da weiß ich, ich bin zu weit gegangen. Seine Oberarmmuskeln zucken ebenfalls ein paarmal, und mein Schicksal ist besiegelt. »Ich finde, das ist wirklich nicht deine Entscheidung, oder siehst du das anders?«

Ich starre eine Sekunde lang zu Boden, ehe ich, den Blick auf seine Schultern gerichtet, antworte: »Wahrscheinlich nicht. Aber das ändert nichts an den Tatsachen.«

»Ich glaube, du solltest dich mal ein bisschen eingehender mit deinen Mitmenschen beschäftigen, statt so obsessiv dein Spiegelbild anzustarren.«

Mir bleibt der Mund offen stehen, aber ich weiß nicht, was ich antworten soll. *Hat er mich gerade egozentrisch genannt?*

»Ich weiß, bei dir ist gerade viel los, und du musst über einiges nachdenken, deshalb werde ich dir deine Bemerkungen über deine Teamkameradin May durchgehen lassen. Dasselbe gilt für die Tatsache, dass du glaubst, besser als ich zu wissen, was gut für mein Team ist. Aber als kleine, freundliche Erinnerung, falls du es vergessen hast: Ich bin hier der Chef, und mir obliegt die Aufgabenverteilung. Das hat sich nicht geändert, im Gegensatz zu deiner Situation.« Er dreht sich halb zur Tür um, ehe er mir zum Abschied noch vor den Bug knallt: »Und jetzt tu mir einen Gefallen … mach deine Arbeit und sorg dafür, dass ich deinen Bericht auf dem Tisch habe, bevor du gehst.« Damit lässt er mich mitten im Raum stehen, und ich fühle mich wie ein komplettes Arschloch.

»Na toll«, murmle ich vor mich hin. »Gut gemacht, Toni. Hervorragende Idee, dir den einzigen Menschen zum Feind zu machen, der dich je unterstützt hat.«

Mit eingekniffenem Schwanz und einem Herzen voller Bedauern gehe ich zur Tür. Ozzie hatte vollkommen recht. Das war anmaßend, und zwei Sekunden, nachdem ich den Mund geöffnet hatte, wusste ich das auch, aber ich musste einfach weiterreden. Wie üblich musste ich mein Grab noch etwas tiefer schaufeln. *Werde ich das denn nie lernen?*

Als ich die Hand danach ausstrecke, öffnet sich die Tür und knallt mir gegen die Knöchel. »Au. Verdammt!«

Mit einem schmerzlichen Zischen presse ich den verletzten Finger an den Mund.

Dev streckt den Kopf ins Zimmer. »Hoppla. Sorry. Hab ich dich erwischt?«

Ich schüttle meine Hand. »Ja, aber das war nicht deine Schuld. Ich hätte dich kommen hören müssen.« Normalerweise hört man Dev schon aus großer Entfernung, weil jeder seiner Schritte klingt, als stapfe ein riesiges Tier durch die Gegend. Die Tatsache, dass er zwei Meter zehn groß ist, macht es ihm sehr schwer, sich leise zu bewegen, selbst auf einem Teppich.

Er schiebt den Rest seines großen Körpers in den Raum und lächelt. »He, wir haben schon eine Weile nicht mehr zusammen trainiert. Hast du gerade Zeit?«

Ich schüttle den Kopf. »Nein, ich muss den ganzen Tag Überwachungsmaterial durchsehen und meinen Bericht schreiben, ehe ich gehe.«

Das muss irgendwie komisch geklungen haben, denn Dev mustert mich jetzt eingehender. »Hast du irgendwie Probleme?«

Ich zucke die Achseln. »Vielleicht. Ich vermute, ich habe meinen letzten Bericht nicht schnell genug geschrieben.«

Dev nickt. »May hat so was gesagt. Aber keine Sorge. Wir nehmen uns alle unsere kleinen Auszeiten, wenn wir sie brauchen.« Er schaut auf meinen Bauch.

Ich starre ihn an, bis er zu schwitzen beginnt, und werde von Sekunde zu Sekunde wütender.

»Was ist denn?« Er schaut nach links und rechts. »Habe ich was im Gesicht?« Vorsichtig betastet er seine Wangen und seine Nase.

Ich sehe ihn kopfschüttelnd an. »Nein. Ich frage mich nur, warum du mich so komisch anschaust.«

Er weicht einen Schritt zurück und bleibt mit der Ferse an der offenen Tür hängen, was ihn leicht stolpern lässt. Doch er fängt sich und lächelt mich etwas zu plakativ an. »Was? Ich? Ich schaue dich nicht komisch an. Das würde ich nie tun. Dafür mag ich meine körperliche Unversehrtheit viel zu sehr.« Wieder fällt sein Blick auf meinen Bauch.

Ich deute auf sein Gesicht. »Da! Du hast es schon wieder getan. Jenny hat dir etwas erzählt, oder?« Ich bin stinksauer. Wahrscheinlich ist sie gestern Abend mit meiner großen Neuigkeit zu Dev gerannt, noch bevor sich die Tür ihres Hauses hinter mir geschlossen hatte. *Blöde Kuh.*

Er hebt die Hände, als wolle er sich jemandem ergeben, der droht, ihn in die Brust zu schießen. Zu seinem Glück habe ich gerade keine Waffe.

»Was? He, lass mich da raus. Ich weiß nicht, wovon du redest.« Er muss sich größte Mühe geben, nicht schon wieder auf meinen Bauch zu starren. Sein innerer Kampf ist auf seinem dummen Gesicht deutlich ablesbar.

Ich zische genervt und schüttle den Kopf. »Die beiden können wirklich nichts für sich behalten. Keine einzige verdammte Information.«

Dev seufzt tief und lässt die Schultern hängen, wodurch seine Arme links und rechts von seinem Körper schwingen wie zwei riesige Pendel. »Ich hätte nichts sagen sollen. Bei meinem Grab habe ich geschworen, die Klappe zu halten. Bitte verpetz mich nicht. Jenny wird mich umbringen.«

Ich schiebe ihn aus dem Weg und gehe nach draußen. »Keine Sorge.« Ich durchquere den angrenzenden Raum, wild entschlossen, jemandem oder etwas Schaden zuzufügen. Irgendjemand muss für meinen Schmerz bezahlen. Ich weiß ja, es ist nicht Devs Schuld, dass seine Freundin so ein Plappermaul ist.

»Ich werde kein Wort sagen!«, brüllt er meinen Rücken an. »Wäre toll, wenn das unser kleines Geheimnis bleiben könnte.«

Ich schweige, bin nicht sicher, ob ich freundlich antworten könnte.

»Im Ernst, Toni! Du kannst auf mich zählen. Ich werde niemandem sagen, dass du schwanger bist. Keiner Menschenseele! Nicht, dass das noch ein großes Geheimnis wäre …«

Ich stehe eine volle Minute wie erstarrt da, während mein Daumen über dem Eingabefeld an der nächsten Tür schwebt. Hat er darüber tatsächlich gerade einen Witz gemacht? Als würde er nicht über mein komplett ruiniertes Leben reden!

Ich gebe den PIN-Code ein und öffne die Tür, nachdem sie sich entriegelt hat. Nachdem ich hindurchgetreten bin, starre ich ins Erdgeschoss des Lagerhauses hinunter. May und Thibault beladen den Van mit Foto- und Videoausrüstung. May wird gleich meine Aufgaben übernehmen, hinter mir macht sich Dev über mein ruiniertes Leben lustig, und mein Boss und Mentor bestraft mich, indem er mich zwingt, Schreibtischarbeit zu erledigen, nur weil ich schwanger bin. Ozzie, der eine Mensch, auf den ich mich verlassen zu können glaubte, tut so, als sei alles ganz normal, als falle er mir nicht in den Rücken. Ich weiß nicht, wem er etwas vormachen möchte, ich falle jedenfalls nicht darauf herein.

Auf dem Weg nach unten stürze ich beinahe, so eilig habe ich es, ins Erdgeschoss zu gelangen. Ich schreite hinüber zu meinem Auto, steige ein und schlage die Tür zu. Thibault sieht mich seltsam an, und May winkt mir stirnrunzelnd zum Abschied. Ich ignoriere beide und fahre mit quietschenden Reifen aus dem Lagerhaus. Es ist mir scheißegal, dass ich gerade Reifenspuren hinterlassen habe. Scheiß auf den Laden! Ich arbeite nicht an einem blöden Schreibtisch, wenn ich eigentlich Außendienst haben sollte.

Ziellos fahre ich aus dem Hafen hinaus, bin aber nicht wirklich überrascht, als ich mich zwanzig Minuten später an dem Ort wiederfinde, wo alles begann, dem Ort, der früher ein unbebautes Grundstück war, auf dem ein gut aussehender Mann als Junge stand und mit seinem Luftgewehr Konservendosen von einem Fass schoss.

Jetzt ist hier ein Parkplatz. Ich finde eine Parklücke ganz hinten in der Ecke, parke ein und schalte den Motor aus. Dann lege ich die Arme aufs Lenkrad, bette meinen Kopf darauf und lasse den Tränen freien Lauf.

Ich hatte mal einen Plan. Mir war völlig klar, wer ich war und was ich wollte. Jetzt habe ich keine Ahnung mehr, wie der Rest meines Lebens verlaufen soll. Teufel auch, ich weiß nicht mal, wie sich die nächste Minute gestalten wird. Also weine ich nur. Sehr, sehr lange.

Kapitel 25

Irgendwann bestehe ich nur noch aus Schluckauf. Alle Tränen, die mein Körper produzieren konnte, sind auf mein Lenkrad gefallen. Ein Klopfen gegen das Glas an meinem linken Ohr weckt mich aus meiner Starre. Ich drehe den Kopf leicht nach links, um zu sehen, wer es ist, und starre ins attraktive Gesicht von Chance »Lucky« Larieux. Er sieht mich stirnrunzelnd an, als habe er Mitleid mit mir.

»Hau ab!«, sage ich mit tränenerfüllter, kratziger Stimme.

»Kommt nicht infrage. Mach auf!« Sand und Kies knirschen unter seinen Füßen. Als ich wieder hinschaue, ist er verschwunden. Doch dann ertönt ein Geräusch zu meiner Rechten. Lucky steht am vorderen Beifahrerfenster.

Er deutet auf die Stelle an der Tür, wo das Schloss wäre, wenn mein Auto in einem früheren Jahrzehnt produziert worden wäre. »Lass mich rein! Ich will nur reden.«

Ich lehne mich im Sitz zurück und starre an die Decke, erschöpft von einem fast halbstündigen Weinkrampf. Dann taste ich nach dem Schalter neben meiner linken Hand und entriegle die Tür. Sekunden später sitzt er neben mir und starrt mich so besorgt an, dass ich fast schon wieder in Tränen ausbreche.

»Babe … warum bist du so traurig?«

Meine Lippen zittern, als ich versuche, weitere Tränen zurückzuhalten. »Ich kann nicht glauben, dass du mich das gerade gefragt hast.«

Er lächelt mich traurig an. »Wahrscheinlich die dümmste Frage, die ich je gestellt habe, was?« Er legt den Finger an die Schläfe und betätigt einen imaginären Abzug.

Ich nicke. Mir ist nicht nach Lächeln zumute, aber sein Schuldeingeständnis tröstet mich ein wenig.

»Ich wusste, ich würde dich hier finden.« Er beugt sich ein wenig vor, um aus meinem Seitenfenster auf den Parkplatz schauen zu können. »Erinnerst du dich noch an diesen Ort? Ich habe so viel Zeit hier verbracht.«

»Ja, ich auch.« Ich seufze. »Was war ich scharf auf dein Luftgewehr.«

Er lächelt mich an, diesmal nicht halb so melancholisch. »Ich war so froh, dass ich das Ding hatte. Hätte ich gekonnt, dann hätte ich es in einem Holster getragen, aber dafür war es zu lang. Aber glaub mir, ich hab's versucht.«

»Warum?«

»Ist doch logisch. Jedes Mal, wenn ich es dabeihatte, tauchte dieses hübsche Mädchen auf und fragte, ob sie es mal ausleihen könne.« Er zuckt die Achseln. »Es war wie ein Mädchenmagnet für das einzige Mädchen, mit dem ich je reden wollte.«

Ich schaue ihn kopfschüttelnd an. »Wie jämmerlich.« Es erstaunt mich zu hören, dass er auf mich stand, als wir klein waren. Darauf wäre ich nie gekommen, denn er hat sich nie etwas anmerken lassen. Ich frage mich, ob er das jetzt erfindet, um mich zu trösten.

Unbestimmt hebt er eine Schulter. »Jeder, wie er kann.«

Wir starren uns an, bis ich es nicht mehr aushalte. Ich senke den Blick zu seinem Bein. »Du hättest nicht herkommen müssen.«

Seine Stimme ist sanft. »Ich weiß, aber ich wollte es.«

Weil ich nicht weiß, was ich sagen soll, starre ich durch die Windschutzscheibe. Ich komme mir so verloren vor.

»Ich weiß, du willst gerade eigentlich nicht mit mir sprechen, ja mich nicht einmal sehen, aber ich musste einfach nachschauen, ob es dir gut geht. Du bist natürlich sauer wegen dem, was bei der Besprechung vorgefallen ist.«

Ich bringe kaum die Energie auf, die Achseln zu zucken. »Es ist nichts vorgefallen. Das war rein geschäftlich.«

»Blödsinn. Es war nicht rein geschäftlich, und das wissen wir beide. Du hast einen Schreibtischjob bekommen, weil du schwanger bist, und das ist nicht in Ordnung.«

Überrascht von seiner Reaktion schaue ich ihn an. »Aber du bist doch derjenige, der geglaubt hat, er müsse als eine Art Kindermädchen bei mir einziehen. Ich hätte gedacht, du freust dich über Ozzies Entscheidung.«

Lucky schüttelt den Kopf, beugt sich vor und nimmt eine meiner Hände in seine beiden. »Du verstehst das ganz falsch, Toni. Mir geht es nicht darum, das Kindermädchen zu spielen. Ich wollte bei dieser Sache dein Partner sein. Es ist unfair, dir alles allein aufzubürden. Ich habe dich geschwängert und sollte deshalb die Hälfte der Belastung tragen.« Er lässt meine Hand los und lehnt seinen Rücken gegen die Tür. »Es war falsch, den Höhlenmenschen raushängen zu lassen und mich dir aufzudrängen. Ich war nur … ach, ich weiß auch nicht … völlig überfordert, nachdem ich den ganzen Kram in diesen Büchern gelesen hatte.« In seinem Blick liegt die Bitte um Verzeihung. »Ich mache mir Sorgen, aber das ist keine Entschuldigung. Wir müssen alle aufhören, uns deswegen wie Verrückte zu gebärden, und dich einfach du sein lassen. Ozzie hat einen Fehler gemacht, und ich werde ihn darauf ansprechen.«

Ich schüttle den Kopf. »Lass! Ich habe ihn schon darauf angesprochen, und das ist nicht gut gelaufen. Er muss nicht auch noch auf dich sauer sein.«

Lucky hebt die Brauen. »Was hast du gesagt?«

Ich zucke die Achseln. »So ziemlich das Gleiche wie du gerade. Möglicherweise habe ich auch erwähnt, dass May meiner Auffassung nach auf Außeneinsätzen nichts zu suchen hat.«

Lucky verzieht das Gesicht. »Autsch! Ich wette, das hat ihm nicht gefallen.«

Ich lache traurig. »Nein. Ganz und gar nicht. Er hat mir vorgeworfen, seine Autorität infrage zu stellen.«

»Ach, vergiss es! Er wird drüber hinwegkommen. Aber du solltest wie früher Außeneinsätze machen dürfen.«

»Machst du dir keine Sorgen wegen meiner Schwangerschaft?«

Er schüttelt den Kopf und sieht mir direkt in die Augen. »Ich weiß, dass du schwanger ganz genauso fähig bist wie sonst auch. Aber ich würde lügen, wenn ich sagen würde, dass ich mir keine Sorgen um dich machen würde.«

»Warum jetzt. Die hast du dir doch vorher auch nicht gemacht?«

»Wer sagt das?«

»Du hast nie etwas in dieser Richtung erwähnt.«

»Das heißt nicht, dass ich mir keine Sorgen gemacht habe.« Er starrt mich an, und ich starre zurück. Die Temperatur im Auto steigt.

»Ich wünschte wirklich, du würdest mich bei dir einziehen lassen. Ich verspreche auch, dir nicht im Weg zu sein.« Sein Blick ist so hoffnungsvoll, dass es mir fast wehtut.

»Ich glaube, ich brauche einfach meinen Freiraum.« Meine Worte sind als Entschuldigung gedacht, aber er versteht sie als Nachgeben.

Er richtet sich auf und beugt sich ein wenig zu mir vor. »Den kriegst du, versprochen. So viel du brauchst. Ich schlafe in einem anderen Zimmer, wir essen nicht zusammen … du wirst praktisch nicht mitkriegen, dass ich überhaupt da bin.«

Ich kann ein Lächeln nicht unterdrücken. »Was für einen Sinn hätte es denn, dass du bei mir wohnst, wenn du wie ein Geist bist?«

Er lächelt. »He, wenn ich im selben Bett wie du schlafen soll, kein Problem. Ich versuche nur, dich glücklich zu machen. Mit allen Mitteln.«

Ich errötete, als ich all diese wohlüberlegten, freundlichen Worte höre. Er gibt sich solche Mühe. Es wäre zickig, jetzt noch Nein zu sagen. Einem Teil von mir ist das egal, aber dem anderen, dem, der ein Baby mit ihm gemacht hat, weniger.

Seufzend kapituliere ich. »Von mir aus können wir es versuchen. Zumindest für ein Weilchen.«

»Nennen wir es Probezeit«, schlägt er vor. »Ich nehme das Zimmer am Ende des Flurs, und du kriegst nur mit, dass ich da bin, wenn du es willst.«

»Ich werde mich nicht schick machen und schminken, nur weil du da bist«, sage ich. Er weiß das nicht, aber ich kann echt hässlich aussehen, wenn ich nicht bewusst etwas dagegen unternehme.

»Ja und? Ich habe dich schon hundert Mal ungeschminkt gesehen.«

»Aber noch nie, wenn ich wirklich schlimm aussehe.«

Er seufzt. »Du stehst nicht meines Aussehens wegen auf mich. Warum sollte es umgekehrt anders sein?«

»Vielleicht stehe ich ja wegen deines Aussehens auf dich.« Jetzt necke ich ihn, doch dann sehe ich überrascht, wie ihm die Gesichtszüge entgleisen.

Er sagt kein Wort, also boxe ich ihm gegen den Oberarm. »Das war ein Scherz.«

Er schüttelt den Kopf und sieht sofort wieder rotzfrech aus. »Jetzt reicht's. Ich lasse mir einen Bart wachsen.«

Ich lache. »Besser nicht. Das würde total hässlich aussehen, und dann müsste ich dich rausschmeißen.«

»Gut. Ich werde herausfinden, ob du mich wirklich als Mensch magst oder ob es dir nur um mein hübsches Gesicht geht. Ich will mehr sein als nur die Zierde am Arm irgendeines Mädchens.«

Ich lache zischend. »Du bist so was von verrückt.«

Ich schaue aus dem Seitenfenster, und der Parkplatz verschwindet. Er ist einem unbebauten Grundstück gewichen, in dessen Ecke ein Fass steht. Darauf sind Konservendosen aufgereiht. Ich höre Luckys junge Stimme direkt neben mir. »Siehst du die da?«, prahlt er und lächelt mit seinen Hasenzähnen. »Die erwische ich genau in der Mitte.«

»Wetten, dass du das nicht schaffst?«, provoziere ich ihn. Ich liebe es zuzusehen, wie er sich konzentriert, die Augen zusammenkneift und den Finger an den Abzug legt. Er ist so ernst, wenn er schießt. Immer wenn nicht, lächelt er entweder, oder er lacht. Ich mag diese beiden diametral entgegengesetzten Persönlichkeiten. Es ist, als sei er zwei verschiedene Personen, und das macht ihn total geheimnisvoll.

Die ganze Zeit habe ich gedacht, er hätte geübt, um Scharfschütze zu werden, dabei hat er vermutlich nur versucht, mich zu beeindrucken. Ich stelle mir vor, wie er die Waffe in einem selbst gemachten Holster trägt, und wieder wird mir ganz warm.

»Woran denkst du?«, fragt mich der erwachsene Lucky. Der Parkplatz ist wieder da.

»Daran, wie viel einfacher das Leben war, als wir klein waren.«

»Ich wette, du hättest nie gedacht, dass du mit dem Typen mit dem Luftgewehr mal ein Baby machen würdest.« Seine Stimme ist sanft, fast verletzlich.

»Nein. Ich hätte nie gedacht, dass ich je mit irgendjemandem ein Baby machen würde.«

»Ich bin froh, dass ich derjenige war.«

»Das bin ich auch.« Es bringt mich fast um, das zuzugeben, aber es ist die Wahrheit. Ich wollte es nicht, aber wenn, dann mit Lucky.

Er nimmt meine Hand. Das einzige Geräusch im Auto ist jetzt mein Herzschlag. Ich frage mich, ob er ihn auch hört.

»Wir kommen schon zurecht«, sagt er. »Ganz egal, was passiert.«

»Nicht, wenn du dir den Bart wachsen lässt«, widerspreche ich, sehe ihn an und warte mit angehaltenem Atem auf seine Antwort.

Er pikst mich in die Seite und bringt mich zum Lachen. Dann pikst er weiter, und ich fange an, mich zu wehren. Als wir zu raufen beginnen, gelingt es ihm, mich von dem unbebauten Grundstück in meiner Erinnerung abzulenken. Ich verpasse ihm ein paar saftige Rippenstöße, ehe er meine Hände zu fassen bekommt und mich an sich zieht.

Unsere Gesichter sind nur noch wenige Zentimeter voneinander entfernt, und ich rieche seinen Kaffeeatem.

»Was ist los?«, fragt er und sieht mich stirnrunzelnd an. »Hab ich Mundgeruch?«

»Nein. Ja. Vielleicht.«

Er grinst. »Oh, du hast gerade versucht, nett zu mir zu sein, oder?«

Ich versuche, ihm meine Hände zu entziehen. »Nein.« Es ist albern, wie leicht es ihm gelingt, mein Herz schneller schlagen zu lassen.

»Doch.« Er beugt sich zu mir. »Gib mir einen Kuss.«

»Halt die Klappe. Nein.« Ich tue, als wollte ich, dass er mich in Ruhe lässt, aber mit wenig Nachdruck. Obwohl sein Atem nach Kaffee riecht, finde ich ihn ziemlich unwiderstehlich.

»Komm schon. Nur einen. Ich mache auch die Augen zu.« Dann tut er genau das: Seine Lider senken sich, während er die Brauen hebt und die Lippen spitzt.

Ich kann nicht widerstehen. Rasch beuge ich mich vor und lecke ihm über die Wange, ehe ich ihn wegstoße.

Er öffnet ein Auge und lässt meine Hände los. »Wow! Der war toll. Jede Menge Zunge. Genau, wie ich es mag.«

»Du bist so was von krank.« Ich drehe den Zündschlüssel und lege den Rückwärtsgang ein.

»He, du musst mich rauslassen.« Er legt die Hand an die Tür.

»Gleich.« Ich stoße schnell rückwärts aus der Parklücke und lege den Vorwärtsgang ein.

»Oh, Scheiße«, sagt er, schnallt sich an und hält sich an der Tür und am Armaturenbrett fest.

»Genau, halt dich fest, Sahneschnitte!«, rufe ich, während ich den Wagen mit quietschenden, qualmenden Reifen im Kreis schleudern lasse. Die Umgebung wirbelt an unseren Fenstern vorbei, während ich gleichzeitig bremse, Gas gebe und das Lenkrad herumreiße, sodass wir einen perfekten Vollkreis beschreiben.

»Ahhhhhhh, du verrückte … Frau!«

Lucky kreischt wie ein Mädchen, und ich lache wie eine Irre.

Das Geräusch von Martinshörnern bringt mich schließlich zum Aufhören. Ich habe unübersehbare Gummispuren auf dem Asphalt hinterlassen.

»Nichts wie weg hier!«, brüllt Lucky und deutet auf die Straße.

»Jawohl, Sir!«, schreie ich, beende eine Kurve und halte auf den Ausgang zu. Langsam fahren wir auf die Straße hinaus und halten uns genau an die Geschwindigkeitsbegrenzung. Wir sind gerade an der ersten Ampel in aller Ruhe rechts abgebogen, als ein Streifenwagen um die nächste Ecke kommt und in Richtung Tatort fährt.

Ich hebe die Hand zum Abklatschen, und Lucky enttäuscht mich nicht. Mit einem lauten Knall treffen sich unsere Handflächen.

Wir rollen die Straße entlang und grinsen beide wie komplette Idioten.

»Bitte tu das nie wieder«, sagt er und hustet, als müsse er jeden Augenblick an Bronchitis sterben.

»Das eine Mal musste noch sein.«

»Bist du jetzt bereit, dich in eine langweilige Schwangere zu verwandeln?«, fragt er.

Ich zucke die Achseln. »Von mir aus. Schwanger bin ich schließlich schon.«

»Ja, aber du könntest niemals langweilig sein.«

Ich schaue ihn an und frage mich, ob ihm das manchmal leidtut. »Ich könnte es mal versuchen.«

Sein Gesichtsausdruck ist schmerzerfüllt. »Bitte nicht.«

Ich kann auf dem gesamten Rückweg zum Parkplatz, damit Lucky sein Auto holen und mir zurück zum Lagerhaus folgen kann, nicht aufhören zu grinsen.

Kapitel 26

Lucky lässt mich meine Schreibarbeiten allein zu Ende bringen. Ich bin froh über diesen Freiraum. Unser gemeinsamer Augenblick war eine wirklich große Sache, und hirnlose Datenschubserei ist genau das, was ich jetzt brauche, um auf andere Gedanken zu kommen. Ich habe eigentlich kein Problem mit dem Erlebten, aber in mir sind gerade mehr Gefühle, als ich normalerweise an einem ganzen Tag verarbeiten muss.

Bald verliere ich mich in dem monotonen Arbeitsprozess. Videobild für Videobild zieht an mir vorbei, und ich notiere mir alles, was mir wichtig erscheint. Der Großteil des Tages kommt mir vor wie Zeitverschwendung, aber gegen Ende der Videoaufzeichnung, nach Sonnenuntergang, als die Infrarotfunktion bereits im Einsatz ist, ist an unserem Zielort mehr los, und ich kann ein paar nützliche Informationen sammeln. Als ich sie mit Jennys Notizen und dem, was ich in den Sendeberichten finde, die wir von der Polizei erhalten haben, abgleiche, formt sich langsam ein Bild der Arbeitsweise der Gang. Sie ist ganz schön raffiniert, wenn ich das sagen darf.

Jetzt kann ich relativ sicher bestätigen, dass jedes Mal, wenn jemand aus der Gruppe etwas über Vollmond twittert, innerhalb von fünf Minuten ein oder mehrere Personen das Haus verlassen, vor dem wir Marc gesehen haben, und davonfahren.

Wenn jemand twittert, dass die Wölfe heulen, kommt es zu einem Treffen auf verfeindetem Gebiet. Wenn die Nachricht lautet, der Jäger habe etwas erlegt, hat Marcs Gruppe bei einer Schießerei im Vorbeifahren, bei einem Raubüberfall oder etwas Ähnlichem der gegnerischen Fraktion Schaden zugefügt. Das Problem ist nur, dass Marc in all dem praktisch nicht vorkommt. Ich kann nicht belegen, dass er Anweisungen gibt.

Ungeachtet dessen passen alle Posts in sozialen Medien zu dem, was wir aufgezeichnet haben, und den Sendeberichten der ermittelnden Beamten. Mithilfe dieser Information können Polizisten die Gangster auf frischer Tat ertappen und festnehmen. Vielleicht kriegen sie Marc selbst nicht, aber sie können seiner Bande einen entscheidenden Schlag versetzen, und das ist eine gute Nachricht. Gerade weil mich Ozzie heute ziemlich abgekanzelt hat, bin ich froh, dass ihn mein Bericht nicht enttäuschen wird. Wir stehen dicht davor, den ganzen Laden hops zu nehmen, und ich habe die erforderlichen Schlüsse gezogen. Ich bin fast schon froh, heute nicht mit Thibault unterwegs gewesen zu sein.

Als ich mich auslogge, klingelt das Telefon auf meinem Schreibtisch. Ich starre es ein paar Sekunden lang an und versuche zu begreifen, was da gerade passiert. Niemand benutzt je diese Telefone.

Ich beuge mich vor und nehme ab. »Toni hier.«

»Toni! He, ich bin's!«

Mehr muss sie nicht sagen. Mays Enthusiasmus ist unüberhörbar.

»Bist du fertig?«

»Gerade eben.« *Überprüft sie mich? Hält sie sich jetzt für Ozzies rechte Hand, für verantwortlich dafür, was ich tue?*

»Okay, cool. Könntest du hochkommen, wenn du fertig bist?«

Ich brauche ein paar Sekunden, um mich zu beruhigen, ehe ich antworten kann. »Ozzie hat schon gesagt, ich soll hochkommen und den Bericht auf den Tisch legen. Daran hättest du mich nicht erinnern müssen.«

»Äh … okay.« Sie klingt verwirrt.

Jetzt fühle ich mich schlecht. Vielleicht wollte sie mich ja gar nicht herumkommandieren. »Ich bin gleich oben. Lass mich nur noch rasch den Bericht schreiben.«

»Okay. Tschüss.«

Sie ist verletzt. *Verdammt!* Ich logge mich wieder in meinen Computer ein. In Wirklichkeit hatte ich tatsächlich vergessen, dass ich den Bericht auf Ozzies Schreibtisch legen sollte. Üblicherweise hat er nichts dagegen, wenn ich von zu Hause arbeite und ihm die Berichte per Mail schicke, aber ich will ihn heute Abend nicht noch mehr gegen mich aufbringen. Ich bin nicht sicher, ob er weiß, dass ich weg war, nachdem er gesagt hat, ich solle an die Arbeit gehen, aber wenn er mich hat gehen sehen, muss ich ihm nicht noch mehr Gründe liefern, wütend auf mich zu sein.

Anhand unserer Standardvorlage schreibe ich rasch einen Bericht und trage im Notizfeld alle Timecodes ein, zu denen etwas Relevantes passiert. Ich halte meine Gedanken zum Gesehenen fest und schreibe abschließend eine Zusammenfassung der analysierten Tage und der Gesamtlaufzeit des durchgesehenen Materials.

»Damit dürfte er zufrieden sein.« Ich logge mich ein weiteres Mal aus und erhebe mich. Auf dem Weg aus dem Bürobereich nehme ich einen Ausdruck meines Berichts aus dem Drucker. Ich habe nur einen angefertigt, aber das müsste reichen. Wenn Ozzie möchte, dass ihn sich noch jemand ansieht, wird er ihn schon weitergeben. Das Team hat ja Zugriff auf die Datei in unserem Netzwerk.

Als ich auf dem Weg zur Treppe am Trainingsbereich vorbeikomme, erklingt aus der Dunkelheit zu meiner Linken eine Stimme. »He, Toni! Schnell reagieren!«

Ich habe diesen Ruf in diesem Lagerhaus inzwischen ein paar hundert Mal gehört, er überrascht mich also nicht mehr. Mit erhobener Hand wirble ich herum – gerade noch rechtzeitig, um den Singlestick aufzufangen, der auf mich zufliegt. Schmerzhaft prallt er dabei gegen meine Handfläche. Ich lasse meine Unterlagen fallen und nehme die Waffe in die andere Hand.

»Na komm schon, kleiner Rabauke«, sage ich, winkle die Knie an und nehme Kampfhaltung ein.

Aus den Schatten tritt der riesige Dev, ebenfalls mit einem Singlestick bewaffnet.

Er hat keine Ahnung, wie bereit ich für diesen Trainingskampf bin. Ich hatte ja schon nach Möglichkeiten gesucht, etwas Druck abzulassen, und hier bietet sich mir magisch eine Gelegenheit dazu. *Genau, Kumpel.* Ich schwinge ungeschickt meinen Schlagstock, als hätte ich mein gesamtes Training vergessen. May hat Dev schon häufig vor meinen Augen bezwungen, ich kenne also seine Achillesferse. *Ich muss dafür sorgen, dass er mich unterschätzt. So kann ich gewinnen.*

Ich nehme das Geräusch hinter mir kaum wahr, so konzentriert bin ich darauf, Dev auf die Bretter zu schicken, doch nachdem sich das Räuspern zweimal wiederholt hat, registriere ich es schließlich trotz meines Killermodus, und unser Trainingskampf endet, ehe er richtig begonnen hat.

»Was glaubt ihr denn, was ihr da tut?«, verlangt Thibault zu wissen.

Dev richtet sich auf und lässt den Arm hängen, sodass die Waffe auf Höhe seines Oberschenkels baumelt. »Wie sieht's denn aus? Wir machen einen Übungskampf.«

»Ozzie will, dass du nach oben kommst, Toni. Pronto.«

Dev ist zu sehr auf meinen Bruder konzentriert, um auf mich zu achten, und ich nutze die Situation. »Schnell reagieren!« Ich werfe den Singlestick nach ihm.

Leider ist Dev nicht halb so schnell von Begriff, wenn der Stock in seine Richtung fliegt, wie wenn er ihn schleudert. Das schwere Ende trifft ihn zwischen den Beinen, und er krümmt sich augenblicklich vor Schmerz.

»Auuu … verdammt … voll in die Kronjuwelen.«

»O Scheiße, das tut mir so leid.« Aber ich muss unwillkürlich lachen. Sein Gesichtsausdruck ist klassischer Männerschmerz.

Er lässt seinen Stock fallen und wedelt schwach mit der Hand. »Mach dir um mich keine Gedanken. Geh nur. Ich komme schon klar.«

»Brauchst du Eis?«, ruft Thibault zu ihm hinunter.

Dev humpelt davon, die Hände zwischen den Beinen. »Nein …«, ächzt er und verschwindet im Schatten. »Ich glaube, diesmal spare ich mir die Mühe und lasse sie chirurgisch entfernen.«

Ich schnappe mir meine überall verstreuten Unterlagen und gehe mit breitem Lächeln die Treppe hoch. Das war nicht nett, aber ich habe das Duell gewonnen. Ich bin sicher, dass mir Dev irgendwann wieder auflauern wird, aber zumindest diese Runde geht an mich.

Oben an der Treppe wartet Thibault kopfschüttelnd auf mich.

»Was?«

»Du spielst unfair.«

»Er hat mich angegriffen. Die Regeln besagen, dass jede Form der Selbstverteidigung in Ordnung ist.« Ich gehe an ihm vorbei und ignoriere seinen Vorwurf. Er sollte mich inzwischen gut genug kennen, um zu wissen, dass ich immer auf Sieg spiele. Mit allen erforderlichen Mitteln.

»Hast du deinen Bericht fertig?«

Seine Worte rauben mir den letzten Nerv. »Ja.« Ich schwenke die Papiere, während ich durch den Raum Richtung Küche gehe. »Hier.«

Thibault folgt mir wortlos. Gott sei Dank, denn wenn er es gewagt hätte, auch nur ein Wort über meine Arbeit zu verlieren – ich weiß nicht, was ich ihm angetan hätte. Ich bin nicht in der Stimmung, mich heute noch von jemandem ankacken zu lassen. Wer weiß, was May zu mir sagen wird, wenn wir uns gleich begegnen. Aber wenn sie auch nur auf den Gedanken kommt, mir vorschreiben zu können, wie ich meine Berichte schreiben oder meine Zeit verbringen soll, werde ich ihr was erzählen. Und Ozzie sollte sich besser nicht auf ihre Seite stellen, sonst war's das hier für mich. Ich gehöre schon länger zu diesem Team als sie, und jeder weiß, dass ich wesentlich qualifizierter für meine Arbeit bin als sie für ihre. Das sollten sie und Ozzie besser berücksichtigen.

Ich betrete den Raum und habe sofort das Gefühl zu stören. Ozzie und May knutschen am Herd. Doch als sie mich sehen, lösen sie sich voneinander.

»Toni, da bist du ja!« May kommt auf mich zu und umarmt mich, wie üblich ohne zuerst zu fragen, ob mir das überhaupt recht ist. Sie benimmt sich, als hätten wir uns monatelang nicht gesehen.

Als sie fertig ist, löst sie sich von mir, lässt aber die Hände auf meinen Armen. »Du siehst so hübsch aus. Du strahlst regelrecht.«

Ich verdrehe die Augen. »Jetzt lass mal gut sein.« Ich mache einen Schritt zur Seite und gehe um sie herum, will meinen Bericht auf den Tisch legen, um endlich hier rauszukommen. Ich sehne mich nach zu Hause, nach einer heißen Badewanne oder so. Alles ist besser, als weiter hier zu sein und ihr kleines Liebesintermezzo zu stören.

»Ich habe hier den Bericht für dich.« Mit diesen Worten platziere ich ihn auf dem Tisch und halte verblüfft inne, als ich zwei Geschenke darauf liegen sehe. Sie sind schön verpackt, mit Schleife und allem. An beiden hängt ein Kärtchen, doch ich kann den Text darauf nicht lesen.

Ich drehe mich um und sehe Ozzie an. »Habe ich jemandes Geburtstag, Taufe oder so vergessen?« Plötzlich mache ich mir Sorgen. *Spielt die Schwangerschaft jetzt schon meinem Gedächtnis Streiche?* In dem Buch, das ich gestern Abend gelesen habe, stand, dass das vorkommt. Schwangerschaftsdemenz heißt das, genau wie Lucky gesagt hat.

Er schüttelt nur mit neutralem Gesichtsausdruck den Kopf.

May tritt zu mir, schnappt sich eines der Pakete und hält es mir hin. »Für dich! Mach's auf.«

Verwirrt schaue ich es an. »Für mich? Ich habe erst in ein paar Monaten Geburtstag.«

Sie kichert. »Es ist kein Geburtstagsgeschenk, du Dummerchen. Jetzt mach's schon auf.«

Langsam und ohne explizite Anweisung meines Gehirns hebt sich meine Hand. Entweder nehme ich das Geschenk jetzt, oder sie hält es mir noch weitere fünf Minuten vor die Nase. Ich glaube, May wäre im Notfall auch bereit, es mir *in* die Nase zu schieben.

Mit einem Finger drehe ich die Karte um, sehe den Text und lese ihn laut vor. »Für meine Komplizin. Gratuliere. Sei weiter krass. Alles Liebe, M.« Ich schaue zuerst May und dann Ozzie an. »Das kapiere ich nicht.«

May schnauft frustriert. »Es ist natürlich von mir. Mach's einfach auf. Du wirst schon sehen.«

Ich reiße das Papier ab, denn ich gehöre nicht zu den Leuten, die Verpackungsmaterial für das nächste Geschenk aufheben. Unter den Blumen und Schleifen verbirgt sich eine Pappschachtel.

May klatscht in die Hände und hüpft auf der Stelle. »Mach sie auf, mach sie auf. Du wirst so was von begeistert sein. Da bin ich mir ganz sicher.«

Ich zerreiße die Klebestreifen und hebe den Deckel der Schachtel an. Darin befindet sich etwas Schweres, Schwarzes, das in schlichtes Papier gewickelt ist. Selbst nachdem ich es daraus befreit habe, bin ich noch nicht ganz sicher, was ich mir da anschaue. Erst als May es mir aus der Hand nimmt, umdreht und mit einem irren Grinsen auf mich richtet, kapiere ich endlich.

»Du hast mir einen Taser gekauft?«

»Ja! Ich habe dir einen Taser gekauft. Ist das nicht unglaublich cool?« Sie dreht sich um, tritt neben mich und richtet den Taser auf Ozzie. »Jetzt kannst du Fernkampf betreiben. Du musst nicht in den Nahkampf gehen und nach niemandem treten, was auch nicht einfacher werden dürfte, wenn du runder wirst. Du kannst einfach aus viereinhalb Metern Entfernung auf jemanden schießen.«

Sie richtet die Waffe auf ihren Verlobten und tut so, als feure sie die unter Strom stehenden Pfeile auf ihn ab. »Pew! Pew! Zapp! Knister! Bumm!«

Ozzie legt die Hände auf sein Herz und taumelt ein Stück rückwärts. Dann richtet er sich auf und ist wieder ganz er selbst, ernst wie immer.

Ich weiß nicht, was ich sagen soll. Sie hat mir wirklich eine Waffe gekauft? Woher wusste sie, dass ich so auf Waffen stehe?

Sie dreht sich um, drückt mir den Taser wieder in die Hand und schnappt sich die Schachtel. »Es sind mehrere Akkus dabei, damit du jederzeit schussbereit bist.« Sie nimmt sie heraus und wirft die leere Schachtel auf den Tisch, dann hält sie mir die Akkus hin. »Hier. Sie gehören dir.«

Ich bin so verblüfft, dass sie mir überhaupt etwas schenkt, dass ich nicht weiß, was ich sagen soll.

Plötzlich schaut sie enttäuscht. »Gefällt er dir nicht?« Sie schaut über die Schulter Ozzie an, dann wieder mich. »Du findest die Idee scheiße, oder?«

Ich schwöre bei Gott, sie hat Tränen in den Augen. Panisch ergreife ich sie am Arm. »Nein! Ich finde sie großartig. Im Ernst. Der ist total cool.«

»Echt? Ich habe halt gedacht, da du schwanger bist, ist Nahkampf für dich im Moment zu gefährlich, aber wenn du einen Taser hast, kannst du auch weiterhin Leute in den Arsch treten und die Welt retten, nur eben auf Distanz.«

Aus irgendeinem albernen Grund bleibt mir die Spucke weg. Ich habe einen Kloß im Hals, so riesig, dass er regelrecht wehtut. Zur Überbrückung hebe ich die Hand und klopfe ihr auf die Schulter, bis ich endlich wieder sprechen kann.

»Der ist total cool. Ich liebe ihn. Er kriegt einen festen Platz in meiner Handtasche.«

May scheint jetzt wieder bester Laune zu sein. Sie beugt sich zur Seite und nimmt das zweite Paket vom Tisch. Es ist in grau-schwarz gestreiftes Papier gewickelt.

»Das ist von Ozzie«, sagt sie. »Er hat es ganz allein gekauft. Ich war nicht mal eingeweiht.« Sie lächelt ihn verliebt an.

Vorsichtig lege ich den Taser und die Akkus auf den Tisch und nehme May das Paket aus der Hand. Ich kann Ozzie nicht einmal anschauen, so heftig hämmert mein Herz in meiner Brust. Vorhin war ich wirklich unfreundlich zu ihm, und er hat kein Wort dazu gesagt. Jetzt stelle ich fest, dass er unterwegs war, um ein Geschenk für mich zu kaufen, während ich darüber nachgedacht habe, wie sehr ich ihn und sein Benehmen hasse.

»Ich weiß nicht, was er dir gekauft hat. Er wollte es mir nicht verraten.« Schmollend schaut May ihn an.

Langsam reiße ich das Papier auf und entnehme ihm eine längliche, flache Schachtel. Es sieht aus, als habe er mir ein teures Schreibgerät gekauft. *Ist das ein weiterer wenig subtiler Hinweis darauf, dass ich für die nächsten neun Monate am Schreibtisch sitzen werde?* Ich schiebe den Innenteil der Schachtel aus seiner Hülle und klappe den Deckel auf.

Da liegt auf dunkelblauem Samt ein Silberlöffel. Ich starre ihn ewig an und versuche zu begreifen, warum zum Teufel er mir einen Löffel schenkt.

Mays Stimme wird jetzt total albern. »Ohhh! Er hat deinem Baby einen silbernen Löffel gekauft. Weißt du, was das bedeutet?«

Ich schaue kopfschüttelnd zu ihr auf.

»Das bedeutet, dass er dafür sorgen wird, dass dein Baby immer von allem das Beste hat. Dass dein Baby einen Silberlöffel verdient. Der erste Silberlöffel deines Babys.« Sie schaut Ozzie an. »Das war total super, Süßer. Du bist so ein Schatz.« Sie rennt zu ihrem Verlobten hinüber und wirft sich in seine Arme.

Er umarmt sie, doch sein Blick ruht auf mir. »Gratuliere«, brummt er. »Ich freue mich für dich.« Er löst sich von May, und sie lässt ihn los. Dann kommt er zu mir herüber und bleibt vor mir stehen.

Ich schaue zu ihm auf, den silbernen Löffel in der Hand. Leise, weil ich nicht möchte, dass May es mitbekommt, sage ich: »Tut mir leid, dass ich vorhin so zickig war.«

Er schüttelt den Kopf. »Kein Wort mehr. Zwischen uns ist alles in Ordnung. Es gibt kein Problem. Nur vergiss das mit dem Kündigen, denn das werde ich nicht zulassen. Du gehörst für immer zum Team. Bis dass der Tod uns scheidet.«

Ich bekomme kein Wort heraus, weil ich Angst habe, zu heulen wie ein Schlosshund, sobald ich den Mund aufmache. Also umarme ich ihn einfach und drücke ihn an mich, unsagbar glücklich, dass er mich nicht hasst oder gar loswerden will.

»Du kannst weiter Außendienst machen wie immer, solange du das willst. Du darfst selbst entscheiden, was du dir zutraust und was nicht.«

Ich nicke. »Danke. Heute war gar nicht so schlimm.« Es ist die Wahrheit, ich versuche nicht, ihm Honig um den Bart zu schmieren. Klar, es war nicht durchgeknallt und hat keinen Riesenspaß gemacht, aber es war eben auch nicht gefährlich. »Ich habe viele wichtige Dinge herausgefunden. Steht alles in meinem Bericht. Du solltest ihn wahrscheinlich lesen und den Polizeichef anrufen.«

Er nickt. »Gute Arbeit.«

Erleichterung durchflutet mich. Lucky hatte recht. Ich kann nicht einfach weitermachen, als wäre nichts geschehen. In mir ist jetzt jemand, für den ich verantwortlich bin, es geht nicht mehr nur um mich. Ich kann nicht wie früher einfach tun und lassen, was ich will.

Beglückt lasse ich Ozzie los, trete einen Schritt zurück, sammle meine Geschenke ein und packe sie in meine Tasche. »Danke, Leute. Echt. Von ganzem Herzen. Das wäre wirklich nicht nötig gewesen. Aber ich freue mich sehr.«

Thibault steht in der Tür. »Ich komme mir vor wie ein Arschloch«, sagt er. »Ich habe kein Geschenk für dich.«

Im Vorbeigehen werfe ich ihm ein Lächeln zu. »Kein Problem. Du kannst dafür ein paarmal babysitten.«

Er schnaubt, doch dann höre ich hinter mir seine Stimme, in der ein Anflug von Sorge mitschwingt. »Ist das dein Ernst? Bist du sicher, dass ich dafür qualifiziert bin?«

Während ich durch die nächste Tür trete, erwidere ich: »Genauso qualifiziert wie ich.« *Das muss reichen.*

Kapitel 27

Ich bin jetzt in der achten Woche, und Lucky hat mich überzeugt, zum Arzt zu gehen. Zwar habe ich mich dagegen gewehrt, solange es ging, doch nachdem ich ein paar weitere Bücher gelesen hatte, die er für mich gekauft hatte, war mir klar, dass er recht hat. Es muss mal ein Profi auf mein Baby schauen, weil ich keine Ahnung habe, was ich da eigentlich tue.

Dankenswerterweise hat die Polizei von New Orleans aufgrund der in unseren Berichten von letzter Nacht zusammengefassten Informationen ein paar wichtige Festnahmen vornehmen können, sodass wir ein paar Tage Atempause haben, während die Cops Ermittlungen anstellen und versuchen, weitere Daten für unser Team zusammenzustellen.

Lucky fährt, noch immer überzeugt, dass ich am Steuer zu viele Risiken eingehe. Mir ist es zu blöd, das mit ihm zu diskutieren. In einem Punkt hat er allerdings recht: Ich habe tatsächlich mehr Strafzettel wegen zu schnellen Fahrens als alle anderen im Team. Aber zu meiner Verteidigung sei gesagt, dass ich immer schon ein Bullenmagnet war. Vielleicht sollte ich mir einen Kleinbus kaufen, um dieses Problem zu lösen, aber vorher erschieße ich mich lieber. Mein Baby wird stilvoll durch die Gegend fahren, genau wie ich.

Wir sind zehn Minuten zu früh in der Praxis, weil Lucky darauf bestanden hat, viel zu früh aufzubrechen. Er parkt und stellt den Motor ab, löst aber seinen Sicherheitsgurt noch nicht.

Ängstlich lächelt er mich an. »Bist du bereit?«

»So bereit, wie ich nur sein kann.« Ich löse meinen Sicherheitsgurt und greife nach dem Türöffner, aber Lucky hält mich zurück, indem er nach meinem Handgelenk greift. Ich schaue zuerst seine Hand, dann ihn an. »Was ist?«

»Ich wollte dir nur sagen, dass ich es sehr zu schätzen weiß, dass du mich bei dir wohnen lässt.«

»Eigentlich merke ich nicht mal, dass du da bist«, gebe ich achselzuckend zurück. Ich versuche, darüber nicht verbittert zu sein. Er hat versprochen, mir aus dem Weg zu gehen, als ich ihm erlaubt habe einzuziehen, hat sich aber viel zu sehr an sein Wort gehalten. Ich habe ihn in den letzten Wochen tatsächlich nur zweimal gesehen. Er arbeitet wie verrückt, geht ins Fitnessstudio und kauft ein. Ich frage nicht, wo er sich sonst noch herumtreibt, bei mir jedenfalls nicht.

»Ich habe doch gesagt, ich werde dir nicht zur Last fallen. Aber ich wollte einfach da sein, falls du mich brauchst.«

Die nächsten Worte entweichen meinem Mund, ehe ich es verhindern kann. »Woher soll ich wissen, ob ich dich brauche, wenn du nie da bist?«

Er sieht mir eindringlich in die Augen – vielleicht versucht er, meine Gedanken zu lesen. »Willst du damit sagen, ich soll häufiger da sein?«

Ich zucke die Achseln und schaue durch die Windschutzscheibe. »Ich will gar nichts sagen. Das war nur ein Kommentar.« Einzugestehen, dass ich ihn vielleicht tatsächlich mehr um mich haben möchte, ist viel schwieriger, als es wahrscheinlich sein sollte, aber ich habe ein Problem damit, Schwäche zu zeigen, und so fühlt sich das für mich im Augenblick an.

Ich höre das Lächeln in seiner Stimme. »Wenn du willst, kann ich häufiger da sein. Wenn du jemanden brauchst, der dir den Rücken oder die Füße massiert …«

Ich entziehe ihm mein Handgelenk und öffne die Tür. »Halt die Klappe.« Er macht bestimmt nur Witze. Ich kann mir nicht einmal vorstellen, wie es wäre, wenn er zu meinen Füßen sitzt und sie mir massiert. Er hat noch nie meine Zehen gesehen, glaube ich.

Lucky schließt seine Tür, und wir treffen uns auf dem Gehsteig. Er legt mir die Hand in den Lendenbereich, als wir zusammen zum Eingang gehen. Passantinnen drehen sich nach ihm um und starren ihn an. Selbst mit dem dummen Bart, den er sich stehen lässt, sieht er immer noch zu gut aus.

Er hält mir die Tür auf, und ich verdrehe die Augen und funkle ihn dann an.

»Was ist denn los?« Er streicht sich übers Kinn. »Magst du meinen Bart nicht?«

»Doch, ich liebe deinen Bart. Wer steht nicht auf riesige Büschel Schamhaar in einem Männergesicht?« Ich lasse ihn in der Tür stehen, froh, das letzte Wort zum Thema dieses dämlichen Versuchs, sich zu entstellen, gehabt zu haben. Als könnte er jemals nicht großartig aussehen.

Ich trete an die Rezeption, nenne meinen Namen und werde gebeten, mich zu setzen, einige Formulare auszufüllen und etwas Geduld zu haben.

»Natürlich«, sage ich, nehme Platz, schnappe mir eine Zeitschrift und drücke Lucky die Formulare in die Hand.

Lucky setzt sich neben mich. »Was, natürlich?« Er füllt die Formulare aus. Mir wird klar, dass er viel mehr über mich weiß, als ich angenommen hatte.

»Natürlich muss ich Geduld haben. Wenn man beim Arzt um zehn einen Termin hat, kommt man nie um zehn dran.

Das wäre ja auch viel zu logisch. Und zu leicht. Zehn bedeutet vermutlich elf.«

Lucky schaut sich um und antwortet mit gesenkter Stimme: »Ich glaube, angesichts der Dinge, mit denen sie täglich konfrontiert werden, wäre es ein Wunder, wenn Ärzte ihren Terminplan einhalten würden.«

Vor mich hin lachend, blättere ich die Zeitschrift durch. Wahrscheinlich hat er recht. Nichts stürzt eine Frau so schön in Panik wie eine hübsche, altmodische Schwangerschaft. Normalerweise bin ich ziemlich cool, aber sogar mir machen die seltsamen Dinge Angst, die ich in den Büchern gelesen habe. An die Geburt selbst möchte ich dabei noch gar nicht denken. Die habe ich bisher weitgehend ausgeblendet.

Fünf Minuten später werde ich aufgerufen, und als ich den Kopf hebe, lächelt ein Mädchen in rosafarbenem Arztkittel auf mich herunter und bedeutet mir, ihr ins Allerheiligste zu folgen. Ich stehe auf, und Lucky erhebt sich ebenfalls.

Halblaut frage ich ihn: »Bist du sicher, dass du mit rein willst?«

»Ja. Absolut.«

Wir folgen dem Mädchen in ein Untersuchungszimmer, in dessen Ecke eine große Maschine steht. Es ist ziemlich dunkel hier.

»Machen Sie bitte den Oberkörper frei und legen Sie sich auf den Tisch. Mit dem Papier da können Sie sich bedecken.« Sie lächelt erneut und verschwindet. Ich schaue zuerst die geschlossene Tür, dann Lucky und schließlich den Tisch an. »Ist das ihr Ernst?«

Lucky reibt sich lächelnd die Hände. Seine Zähne leuchten praktisch im Dunkeln. »Genau mein Ding. Doktorspiele für Erwachsene.«

Ich zische genervt. »Klappe. Wenn du dich weiter benimmst, als wärst du zwölf, fliegst du raus.«

Er hört sofort auf, sich aufzuführen wie ein Fünftklässler. »Na schön. Du willst, dass ich mich benehme wie ein Erwachsener? Kein Problem.« Er verschränkt die Arme. »Zieh dich aus und schwing dich auf den Tisch, Frau. Ich habe nicht den ganzen Tag Zeit.«

Mit einem unterdrückten Lächeln stelle ich meine Tasche auf einen Stuhl und ziehe mich aus. Ich habe kein Problem damit, dass Lucky mir zusieht. Zum einen trage ich meine schönste Unterwäsche, und zum anderen hat er das alles ohnehin schon gesehen. Wenigstens habe ich noch keinen Babybauch. Ich werde noch ein bis zwei Monate sexy sein, aber dann ist damit Schluss.

Lucky stößt einen Pfiff aus, als sei er irgendein Typ, der mir auf der Straße lässig nachpfeift. Ich drehe mich um und stelle fest, dass er mit dem Rücken zu mir steht und an die Decke schaut. Bei dem Gedanken, dass er meine Intimsphäre zu wahren versucht oder sich nicht beim Gaffen erwischen lassen will, muss ich lächeln. Aus irgendeinem merkwürdigen Grund weckt das in mir den Wunsch, nackt in seinen Armen zu liegen, während auch er nackt ist. Rasch verdränge ich diesen Gedanken. Gemeinsame Nacktheit mit ihm hat mir schon genug Probleme bereitet.

Ich liege auf dem Tisch, mit einem Stück Papier von der Abreißrolle zugedeckt, als ein anderes Mädchen hereinkommt. »Hallo«, begrüßt sie mich. »Ich bin Amanda und werde bei Ihnen einen schnellen Ultraschall durchführen.«

Ich bin ein bisschen verwirrt, warum das passiert, bevor ich überhaupt einen Arzt zu sehen bekomme, aber was weiß ich schon? Ich bin nur eine Patientin. »Okay.«

Sie wirft einen Blick in die Akte in ihrer Hand. »Sie sind Antoinette Delacourte, richtig?«

»Toni. Nennen Sie mich Toni.«

»Prima«, sagt sie. »Dem Formular zufolge, das Sie für uns ausgefüllt haben, sind Sie in der achten Woche, ich muss also eine andere Art von Ultraschallgerät benutzen als das, von dem Sie möglicherweise schon gehört haben, um mir Ihren Uterus anzusehen.«

Was auch immer das ist, es klingt bedrohlich, und ich setze mich auf. »Was heißt das?«

Sie hält etwas hoch, das aussieht wie ein großer Dildo. »Ich werde das hier in Ihre Vagina einführen, damit wir praktisch durch den Knick Ihres Gebärmutterhalses in Ihren Uterus schauen können.«

Mir bleibt der Mund offen stehen. »Äh, nein.«

Sie runzelt die Stirn. »Bitte?«

Ich schüttele den Kopf und sehe sie sachlich an. »Nein. Sie werden das Ding da nicht in mich hineinstecken.«

Lucky tritt an den Tisch, legt mir die Hand auf die Schulter und drückt mich zurück in eine liegende Position. »Hören Sie nicht auf sie. Sie hat nur Angst.« Er schaut auf mich herunter. »Babe, das machen alle Mädchen. Entspann dich einfach.«

Ich funkle ihn an. »Du hast leicht reden. Dir will ja auch niemand einen Riesendildo in die Muschi schieben.«

Das Mädchen lacht bellend, dann hat sie sich sofort wieder im Griff. »Tut mir leid. Das war unprofessionell.«

Lucky und ich sehen sie an und sagen gleichzeitig: »Kein Problem.«

Er beugt sich vor und starrt mich an, seine Nase ist nur wenige Zentimeter von meiner entfernt. »Babe, würdest du es bitte tun? Für mich?«

Ich seufze. »Das klappt aber nicht jedes Mal, wenn du möchtest, dass ich etwas tue, worauf ich keine Lust habe.«

»Warum nicht?«

»So halt. Es wird seinen Zauber verlieren, und dann kannst du es nicht mehr einsetzen, wenn du es wirklich brauchst.

Außerdem, wenn dieser Bart noch länger wird, werde ich anfangen, meinen Taser in einem Holster zu tragen.«

Seine Stimme wird ganz sanft. »Aber ich möchte wirklich unser Baby sehen.«

Nichts, was er hätte sagen können, hätte mich zuverlässiger weichgeklopft. Mit einem tiefen Seufzen kapituliere ich. »Na schön. Nur zu, stecken Sie den verdammten Dildo in mich.«

Ich merke, dass das Mädchen versucht, nicht wieder zu lachen. Ihre Stimme klingt ganz zittrig. »Okay … ich streiche ein wenig Gel auf die, *ähm*, Sonde und werde sie dann ganz langsam einführen. Ich verspreche, so vorsichtig wie möglich zu sein.«

Luckys Grinsen wird breiter.

»Sag kein Wort, Lucky. Bei Gott, ich schwöre …« Ich bin mehr als bereit, ihm an die Kehle zu springen.

Er schüttelt den Kopf und ringt darum, einen ernsten Gesichtsausdruck zu bewahren. Gleichzeitig führt das Mädchen die Sonde ein. Ich muss an die Decke schauen, damit ich auf keinen Fall Luckys Blick begegne. Unglaublich, dass ich das mit mir machen lasse, während er direkt neben mir steht. Apropos peinlich.

Ich höre ein Geräusch, dann werden ein paar Knöpfe gedrückt, also schaue ich zu der Maschine hinüber. Zuerst bleibt der Bildschirm dunkel, dann scheint es eine Art Bildstörung zu geben, aber irgendwann werden Kreise und andere Dinge sichtbar, die sich bewegen. Jedes Mal, wenn sie den Winkel der Sonde verändert, verändert sich auch der Bildschirminhalt.

»Was sehen wir uns da an?«, fragt Lucky. Er hält meine Hand, beugt sich aber mit zusammengekniffenen Augen über die Maschine.

»Na ja, ich schaue mir eben einfach zuerst den Gebärmutterhals an und prüfe, ob da alles in Ordnung ist …

was ich bejahen kann.« Es folgt eine lange Pause, ehe sie weiterspricht. »Jetzt werden wir mal in den Uterus schauen.«

»Vielleicht ist da auch gar nichts drin«, sage ich und hoffe beinahe, dass dem so ist. Aber ein kleiner Teil von mir hofft auch auf ein Baby. Ich schätze, ich habe mich irgendwie an die Vorstellung gewöhnt.

»Nun ja … ich sehe definitiv etwas«, antwortet sie mit einem ganz seltsamen Unterton.

Ich hebe den Kopf und starre sie an. »Was ist los?«

Sie grinst mich an. »Ich habe eine kleine Überraschung für Sie.«

»Wir wissen schon, dass ich schwanger bin.«

Sie zwinkert mir zu. »Aber wussten Sie auch, dass es Zwillinge sind?«

»*Was?*«

Lucky beugt sich so weit über den Bildschirm, dass ich nur noch seinen Hinterkopf sehe. »*Wie bitte?*« Er klingt, als sei er bereit, das Mädchen zu ohrfeigen.

Sie drückt ein paar Knöpfe ihrer Maschine und bewegt die Sonde noch ein bisschen. »Ich mache mal ein paar Bilder, die Sie mit nach Hause nehmen und Ihren Familien zeigen können.«

»Moment mal …«, sagt Lucky, »ich dachte, Sie hätten gerade gesagt, es wären zwei Babys. Das meinen Sie doch mit Zwillingen, oder?«

Ich verzeihe ihm diese dumme Frage, weil ich genau das Gleiche gedacht habe. Zwillinge bedeutet zwei, oder? Oder ist das irgendein verrückter medizinischer Fachbegriff, der etwas ganz anderes bedeutet? *Bitte ja!*

»Dieses Gespräch überlasse ich dem Arzt. Ich habe wahrscheinlich schon zu viel gesagt. Aber keine Sorge, es sieht alles gut aus.«

Mein Herz rast wie verrückt, als wolle es mir aus der Brust springen. Es ist, als säße ich im Kino und schaute zu, wie das Leben eines anderen Menschen in Trümmer fällt.

»Das darf nicht wahr sein.« Ich spreche mit der Decke.

Luckys Gesicht taucht über meinem auf. »Ich bin sicher, das ist nur ein Anzeigefehler«, tröstet er mich. Sein Gesichtsausdruck sagt etwas anderes.

Ich schüttle den Kopf, starre weiter an die Decke und ignoriere Luckys Gesicht. »Das alles hier passiert gar nicht wirklich. Das ist nicht mein Leben. Sondern das von jemand anderem.«

Ich bin so benommen, dass ich nicht einmal mitbekomme, wie die Arzthelferin den Raum verlässt und ich mich anziehe. Irgendwie bewege ich mich wie ein Roboter, kriege aber nichts mit. Lucky muss mir mit dem Reißverschluss meiner Hose helfen. Ich bin zu sehr mit der Frage beschäftigt, was hier eigentlich vor sich geht, um den simplen Mechanismus zu bedienen.

»Komm«, sagt er. »Lass uns mit diesem Arzt reden.«

Hand in Hand verlassen wir den Raum. Ausnahmsweise bin ich froh, dass er da ist und ich mich an jemandem festhalten kann.

»Wenn Sie mir bitte folgen würden, ich bringe Sie ins Sprechzimmer«, fordert uns ein junges Mädchen auf, das uns auf dem Gang entgegenkommt. Es ist nicht die Arzthelferin, die mich untersucht, die Fotos von meinem Körperinneren gemacht und sie auf glänzendem Schwarz-Weiß-Papier ausgedruckt hat. Lucky hat einen der Ausdrucke in der Hand, aber ich kann ihn mir nicht anschauen. Ein solches Bild zu sehen würde alles zu real werden lassen.

Lucky zerrt mich hinter sich her in ein Büro, dessen Wände mit Auszeichnungen gepflastert sind. Auf Regalen hinter dem Schreibtisch stapeln sich Bücher. Ein Mann erhebt sich, um uns zu begrüßen; er ist ein paar Zentimeter kleiner als ich, was bei erwachsenen Männern nicht oft vorkommt.

Ich reiche ihm die Hand. »Toni. Mein Name ist Toni.« *Das Mädchen, das offenbar vergessen hat, wie man spricht.*

Er schüttelt mir die Hand. »Ich bin Doktor Ramandi.« Dann wendet er seine Aufmerksamkeit Lucky zu. »Und Sie sind …?« Er schüttelt Lucky die Hand.

»Ich bin der Vater des Kindes. Sie können mich Lucky nennen.« Er nickt lächelnd und führt mich zu einem Stuhl, ehe er neben mir Platz nimmt.

Der Arzt setzt sich hinter seinen Schreibtisch und faltet die Hände auf der Tischplatte. Er lächelt uns beide an, ehe er erklärt: »Gratuliere. Ich höre, Sie bekommen Zwillinge.«

Ich schüttle den Kopf. »Schauen Sie besser noch mal nach. Ich bin ziemlich sicher, dass es sich um einen Irrtum handeln muss.«

Er schwenkt ein Stück Papier in meine Richtung. »Habe ich schon. Ich sehe definitiv zwei Embryos, die sich in Ihrer Gebärmutterschleimhaut eingenistet haben, und alles sieht hervorragend aus. Sie haben für acht Wochen eine durchschnittliche Größe.«

Ich schüttle wieder den Kopf, weigere mich, ihm zu glauben. Ein Baby ist schon schlimm genug, aber zwei? Um mich herum zerbricht meine Welt.

»Wie hoch stehen die Chancen einer gesunden Zwillingsgeburt?«, fragt Lucky.

Ich schaue ihn an, als habe er den Verstand verloren. *Was zum Teufel …? Habe ich irgendwie verpasst, dass er Medizin studiert hat?*

»Nun, sie ist eine gesunde junge Frau, sie trinkt und raucht nicht, das heißt, die Wahrscheinlichkeit ist recht hoch. Ja, bei Zwillingsschwangerschaften bildet sich manchmal einer der Embryos wieder zurück, aber das werden wir im Auge behalten, und wenn so etwas passiert, sind wir natürlich hier, um Ihnen alle sich stellenden Fragen zu beantworten. Aber gehen wir zunächst mal davon aus, dass sie beide gesund sind und sich voll entwickeln, und richten unsere Planungen daran aus. Wie klingt das?«

»Gut.« Lucky schaut mich an. »Was meinst du, Babe? Hältst du das für eine gute Idee?«

Ich zucke die Achseln. »Okay.« Ich habe auf Autopilot geschaltet. Eigentlich bekomme ich gar nichts richtig mit. Mir ist, als würde ich in einer Stunde aufwachen und begreifen, dass ich einen Albtraum über eine Zwillingsschwangerschaft gehabt habe. Fehlt nur noch, dass Charlie hereinmarschiert kommt und verkündet, er werde meine Geburtsbegleiterin sein.

Der Arzt schwafelt unaufhörlich über Ernährung, Vitamine und Gewichtszunahme, und Lucky stellt ihm ganz normal klingende Fragen. Aber ich habe nichts zu sagen und höre gar nicht so genau hin, worüber die beiden sich unterhalten. Ich kann nur an mein zukünftiges Leben mit zwei Kindern denken. Zählt das schon als Kinderrudel? Oder Herde? Oder Schar? Sollte es auf jeden Fall. Zwei klingt nach viel zu viel. Wie kann das sein? Ich habe langsam das Gefühl, Gott habe mich endgültig dem Teufel überlassen. Jedenfalls würde der Teufel sicher mit Freuden solche Spielchen mit dem Leben eines Menschen spielen.

Lucky erhebt sich und zieht mich sanft mit hoch. »Danke, Doktor. Wir wissen all die Informationen wirklich zu schätzen.«

Der kleine Mann schüttelt Lucky die Hand. »Es war mir ein Vergnügen. Sie haben unsere Nummer, wenn also irgendetwas ist, melden Sie sich, und eine meiner medizinischen Fachangestellten oder eine Hebamme wird sich mit Ihnen in Verbindung setzen. In einem Monat würden wir Sie gerne für eine turnusgemäße Überprüfung wiedersehen, und wenn Sie das Geschlecht der Babys wissen möchten, das kann man ab der achtzehnten oder zwanzigsten Woche feststellen. Machen Sie dafür doch heute schon einen weiteren Ultraschalltermin. Klingt das gut?« Er lächelt uns an.

Ich nicke benommen, doch ich kann im Augenblick nicht mit einem anderen menschlichen Wesen kommunizieren. Mein Hirn hat schlicht den Betrieb eingestellt.

»Toll. Bis dann, Doc.« Lucky zieht mich aus dem Zimmer und den Gang entlang zur Rezeption. Er fischt sogar mein Versichertenkärtchen aus meiner Handtasche und kümmert sich um den administrativen Teil meines Arztbesuches. Als ich versuche, ihm Geld für die Selbstbeteiligung zu geben, lehnt er es ab und zahlt stattdessen aus eigener Tasche.

Momentan habe ich nicht die Kraft, um zu widersprechen, aber darüber wird definitiv noch zu reden sein. Ich möchte ihm nichts schuldig sein, nur weil er mir finanziell ausgeholfen hat. Es reicht, wenn er die Windeln bezahlt.

Wir gehen zum Auto, und Lucky öffnet mir die Wagentür. Als ich Platz genommen habe, beugt er sich tatsächlich herein und schnallt mich an. Ich starre verwirrt in seine schönen Augen. »Was tust du denn da?«

Er küsst mich auf die Stirn. »Ich kümmere mich um die Mutter meiner Kinder.« Dann beugt er sich noch weiter ins Auto herein und schaut mich aus so großer Nähe an, dass ich unwillkürlich zu schielen beginne. »Kinder, im *Plural.* Wir kriegen zwei.« Er streckt die Hand aus und klopft zweimal vorsichtig auf meinen Bauch. »Eins und zwei. Romulus und Remus.« Er nimmt die Hand wieder weg und grinst mich dämlich an.

Als mir langsam klar wird, was das bedeutet, kann ich es zunächst gar nicht recht fassen. Ich kriege Zwillinge von Lucky. *Lucky!* Ich kann mich nicht entscheiden, ob ich lachen, weinen oder schreien möchte. Also diskutiere ich. »Wir nennen unsere Kinder nicht Romulus und Remus.«

Er zuckt die Achseln. »Na gut. Dann Yin und Yang.«

Es gelingt mir trotz aller Bemühungen nicht, ein Lächeln zu unterdrücken. »Nein. Kommt auch nicht infrage.«

Er schließt die Tür und spricht weiter, während er vorn ums Auto geht. »Okay, wie wär's mit Kain und Abel?«

Jetzt muss ich endgültig lachen. »Bei meinem Glück werden sie sich dann auch entsprechend verhalten.«

Lucky steigt ein und küsst meinen Handrücken. »Sag so etwas nicht. Ich bin der Vater, was bedeutet, es werden Glückskinder sein. Engel. Wir nennen sie Milli und Vanilli.«

Ich sehe ihn an, verdrehe die Augen und seufzte. »Wenn du versuchst, meine Kinder Milli und Vanilli zu nennen, erschieße ich dich.«

Er lacht. »Da ist meine Toni ja wieder. Ich hatte schon befürchtet, ich hätte dich verloren.« Er lässt den Motor aufheulen.

Ich entziehe ihm meine Hand und starre durch die Windschutzscheibe. »Nein. Leider bin ich immer noch hier.«

Er fährt vom Parkplatz und tätschelt mein Bein. »Keine Sorge, Babe, ich bin ja auch noch da. Noch hast du mich nicht vergrault.«

Ich seufze und versuche, nicht traurig zu sein, dass es sich anfühlt, als erblühe hier eine Romanze zwischen mir und dem perfekten Mann – eine Romanze, die sicherlich mit Karacho in einem schmerzvollen, flammenden Inferno enden wird. »Gib mir einfach nur etwas Zeit. Ich komme schon allein klar.«

»Kommt nicht infrage.«

Er klingt so selbstsicher. Ich wünschte, ich hätte das Selbstvertrauen wie er in mich und uns, denn ich habe keine Ahnung, wie ich zwei Kinder allein großziehen soll.

Kapitel 28

Vielleicht liegt es daran, dass wir meine Schwangerschaft nie offiziell bekannt gegeben haben – jedenfalls habe ich heute wirklich, wirklich Angst, zur Arbeit zu gehen. Lucky und ich fahren zusammen hin, was wir normalerweise nicht tun. Es ist mir ein Bedürfnis, ihn in meiner Nähe zu haben. Ich bin überwältigt und habe noch nicht einmal ein Baby zur Welt gebracht.

»Ich bin immer noch total durcheinander«, sagt er. »Auch nach zwei Tassen Kaffee sehe ich noch die Welt nicht klarer.« Er schaut zu mir herüber auf den Beifahrersitz, und sein verschwommenes Lächeln verrät mir, dass er genauso daneben ist wie ich.

»Vertrau mir, ich weiß, wie du dich fühlst.« Durch die Windschutzscheibe betrachte ich die Landschaft, die an uns vorbeizieht. Ich bin diesen Weg zur Arbeit schon zahllose Male gefahren, aber heute ist er ganz anders als sonst. Heute fahre ich an all diesen Bäumen, Häusern und Läden als Mutter von Zwillingen vorbei. *Ja. Durcheinander.*

»Was werden die anderen wohl sagen?«, fragt Lucky.

»Sie werden wahrscheinlich einfach nur für uns beten.«

»Das ist gut. Ein paar Gebete können wir zurzeit vermutlich ganz gut gebrauchen.«

»Ich glaube, es gibt in der ganzen Stadt nicht genug Gebete, um uns all die Hilfe zu verschaffen, die wir brauchen werden.«

Lucky streckt die Hand aus und drückt meinen Oberschenkel. »Sei nicht so negativ. Das wird bestimmt lustig.«

Ich schaue ihn an, als habe er den Verstand verloren, was ja auch eindeutig der Fall ist. »Du stehst wohl auf Schmerzen.«

Er zuckt die Achseln. »Wird schon werden. Wir sind ein Team, weißt du noch?« Er zwinkert mir zu.

Ich schiebe seine Hand von meinem Bein. Wütend bin ich nicht, aber ein bisschen frustriert, dass er so planlos agiert. »Ich glaube, du liest besser mal ein paar der Bücher, die du gekauft hast.«

»Hab ich schon. Ich habe online auch ein weiteres gesehen, das ich wohl kaufen sollte.«

»Oh, wirklich?« Ich schaue ihn an und betrachte sein Profil. Sein Bart scheint schon länger und buschiger zu sein, nach nur einem Tag. Bald wird er aussehen wie ein Hinterwäldler. Leider erreicht er damit sein Ziel, hässlicher zu werden, nicht. Irgendwie lässt er sogar Schamhaar im Gesicht eines Mannes attraktiv aussehen.

»Ja. Ein Ratgeber. Ich glaube, das wird das Schlüsselthema für uns sein: Wir müssen einfach nur alles organisiert halten …«

Ich lache. »Ja, klar. Weil all die Bücher, die du schon gekauft hast, ausschließlich berichten, dass mit Babys immer alles genau nach Plan der Eltern läuft.«

Sein Bart bewegt sich, als er auf seiner Lippe herumkaut. »Da könntest du nicht ganz unrecht haben. Ich erinnere mich, dass mir jemand mal gesagt hat, der Versuch, mehr als ein Kind auf die Reihe zu kriegen, sei, wie Katzen zu hüten.«

»Das war Jenny. Sie sagt das ganz oft, aber ihre Kinder sind alle schon aus der Kleinkindphase heraus – und sie hatte auch nie Zwillinge.« Je mehr ich rede, desto panischer werde ich. Ich muss das Thema wechseln. »Hast du am Wochenende schon was vor?«

Er schüttelt stirnrunzelnd den Kopf. »Nein. Nur abhängen.«

Ich versuche, beiläufig zu klingen, während ich ihn aushorche. Hoffentlich merkt er nichts. »Weißt du, du musst nicht immer bei mir rumhängen, wenn du nicht willst. Ich meine, wenn du ausgehen willst oder so, mach das ruhig. Du musst dich nicht an mich gekettet fühlen, nur weil du mich geschwängert hast.«

Sein Gesichtsausdruck verfinstert sich. »Danke.«

Ich versuche, seine Gedanken zu lesen, aber es ist, als sei ein Rollladen zwischen uns heruntergegangen. »Was ist? Habe ich dich verärgert?«

Er zuckt die Achseln. »Nein.«

Ich schlage ihm mit dem Handrücken gegen den Oberarm. »Doch. Den Gesichtsausdruck kenne ich.«

Er hebt die Hand und streicht über seinen Bart. »Du kannst mein Gesicht doch gar nicht mehr sehen. Ich bin im Tarnmodus.«

»Nein, bist du nicht. Du bist im Hässlichmodus.« Ich lache über meinen Witz. *Dabei könnte ihn nichts entstellen.*

Er grinst, und seine Gesichtsbehaarung hebt sich dabei. »Du weißt doch, Baby. Ich warte nur darauf, dass mich jemand Yeti nennt.«

»Das wird nie passieren.«

»Oh, und ob.« Er zieht an seinen Bartspitzen. »Warte nur, bis diese Pracht mir bis auf die Brust reicht.«

»Wie du meinst.« Ich stelle mir Lucky vor, wie er in jedem Arm eines der Babys hat. Das bedeutet, dass vier kleine Händchen an seinem Bart zerren werden. Ich bin ziemlich sicher, dass die Gesichtsbehaarung bald nach der Geburt wieder verschwinden wird, aber wir werden sehen. Vielleicht ist er stärker, als ich denke.

»Eigentlich wollte ich für dich kochen«, sagt er.

Ich sehe ihn mit hochgezogener Braue an. »Warum? Schmeckt dir mein Essen nicht?« Wir haben seit seinem Einzug schon ein paarmal zusammen gegessen. Nichts Besonderes, im Grunde nur aufgewärmte Konserven, Tiefkühlkost und Fertiggerichte ... meine Spezialität.

Mit schmerzlichem Gesichtsausdruck sieht er mich an. »Ich habe im Grunde nichts gegen Kohle, aber ich dachte, vielleicht möchtest du ja zur Abwechslung mal meine Kochkünste genießen.«

Ich boxe ihm erneut gegen den Arm, diesmal heftiger. »Kohle? Wovon redest du?«

Er lächelt viel zu breit. »Du bist der einzige Mensch, den ich kenne, der tatsächlich die gesamte Oberfläche einer Scheibe Toastbrot schwarz verbrennen kann.« Er beugt sich zu mir herüber und fletscht die Zähne. »Habe ich Kohle zwischen den Zähnen?«

Ich schubse ihn weg und schaue aus dem Seitenfenster, damit er mein Lächeln nicht sieht. »Halt die Klappe! An dem Toast war keine Kohle.«

»Du meinst, an dem Toast war kein Toast mehr. Er war pechschwarz.« Er hebt einen Finger. »Aber das Gute daran ist, dass man mich jetzt nicht mehr vergiften kann.«

Verwirrt schaue ich zu ihm hinüber. »Ach ja? Wieso?«

»Weil ... ich genug Kohle im Körper habe, um alle nur erdenklichen Giftstoffe zu absorbieren.«

Ich verschränke die Arme vor der Brust und starre durch die Windschutzscheibe. So schlimm verbrannt war der Toast gar nicht. »Von jetzt an solltest du dir einen offiziellen Vorkoster für deine Mahlzeiten besorgen. Wer weiß, was ich dir sonst hineinmische.«

Er zuckt die Achseln. »Du machst mir keine Angst.« Er klopft sich auf den Bauch und reibt ihn. »Wie gesagt … ich bin voller Aktivkohle.«

Eine Weile herrscht Schweigen im Auto, bis ich ihn an einer Ampel dabei erwische, wie er mich beäugt. »Was schaust du so?«

»Ich betrachte deine Titten«, antwortet er wie hypnotisiert. »Sie sind riesig.«

Ich lasse die Arme an den Seiten herunterhängen und widerstehe dem Drang, meine Brüste mit den Händen zu bedecken. »Aber warum starrst du sie so an?« Mein Gesicht ist puterrot, und ich schwitze.

»Wie sollte ich das nicht tun? Du hast den hübschesten Vorbau, den ich je gesehen habe.«

»Vorbau? Geht's noch?« Ich muss mir wirklich große Mühe geben, nicht zu lächeln.

Er trommelt im Takt der Musik mit den Daumen aufs Lenkrad. »Eine überaus passende Bezeichnung.«

Er kann von Glück sagen, dass er so süß und außerdem der Vater meiner Kinder ist. Nur das hält mich davon ab, ihm in den Bauch zu boxen. Mein Gesicht bleibt noch einige Blocks weit rot angelaufen, während ich mir vorstelle, wie er mich gerade voller Gefallen im Blick angestarrt hat. Ich widerstehe dem Drang, mein Haar über die Schulter zu werfen.

Wir erreichen den Hafen und das Lagerhaus. Mit schnurrendem Motor warten wir darauf, dass sich das große Rolltor öffnet.

»Also, wie lautet der Plan?«, fragt er.

»Welcher Plan?«

Er sieht mich seltsam an. »Na, der Plan für die Verkündung der großen Neuigkeiten. Wie kann dir das so gleichgültig sein?«

Ich zucke die Achseln. »Was macht das schon für einen Unterschied? Ich bin immer noch schwanger. Es wird ja wohl niemanden groß schockieren.«

Mit einem Zischen schüttelt er den Kopf. »Ich glaube, du unterschätzt deine Kolleginnen und Kollegen.«

Ich versuche, den kleinen Stich in meiner Brust zu ignorieren. Was empfinde ich da eigentlich? *Mache ich mir Sorgen? Habe ich Angst?* Ich fürchte mich nie vor etwas. »Mir ist das egal. Wenn du willst, kannst du es allen sagen.«

Er lächelt. »Okay, das werde ich.«

Sein Enthusiasmus macht mir Sorgen. »Wann?«

Lucky fährt ins Lagerhaus und kuppelt aus. »Ich weiß noch nicht. Da höre ich, glaube ich, auf meine innere Stimme.«

Er schaltet den Motor ab, und wir steigen aus. Dev und Ozzie stehen am Rande des Trainingsbereichs und beobachten ihre Freundinnen, die vor ihnen auf dem Boden um die Wette Liegestütze machen. Thibault steht am Fuße der Treppe und klatscht anfeuernd im Takt. Ich gehe um die Motorhaube herum und trete zu ihnen. Lucky stellt sich neben mich und legt mir den Arm um die Schultern. Dann räuspert er sich vernehmlich.

»Hört ihr … bitte mal alle her?«

Ich schaue zu ihm auf, verblüfft über seine Lautstärke, und begreife zunächst gar nicht, was er vorhat.

»Ich möchte nur, dass ihr alle wisst, dass meine Freundin Toni Zwillinge kriegt.« Ein breites, strahlendes Lächeln ziert sein Gesicht.

Zum zweiten Mal heute fällt mir die Kinnlade herunter. Ich starre ihn sprachlos an. Er hat mich vor dem Team als seine Freundin bezeichnet und unser großes Geheimnis preisgegeben, als sei er stolz darauf. *Ist er wahnsinnig geworden? War das sein Ernst?*

May schreit zuerst, dann fällt Jenny ein. Sie benehmen sich, als seien gerade die Beatles durch die Tür hereingekommen. Hektisch rappeln sie sich beide auf.

»Hat er Zwillinge gesagt?« Das kommt von Jenny. Sie eilt auf mich zu.

May rennt von hinten an ihr vorbei und stößt sie aus dem Weg. »Ich zuerst.« Sie stürmt auf mich los, als wolle sie mich umrennen.

Ich hebe die Hände, um sie abzuwehren, aber das hält sie nicht auf. Sie umarmt mich und hebt mich hoch, schweißbedeckt und nach Metall stinkend, wie sie ist.

»Gratuliere! Das ist ja so cool!«, quietscht sie.

Jenny gesellt sich zu uns und umarmt uns beide, während May mir weiter ins Ohr brüllt. »Zwillinge! Ich glaub's nicht! Luckys Glück färbt auf dich ab.«

Jenny lässt uns los und schaut mir in die Augen, unsere Nasen berühren sich beinahe. »Schlaf kannst du für die nächsten beiden Jahre vergessen.«

Jetzt grinst May mich mit blitzenden Augen an. »So können Jenny und ich mit je einem Baby spielen. Das ist so was von cool.«

Ich rümpfe die Nase, mir wird plötzlich schlecht. »Ihr stinkt. Lasst mich mal los.«

Die beiden Schwestern klatschen einander ab und kommen meiner Aufforderung nach. Doch dann umarmt mich May wieder und quietscht mir Unsinn ins Haar. Ich verstehe kein Wort von dem, was sie sagt. Tatsächlich würde ich sie am liebsten wegschubsen, aber das wäre gemein, und ich möchte ihr nicht den Spaß verderben. Offenbar ist meine Zwillingsschwangerschaft die beste Nachricht seit der Erfindung des Toastbrots.

Jenny mustert meine Körpermitte. »Ich glaube, man sieht es schon. Klar, sind ja Zwillinge. Deshalb wusstest du es auch gleich.«

May lässt mich los und starrt meinen Bauch an. »O mein Gott! Was für ein wunderschöner Babybauch. Hollywoodverdächtig. Ich glaub's echt nicht.« Sie sieht mich an. »Deshalb war dir bestimmt auch immer so übel. Du hast die doppelte Hormondosis im Blut.«

Ich spüre, wie ich bei diesen Worten ein wenig erbleiche. Die Vorstellung einer doppelten Hormondosis gefällt mir überhaupt nicht, schon gar nicht in meinem Blut.

Lucky kommt herüber, nimmt mich in den Arm und zieht mich ein Stück von ihnen weg. »Haltet mal ein bisschen Abstand, Mädels. Wir wollen doch nicht, dass sie jemanden vollkotzt.«

Ich verpasse ihm ein Rippenstoß, aber er ignoriert ihn, zieht mich an sich und küsst mich auf die Schläfe. Dann lässt er mich los, geht zu den Jungs hinüber und lässt sich gratulieren. Ich stehe allein da, überwältigt von dieser komplett schrägen Szene – deren Mittelpunkt ich bin.

Ozzie fängt meinen Blick auf und nickt mir zu. Es erfüllt mich mit Wärme zu wissen, dass er nicht sauer ist. Ich weiß nicht, warum ich damit überhaupt gerechnet habe, obgleich es bedeutet, dass ich definitiv für den Rest meiner Schwangerschaft an den Schreibtisch gekettet bin. Selbst ich weiß, dass ich gesundheitlich jetzt besser kein Risiko eingehen sollte. Ich schätze, mein Körper ist mit diesen Babys einer echten Doppelbelastung ausgesetzt, ich sollte mich also wohl besser an den Gedanken von sitzender Tätigkeit gewöhnen.

»Es ist ein bisschen früh am Tag, aber warum gehen wir nicht hoch und trinken darauf?«, schlägt Thibault vor.

May hebt die Hand, und alle schauen sie an. »Ich habe frisch gepressten Orangensaft.« Sie strahlt.

Ozzie umarmt sie und küsst sie vor uns allen auf den Mund. »Gut gemacht, Babe.« Er schaut uns alle an. »Kommt, gehen wir hoch. Wir können was trinken, während wir den Tag besprechen.«

Alle warten darauf, dass ich zuerst nach oben gehe. Ich weiß, es ist total dumm, aber das gibt mir das Gefühl, etwas Besonderes zu sein, als sei ich so etwas wie der Adel dieses Teams. Zum ersten Mal, seit ich herausgefunden habe, dass ich schwanger bin, erfüllt mich der Gedanke daran nicht mit nacktem Entsetzen.

Kapitel 29

Der Schreibtischdienst ist gar nicht so schlimm, wie ich ihn mir vorgestellt hatte. In den vergangenen Wochen saß May meist neben mir und hat nach und nach einen Teil ihres überdrehten Enthusiasmus abgelegt und eine beinahe normale Persönlichkeit entwickelt. Tatsächlich ist sie heute besonders ruhig. Das macht mich misstrauisch. Fast schon paranoid.

Ich sollte sie wahrscheinlich einfach in Ruhe lassen, aber ein konfliktfreies Leben war meine Sache noch nie. »Was ist denn los mit dir?« Ich stütze mich auf die Armlehne meines Stuhls und schaue zu ihr hinüber. Sie starrt auf ihren Bildschirm. Ich weiß, sie hört mich, aber ihr Gesichtsausdruck verändert sich nicht. »Hallo? Jemand zu Hause?«

Sie schüttelt den Kopf. »Gar nichts ist los. Es geht mir gut.«

Ich beobachte sie noch eine Weile, ziemlich sicher, dass ich ungeweinte Tränen in ihren Augen schimmern sehe. Ich nehme einen meiner Ohrhörer heraus und schlage damit nach ihr, sodass er ihren Arm trifft.

Sie wischt ihn beiseite.

Da weiß ich, dass etwas nicht stimmt, und zwar vermutlich etwas Größeres. *Will ich mich da einmischen?* Nein. Die Frage ist leicht zu beantworten. *Sollte ich mich da einmischen?* Die Frage ist schon schwerer. Ich grüble eine Weile schweigend darüber nach, denn ich weiß, wenn ich diese Büchse der Pandora erst einmal geöffnet habe, wird es wahrscheinlich unangenehm. *Ach, was soll's.*

»Irgendetwas stimmt doch nicht. Was ist los? Vielleicht kann ich dir helfen.«

May schüttelt den Kopf. »Nein, du kannst mir definitiv nicht helfen.«

Tatsächlich finde ich das ein bisschen frech, aber ich versuche ernsthaft, mich nicht aufzuregen, weil ich im Augenblick im Helfermodus bin.

»Vielleicht ja doch. Probier's aus.«

May schüttelt erneut den Kopf. »Nein. Damit muss ich allein klarkommen.«

»Aha! Es stimmt also etwas nicht …«

May schaut mich an, neben den Tränen schimmert in ihren Augen ein Anflug von Trotz. »Du würdest es nicht verstehen.«

Meine Stimme wird sanfter, ohne dass ich es will. »Du solltest mir eine Chance geben. Tatsächlich bin ich ziemlich verständnisvoll, wenn ich will.« Ich habe keine Ahnung, wo diese Aussage gerade herkam. Diese Babyhormone machen mich noch total fertig.

Sie schüttelt den Kopf, und jetzt kullert tatsächlich die erste Träne. »Diesmal nicht. Du siehst zu gut aus.«

Sie ist sauer, weil sie mich hübsch findet? Das ergibt überhaupt keinen Sinn.

»Ich glaube, da brauchst du dir keine Sorgen zu machen«, sage ich. »Bald bin ich richtig fett und wahrscheinlich auch fleckig und pickelig.« Ich habe meine Schwangerschaftsbücher gelesen.

»Egal wie pickelig oder fleckig du wirst, deine Babys werden wunderschön aussehen. Wie könnten sie auch nicht, mit dir und Lucky als Eltern.«

Ich lächle, denn ich weiß zwar, das kann nicht der Grund für ihre Verzweiflung sein, aber die Erwähnung Luckys hat mich abgelenkt. »Ja, oder? Er glaubt, er sei plötzlich hässlich, nur weil er sich einen blöden Bart wachsen lässt.« Ich schüttle den Kopf. »Männer.«

Ich schaue zu May hinüber und erwarte, sie befriedet zu sehen, doch sie wirkt nur noch wütender.

»Was? Was habe ich denn gesagt? Was ist denn so furchtbar an Luckys Bart?«

May schlägt mit der Hand auf ihren Schreibtisch. »Es hat nichts mit Luckys Bart zu tun!«

Ich hebe die Brauen und warte, bis sie sich wieder beruhigt hat. Mein Gesichtsausdruck muss etwas in ihr auslösen, denn sie seufzt plötzlich ganz tief und sackt auf ihren Stuhl.

Ich warte ein paar Augenblicke, bis meine Stimme sich wieder beruhigt hat, und versuche es erneut. »Ehrlich, May, du bist hier im Niemandsland meine moralische Stütze. Du darfst keine Geheimnisse vor mir haben, denn das wird mich den ganzen Tag beschäftigen, und dann werde ich mit meiner Arbeit nicht fertig, und Ozzie brüllt mich wieder an.«

Mit schief gelegtem Kopf sieht sie mich an. »Seit wann ist es dir denn wichtig, ob Leute Geheimnisse vor dir haben? Üblicherweise willst du doch gar nicht, dass Leute dich ins Vertrauen ziehen.«

Ich zucke die Achseln. Da hat sie nicht unrecht. »Weiß nicht. Ich gebe den Babys die Schuld daran.«

Sie nickt. »Die können einen total durcheinanderbringen.« Das sagt sie auf eine so seltsame Art und Weise, dass ich die Ohren spitze.

»Möchtest du mir etwas mitteilen?«, frage ich.

Sie schüttelt so heftig den Kopf, dass ich weiß, es ist gelogen.

»Du willst mir doch irgendwas sagen.«

»Nein.«

Ich richte mich auf und fixiere sie mit meinem drohendsten Blick. »Butter bei die Fische. Was ist los? Ich weiß, es hat etwas mit mir zu tun.«

Sie wirkt kurz verwirrt, doch dann schüttelt sie wieder den Kopf. »Nein. Jedenfalls nicht direkt.«

Ich stehe auf. »Wenn du dich hinter meinem Rücken mit Lucky über mich unterhalten hast …«

Sie springt auf und winkt hektisch ab. »Nein. Nein, nein, nein. Keineswegs. Ich habe darüber bisher weder mit Lucky noch mit sonst jemandem gesprochen.« Sie hält sich die Hand vor den Mund und schaut sich um.

Ich beobachte sie mit zusammengekniffenen Augen. »Es gibt also etwas, das dich schwer beschäftigt. Es hat etwas damit zu tun, wie gut Lucky aussieht, und du hast es Ozzie noch nicht erzählt …« Meine Gedanken überschlagen sich, als ich versuche, eine Antwort auf die Fragen zu finden, die zwischen uns stehen.

»Bist du in Lucky verknallt?«

Sie fährt sich mit beiden Fäusten in die Haare und zerrt daran, während sie knurrt: »Grrr, nein! Warum sollte ich in Lucky verknallt sein?«

Ich zucke die Achseln. »Weil er total heiß ist?«

Sie lässt ihr Haar los und die Arme sinken. »Ist er, und genau das ist das Problem.«

Ich strecke die Hand aus und tätschle ihre Schulter. »Ah, ich verstehe. Unerwiderte Liebe. Das ist scheiße. Aber keine Sorge, es geht vorbei. Ich war als Mädchen in Lucky verknallt, aber ich konnte es etwa zehn Jahre lang ignorieren, ich bin also sicher, das wird dir auch gelingen.«

Tatsächlich bin ich gar nicht überzeugt, dass sie in Lucky verknallt ist, aber ich weiß, diese Worte könnten ausreichen, um sie dazu zu bringen, mir die Geheimnisse anzuvertrauen, die sie so bedrücken. Ich habe fast schon Spaß an unserem Gespräch.

Sie schüttelt meine Hand ab. »Ich sage doch, ich empfinde nichts für Lucky. Er ist ein netter Kerl, aber ich will nicht mit ihm ins Bett.«

»Aber du willst ein Kind von ihm?« Ich habe Angst, mich langsam der eigentlichen Wahrheit im Zentrum dieser Sache zu nähern.

Diesmal antwortet sie mit einem wirklich lauten Schreien. »Nein! Warum sollte ich das wollen, wenn ich schon schwanger bin?«

Plötzlich wird es still im Raum, und ihr fallen beinahe die Augen aus dem Kopf. Ich bin ziemlich sicher, meine sehen genauso aus.

Sie legt erst die eine und dann auch die andere Hand vor den Mund und schüttelt den Kopf. Sie weint ungehemmt.

Ich trete näher an sie heran und löse ihre Hände von ihrem Mund. »Hast du gerade gesagt, du bist schwanger?« Ich spreche jetzt leiser, weil ich ziemlich sicher bin, dass sie nicht möchte, dass das gesamte Lagerhaus über ihre Situation Bescheid weiß, auch wenn sie sie gerade herausgebrüllt hat wie ein Schreiadler.

Sie nickt.

Ich wische ihr nach Kräften die Tränen ab. Das ist schwierig, weil sie immer weiter weint. »Weiß es Ozzie?«

Sie schüttelt den Kopf.

»Gibt es einen bestimmten Grund, warum du es ihm nicht gesagt hast?« Ich kann mir vorstellen, dass Ozzie über diese Nachricht begeistert wäre.

Sie nickt wieder, erklärt sich aber nicht weiter.

Ich schüttle sie sanft. »Jetzt lass mich nicht dumm sterben. Du heulst außerdem alles voll. Wenn das so weitergeht, brauche ich ein Handtuch. Erzähl schon.«

Sie senkt das Kinn auf die Brust. »Ich möchte es nicht laut sagen müssen. Es ist in meinem Kopf schon schlimm genug.«

Ich schubse sie auf ihren Stuhl, rolle meinen direkt davor und setze mich ihr gegenüber. Wir sitzen Knie an Knie, und ich nehme ihre Hände. Ich weiß nicht, was ich da genau tue. Tatsächlich stelle ich mir vor, was Jenny an meiner Stelle täte. Lucky ist sie eine gute Ratgeberin und Zuhörerin.

»Erzähl mir alles.« Die Aufforderung bleibt mir fast im Halse stecken. Ich will eigentlich gar nicht, dass sie hier vor mir einen Seelenstriptease hinlegt, aber ich weiß, Jenny hätte genau das gesagt.

Sie starrt ein Weilchen ins Leere, dann kehrt ihr Blick zu mir zurück. »Ich habe Angst, mein Baby könnte hässlich sein.«

Ich lache bellend, doch dann merke ich, dass sie es ernst meint. »Was? Ich kann dir nicht folgen.«

Sie entzieht mir ihre Hände und deutet auf mein Gesicht. »Schau doch mal dich an! Du bist wunderhübsch, und Lucky sieht aus wie ein Engel. Du wirst die beiden schönsten Babys gebären, die je auf Erden gewandelt sind, und danach komme ich mit einem ganz normalen, durchschnittlichen Kind, und niemand wird mir die Wahrheit über sein Aussehen sagen wollen, aber ich werde allen leidtun. Und dann wird mich Ozzie nicht mehr lieben, weil ich ihm ein im Vergleich zu deinen hässliches, aber eigentlich vielleicht recht süßes Kind geboren habe.«

Ich muss mich mit dem Stuhl wegdrehen und einen Hustenanfall vorschützen, um ein Lachen zu verbergen. *Das ist nicht ihr Ernst, oder?* Total lächerlich. Verflucht, wenn sie diesen dreckshässlichen Chihuahuamischling lieben kann, den sie da hat, dann kann sie Zuneigung zu allem empfinden. Seine Ohren sehen aus wie in den Schädel gesteckte Schaufeln, der Kopf wirkt wie ein übergroßer Baseball, und seine Augen sehen immer aus, als würden sie gleich herausfallen. Mays Liebe ist taubstumm und blind.

Bei diesem Gedanken erinnere ich mich an ein paar Abschnitte aus meinem Schwangerschaftsbuch, in denen steht, wie emotional Frauen werden, wenn sie in anderen Umständen sind, und wie irrational sie dann manchmal auf andere wirken. Mir geht ein Licht auf: Sie leidet unter Schwangerschaftsdemenz. Wenn mir das passiert, hoffe ich auf viel Verständnis meiner Umwelt, deshalb muss ich ihr jetzt das Gleiche entgegenbringen. Wieder stelle ich mir vor, Jenny zu sein. Sie ist eine der verständnisvollsten Personen, die ich kenne.

Ich wende mich wieder May zu. »Hör zu. Im Augenblick bist du voller Schwangerschaftshormone, die Halluzinationen auslösen. Schlimme Halluzinationen. Deshalb musst du mir zuhören, denn ich bin im Gegensatz zu dir nicht durchgeknallt.« Ich warte, bis sie zustimmend genickt hat, dann fahre ich fort. »Zunächst könnte dein Kind niemals hässlich sein.« Ich deute auf ihren Kopf und hoffe, dort Inspiration zu finden. »Du hast schönes, dichtes Haar. Es ist nicht strähnig, es ist nicht dünn, es ist nichts von all den Dingen, die Mädchen hassen. Egal also, ob du einen Jungen oder ein Mädchen kriegst, mit den Haaren gibt's schon mal keine Probleme.«

Sie wischt sich eine Träne unter dem Auge weg. »Ich habe ziemlich dichtes Haar. Da hast du recht.«

Ich boxe sie gegen das Knie. »Siehst du? Außerdem hast du ein wunderhübsches Gesicht. Dein Teint ist klasse, und du hast keinerlei Narben.« Ich beuge mich vor und deute auf meine Schläfe, wo mich Charlie einmal mit der Gabel erwischt hat. »Siehst du das? Eine Narbe. Mein Gesicht ist nicht halb so hübsch, wie du glaubst. Du musst nur genauer hinschauen.«

Mit dem Handballen drückt sie gegen meine Stirn und schiebt mich ein Stück. »Sei still. Du weißt, du bist wunderhübsch, und deine Narben werden deine Babys nicht erben.«

Gott sei Dank für kleine Gefallen. Ich deute auf ihr Kinn. »Aber schau dir doch mal deine Kinnlinie an. Total feminin. Du hättest eines von diesen Mädels mit einem richtig männlichen Kinn sein können, aber nein. Du siehst wie ein richtiges

Mädchen aus. Wie … eine Märchenprinzessin oder so.« Das war frei improvisiert, also verziehe ich das Gesicht und warte darauf, dass sie mich finster anschaut und losbrüllt.

Ein schüchternes Lächeln breitet sich auf ihrem Gesicht aus. »Eine Märchenprinzessin? So hat mich noch nie jemand genannt – und du lügst niemals, Toni. Du würdest nie etwas sagen, nur damit man sich immer besser fühlt.«

Ich nicke enthusiastisch. »Richtig. Wenn du hässlich wärst, würde ich es dir einfach ins Gesicht sagen. Bumm. Du hast eine Hackfresse. Aber das würde ich nicht zu dir sagen, weil es nicht wahr ist.« Es ist nicht unbedingt zutreffend, dass ich immer die reine Wahrheit sage, aber das muss ich ihr ja jetzt nicht erklären. Sie muss nicht wissen, dass die Babys, die in mir heranwachsen, mich butterweich gemacht haben und es mir inzwischen wirklich schwerfällt, konfrontativ mit Menschen umzugehen.

»Aber auch wenn ich vielleicht ein bisschen aussehe wie eine Märchenprinzessin und Ozzie sehr attraktiv ist, bedeutet das nicht, dass unsere Babys so süß sein werden wie deine.«

Ich schaue sie stirnrunzelnd an. »Bist du verrückt? Wenn dein Baby geboren wird, wird es das schönste Geschöpf sein, das du je gesehen hast. Das Gleiche gilt für Ozzie. Er würde niemals sein Kind mit meinen vergleichen und etwas an seinem auszusetzen haben.«

Sie schaut mich an, als sei sie nicht sicher, ob sie mir glauben könne oder nicht.

Ich mache weiter, denn ich weiß, ich habe sie. »Ernsthaft. Außerdem steht in meinem Schwangerschaftsbuch, dass irgendein Hormon ausgeschüttet wird, wenn ein Vater die Ähnlichkeit seines Kindes mit ihm selbst erkennt. Dann hält er es für supersüß, selbst wenn es das gar nicht ist. Deshalb hat Mutter Natur es so eingerichtet, dass alle Kinder bei der Geburt ihrem Vater ähnlich sehen. Da geht es ums Überleben.«

Mit zusammengekniffenen Augen schaut sie mich an. »Echt? Ist das wahr?«

Ich strecke die Arme aus. »Wie du schon sagtest … ich sage keine netten Dinge, damit andere sich besser fühlen. Du kannst mir vertrauen.« Diesmal ist es die Wahrheit. Ich weiß genau, wenn May ihr Baby anschaut und es Ozzie auch nur entfernt ähnlich sieht, wird sie überzeugt sein, das Kind könne ohne Raumanzug auf dem Mond spazieren gehen.

»Du musst mir den Titel dieses Buches verraten.« Sie wischt sich die restlichen Tränen ab und schnieft laut.

»Klar, kein Problem. Ich habe jede Menge davon. Die meisten habe ich schon gelesen, du kannst sie also einfach haben.«

Sie lächelt mich an. »Ich hätte dich nie für ein Mädchen gehalten, das zu recherchieren anfängt, wenn es herausfindet, dass es schwanger ist.«

»Bin ich auch nicht.« Ich lächle. »Lucky hat sie mir gekauft. Er ist gerade ernsthaft im Recherchemodus. Bald haben wir eine ganze Bibliothek zusammen. Momentan liest er ein Buch über Kleinkinder.«

»Ohhh … wie süß.« Jetzt hat sie wieder ihr gewohntes May-Lächeln im Gesicht, was mich sehr erleichtert. Ich kann nur ahnen, was mir Ozzie antäte, wenn sie mit gerunzelter Stirn von hier wegginge. Er würde sicher mir die Schuld geben.

May rollt ihren Stuhl vor ihren Schreibtisch und schickt sich an, ihre Arbeit wiederaufzunehmen. Ich sitze da und starre sie an, bis sie mir den Blick zuwendet.

»Was?«, fragt sie.

»Du willst doch jetzt nicht einfach da sitzen bleiben, oder?«

»Ich muss hier fertig werden.«

»Aber du hast Ozzie noch nicht mal gesagt, dass du schwanger bist.« Vielleicht hat sie einen großen Plan, den sie mir nur noch nicht mitgeteilt hat.

May mustert achselzuckend ihren Computerbildschirm. »Ich muss den richtigen Augenblick abwarten. Damit haben wir nicht gerechnet. Ich wollte eine Hochzeit planen, keine Geburt.«

Ich senke die Stimme. »Weiß es Jenny schon?«

May schaut schuldbewusst zu mir herüber. »Nein. Sie wird mich umbringen.«

»Warum? Wird sie sich nicht für dich freuen?«

May seufzt und dreht ihren Stuhl wieder zu mir um. »Das ist echt kompliziert. Wir haben schon jede Menge Pläne für die Hochzeit und haben alle Kleider ausgesucht. Aber wie ich Ozzie kenne, wird er unter diesen Umständen nicht mehr lange warten wollen. Er wird die Hochzeit vorverlegen wollen, damit das Kind danach auf die Welt kommt.« Sie verdreht die Augen. »Er ist ein bisschen altmodisch.«

Ich schnaube. »So altmodisch dann auch wieder nicht.« Ich deute auf ihren Bauch.

Lächelnd reibt sie ihn sich. »Okay, so altmodisch dann auch wieder nicht. Aber ich kenne ihn. Er wird sofort heiraten wollen.«

Ich zucke die Achseln. »Ja und? Dann macht das doch. So flexibel sollte jeder mit seinen Terminen sein. Ist doch kein Problem.«

Sie seufzt. »Du hast offenbar noch nie eine Hochzeit geplant. Meine Schwester hat schon den Caterer gebucht, einen Floristen, die Kleider müssen genäht werden … das wird ein Albtraum.«

Das ist doch Blödsinn. »Nein. Das wird alles gar kein Problem. Wir verlegen die Sache in Jennys Garten, kaufen uns alle Kleider von der Stange, und mit ein paar Tagen Vorlauf kann jedes Restaurant in der Gegend einen kleinen Empfang ausrichten. Du brauchst doch den ganzen Schnickschnack gar nicht.«

Sie schmollt. »Aber ein bisschen Schnickschnack wäre schon schön gewesen.«

»Na gut. Musst du nicht diese ganzen Gastgeschenke herstellen, von denen du neulich gesprochen hast? Das ist doch der richtige Ort für Schnickschnack.«

Sie grinst. »Du hast also doch zugehört.«

Ich zucke die Achseln. »Das eine oder andere dringt durch.«

Sie starrt wieder ins Leere, dann nickt sie langsam und kneift konzentriert die Augen zusammen. »Vielleicht könnten wir es schaffen.«

»Nicht ohne Hilfe. Sag besser deinem Verlobten, dass du schwanger bist, damit wir anderen es dann erfahren und das Nötige tun können.« Ich erhebe mich und drehe ihren Stuhl mit dem Rücken zu ihrem Schreibtisch. Dann versuche ich, sie aus dem Stuhl zu kippen, aber er bewegt sich kaum, neigt sich nur ganz leicht nach vorn.

Sie springt auf, fährt herum und funkelt mich an. »Sei vorsichtig! Ich bin schwanger.«

Ich lächle und deute auf die Tür. »Geh. Sag deinem Mann, dass er dich geschwängert hat.«

May wendet sich zum Gehen, bleibt aber nach drei Schritten wieder stehen. Sie wirbelt herum, kommt zurückgerannt, umarmt mich und drückt mich mit aller Kraft. »Vielen Dank, Toni. Ich hatte keine Ahnung, dass du eine so gute Ratgeberin bist.«

Ihr Haar bedeckt mein Gesicht, und ich stehe ganz steif da und warte, bis der Zuneigungsanfall vorbei ist. »Gerne. Jederzeit.« Gleich darauf zucke ich zusammen und hoffe, sie wird mich nicht beim Wort nehmen. Tatsächlich bin ich an normalen Tagen eine lausige Ratgeberin, aber diesmal ist es ganz gut gelaufen.

Ich tätschle Mays Rücken und schiebe sie dann von mir. »Geh. Ich ertrage es nicht, ein Geheimnis zu kennen, von dem Ozzie nichts weiß.«

Sie weicht ein Stück zurück und sieht mich lächelnd an. »Du bist wahrscheinlich seine beste Freundin. Wusstest du das?« Mit schief gelegtem Kopf schaut sie mich an.

Ich spüre, wie Freude mein Herz erfüllt. »Nein, tatsächlich nicht.«

Sie nickt. »Vertrau mir. Ich weiß so was.« Mit den Fingern winkend, wendet sie sich ab, und ihr dichtes, schönes, zu einem Pferdeschwanz gebundenes Haar weht hinter ihr her.

Schmunzelnd sehe ich ihr nach und breche dann in Gelächter aus. Dieses Mädchen ist total verrückt. Aber ich muss zugeben, wenn sie neben mir am Schreibtisch sitzt, wirkt der Raum viel heller, als wenn ich allein bin.

Kapitel 30

Als ich heimkomme, riecht es in der Küche nach Knoblauch. Vorsichtig atme ich ein und hoffe, dass es mir nicht den Magen umdreht. Ich bin jetzt in der sechzehnten Schwangerschaftswoche, und die Übelkeit scheint sich weitgehend erledigt zu haben. Nur gelegentlich setzt mir ein Geruch zu, etwa der von Zigarettenrauch oder Brokkoli.

Als ich die Küche betrete, sehe ich Lucky am Herd, der in einer Pfanne rührt. Das ist inzwischen fast normal. Er ist ein viel besserer Koch als ich und üblicherweise auch früher zu Hause. Während er am Herd steht, kann ich noch ankommen und den Arbeitstag hinter mir lassen, ehe wir essen. Ich sitze gern bei Sonnenuntergang mit ihm zusammen. Das entspannt mich sehr. Ich hätte nie gedacht, dass mir so etwas einmal Spaß machen würde, aber inzwischen ist es so.

»Riecht gut.« Ich lasse meine Tasche auf einen Stuhl fallen und gehe zu ihm hinüber.

Er wendet den Blick nicht von der Pfanne, legt aber die freie Hand in meinen Nacken und zieht mich heran, um mich auf den Scheitel küssen zu können. Das liebe ich. Ich fühle mich dann jedes Mal fast wie seine Freundin, obwohl wir unseren Beziehungsstatus noch nicht ausdiskutiert haben. Nicht, dass ich darauf drängen würde. Ich mag den Status quo. Er kommt mir für uns beide angenehm vor.

Sein weicher Bart kitzelt meine Gesichtshaut, als er sich wieder dem Essen zuwendet und mich loslässt. »Ich dachte, du magst heute Abend vielleicht ein paar Linguine mit Muschelsauce, da du nicht mehr so geruchsempfindlich zu sein scheinst wie noch vor ein paar Tagen.«

»Woher wusstest du, dass das mein Lieblingsessen ist?« Ich lächle zu ihm auf, vielleicht ein bisschen zu erstaunt darüber, dass dieser Mann mich so gut kennt. Wir leben jetzt schon eine Weile zusammen, aber manchmal gelingt es ihm immer noch, mich zu überraschen.

»Das bestellst du jedes Mal, wenn wir italienisch essen gehen.« Er zwinkert mir zu. »Ich mag es auch, das war also leicht.«

Er kocht seit der Katastrophe mit dem verbrannten Toast, und ich konnte mich noch kein einziges Mal beschweren. Er muss nicht einmal Dinge auftauen, um ein Abendessen auf den Tisch zu zaubern.

»Kann ich irgendwie helfen?«

»Du kannst den Tisch decken.«

Ich summe eine zufällige Melodie vor mich hin, während ich mir Besteck und Servietten schnappe und sie neben die Teller auf den Tisch lege. Zögernd bleibe ich vor dem Gläserschrank stehen. »Möchtest du Wein?«

Er schüttelt den Kopf. »Nein. Ich lebe jetzt enthaltsam, schon vergessen?«

»Du musst nicht meinetwegen aufhören zu trinken.«

Er nimmt die Pfanne vom Feuer und stellt sie auf ein noch nicht angezündetes Rechaud. Dann dreht er sich um, lehnt sich an die Arbeitsplatte und schaut mich an. »Ich weiß, aber ich möchte es gerne.«

Achselzuckend nehme ich zwei Wassergläser aus dem Schrank, fülle sie am Spülbecken und stelle sie auf den Tisch. Ich spüre, dass er meinen Rücken anstarrt. Also setze ich mich und schaue ihn an. »Was ist?«

»Nichts. Ich habe nur mal geschaut. Man sieht es jetzt an deinem Bauch, weißt du?«

Ich schaue nach unten und reibe meinen Bauch. Die Wölbung ist jetzt schon recht groß, das muss ich zugeben. Ich dachte, ich würde das furchtbar finden, aber das ist nicht der Fall. »Ja, ich merke es auch langsam. Meine Jeans sitzen inzwischen ganz schön stramm.«

»In ein paar Wochen könnten wir das Geschlecht der Babys erfahren. Möchtest du das?«

Ich zucke die Achseln. »Manchmal ja, manchmal nein. Wie sieht es mit dir aus?«

Ich versuche, seinen Gesichtsausdruck zu deuten, als er antwortet, denn ich weiß, er sagt oft die Dinge, von denen er glaubt, dass ich sie hören möchte, nicht das, was er wirklich denkt. Aber ich möchte sicher sein, dass ich die Wahrheit von ihm höre, wenn er diese Frage beantwortet. Langsam habe ich mich an die Tatsache gewöhnt, dass dies zwar mein Körper ist und ich die Babys austrage, es aber ebenso seine wie meine sind und er an allen Entscheidungen beteiligt sein muss. Wir sind beide gleich stimmberechtigt.

»Zuerst dachte ich, ich würde mich lieber überraschen lassen, aber dann fand ich, es wäre irgendwie auch nett, es vorher zu wissen, damit wir schon mal ein paar Sachen kaufen können«, sagt er.

»Das denke ich auch. Aber wir könnten auch für den Anfang einfach neutrale Sachen kaufen und den Bestand dann später ergänzen.«

Lucky dreht sich um und setzt einen Wasserkessel auf den Herd. »Hast du das Buch zum Thema Planung gelesen? Ich habe Angst, dass wir nach der Geburt keine Zeit mehr zum Einkaufen haben werden.«

»Habe ich. Aber ich habe auch das andere Buch gelesen, in dem steht, man solle sein Leben nicht zu sehr verändern. Wir sollten nach wie vor rausgehen, Dinge erledigen und die Babys einfach mitnehmen. Oder manchmal eben einen Babysitter einsetzen.« Sobald ich diese Worte gesagt habe, habe ich Angst, zu weit gegangen zu sein – wird er mich jetzt gleich komisch anschauen und mich fragen, wie ich auf die Idee komme, dass er nach der Geburt etwas mit den Babys unternimmt? Ich sage für jemanden, der noch gar nicht definiert hat, ob es tatsächlich ein »Wir« gibt, viel zu oft »wir«.

»Ja.« Er nickt und gibt mir nicht das Gefühl, mich zu weit aus dem Fenster gelehnt zu haben. »Das habe ich auch gelesen. Es scheint so viele unterschiedliche Informationen zu geben, dass man total den Überblick verliert.«

Ich nicke, denn ich weiß genau, was er meint. Ich habe jetzt schon das Gefühl, an Informationsüberflutung zu leiden. »Momentan schaue ich nur in das Buch, in dem Woche für Woche aufgelistet ist, wie sich die Babys entwickeln.«

»Das ist wahrscheinlich eine gute Idee. Du kannst mir die Info für diese Woche nach dem Abendessen vorlesen.«

Normalerweise geht er nach dem Abendessen hoch in sein Zimmer, fährt zurück auf die Arbeit oder verbringt Zeit mit Thibault, denn schließlich hat er mir versprochen, mir nicht auf der Pelle zu hocken und mir keinen Druck zu machen, unser Verhältnis zu klären. Aber langsam schafft mich das. Woche für Woche hänge ich mehr an ihm.

Als ich letzte Nacht allein im Bett lag und an die Decke gestarrt habe, habe ich beschlossen, dass ich mehr Aufmerksamkeit von ihm will, als ich im Augenblick kriege, aber ich kann diesen Wunsch nicht kundtun, ohne schwach zu klingen, und ich hasse es, auch nur für eine Sekunde an Stärke einzubüßen. Diese Schwangerschaft vermittelt mir ohnehin schon das Gefühl, irgendwie neben mir zu stehen. Ich bin oft müde und kann mir nichts mehr merken. Seit einer Weile klebe ich überall Haftnotizen hin, um keine Termine oder andere Dinge zu vergessen, an die ich unbedingt denken muss.

Von daher versteht es sich von selbst, dass seine Idee, nach dem Abendessen gemeinsame Zeit zu verbringen, mich wirklich glücklich macht. »Vielleicht könnten wir Karten spielen oder so«, schlage ich vor. »Nachdem wir in dem Buch gelesen haben zum Beispiel.«

Er nickt. »Ja, das wäre toll.« Es fällt mir schwer zu beurteilen, ob er das ernst meint oder einfach nur nett sein möchte. »Wir könnten auch ein Brettspiel spielen«, sagt er dann und schaut über die Schulter. »Ich bin ziemlich gut in Scrabble.«

Unwillkürlich lächle ich. Ich bin ziemlich sicher, dass er das ernst meint. Jedenfalls klingt er ziemlich enthusiastisch. »Fein. Dann also Scrabble.«

Wenn mir jemand vor ein paar Monaten gesagt hätte, ich würde einen Abend zu Hause verbringen und mit Freuden mit einem Typen Scrabble spielen, ich hätte ihn ausgelacht oder sogar gegen den Arm geboxt. Aber jetzt finde ich die Idee super. Das zeigt mehr als alles andere, wie sehr mich die Schwangerschaft verändert hat.

Wären Lucky und ich ohne den Druck der Babys an diesen Punkt gelangt? Wahrscheinlich nicht. Wie ich mich kenne, hätte ich ihn weggestoßen, und alles wäre wieder gewesen wie zuvor. Dieser Gedanke macht mich jetzt traurig.

Vor einer Weile habe ich Lucky gesagt, dass ich ihn nicht um mich haben will, und er hat mir versprochen, sich nicht mehr wie ein Höhlenmensch zu benehmen, aber ich habe kein Problem damit, ein neues Ritual zu begründen. Es fühlt sich gut an, ihn häufiger hier zu haben. Statt dass er seiner Wege geht und ich meiner, können wir ja zur Abwechslung mal ein

Stück zusammen gehen. Manchmal glaube ich, er denkt das Gleiche, aber er sagt es nie laut. Aber daraus kann ich ihm keinen Vorwurf machen. Ich habe es ihm schließlich neulich vorgehalten.

»Weißt du, du musst mir nicht mehr so betont aus dem Weg gehen.« Ich kann nicht glauben, dass ich das gerade laut gesagt habe, aber kaum sind die Worte erklungen, bin ich froh darüber. Leider verkrampft sich mein Magen, während ich auf seine Antwort warte. Lucky lässt sich Zeit damit.

Zuerst wirft er die Nudeln ins kochende Wasser und deckt den Topf mit der blubbernden Flüssigkeit halb zu. Er zerknüllt die Nudelpackung und wirft sie in den Papiermüll, ehe er herüberkommt und sich mir gegenübersetzt.

»Bist du dir sicher?«, fragt er. Seine Stimme ist sanft und liebevoll.

Nervös zucke ich die Achseln. »Das ist doch keine große Sache.«

»O doch! Du bist es nicht gewohnt, jemanden um dich zu haben. Ich glaube, dir ist gar nicht klar, wie anders das wäre als sonst.«

Ich zucke die Achseln und gebe mich cool und lässig, auch wenn ich keines von beiden bin. »Ich habe ewig mit Thibault und meiner Familie zusammengewohnt, bevor ich allein gelebt habe. Ich bin ziemlich sicher, dass ich das hinkriege.«

Lucky lächelt. »Ich muss zugeben, es war wirklich schwer, mich von dir fernzuhalten.«

»Echt?« Ich lächle wie die letzte Idiotin. Kaum zu glauben, wie viel mir diese Worte bedeuten. *Bin ich in Lucky verliebt, oder was?* Die Antwort, die mir durch den Kopf huscht, überrascht mich: *Ich glaube schon.*

Bei dem Gedanken kriege ich rote, heiße Ohren. Ich schaue die Wand, die Decke und den Boden an – alles, nur nicht ihn.

»Ja«, sagt er. »Sehr schwer. Ich hoffe, das wirft kein schlechtes Licht auf mich, aber jedes Mal, wenn ich dich und deinen kleinen Babybauch sehe, will ich dich einfach nur ausziehen.«

Jetzt wird auch mein Gesicht heiß, bis ich das Gefühl habe, in Flammen zu stehen. Normalerweise bin ich nicht prüde und schäme mich meines Körpers nicht, aber die Vorstellung, dass er mich als Schwangere nackt sehen will, wirft mich aus der Bahn. *Will ich, dass er mich nackt sieht?* Ja. Definitiv.

Daraufhin kann ich Lucky wieder ansehen und mit ihm reden. »Ich glaube, mit dir ist alles in Ordnung. Oder wenn nicht, dann stimmt auch mit mir etwas nicht.« Meine Gefühle entwickeln sich rasant in eine ganz andere Richtung. Ich will unbedingt auf der Stelle Sex mit ihm.

Seine Miene verdüstert sich, und plötzlich sieht er noch zehnmal sexier aus. »Was meinst du damit?«

Ich zeichne mit der Fingerspitze unsichtbare Kreise auf den Tisch, weil ich ihm wieder nicht in die Augen sehen kann. »Ich weiß nicht. Vielleicht, dass es hart ist, mit dir zusammenzuleben, aber nicht mit dir zusammen zu sein.« Ich zucke die Achseln. Es fällt mir nicht leicht, mein Innerstes so nach außen zu kehren, nicht einmal dem Typen gegenüber, der mir zwei Babys gemacht hat.

»Vielleicht könnten wir versuchen, im selben Zimmer zu schlafen.«

Sein Vorschlag steht im Raum. *Will ich das? Es ist der nächste Schritt in unserem gemeinsamen Leben, oder ist es ein Fehler? Der Anfang einer richtigen Beziehung oder das Ende von allem?* Ich werde die Antwort auf diese Fragen nur finden, wenn ich das Risiko eingehe, es auszuprobieren. Etwas auszuprobieren ist mir in der Vergangenheit nie schwergefallen, diesmal aber schon.

»Wir könnten wieder eine Probezeit vereinbaren«, sage ich.

Lucky lächelt mich zögernd an. »Klar. Wir haben das mit dem Zusammenwohnen auf Probe gemacht, und es lief gut, oder?«

Ich nicke hoffnungsvoll. »Ja. Super.«

Lucky erhebt sich. »Lust auf Abendessen?«

»Klar.« Ich versuche, den blitzschnellen Themenwechsel zu verdauen. Eben haben wir noch über Sex und Miteinanderschlafen geredet, darüber, dass wir eine richtige Beziehung haben könnten, und im nächsten Augenblick spricht er über Linguine. »Sind die Nudeln schon so weit?«

»Es sind diese schnell kochenden, die sollten bald gar sein. Ich schau mal nach.« Er geht an den Herd und bewegt sich dort, als wisse er, was er tut.

Zum ersten Mal im Leben fühle ich mich nicht wie ein kompletter Pechvogel. Vielleicht färbt tatsächlich etwas von Luckys Glück auf mich ab.

Ein Bild von Charlie drängt sich in meine Gedanken. Es ist eine sehr effektive Erinnerung daran, dass meine Vergangenheit mich stets an meine Tendenz, Dinge in den Sand zu setzen, erinnern wird, egal wie viel ich mit einem Glückskind namens Lucky abhänge.

Ich bin innerlich zerrissen. Einerseits möchte ich glauben, dass alles, was mit Lucky passiert ist, kein Teil meiner Pechsträhne ist, dass die vergessene Verhütung, meine Schwangerschaft mit Zwillingen und all das irgendwie eine Phase des Glücks in meinem Leben ist. Aber andererseits scheint mir das zu schön, um wahr zu sein. Es wird bestimmt bald etwas Schlimmes passieren.

Mit einem Anflug von Panik wird mir klar, dass das Schlimmste, was mir jetzt passieren könnte, etwas wäre, das meine Kinder betrifft. Ich spüre ein Rumoren in meinem Leib und reibe mit der Hand darüber. *Toll. Jetzt habe ich Blähungen.*

Das kennt Lucky noch nicht von mir. Er hat in seinem Zimmer geschlafen und ich in meinem, und so konnte ich ihm die Tatsache vorenthalten, dass die Babys mir echte Verdauungsprobleme bescheren. Ich spüre, wie ich erbleiche, als mir klar wird, dass ich dieses Geheimnis wohl kaum weiter vor ihm werde verheimlichen können, wenn wir ein Bett teilen. *O Gott!*

Lucky dreht sich um und mustert mich ein paar Sekunden lang. »Was ist?«

Ich schüttle den Kopf, um die schrägen Gedanken loszuwerden. »Nichts. Ich habe mir nur vorgestellt … wie wir zusammen schlafen.«

Er lächelt mich listig an. »Ach ja? Irgendwelche speziellen Wünsche?«

Ich muss unwillkürlich lachen. »Nein.« Nachdem mein Geist mir jetzt Bilder von Charlie geschickt und sich mit meinen Verdauungsproblemen befasst hat, haben die heißen Gedanken und die Sorgen den praktischen Fragen des Lebens Platz gemacht. Wenn ich abends ins Bett gehe, bin ich so müde, dass ich mir vorkomme wie ein Zombie. Ich bin meist schon eingeschlafen, ehe mein Kopf das Kissen berührt. Wenn Lucky neben mir schlafen will, dann werden wir damit vernünftig und realistisch umgehen müssen. Ich will keine falschen Erwartungen bei ihm wecken, denn das würde nur Enttäuschung nach sich ziehen, und das Letzte, was ich will, ist, Lucky zu enttäuschen.

»Glaub bloß nicht, dass die Abmachung Sex beinhaltet«, ermahne ich ihn und versuche, meine Stimme fest klingen zu lassen. »Ich brauche Schlaf. Mit anderen Worten: Ich meinte im selben Zimmer schlafen, nicht miteinander schlafen.«

Er wirft mir einen geheimnisvollen Blick zu. »Wir werden sehen.«

Daraufhin kann ich gar nicht mehr anders, als zu lächeln. Ein großer Teil von mir wünscht sich, dass er dieses Thema heute Nacht mit Nachdruck verfolgt. Vielleicht muss ich ja gar nicht so verantwortungsvoll sein. Vielleicht brauche ich gar nicht so viel Schlaf.

Ich habe Schwierigkeiten, mich auf unsere beiläufigen Gespräche und den Geschmack des Abendessens zu konzentrieren. Lucky und ich werden heute Nacht im selben Zimmer schlafen, und obwohl ich gesagt habe, ich wollte keinen Sex mit ihm, vermittelt mir mein Körper etwas anderes. Ich bin ultraempfindlich, und mein ganzer Körper kribbelt vor Spannung.

Mein *ganzer* Körper.

Kapitel 31

Ich habe nicht viel zu Abend essen können. Meine Gedanken waren nur darum gekreist, später mit Lucky zu schlafen. Aber vorher gilt es noch, eine Sache zu klären …

»Bist du bereit?« Er schaut mich mit seinen prachtvollen blauen Augen über den Tisch hinweg an, in denen ein großes Versprechen liegt.

»Ich bin so was von bereit. Bereit, dir den Arsch aufzureißen.« Ich greife in das Säckchen mit dem Zugverschluss und ziehe sieben Buchstabenplättchen heraus, die ich dann auf das Plastikgestell vor mir lege. »Du wirst so was von untergehen.«

Lucky lacht und zieht seine Plättchen, dann schüttelt er den Kopf und ordnet sie an. »Man nennt mich nicht umsonst Lucky, Babe. Wenn hier einer untergeht, dann du.«

Es folgt die aufregendste Partie Scrabble, die ich je gespielt habe. Lucky fleht abwechselnd um Gnade, provoziert mich zu unnötigen Risiken, beweint seine Niederlage und bejubelt seinen Triumph. Ich bin nicht sicher, ob er mit tatsächlichen orthografischen Fertigkeiten gewinnt, aber auf jeden Fall hat er am Ende die meisten Punkte. Ich bin ziemlich sicher, er hat von vornherein auf eine Verwirrungsstrategie gesetzt. Dauernd hat er mich sanft berührt, mir zugezwinkert, mir Komplimente gemacht … eine Stunde bin ich ihm hilflos verfallen, und er hat hundert Punkte Vorsprung, als wir den letzten Buchstaben aufs Spielbrett legen.

Er lehnt sich auf seinem Stuhl zurück und verschränkt die Hände hinter dem Kopf. »Ich sage doch, ich bin gut in Scrabble.«

»Du hast geschummelt.« Ich räume die Buchstabenplättchen zusammen und verstaue sie wieder in dem Säckchen, falte das Spielbrett und lege alles in die Schachtel zurück. Das Spiel sieht noch brandneu aus, aber ich habe das Gefühl, wir werden es in den nächsten Monaten ganz schön abnutzen. Nie habe ich beim Zuhausebleiben mehr Spaß gehabt.

»Ich mache Tee«, sagt Lucky. »Möchtest du auch welchen?«

»Nein, danke.« Ich möchte hochgehen, meine Zähne putzen und mir die Beine rasieren, ehe ich mit ihm ins Bett gehe. Nicht, dass ich damit rechne, dass etwas passiert, aber wenn, möchte ich vorbereitet sein. Wie May schon zu Marc sagte … kein Mann mag dieses Kaktusgefühl, wenn er sich an eine Frau schmiegt.

Während Lucky in der Küche mit dem Wasserkessel hantiert, eile ich nach oben, direkt ins Bad. Ich war schon seit Ewigkeiten nicht mehr so nervös oder aufgeregt wegen eines Typen. Es ist fast, als hätten wir ein Date, nur dass es daheim stattfindet, wir zusammenwohnen und er der Vater meiner ungeborenen Zwillinge ist. Wer weiß, vielleicht ist er ja eines Tages auch mein Lebensgefährte.

Es sieht mir überhaupt nicht ähnlich, über den Status eines Mannes in meinem Leben nachzudenken. Ich werde es den Babys zuschreiben, die meinen Hormonhaushalt durcheinanderbringen.

Natürlich schneide ich mich beim Rasieren, weil ich es eilig habe. Ich zische auf vor Schmerz. *Verdammt, ich wusste, ich hätte eine neue Klinge nehmen sollen!*

Es klopft an der Tür. »Alles in Ordnung da drin?«

»Ja. Ich habe mich nur beim Rasieren geschnitten.«

Es entsteht eine Pause, bevor er etwas sagt. »Rasierst du dich immer vorm Zubettgehen?«

»Ja.« Ich halte den Atem an und frage mich, ob er mir das abkauft.

»Okay. Ich warte im Bett auf dich.«

Mein Herz rast. *Wird er nackt sein?* Ich erinnere mich nicht, wie er ohne Klamotten aussieht. Wahrscheinlich war ich zu sehr damit beschäftigt, verschwitzt mit ihm auf dem Boden herumzurollen, um es mir genau einzuprägen. Ich weiß noch, er hat eine super Brustmuskulatur und ein richtiges Sixpack, aber vom Rest … habe ich keine Ahnung mehr. Ich weiß nur, dass wir zusammenpassen wie zwei Teile eines sehr komplizierten Puzzles.

Beim Durchbürsten meiner Haare staune ich, wie lang sie geworden sind. Ich schätze, die pränatalen Vitamine, die ich nehme, lassen alles wachsen. Ich putze mir die Zähne, benutze Zahnseide und putze sie dann ein zweites Mal, dann folgt eine große Dosis Mundspülung, mit der ich doppelt so lange gurgle, wie auf der Flasche angegeben, bis mein Zahnfleisch brennt.

Aus einer Schublade im angrenzenden begehbaren Kleiderschrank hole ich mein schärfstes Nachthemd. Es ist aus dunkelroter Seide, das Oberteil ist mit schwarzer Spitze umsäumt. Hoffentlich werde ich es nicht sehr lange anhaben, denn es schläft sich nicht besonders bequem darin. Außerdem will ich unbedingt Sex. Scheiß auf nur Nebeneinanderschlafen. Wenn wir schon zusammenwohnen, können wir auch den Zusatznutzen genießen, oder?

Ich streife das Nachthemd über und zupfe es zurecht. Der Saum endet unmittelbar unter meinem Hintern. Es ist weit genug, dass Lucky meinen Bauch nicht sehen wird, was ich als Bonus betrachte. Ich muss ihn ja nicht unbedingt daran erinnern, dass darin zwei Babys herumschwimmen. *Das wäre ein echter Abturner.*

Ich beuge mich dicht vor den Spiegel und überprüfe mein Gesicht auf Schönheitsmängel. May sagt, ich sei wirklich hübsch, aber das finde ich nicht. Ich finde mein Gesicht durchschnittlich. Außerdem bekomme ich die ersten Fältchen um den Mund. May würde sagen, das kommt daher, dass ich zu oft mürrisch schaue. Ich strecke meinem Spiegelbild die Zunge heraus. *Ich finde, ich schaue keineswegs zu oft mürrisch, basta.*

Als ich schließlich der Überzeugung bin, dass es besser nicht werden wird, gehe ich durch die Badezimmertür ins Schlafzimmer. Ich seufze tief und starre auf mein Bett.

Auf der linken Seite hat sich Lucky ausgestreckt. Er liegt auf dem Rücken, die Augen geschlossen, sein Mund steht offen. Aus den Tiefen seiner Nebenhöhlen erklingt ein Schnarchen.

Ich trete näher und schaue mir das genauer an. Er hat das Shirt ausgezogen und seine Hose aufgeknöpft, aber anbehalten. Lucky hat nicht viele Haare auf der Brust, doch sie treffen sich in der Mitte seines Brustkorbs und führen in einer geraden Linie über den Bauch nach unten, um in seiner Calvin-Klein-Unterhose zu verschwinden. Er sieht zum Anbeißen aus. Mein Puls schlägt schneller, als ich ihn mir ohne Hose vorstelle.

Ich bin hin und her gerissen. Soll ich ihn wecken und loslegen oder einfach hier stehen bleiben und ihn noch ein Weilchen angaffen? Er arbeitet so viel, dass er einfach völlig erschöpft sein muss. Die Wartezeit hier oben kann maximal zehn Minuten betragen haben. Auf dem Nachttisch steht eine noch halb volle Teetasse.

Ich umrunde das Bett und lege mich langsam und vorsichtig neben Lucky, um ihn nicht zu wecken. Ich bin ihm jetzt nahe genug, um seine Körperwärme spüren zu können. Auch seinen Geruch nehme ich wahr. Lucky hat einen Duft, den ich nicht angemessen beschreiben kann, aber ich weiß, woran er mich erinnert: an all die vielen Male, bei denen ich ihn angesehen und gelächelt habe, bei denen er auf mich zukam und mich in die Arme nahm, an all die Stunden, Tage, Wochen, Monate und Jahre, die wir zusammen verbracht haben, zuerst als Freunde und jetzt als Liebende und Eltern zweier gemeinsamer Kinder. Er riecht nach einem Zuhause.

Lucky bewegt sich im Schlaf ein wenig und öffnet dann ein Auge. »He«, murmelt er müde.

Ich lächle. »He, Schlafmütze.« Ich hebe die Hand und stupse ihn gegen die Nase. »Du schnarchst.«

Er runzelt die Stirn und sagt mit schläfriger, sexy Stimme: »Nein. Das warst du.«

Ich kichere, denn ich liebe seinen Sinn für Humor und die intime Art und Weise, wie er ihn mit mir teilt. »Wohl kaum, denn ich stand zu diesem Zeitpunkt noch aufrecht.«

»Lügen und Gerüchte. Gerüchte und Lügen. Ich habe im Leben noch nie geschnarcht.« Er dreht mir den Rücken zu und schnarcht laut, diesmal ist es aber nicht echt.

Ich kuschle mich in Löffelchenstellung an ihn und begrabe mein Gesicht in seinem Nacken. Ja, das ist kühn, aber es fühlt sich richtig an, als sollte ich genau das jetzt tun. Ich atme Luckys Duft tief ein und lächle, als er das Lustzentrum in meinem Gehirn erreicht. Was bin ich froh, dass ich meine große Klappe nicht halten konnte und ihm gesagt habe, dass er nicht jede Nacht verschwinden soll.

»Daran könnte ich mich gewöhnen«, murmelt er ins Kissen.

»Gut. Ich auch.« Ich meine es ernst. Der Friede, der zwischen uns herrscht, gefällt mir. Wir sind ganz allein, nichts kann uns stören. Ich fühle mich sicher und aufgehoben. Vielleicht sogar geliebt. Jedenfalls aber respektiert. Das kam in meinem Leben bisher nicht oft vor.

»Willst du rummachen?«, murmelt er.

Ich lächle und knabbere an seiner Haut. »Vielleicht.«

Er nimmt meinen Arm von seiner Hüfte und dreht sich um, sodass wir einander zugewandt liegen. »Ich glaube, du wirst den ersten Schritt machen müssen.«

»Warum? Hast du Angst?«

Er nickt sehr ernst. »Ich hatte noch nie Sex mit einer Schwangeren.«

»Ich auch nicht.«

Bellend lacht er mir mitten ins Gesicht.

Ich hebe die Hand und tue, als müsse ich etwas von meinem Augenlid wischen. »Danke dafür.«

Er nimmt meine Hand und küsst meine Fingerrücken. »Ich mag dich wirklich. Sehr.«

Ich gebe mir Mühe, nicht zu lächeln, doch ich weiß, es wird mir nicht gelingen. Er hat nicht gesagt, er würde mich lieben, aber diese Formulierung gefällt mir besser. Sie fühlt sich sicherer an. Einander zu mögen ist ein guter Anfang. »Ich mag dich auch sehr.«

»Ich würde dich jetzt gern ausziehen.«

»Lass dich nicht aufhalten.«

Der weiche Stoff meines Nachthemdes kitzelt auf der Haut, als er es langsam hochzieht. Ich winde mich auf dem Bett, damit er es mir ausziehen kann, und schon bald zieht er es mir über den Kopf und wirft es achtlos weg. Es segelt durch die Luft und landet lautlos auf dem Boden.

Er betrachtet meinen völlig nackten Körper. »Mein Gott, Frau. Du bist ein Kunstwerk.«

Ich boxe ihn sanft gegen die Schulter. »Halt den Mund! Du bist so was von albern.« Ich spüre, wie ich unter seinem Kompliment erröte.

»Nein, ich meine es ernst. Todernst.« Er lässt die Hand über meinen Arm zu meiner Hüfte und dann weiter nach vorn gleiten. Bei meinem Bauch hält er inne. Sein Finger umkreist meinen Nabel und wandert dann weiter zu dem behaarten Dreieck darunter.

Ich muss mich zwingen, still liegen zu bleiben, obgleich seine Berührung angenehme Stromstöße durch meinen Körper jagt.

»Ich will dir nicht wehtun«, sagt er.

»Du könntest mir niemals wehtun, außer …« Ich verstumme, ehe ich mit zu vielen Worten und zu viel Information alles ruiniere.

»Außer was?«

Ich schüttle den Kopf. »Vergiss es! Nichts.«

Er legt die Hand auf meine Wange und starrt mir in die Augen. »Sag einfach, was du sagen wolltest. Ich verspreche, ich werde es nicht werten.«

Ich überlege einen kurzen Moment, ob ich überhaupt etwas sagen möchte. Mein erster Instinkt ist, etwas zu erfinden, zu lügen. Aber ich bin jetzt Mutter. Ich muss das Richtige tun und ihm sagen, was ich gedacht habe. Was kann schon passieren? Er könnte mich verlassen, und dann wäre ich allein, aber das war ich fast mein ganzes Leben lang, damit kann ich umgehen.

»Ich wollte sagen, der einzige Weg, mir wehzutun, wäre, wenn du mich verlässt. Aber wenn du mich verlassen musst, dann verstehe ich das. Ich will nicht, dass du aus Pflichtgefühl bei mir bleibst.«

Er lächelt beinahe traurig. »Warum glaubst du, ich wollte dich verlassen?«

Ich zucke die Achseln. »Ich weiß nicht. Menschen verlassen Menschen. Das kommt vor.« Der Schmerz in meinem Herzen ist furchtbar. Ich sage nicht, was ich wirklich denke: dass ich kein Mensch bin, der es wert ist, dass man sich lange mit ihm abgibt. Schon gar nicht ein Mann wie Lucky.

»Ich bin jetzt über die Hälfte unseres Lebens um dich herum. Wieso sollte ich ausgerechnet jetzt gehen wollen? Wir sind ein Team. Gemeinsam gründen wir eine Familie.« Es sieht aus, als wolle er noch mehr sagen, hält aber inne.

Aus irgendeinem Grund führen seine Worte und sein Zögern danach dazu, dass ich am liebsten weinen würde. Ich gebe mir größte Mühe, dieses Gefühl zu zügeln. »Aber manchmal passiert Scheiße. Ich kenne das.«

»Du solltest mich besser kennen, Toni. Ich haue nicht ab, wenn's schwierig wird. Nein, ich bleibe. Ich habe meine Lektion gelernt.«

Diese letzte Aussage lässt mich aufhorchen. »Deine Lektion?«

»Ja. Mit meiner Schwester. Ich war nicht für sie da, als sie mich gebraucht hat, und schau dir an, was passiert ist.«

»Ich hoffe, du gibst dir nicht die Schuld für das, was sie getan hat.«

»Nein, eigentlich nicht. Ich habe ziemlich viel mit Jenny darüber gesprochen, und sie hat mir geholfen, einiges klarer zu sehen. Du auch, als wir neulich darüber sprachen. Aber Tatsache ist, meine Schwester brauchte einen Gesprächspartner, und ich war nicht für sie da. Vielleicht hätte sie mit mir sowieso nicht geredet, aber wenn ich mehr zu Hause gewesen wäre, wenn ich unserer Beziehung etwas mehr Gewicht eingeräumt hätte, hätte ich sie vielleicht zu jemandem bringen können, mit dem sie hätte reden können. Ihr wenigstens helfen können, Frieden zu finden.«

»Aber das kannst du nicht wissen. Es hat keinen Sinn, dich deswegen zu zerfleischen.«

»Aber was, wenn ich ein schrecklicher Vater bin? Ich war ein schrecklicher Bruder. So weit hergeholt ist der Gedanke nicht, dass ich ein miserabler Vater wäre. Meiner war jedenfalls kein leuchtendes Beispiel.«

»Machst du Witze? Das ist Blödsinn. Du warst ein großartiger Bruder. Weißt du noch? Ich war dabei. Du hast deine

Schwester überall mit hingenommen, bis sie alt genug war, zu entscheiden, was sie interessierte und was nicht. Wen interessiert schon sein Vater und was er getan hat oder auch nicht? Du wirst ein großartiger Vater sein. Du bist nett, umsichtig, lustig, witzig … du kannst nicht von Dingen in der Vergangenheit, über die du keine Kontrolle hattest, abhängig machen, wer du in der Zukunft sein wirst.«

Er streichelt meinen Arm. »Du weißt, dass ich das Gleiche über dich und Charlie sagen könnte.«

Mir gefriert auf der Stelle das Blut in den Adern. »Was hat er denn mit all dem zu tun?« Ich weiche etwas zurück, und das Stück Bett zwischen uns wird fast eisig kalt.

»Nichts. Ich sage nur … du bist mir sehr ähnlich. Du gibst dir für Dinge die Schuld, für die du nichts kannst.«

Ich schnaube angewidert. Aber ich weiß nicht genau, wem diese Emotion gilt – ihm oder mir. »Ich habe Charlie getötet. Das lässt sich nicht schönreden. Für diesen Fehler werde ich für den Rest meines Lebens bezahlen.«

»Aber er hat dir wehgetan. Sehr. Es war Notwehr.«

»Die erste Kugel war Notwehr. Die anderen vier … weniger.«

»Nein, das glaube ich nicht. Ich weiß, du glaubst, der Richter sei dieser Auffassung gewesen, und hast dich ihr inzwischen angeschlossen, aber das stimmt nicht. Es ist egal, wie viel Training man hat, Toni.« Er streicht mir die Haare aus der Stirn und fährt fort: »Du weißt, dass man in einer solchen Situation, die maximalen Stress bedeutet, nicht die Geistesgegenwart hat zu sagen: ›Oh, eine Kugel reicht. So. Peng.‹ Man weiß nur, dass man bedroht wird und dieser Drohung ein Ende setzen muss. Ein für alle Mal.«

»Ich wünschte, es wäre so einfach.«

»Es ist so einfach. Schau dir doch all die Schießereien in der Stadt in den letzten fünf Jahren an, in die die Polizei verwickelt war. Ich habe die Berichte gelesen, du bestimmt auch, oder?« Er wartet, bis ich den Kopf geschüttelt habe, dann fährt er fort: »In jedem einzelnen Fall haben die Polizisten, unbestreitbar die in der Benutzung von Schusswaffen in Stresssituationen bestausgebildeten Personen, die Verdächtigen mit mehr als einer Kugel gestoppt.«

»Wahrscheinlich, weil sie aus großer Entfernung geschossen haben. Sie waren nicht sicher, ob sie getroffen hatten, mussten also weiterfeuern.« Ich kann Lucky nicht mehr in die Augen sehen, deshalb starre ich auf sein Kinn. »Ich habe Charlie aus nächster Nähe erschossen.«

»Nein, das stimmt nicht. In mehreren der Fälle, mit denen ich mich beschäftigt habe, waren die Beamten nur anderthalb Meter von den Verdächtigen entfernt. Niemand verwendet je nur eine Kugel. Es fließt zu viel Adrenalin, und es steht zu viel auf dem Spiel.«

Warum hat er diese Berichte gelesen? Ich erinnere mich nicht, dass so etwas Teil eines Falls war, an dem wir gearbeitet haben. *Für mich?* Ein kleiner Teil von mir will wirklich glauben, was er sagt, aber ich weiß, was er vorhat. Er versucht, mich über meine schreckliche Tat hinwegzutrösten.

»Ich möchte nicht mehr darüber sprechen.« Ich bin auch nicht mehr in Stimmung, das zu tun, was wir ursprünglich vorhatten. Der Bereich zwischen uns ist immer noch kalt. Ich fühle mich einfach emotional völlig leer. *So viel zum Thema rasierte Beine.*

Er streicht über meinen Arm, zieht mich an sich und umarmt mich fest. »Tut mir leid, dass ich das erwähnt habe. Ein echter Stimmungstöter.«

Ich löse mich von ihm und drehe ihm den Rücken zu. Auch wenn ich es hasse, mich verletzlich zu fühlen, ist genau das jetzt der Fall. »Kannst du mich heute Nacht einfach … festhalten?«

»Natürlich«, sagt er und rückt näher. »Gern.«

Erinnerungen an Charlie mischen sich mit Gedanken an Lucky, unsere Vergangenheit und unsere mögliche Zukunft. Offenbar haben mir meine letzte Beziehung und die Art, wie ich sie beendet habe, heftige Narben zugefügt. Ich habe das Gefühl, erst nach vorn schauen zu können, wenn ich die Vergangenheit repariert habe, aber ich weiß auch, dass ich nichts ungeschehen machen kann. Meine Gedanken wirbeln in einer endlosen Spirale … wenn ich nur alles wiedergutmachen könnte …

Dann geht mir ein Licht auf und erfüllt mich mit jäher Klarheit. Die Idee trifft mich wie ein Blitz mitten ins Hirn. Ich weiß jetzt, was mein Problem ist und warum sich alles in meinem Leben so dem Untergang geweiht anfühlt, warum anscheinend alles in Tränen enden muss, egal, was ich tue, um die Dinge geradezubiegen. Diese Sache mit Charlie ist nicht ohne Grund wie eine offene Wunde. Ich verstehe gar nicht, dass ich nicht schon früher darauf gekommen bin. *Deshalb* hatte ich das Bedürfnis, betrunken einen Typen anzurufen, der versucht hat, eine Freundin von mir zu entführen, um an mich heranzukommen. Selbst in volltrunkenem Zustand wusste ich, was mein Herz braucht. Schlussstriche.

Ich kann nicht ungeschehen machen, was ich getan habe, und ich werde es immer bedauern, was ich Charlie angetan habe, und schreckliche Schuldgefühle deswegen haben, aber vielleicht könnte ich einen Weg finden, einiges hinter mir zu lassen, könnte mit Lucky und den Babys in die Zukunft schauen, mit Licht in meiner Welt und nicht nur mit dieser allumfassenden Finsternis, die ständig alles zu verschlingen droht.

Der Hoffnungsschimmer, der in meinem Herzen aufleuchtet, ist wie eine Droge, von der ich eine Überdosis will. Als ich meine Möglichkeiten überdenke, überschlagen sich meine Gedanken. *Wie kann ich einen Schlussstrich unter die Ermordung eines Mannes ziehen, der behauptet hat, mich zu lieben?* Rasch komme ich zu dem Schluss, dass es eigentlich nur einen Weg dazu gibt: Wenn ich nur jemanden, der Charlie liebt, der ihm wichtig war, dazu bringen könnte, mir zu verzeihen, dann könnte ich mir wahrscheinlich auch selbst vergeben. Das ist der Weg zum Schlussstrich, zu dem kostbaren Elixier, das, wie ich überzeugt bin, Heilungen ermöglichen wird.

Ich gehe im Geiste eine Liste seiner Verwandten durch und bleibe beim Naheliegendsten hängen. *Natürlich.* Plötzlich ist alles so offensichtlich. Meine Hand wandert zu meinem Bauch, und von innen stößt etwas sacht dagegen. Ich lächle, als ich begreife, dass eines meiner Babys mit mir kommuniziert.

Das ist gut. Das ist richtig so. Ja, es ist verrückt und durchgeknallt, aber nur so kann ich die Weichen für meine Zukunft stellen. Aber vor verrückten, durchgeknallten Dingen bin ich noch nie zurückgeschreckt. Ich kann das. Außerdem muss ich nicht mehr nur an mich denken. Ich habe die Babys und vielleicht auch Lucky, wenn er bleiben und unsere Beziehung auf die nächste Stufe heben möchte. Diese Mühe schulde ich ihnen. Bei der Vorstellung, praktisch von vorn neu anzufangen, wird mir ganz warm.

»Lucky?«

»Ja.«

»Eins der Babys tritt.«

Seine Hand wandert zu meinem Bauch. Ich lege die Finger auf seine und versuche, den nächsten Zielpunkt für einen Tritt vorherzuahnen. Da ist wieder einer. Ein winziges Zucken.

»Hast du das gespürt?«, frage ich.

»O mein Gott! Ich glaube schon. Es hat sich angefühlt wie eine kleine Ausstülpung.«

»Na ja, es sind entweder Blähungen oder ein Baby.«

»Das ist so cool«, flüstert er mit den Lippen an meinem Hals. »Du wirst Mutter.«

»Ja, und du wirst Vater.«

Mir ist jetzt klar, was ich zu tun habe. Ich muss mit Charlies Mutter reden. Sie verdient eine Entschuldigung für das, was ich ihrem Sohn, ihrer Familie und ihr angetan habe. Bei meiner Verurteilung saß sie im Gerichtssaal. Sie schien wild entschlossen, mich bis zu ihrem letzten Atemzug zu hassen, aber wenn ich von Mutter zu Mutter mit ihr rede, wird sie vielleicht in ihrem Herzen eine Regung spüren, die es ihr ermöglicht, sich meine Entschuldigung wenigstens anzuhören. Das könnte reichen.

Hoffnung erfüllt mein Herz.

Kapitel 32

Ich bin froh darüber, wie die Dinge zu Hause mit Lucky und bei der Arbeit mit meinen Teamkollegen laufen. Nie hätte ich gedacht, dass ich an Routine Gefallen finden könnte, aber sie fühlt sich gut an. Lucky und ich essen jeden Abend zusammen und spielen dann entweder Karten oder ein Brettspiel, und dann gehen wir zusammen nach oben in mein Schlafzimmer. Bisher haben wir nur jugendfrei gekuschelt, aber ich habe eigentlich andere Pläne.

Er hat mir die Führung überlassen, und früher hätte ich keine Sekunde gezögert, Sex mit ihm zu haben, doch ich stelle fest, dass sich meine Einstellung dazu gerade ändert. Ich mag Sex natürlich immer noch, aber er bedeutet mir jetzt mehr. Ich habe abgewartet, wie viel Lucky und ich einander wirklich bedeuten, ehe ich die Sache mit einer intimeren Beziehung weiter kompliziere. Lucky ist nicht irgendein Typ, den ich in einer Bar getroffen habe, oder ein Jugendschwarm auf der Suche nach einer schnellen Nummer. Er ist der Vater meiner Kinder und der Typ, mit dem ich zusammenwohne, der Mann, mit dem ich Brettspiele spiele und den ich aufziehe, weil er über einen blöden Bart nachdenkt, der ihn nicht mal ansatzweise hässlich machen würde. Wenn wir das nächste Mal Sex haben, wird es ganz anders sein als beim letzten Mal. Wir werden Liebe machen. Ich bin nicht sicher, ob ich das je getan habe. Nicht mal mit Charlie.

»Kommst du heute Nachmittag mit shoppen?«

Mays Frage lässt mich aus meinem Tagtraum hochschrecken. Sie schaut mich über die Trennwand zwischen unseren Schreibtischen hinweg an. Wir beide nennen uns inzwischen scherzhalber die Schreibtischbrigade … oder kurz Schreibbrigade. Ozzie lässt uns selbst entscheiden, ob wir Außenmissionen übernehmen oder im Lagerhaus bleiben und den zahmeren Kram erledigen wollen, und wir haben uns beide freiwillig für den Schreibtischdienst gemeldet. Mal ganz abgesehen von der Morgenübelkeit erschien mir das einfach klüger und sicherer. Jedes Mal, wenn ich daran denke, mit May im Einsatz zu sein, habe ich wieder das Bild vor Augen, wie Marc, der Gangster, an seinen Hosenbund greift, um die Waffe zu ziehen. Das macht die Entscheidung für die Schreibbrigade leicht. Angesichts all der Festnahmen, die sich aus unserer Arbeit ergeben haben, gibt es gerade nicht allzu viel durchzusehen, aber wir machen weiter und hoffen, das letzte Mosaiksteinchen auch noch zu finden. Marc Doucet ist noch immer auf freiem Fuß, und wir können sein Bewegungsmuster zwar aufgrund der raschen Auffassungsgabe Alice von Wunderland Guckenburgers anhand seines Handys einigermaßen verfolgen, doch er hat sich bisher noch keiner Verbrechen schuldig gemacht.

Ich schüttle den Kopf. »Nein, danke.« Eine bessere Methode der Selbstfolter fiele mir nicht ein. Klamotten shoppen mit May? Nein. So sehr hat mich die Schwangerschaft dann doch wieder nicht verändert.

»Aber du musst einfach«, jammert sie. »Wir finalisieren die Hochzeitspläne, und ich brauche deine Meinung.«

»Meinem genialen Hirn ist doch schon der Plan entsprungen, deine Hochzeit zu retten, indem wir sie vorverlegen, und ich habe dir einen Caterer besorgt. Ich glaube, ich habe meine Pflicht getan.«

Sie sieht mich stirnrunzelnd an. »Zwing mich nicht, dich wieder in den Schwitzkasten zu nehmen.«

Ich muss lächeln. Sie hat mich einmal überwältigt, aber ich bezweifle, dass ihr das noch einmal gelingen würde. Diesmal bin ich vorbereitet, außerdem leide ich nicht mehr unter ständiger Übelkeit.

Ich deute auf sie, während ich die Aufzeichnung mit einem Tastendruck ein Stück zurückspule. »Hör zu, Miss Mittelmaß … wenn du auch nur versuchst, mich in den Schwitzkasten zu nehmen, wickle ich dich so in deine Kopfhörerkabel, dass man einen Suchtrupp brauchen wird, um dich in dem Gewirr zu finden.«

Sie beugt sich dicht an mich heran und antwortet im Bühnenflüsterton: »Wenn du das tust, dann petze ich. Ich werde allen sagen, dass du das warst, und sie gleichzeitig wissen lassen, dass du dich überanstrengt hast. Dann kriegst du aber von Lucky was zu hören.«

»Tu das besser nicht.« Ich versuche, ernst zu bleiben, aber es gelingt mir nicht. Irgendwie komme ich mir nach einem Gespräch mit May immer vor, als wäre ich wieder zehn. Ich glaube, damals war ich deutlich weniger verbittert, denn ich finde sie neuerdings auch eher lustig als nervig. Verdammte Hormone … machen mich ganz weich. Nach der Geburt der Babys werde ich freiwillig Doppeltrainingsschichten mit Dev schieben.

»Bitte?«, bettelt sie. »Ich kaufe deinen Babys auch passende Stiefelchen.«

Es ist vollkommen dämlich, aber ihre albernen kleinen Bestechungsversuche verfangen bei mir jedes Mal. Wen bitte interessieren Babystiefelchen? Mich, offenbar. »Na gut. Ich gehe mit dir shoppen, aber höchstens eine Stunde.«

»Kein Problem. Ich kann powershoppen. Die Frage ist … kannst du das?« Sie schaut mich an und wackelt fragend mit den Augenbrauen.

Ich schnaube. »Bitte. Ich habe für alles genug Power, auch für deine albernen kleinen Einkaufstrips.«

»Zieh besser deine Laufschuhe an«, haucht sie, setzt ihr Headset auf und beginnt zu tippen.

Kapitel 33

Als May von Powershopping gesprochen hat, hat sie das todernst gemeint. Jenny ist ihre moralische Stütze, und ich bin die Lusche, die hinterherzockelt und über ihre Füße jammert. Sie hat recht gehabt. Ich hätte Joggingschuhe anziehen sollen, bin aber bei meinen Arbeitsstiefeln geblieben, deren Absätze mich jetzt beinahe umbringen. Wir sind erst seit fünfundvierzig Minuten unterwegs, aber ich schwöre bei Gott, wir haben bereits die Hälfte der Geschäfte im Einkaufszentrum besucht und dabei etwa acht Kilometer zurückgelegt.

»Komm schon, nicht schlappmachen. Wir haben noch vier Läden vor uns.« Ohne sich umzudrehen, schnippt May mit den Fingern über ihrem Kopf.

»Können wir mal kurz was trinken?« Meine Zunge fühlt sich an, als würde sie jeden Augenblick an meinem Gaumen kleben bleiben.

Jenny antwortet mir, weil etwas Glitzerndes in einem Schaufenster Mays Aufmerksamkeit erregt. »Du kannst Wasser haben. Mehr nicht. Alles andere in diesem gesamten Einkaufszentrum enthält entweder Koffein oder jede Menge Zucker.«

Ich verdrehe die Augen und mache mir eine geistige Notiz, nie wieder mit einer der beiden einkaufen zu gehen. Sie sind total krass drauf und vertreten die Ansicht, dass sie jedes einzelne Stück Stoff hier anfassen und auf Herz und Nieren prüfen müssen, ehe wir zum nächsten weitergehen können. Ich sage kein Wort mehr, denn ich habe befunden, dass es keine gute Idee ist, sie abzulenken. Die beiden sollen sich lieber auf ihre Mission konzentrieren, dann werden wir schneller fertig.

Zwanzig Minuten später haben wir den letzten Laden erreicht, wo wir unsere Brautjungfernkleider erstehen sollen. Jenny hält ein schwarzes Cocktailkleid hoch.

»Das ist schön«, sagt sie und hält es mir vor die Nase.

Ich verdrehe die Augen. »Klar, wenn es kein Problem ist, dass meine Wampe sich vorne rauswölbt.« Das Ding ist hauteng.

Jenny schaut mich mit gespieltem Stirnrunzeln an, während sie das Kleid weghängt. Sie legt die Hand auf meinen Bauch und reibt ihn. »Wie kannst du es wagen? Das ist doch keine Wampe. Das ist ein Babybauch.«

Ich schaue nach unten, leicht schockiert, dass sie tatsächlich meinen Bauch berührt. Es fühlt sich seltsam an, dass eine andere Frau ohne Vorwarnung ihre Hände darauflegt, ist aber gleichzeitig nicht unangenehm.

Schließlich sind darin die Babys, deren Tante sie praktisch ist.

Sie reißt die Augen auf. »Habe ich da gerade eben einen Tritt gespürt?«

Ich lächle. »Ja. Das Baby möchte dir mitteilen, dass du die Finger von der Ware lassen sollst.«

Jenny zieht ruckartig die Hand zurück. »O mein Gott! Tut mir leid. Das ist so unhöflich von mir.«

Ich schüttle den Kopf, als ich spüre, dass ich sie in Verlegenheit gebracht habe. »Ach was, mach dir nichts draus. Das ist wirklich kein Problem.«

May schließt sich uns an. »Habt ihr ein Kleid gefunden, Mädels?«

Ich nehme Jenny den Bügel aus der Hand und halte mir das Kleid an. »Ja. Sieht toll aus, oder?« Das ist mein Fluchtticket.

»Aber du musst es anprobieren«, sagt Jenny.

Ich schaue auf die Uhr. »Keine Zeit. Ich probiere es daheim an. Wenn es nicht passt, bringe ich es zurück und nehme es in einer anderen Größe mit.«

May deutet auf mich. »Mach das besser gleich. Die Zeit wird knapp. Meine Hochzeit ist nächste Woche.«

Ich nicke. »Ich weiß, ich weiß. Erinnerst du dich? Ich bin Brautjungfer. Ich spiele eine zentrale Rolle.«

May überrascht mich mit einer Umarmung. Dann schließt sich Jenny uns an, und aus dem Ganzen wird eine Art Gruppenkuscheln. Seufzend lasse ich das Kleid neben uns in der Luft baumeln.

»In einer Woche bist du meine Schwester!«, quietscht May.

Ich werfe ihr über ihre Schulter stirnrunzelnd einen Blick zu. »Wie das?«

Beide Mädchen lassen mich grinsend los. Nie zuvor waren sie sich so ähnlich wie jetzt, wo ich sie nebeneinander sehe und beide das gleiche dämliche Lächeln im Gesicht haben. Ich frage mich, ob meine Babys genau gleich aussehen werden oder ob sie zweieiige Zwillinge sind.

Jenny beantwortet meine Frage. »Du bist praktisch Ozzies Schwester und damit so etwas wie Mays Schwägerin – wenn sie verheiratet ist, also quasi auch meine.«

»Ich bin nicht sicher, ob dieser Stammbaum einer Überprüfung standhält.« Ich zitiere Worte, die mein Bruder häufig verwendet, wenn er über Beweise spricht. *Werden sie einer Überprüfung standhalten?* ist immer die Frage, die er stellt, wenn wir unsere Berichte vorlegen.

May tut meine negativen Kommentare mit einer vagen Geste ab. »Juristische Fragen sind in diesem Zusammenhang doch egal. Wichtig ist nur, was das Herz sagt.« Sie legt mir die Hand auf die Schulter und starrt mich an. »In weniger als einer Woche wirst du meine Schwester sein, also gewöhn dich besser daran. Ich rate dir, dich darauf einzulassen und nicht dagegen anzukämpfen.«

»Vertrau mir, ich kenne dich gut genug, um zu wissen, dass es sinnlos ist, gegen irgendetwas anzukämpfen, was du dir in den Kopf gesetzt hast.« Ich lache.

Sie nimmt die Hand von meiner Schulter und lächelt. »Siehst du? Du hast mich durchschaut. Ich wusste, wir würden uns irgendwann verstehen.« Sie wendet ihre Aufmerksamkeit ihrer echten Schwester zu. »Ist für den Junggesellinnenabschied alles vorbereitet?«

»Was für ein Junggesellinnenabschied?«, erkundige ich mich.

»Am Vortag, Mittagessen bei mir«, sagt Jenny. »Keine großen Partys für diese Junggesellin.« Sie deutet mit dem Daumen auf May. »Meine Schwester ist schwanger, deshalb dürfen wir im Gegensatz zu den Männern nicht allzu viel Spaß haben.«

»Im Gegensatz zu den Männern?«, frage ich. Das ist mir neu.

»Ja. Die Jungs gehen heute Nacht in irgendeine Bar. Ich dachte, das wüsstest du«, antwortet May.

Ich zucke die Achseln. »Davon hat mir Lucky nichts erzählt.« Warum sollte er auch? Wir haben keinen Anspruch aufeinander, obwohl wir in den letzten drei Wochen jede Nacht gemeinsam in meinem Haus verbracht haben.

Ich muss mich bemühen, nicht genervt zu sein. Um mich abzulenken, komme ich wieder auf Mays Feier bei Jenny zu sprechen. »Ein Stripper ist immer drin, auch wenn man schwanger ist, weißt du?«

Die beiden Schwestern öffnen den Mund, sagen aber nichts.

»Das war nur ein Scherz. Entspann dich.« *Na ja, eine Art Scherz.*

Jenny legt den Finger ans Kinn, schaut zur Decke, und in ihren Augen blitzt der Schalk. »Ich weiß nicht … vielleicht sollten wir das machen.«

»Wagt es nicht.« May hat die Stimme zu einem Flüstern gesenkt und schaut sich um, als wolle sie sichergehen, dass niemand sie belauscht hat.

Ich kann nicht widerstehen. So laut ich kann, töne ich durch den ganzen Laden: »Ich finde, Stripper sind eine großartige Idee, May! Toller Vorschlag! Willst du dieselben Village-People-Imitatoren, die wir für deine Geburtstagsfeier hatten?«

May stürzt sich auf mich wie eine Ohrfeigenmaschine, wedelt mit den Händen zwischen uns herum und versucht, meinen Körper zu erreichen. Ich hebe die Unterarme, um sie abzuwehren, und lache so heftig, dass mir der Bauch wehtut. Das fühlt sich besser an, als mir Sorgen zu machen, Lucky könnte sich bei einem Junggesellenabschied in einer Bar mit irgendeinem Mädchen einlassen, während ich schwanger zu Hause sitze.

»Das habe ich nicht gesagt!«, brüllt sie und schaut über die Schulter die Verkäuferinnen an, die uns anstarren. »Ich mag gar keine Stripper.«

Jenny lacht mit mir. Wir ducken uns und rennen zur Kasse. May beschließt, uns nicht zu folgen, sondern verlässt den Laden. Jenny und ich stehen atemlos und dämlich grinsend an der Kasse.

Sie hält die Hand hoch, und ich klatsche sie ab.

»Der war gut«, sagt sie.

»Ja, fand ich auch.« Es fühlt sich an, als seien meine Adern vollgepumpt mit glücklich machenden Drogen. Ich schätze, einkaufen mit May und Jenny kann tatsächlich Spaß machen. *Hm. Na so was.*

Ich bin versucht, Lucky eine SMS zu schreiben und nach seinen Plänen für den Abend zu fragen, aber ich lasse es bleiben. Er kann mit seinem Leben machen, was er will, und wenn er feiern gehen möchte, dann sollte er das tun. Ich werde einfach früh ins Bett gehen.

Kapitel 34

Ich liege im Bett und schlafe tief, als mich Lärm aus dem Erdgeschoss weckt. Dann ertönt eine Reihe seltsamer Pieptöne, als Lucky versucht, die Alarmanlage auszuschalten. Er hat mir eine SMS geschrieben, als ich gerade das Einkaufszentrum verlassen habe, und mir mitgeteilt, dass es wegen des Junggesellenabschieds spät werden würde; deshalb habe ich nicht erwartet, ihn vor Sonnenaufgang zu sehen. Aber draußen ist es stockdunkel, und ein Blick auf den Wecker verrät mir, dass es drei Uhr morgens ist. Ich spitze die Ohren, als ich mehr Pieptöne vernehme, als ich eigentlich hören sollte.

O Scheiße! Er hat den falschen Code eingegeben. Ich renne aus dem Schlafzimmer, doch da geht der Alarm schon los. Als ich die Treppe hinuntereile, höre ich eine Mischung aus Flüchen und Sirenen und rieche den Alkohol, noch bevor ich die unterste Stufe erreiche.

Ich gehe hinüber zur Tür und schiebe ihn aus dem Weg, um den richtigen Code einzugeben und den Alarm abzuschalten. Das Geheul hört auf, aber jetzt muss ich in die Küche ans Telefon, um mit der Telefonistin zu sprechen, deren Aufgabe es ist, die ausgelösten Alarmanlagen gegenzuchecken. Nach weniger als dreißig Sekunden klingelt es, und ich nehme den

Anruf entgegen. Rasch nenne ich der Frau am Telefon meinen geheimen Code, damit sie nicht die Polizei vorbeischickt.

Nachdem ich der Telefonistin für ihre Gewissenhaftigkeit gedankt habe, knalle ich den Hörer auf die Gabel, wende mich um und funkle Lucky an.

Er steht direkt hinter mir und fährt sich mit der Hand durchs Haar. Es steht ihm wirr um den Kopf und lässt ihn zusammen mit den zerknitterten Klamotten und dem ungepflegten Bart aussehen, als habe er gerade eine Nacht in der Gosse geschlafen. Ich sollte ihn eigentlich in dieser Aufmachung hässlich finden, doch das ist nicht der Fall. Er ist genauso heiß wie immer, aber er hat mich aus dem Tiefschlaf geweckt, nachdem er mit den anderen Mitgliedern unseres Teams gefeiert hat, weswegen ich ziemlich ungnädig bin.

Ich verschränke die Arme vor der Brust und funkle ihn weiter an.

»Hey, Babe.« Er grinst mich verschämt an.

»Ich habe schon geschlafen.«

»Weiß ich. Ich habe versucht, leise zu sein«, lallt er.

Ich erinnere mich nicht, ihn je so betrunken gesehen zu haben. Er ist plötzlich deutlich weniger attraktiv, als mir aufgeht, an wen er mich in diesem Augenblick erinnert: *Charlie.*

Ich schiebe mich an ihm vorbei, um nach oben zu gehen, doch er packt mich am Handgelenk und zieht mich an sich.

Ich entreiße ihm meine Hand und weiche einen Schritt zurück. »Nicht.« Meine Stimme ist scharf, hat aber auch einen verängstigten Unterton. Mein Herz rast in meiner Brust, und Adrenalin pumpt durch meine Adern. Es ist wie eine Art Rückblende. Ich kann in diesem Augenblick nur an Charlie denken und an das, was er mir so oft angetan hat.

Wenn er betrunken von einer Kneipentour nach Hause kam und versuchte, mit mir zu interagieren, war das immer der Anfang einer Krise zwischen uns. Niemand hat sich vollkommen unter Kontrolle, wenn er getrunken hat, ganz egal, um wen es sich handelt. Lucky macht da keine Ausnahme.

Lucky runzelt die Stirn und streckt halbherzig die Hand nach mir aus. »Komm schon, Babe. Sei nicht so.«

Ich bin wütend. Wie kann er es wagen, in diesem Zustand zu mir nach Hause zu kommen? Er weiß, dass Charlie das immer getan hat und dass es nie gut endete.

Ich schlage seine Hand weg und funkle ihn an, während er schwankt. »Wie denn? Wie eine Schwangere, die es nicht mag, wenn ein betrunkenes Arschloch sie mitten in der Nacht weckt?«

Das bärtige Kinn sackt ihm auf die Brust, und er macht ein paar torkelnde Schritte. »Wow! Das war hart. Was habe ich dir denn getan?«

Kopfschüttelnd sehe ich ihn an und begreife, dass dieses Gespräch völlig sinnlos ist. Er ist so betrunken, dass er nicht weiß, was er sagt oder tut. Wahrscheinlich wird er sich morgen früh an nichts mehr erinnern.

»Vergiss es! Ich gehe ins Bett. Du kannst nebenan schlafen.«

Mit diesem stinkenden Alkoholatem kommt er ganz bestimmt nicht in meine Nähe. Außerdem ist er so betrunken, dass er wahrscheinlich versuchen wird, mich zu betatschen, und dann werde ich ihm alle Knochen brechen müssen. Darauf möchte ich es nicht ankommen lassen.

Ich versuche, an ihm vorbeizugehen, aber er packt mich erneut. Als ich mich loszureißen versuche, verstärkt er seinen Griff.

Ich gebe meinen Fluchtversuch für einen Augenblick auf und bemühe mich, meine Gefühle in den Griff zu bekommen. Wenn ich jetzt nicht vorsichtig bin, könnten wirklich schlimme Dinge passieren. Ich atme ein paarmal tief durch, bevor ich mich ihm zuwende. Er umklammert noch immer mein Handgelenk.

»Lucky … du musst mich loslassen. Du bist betrunken und benimmst dich total daneben, und für so etwas habe ich heute Nacht nicht besonders viel Geduld.«

Seine Stimme wird sanfter. »Aber ich muss etwas mit dir besprechen. Es ist ungeheuer wichtig.«

Ich seufze sehr laut, damit er begreift, wie ungemein er mich nervt. »Na schön. Was gibt's? Beeil dich, es ist spät, und ich muss morgen arbeiten.«

»Arbeiten?« Verwirrt runzelt er die Stirn. »Es ist Wochenende.«

Ich schüttle den Kopf, als ich merke, dass ich ihm beinahe mein Geheimnis verraten hätte. Schließlich plane ich, morgen ein paar Nachforschungen über Charlies Mutter anzustellen. Ich bin in den letzten drei Wochen immer mal wieder allein durch das Viertel gefahren, in dem sie wohnt, wenn ich nach der Arbeit Zeit hatte, habe mich versichert, dass sie da ist, mir angesehen, mit wem sie ihre Abende verbringt, und ihre Routinen ausgespäht. Meinem Kenntnisstand nach ist sie Single, aber diese Information könnte auch veraltet sein. Bisher habe ich allerdings nichts gesehen, was auf etwas anderes hinweist, doch ich muss sichergehen. Ich habe nicht vor, mich ihr in der Öffentlichkeit zu offenbaren. Das ist nur eine Sache zwischen uns beiden.

»Ich meinte, shoppen gehen. Ich muss für die Hochzeit einkaufen.« Diese Notlüge garantiert mir einen Ausflug ohne Begleitung. Lucky ist von diesen Hochzeitsplänen genauso wenig begeistert wie ich.

»Oh! Na gut. Ich werde wahrscheinlich ausschlafen und dann einen Riesenkater haben.« Er lächelt, bekommt Schluckauf und wischt sich mit dem Handrücken die Lippen ab.

Mit hochgezogener Braue sehe ich ihn an. »Du wolltest mir etwas sagen?«

»Ja.« Jetzt ist er plötzlich wieder ganz lebhaft, seine Augen funkeln. Er beugt sich zu mir vor und nimmt auch meine andere Hand. Wir stehen uns gegenüber, viel zu nah für meinen Geschmack. Sein Atem ist wie hochprozentiger Alkohol, Wellen von Fuselgestank schlagen mir ins Gesicht.

Mein Instinkt sagt mir, ich solle ihn abschütteln und mich zurückziehen, doch das tue ich nicht. *Beruhige dich … das ist Lucky, nicht Charlie. Er wird dir nicht wehtun.*

Er stößt undeutlich hervor: »Als ich heute Nacht unterwegs war, habe ich nachgedacht. Über alles Mögliche. Über uns. Ich habe die ganzen Tänzerinnen gesehen, und die Jungs haben Witze gerissen und so … aber es hat mir eigentlich gar keinen Spaß gemacht.«

Kopfschüttelnd sehe ich ihn an. »Kaum zu glauben. Aus dir spricht der Alkohol.«

Er kommt noch ein wenig näher, sodass ich seine blutunterlaufenen Augen genau sehen kann. »Nein, ich schwöre. Ich mochte solche Sachen, aber jetzt, wo ich hier mit dir wohne und die Zwerge kommen …«

»Zwerge?«

Er schaut auf meinen Bauch. »Zwerge in ihrer Höhle. Zwei.« Grinsend schaut er zu mir auf, ehe er fortfährt: »Ich mag einfach nicht mehr dieselben Sachen wie früher. Tatsächlich nerven sie mich inzwischen.« Er schüttelt den Kopf und schaut verwirrt, als verstünde er sich selbst nicht.

Ich zucke die Achseln, als ich begreife, was er mir sagen will, obwohl er voll ist wie eine Strandhaubitze und wahrscheinlich selbst nicht weiß, was er redet. »Das kann ich nachvollziehen. Früher habe ich immer gerne mit euch gefeiert, aber jetzt möchte ich am liebsten einfach zu Hause bleiben und dich bei Brettspielen abziehen.« Ich schenke ihm ein trauriges Lächeln. »Das ist vermutlich der Anfang meines neuen, langweiligen Lebens.«

Er drückt meine Hände und schaut mich so ernst an, dass es mich fast traurig macht. »Siehst du? Genau das meine ich. Wir sind beide in derselben Richtung unterwegs. Wir wollen beide dasselbe. Du gewinnst bei unseren Brettspielen allerdings nicht – du verlierst, aber das ist okay. Ich liebe dich trotzdem, und wir haben bald eine gemeinsame Familie. Weißt du, was das bedeutet?«

Ich ignoriere die Tatsache, dass er gerade wieder das L-Wort verwendet hat. Das kann ich als natürlichen Nebeneffekt von zu viel Alkohol abschreiben. Aber ich fürchte, gleich wird noch etwas viel Schlimmeres passieren. Ich sehe ihn an und schüttle den Kopf, frage mich, worauf er hinauswill. Eigentlich sollte ich ihn zum Schweigen bringen, aber ich tue es nicht. Etwas in mir will wissen, worauf das alles hinausläuft.

»Nein«, sage ich. »Warum sagst du es mir nicht, du betrunkener Philosoph?«

Er grinst und überschüttet mich mit seiner alkoholinduzierten guten Laune. »Es bedeutet, dass wir einander lieben und heiraten sollten. Unbedingt, genau wie Ozzie und May.« Er geht schwankend auf ein Knie, blickt zu mir auf und neigt sich gefährlich zur Seite, ehe er sich schließlich fängt.

Vor Angst und Frustration bleibt mir beinahe das Herz stehen. Ehe er auch nur ein weiteres Wort sagen kann, handle ich. Ich muss schnell sein, um zu verhindern, dass er alles kaputt macht. Also beuge ich mich vor und schubse ihn gegen beide Schultern, sodass er umkippt.

Er landet im Flur auf der Seite und schlägt sich den Kopf an der Wand an. »He! Was machst du denn da?«, lallt er. »Ich wollte dir einen Antrag machen.«

Im Vorbeigehen trete ich ihm in die Rippen. »Wag's nicht.«

Ich bin so sauer, dass ich beinahe bereit wäre, ihn zu erschießen, und das ist gar nicht gut. Also renne ich die Treppe hoch ins Schlafzimmer, schlage die Tür hinter mir zu und schließe ab, damit er mir auch ganz bestimmt nicht folgen kann. Ich wusste ja, dass er betrunken ist, aber ich wusste nicht, dass er *so* betrunken ist. *Heilige Scheiße!*

Ich gehe in meinem Schlafzimmer auf und ab und frage mich, was ich jetzt tun soll. Zornestränen rinnen über meine Wangen, und ich wische sie weg. Er ist voll und offensichtlich nicht zurechnungsfähig, weswegen ich Angst habe, ihn sich selbst zu überlassen. Aber ich will ihn auch nicht so sehen.

Die ganze Situation führt dazu, dass ich mich billig fühle, wie ein Mädchen, das kein normales Leben, keine echte, reine, unverfälschte Liebe verdient. Die Tatsache, dass Lucky es für eine gute Idee hält, sich volllaufen zu lassen und mir dann seine Liebe zu gestehen, bestätigt jeden schlimmen Gedanken, den ich je über mich selbst hatte. Bin ich wirklich die Sorte Mädchen, der man nur nach einer Nacht des betrunkenen Feierns in einem Stripklub einen Antrag macht? Offenbar. Ich habe mich von Lucky noch nie so erniedrigt gefühlt.

Also schnappe ich mir mein Handy vom Nachttisch und schicke Thibault eine SMS.

Ich: Lucky ist betrunken und benimmt sich wie ein Arsch. Hol ihn ab.

Ich warte auf die Antwort meines Bruders und bin erleichtert, als er schreibt, dass er auf dem Weg von seinem Häuschen zu mir herüber ist, um den Idioten abzuholen, der die Kühnheit besaß, mir einen Antrag zu machen und mir dabei seine Alkoholfahne ins Gesicht zu hauchen.

Es klopft an der Tür, und ich höre Lucky schwer atmen. »Toni. Babe. Ich muss mit dir reden.«

Ich schreie so, dass er mich durch die Tür deutlich verstehen kann. »Hau ab! Ich will nichts hören! Du bist ein Idiot.«

»Warum bist du denn so sauer? Ich wollte etwas Nettes sagen.« Mit einem kratzenden Geräusch lässt er die Finger über die Tür gleiten.

»Warum ich sauer bin? Frag nicht so blöd, Lucky. Das weißt du genau. Du kannst so etwas nicht zu mir sagen, wenn du betrunken bist, klar? Wenn du mir etwas Nettes sagen willst, wenn du mit mir unsere Zukunft planen willst, dann nur, wenn du nüchtern bist.«

Das Geräusch, mit dem seine Kleidung an der Tür entlang nach unten rutscht, dringt in mein Zimmer. Mir ist klar, er lehnt jetzt an der Tür. Wahrscheinlich sitzt er draußen im Flur und sabbert dagegen. »Tut mir leid. Ich wollte es ja sagen, als ich nüchtern war, aber da hatte ich nicht die Eier dazu.«

Ich hebe das Kinn und lege die Hand auf meinen Bauch. »Dann hast du auch nicht die Eier, mit mir zusammen zu sein. Thibault kommt dich abholen. Ich möchte nicht, dass du heute Nacht hier schläfst.«

Ich fange an zu weinen, und meine Schwäche macht mich nur noch wütender. Wie kann er es wagen, so ein Feigling zu sein? In mir wächst die Sorge, dass er seiner Vaterrolle, geschweige denn einer Rolle als mein Partner nicht gewachsen ist.

Es gibt bei dieser ganzen Scheiße nicht nur um uns. Genau wie ich schleppt Lucky allerhand Ballast mit sich herum. Er ist mit vielen Dingen noch nicht fertig und hat jede Menge Schuldgefühle. Doch der Unterschied zwischen uns ist, dass ihm etwas nachhängt, was nicht einmal ansatzweise seine Schuld war. Sie war wirklich lange depressiv, und nichts, was er hätte sagen können, hätte daran etwas geändert. Wir alle haben es oft versucht. Auch Lucky, aber das vergisst er mal eben, um sich leichter selbst die Schuld geben zu können.

Vielleicht sollte ich mehr Verständnis für sein Verhalten haben, aber das schaffe ich gerade nicht. Dies ist mein Leben, und ich muss es auf die Reihe kriegen. Die Dringlichkeit der Situation trifft mich wie eine Faust in den Magen. In ein paar Tagen muss ich auf eine Hochzeit, und danach werde ich zu schwanger sein, um mich mit dem Thema Charlie zu befassen. Es wäre weder ungefährlich noch klug, meinen Plan in die Tat umzusetzen, wenn ich ganz unübersehbar schwanger bin. Im Moment kann ich diese Tatsache gerade noch mit einer weiten Bluse tarnen. Dies ist meine letzte Chance, ein paar Dinge in Ordnung zu bringen.

Wenn ich diese Angelegenheit hinter mir lassen kann, überträgt sich mein Unglück vielleicht nicht mehr auf den Vater meiner Kinder, und er kann seine Scheiße auch geregelt kriegen. Meine Angst, dass wir nur glücklich werden können, wenn ich eine Möglichkeit finde, Charlies Mutter begreiflich zu machen, wie leid mir alles tut, hat sich verzehnfacht. *Die Zeit wird knapp. Ich muss es hinter mich bringen.*

Kapitel 35

Meine Recherchen und Nachforschungen führen schließlich zum Erfolg. Ich weiß, wo Charlies Mutter Eunice lebt, wann sie von der Arbeit nach Hause kommt und dass sie meist allein ist. Am Sonntagabend saß sie um achtzehn Uhr mit einem Fertiggericht vor dem Fernseher. Es wäre praktisch, wenn sie jeden Abend um diese Zeit essen würde. Dann könnte ich sie erwischen, ehe Lucky unser Abendessen fertig hat. Wir werden wohl ab Montagabend unsere normale Routine wiederaufnehmen.

Ich sehe ihn das ganze Wochenende nicht, bevor ich am Montag zur Arbeit gehe, aber er weiß, dass ich ihn nicht hasse. Am Wochenende habe ich seine SMS ignoriert, in denen er mich gefragt hat, ob ich Zeit hätte, mit ihm zu reden, aber heute Morgen habe ich einen Zettel mit der Mitteilung *Ich bin nicht mehr sauer. Lass uns nach der Arbeit reden* auf der Arbeitsplatte in der Küche deponiert.

Lucky will sich bei mir entschuldigen, aber ich bin noch nicht bereit, mir das anzuhören oder ernsthaft über seinen verunglückten Heiratsantrag zu sprechen. Ich brauche Zeit, um Charlies Geist aus meinem Haus und meinem Kopf zu vertreiben. Als Lucky betrunken nach Hause gekommen ist, hat das viele schlechte Erinnerungen geweckt, aber jetzt geht's mir wieder gut. Ich habe einen Plan, der alles in Ordnung bringen wird. Vorher werde ich meinem Empfinden nach mit meinem Leben einfach nicht weiterkommen und werde nichts Gutes zu schätzen wissen, das Lucky zu bieten haben mag.

Ein langes Wochenende des Abhängens und Nachdenkens darüber, wie weit Lucky und ich gemeinsam gekommen sind, hat mir klargemacht, dass er etwas Nachsicht verdient hat. In einer Beziehung, vor allem in einer, die so kompliziert ist wie unsere, darf jeder mal einen Fehler machen. Verdammt, wir wissen nicht mal genau, wie unsere Beziehung aussieht. Weiß Gott, ich bin auch nicht perfekt, und ich werde selbst jede Menge Fehler machen. Dann werde ich darauf angewiesen sein, dass er mir verzeiht.

Ein Teil meines Sonntags verbringe ich im Einkaufszentrum und bringe das Kleid zurück, das nicht gepasst hat. Jenny war beim letzten Besuch dort etwas zu enthusiastisch, was meine Figur angeht, und hat offenbar übersehen, wie dick mein Bauch inzwischen ist, auch wenn sie ihn betatscht hat. Ich schätze, ich sollte das als Kompliment nehmen, aber im Augenblick kann ich nur um den Verlust meiner Taille trauern. Früher war auf beiden Seiten eine deutliche Einbuchtung zu sehen, doch heute Morgen habe ich beim Blick in den Spiegel bemerkt, dass jetzt von meinen Armbeugen bis zu meiner Hüfte eine gerade Linie verläuft. Mein Babybauch scheint jeden Tag größer zu werden.

Ein Blog einer Mutter von Zwillingen hat mir am Sonntag außerdem mehrere Stunden Lesestoff geliefert. Er informiert mich über vieles, was auf mich zukommt, unter anderem das schnelle Wachstum eines Bauches. Die meisten Frauen haben bei der ersten Schwangerschaft in den ersten vierundzwanzig Wochen praktisch keinen, aber ich sehe nach siebtem Monat aus, obwohl ich erst im fünften bin.

Beim Einkaufen gönne ich mir eine Jeans, die vorn statt Reißverschluss und Knopf einen elastischen Einsatz hat. Seit mehreren Wochen schließe ich jetzt meine normalen Jeans mit einem Gummiband, aber das wird langsam unbequem. Ich seufze erleichtert, als ich am Montagmorgen meine neuen Umstandsjeans anziehe.

Weil ich für die Arbeit noch zu früh dran bin, fahre ich nicht direkt in den Hafen, sondern gehe auf dem Friedhof vorbei, um Charlies Grab einen Besuch abzustatten. Diese Woche werden so viele Dinge passieren, aber nichts davon scheint Bedeutung zu haben, wenn ich das hier nicht zuerst erledige.

Ich war lange nicht an seiner Ruhestätte, aber es scheint mir angemessen, da ich am Abend seine Mutter sehen und bald zuschauen werde, wie sich mein Leben in einer Weise verändert, die mit ihm nie möglich gewesen wäre. Mir kommt es vor, als sei ich endlich bereit, mich wirklich von ihm zu verabschieden.

Ich setze mich neben seinen Grabstein und reiße Grashalme aus, während ich all meinen Mut zusammennehme, um die Dinge zu sagen, die ich endlich begriffen habe. Eine sanfte Brise weht mir Haarsträhnen ins Gesicht, während ich spreche. »Hey, Charlie. Ich hoffe, es geht dir gut. Eigentlich bin ich mir da ziemlich sicher.« Ich bin immer davon ausgegangen, dass Charlie in den Himmel gekommen ist. Obwohl er manchmal – okay, meistens – ein Scheißkerl war, war er nicht durch und durch schlecht. Wir hatten auch gute Zeiten. Sonst wäre ich nicht fünf Jahre mit ihm zusammen gewesen. Im Gegensatz zu mir ist er nie so tief gesunken, jemanden zu töten.

Ich reiße weitere Grashalm aus. »Keine Ahnung, ob du dir die Mühe machst, mein Leben im Auge zu behalten, aber es ist ziemlich aus den Fugen geraten.« Ich halte inne und denke darüber nach, dass ich mit einem Geist spreche, der mir wahrscheinlich gerne das Leben zur Hölle machen würde. Daraufhin warte ich ab, ob ich etwas von ihm sehe oder spüre. Aber da ist nichts, nur die Babys treten ein wenig. Sie scheinen es zu mögen, wenn ich spreche, also fahre ich fort.

»Ich bin mit Zwillingen schwanger. Es wird dich vermutlich nicht besonders schockieren zu hören, dass Lucky der Vater ist. Ich weiß, du warst immer eifersüchtig auf ihn und hast mir vorgeworfen, eine Affäre mit ihm zu haben, aber da hast du dich geirrt. Ich habe erst etwas mit ihm angefangen, als du tot warst. Schon lange tot warst.« Ich seufze und habe das Gefühl, auf einem Beichtstuhl zu sitzen. Es gibt schlimmere Gefühle.

»Ehrlicherweise sollte ich zugeben, dass ich schon lange etwas für Lucky empfunden habe. Schon bevor wir zusammengekommen sind.« Mein Lächeln wird traurig, als ich daran denke, wie sich die Dinge entwickelt haben. Vielleicht hätte ich vor all den Jahren bei Lucky bleiben sollen, aber das lässt sich jetzt nicht mehr ändern. »Er ist der Grund, warum ich mit dir gegangen bin. Ich musste mir ihn und unseren Kuss aus dem Kopf schlagen, und du warst die Antwort auf dieses Problem. Du warst das Einzige, das stark genug war, um diese Erinnerung auszulöschen. Ich schätze, du warst sogar zu gut darin.« Ich seufze. »Tut mir leid, dass ich dich benutzt habe, Charlie. Das war unfair.«

Mein Geist ringt um die nächsten Worte. Ich glaube, dass Verstorbene über uns wachen und manchmal mit uns kommunizieren können, aber ich weiß nicht, ob er mir gerade zuhört. Warum sollte er? Ich bin der Grund, warum er hier liegt.

»Ich habe einen Plan, Charlie. Ich werde deine Mutter besuchen.« Schon allein die Tatsache, dass ich das laut ausspreche, lässt mein Herz in Angst und Vorfreude zugleich schneller schlagen. »Ich weiß, sie hat mich nie gemocht, solange du noch lebtest, und jetzt, nach dem, was ich getan habe, hasst sie mich, aber ich habe das Gefühl, ich muss das trotzdem unbedingt tun.« Eine Erinnerung durchzuckt mich: an die Nacht, in der ich Rowdy aus der Bar angerufen habe. »Ich könnte mich bei einem deiner Brüder entschuldigen, aber das wäre nicht dasselbe. Nein, ich werde bald Mutter, und ich glaube, ich hab's jetzt kapiert. Du warst ein Teil von ihr, und den habe ich ihr genommen. Wie eine Diebin habe ich dich ihr gestohlen. Egal, was du mir angetan hast, diese Tatsache ist unverrückbar. Unsere kaputte Beziehung ändert nichts daran, was ich ihr angetan habe.« Ich bin wütend auf mich, weil ich so lange gebraucht habe, um das zu durchblicken. Notwehr hin oder her, für Eunice macht das keinen Unterschied. Ihr Sohn ist tot, und ich bin seine Mörderin. Dafür muss ich mich entschuldigen. Ich denke, wenn ich ihr in die Augen schauen und ihr sagen kann, dass es mir leidtut, ihr zeigen kann, wie sehr ich meine Tat bedaure, und dass ich verstehe, woher ihr Schmerz rührt, dann kann ich vielleicht endlich Frieden finden. Ich weiß, sie wird mir nicht vergeben – ich meine, wie könnte sie, nicht wahr? –, aber vielleicht wird es ihr helfen zu wissen, dass ich's kapiert habe und dass ich wünschte, ich könnte alles ungeschehen machen.« Ich lächle traurig. »Vielleicht ärgert es sie auch einfach nur furchtbar. Ich weiß nicht. Aber ich werde es nur herausfinden, indem ich es ausprobiere. Wenn sie mich anspuckt und sagt, ich soll mich verpissen, dann werde ich gehen. Versprochen. Ich werde sie nicht angehen, selbst wenn sie mir die Meinung geigt oder mir eine knallt.«

Ich lege die Hand auf meinen Bauch. Ich habe diese Babys noch nicht einmal gesehen, aber ich kann mir durchaus vorstellen, wie es wäre, wenn sie mir jemand mit Gewalt nähme. Ich würde den oder die Verantwortlichen schlicht und ergreifend umbringen. Hoffentlich ist Charlies Mutter weniger nachtragend als ich. Sie ist früher immer in die Kirche gegangen und hat ihrem eigenen Mann im Laufe der Jahre fraglos jede Menge Brutalität verziehen. Vielleicht glaubt sie ja nicht an Auge um Auge.

Ich nehme eine Bewegung wahr und hebe den Kopf. Auf der anderen Seite des Friedhofs steht eine Menschentraube um ein offenes Grab. Ihre Körpersprache ist steif, sie halten die

Köpfe gesenkt. Die meisten von ihnen tragen Schwarz. Ein paar der älteren anwesenden Frauen haben elegante Hüte mit Schleiern auf.

Ich war nicht auf Charlies Beerdigung. Da saß ich im Knast. Aber ich kann mir vorstellen, wie sie war. Er hatte viele Freunde und Verwandte. Die meisten davon sitzen jetzt auch im Knast. In der Zeitung habe ich gelesen, dass seine Mutter sich auf seinen Sarg geworfen und dabei seinen Namen geschrien hat. Als ich meinen Bruder nach Einzelheiten fragte, weigerte er sich, sie mir zu nennen. Er sagte, ich müsse das alles hinter mir lassen.

Sorry, Thibault. Das kann ich nicht.

Ich stehe auf und lege die Handvoll Gras, die ich ausgerissen habe, auf Charlies Grabstein. Reglos stehe ich da, bis der Wind den letzten Halm verweht hat. »Es tut mir so furchtbar leid, was ich dir angetan habe, Charlie. Du hattest den Tod nicht verdient. Es gab hundert andere Wege, wie ich unsere katastrophale Beziehung besser hätte beenden können, aber ich habe versagt. Ich bin durchgedreht, und das wird mir immer schrecklich leidtun. Aber ich werde versuchen, etwas Gutes für deine Mutter zu tun. Ich will, dass sie weiß, wie sehr ich das alles bedaure. Zumindest das verdient sie, von mir zu hören. Vielleicht bedeutet es ihr ja etwas.«

Ich gehe zur Arbeit. Heute Abend werde ich meinen Plan in die Tat umsetzen, nachdem ich den Hafen verlassen habe und bevor ich nach Hause fahre, um mich mit Lucky zu versöhnen. Zum ersten Mal in viel zu vielen Jahren habe ich das Gefühl, demnächst wirklich voranzukommen, statt rückwärts zu taumeln oder auf der Stelle zu treten.

Kapitel 36

May kommt spät und setzt sich mit einem grünlichen Teint an den Schreibtisch neben meinem. Ich halte die Aufzeichnung an, die ich mir gerade anhöre, und schaue zu ihr hinüber.

»Du siehst scheiße aus.«

Sie wickelt einen Lolli aus, schiebt ihn sich in den Mund und lässt ihre Tasche neben ihrem Stuhl auf den Boden fallen. »Danke. Tatsächlich fühle ich mich auch wie aufgewärmte Kacke, das passt also.«

»Hilft der Lolli dagegen?«

Sie nickt, nimmt ihn aus dem Mund und hält ihn mir hin. »Das sind Ingwerlollis. Jenny hat mir einen ganzen Sack voll gekauft. Sie sagt, die helfen gegen Morgenübelkeit.«

»Mir hat Ginger Ale geholfen. Klingt plausibel.«

May nickt, steckt den Lolli wieder in den Mund und fährt ihren Rechner hoch. »Ich kann nichts bei mir behalten und habe auch keinen Appetit. Alles riecht widerlich.«

»Ja. Das kenne ich.«

May schaut zu mir herüber. »Wann hört das auf? Die Übelkeit.«

»Sehr bald. In der wievielten Woche bist du jetzt?«

»In der sechzehnten.«

Ich zucke die Achseln. »Dann müsste das jetzt jeden Tag vorbei sein. Zumindest sagen das meine Bücher.«

May wendet sich wieder ihrem Rechner zu. »Ich schätze, ich sollte meinem Schutzengel danken, dass ich keine Zwillinge kriege.«

Dazu gibt es nichts zu erwidern. Sie hat recht, sie kann von Glück sagen.

»Tut mir leid. Das hätte ich nicht sagen sollen.« May beugt sich herüber und legt mir die Hand auf den Arm. Ihr Lolli ragt aus ihrem Mundwinkel wie eine Kippe. »Das war unsensibel. Ich bin manchmal ein richtiger Arsch.«

Ich schüttle den Kopf und setze mein Headset wieder auf. »Kein Problem. Ich weiß ja, wie du's meinst. Glaub mir.«

May bedeutet mir mit der Hand, das Headset wieder abzunehmen. Ich befreie eines meiner Ohren.

»Was ist eigentlich mit Lucky? Jenny konnte ihn das ganze Wochenende nicht erreichen.«

Ich zucke die Achseln und widme meine Aufmerksamkeit wieder meinem Computerbildschirm, obwohl es da eigentlich nichts zu sehen gibt. Ich arbeite heute ja nur mit Tonaufnahmen. »Er ist nach dem Junggesellenabschied betrunken heimgekommen, und ich habe ihm gesagt, er soll bei Thibault schlafen. Seither habe ich ihn nicht mehr gesehen.«

»Uh, Drama. Bist du noch sauer auf ihn?«

Ich schüttle den Kopf. Wenn ich keinen Plan für mein weiteres Leben hätte, würde mir dieser Mist mit Luckys Alkoholexzess vielleicht etwas ausmachen, aber im Augenblick steht er nicht weit oben auf der Prioritätenliste meiner zahllosen Sorgen. »Nein. Wir reden heute Abend darüber. Das wird schon wieder.« Ich werde ihr nicht von seinem verpatzten Heiratsantrag erzählen. Obgleich der daraus resultierende Drang, Klatsch zu verbreiten, vielleicht eine gute Kur für ihre

Morgenübelkeit wäre, bin ich nicht bereit, mein Privatleben ihrem Wohlergehen zu opfern.

»Ich schreibe Jenny eine SMS und lasse sie wissen, dass sie Lucky bei Thibault erreichen kann«, sagt May.

»Nichts dagegen.«

In Rekordzeit gehe ich die Tonaufnahmen durch und schreibe meinen Bericht. Wir stehen ganz kurz davor, Marc Doucet festzunageln. Ich habe gerade ein Gespräch gehört, in dem er ziemlich sicher ein Mitglied einer rivalisierenden Gang abgeworben hat, um jemanden fertigzumachen, der den Codenamen Wolfsmensch trägt. Punkt siebzehn Uhr stehe ich auf und deponiere mein Headset geräuschvoll auf dem Schreibtisch. Mein Bericht ist auf dem Server, und ich habe in Ozzies Posteingangskorb einen Hinweis hinterlassen, dass er ihn sich ansehen soll.

May schaut zu mir auf. »Bist du schon fertig?«

Ich fahre meinen Rechner herunter und hänge mir meine Tasche um. »Ja. Bis morgen.«

»Vergiss nicht den Junggesellinnenabschied.«

»Den möchte ich um nichts in der Welt verpassen!« Das stimmt nicht ganz, aber was soll's. Es trifft meine Empfindungen ganz gut. Ich weiß, May und Jenny freuen sich darauf, und er wird zumindest nicht komplett furchtbar werden. Wenn die beiden gut drauf sind, können sie wirklich witzig sein.

Ich verlasse den Bürobereich, als May mir nachruft: »Wo gehst du denn hin?«

»Heim! Bis später.« Ich eile davon, denn ich möchte sie nicht durch meine bloße Anwesenheit zu weiteren Fragen ermutigen. Je weniger May über meine Pläne weiß, desto besser.

Kapitel 37

Auf der Fahrt zu Eunices Haus überschlagen sich meine Gedanken. *Was wird geschehen? Wird sie mich ohrfeigen? Wird sie mich einfach wegschicken?* Egal. Ich will Eunice nur sagen, dass mir leidtut, was ich ihr angetan habe.

Charlies Mutter lebt in einer ziemlich heruntergekommenen Gegend, aber ich habe hier einen Großteil meiner Jugend verbracht, weswegen es mir egal ist. An den Ecken der Hauptstraßen stehen Gruppen von Jungs und Männern, einige davon haben Bierdosen in Papiertüten in der Hand. Sie bilden sich etwas darauf ein, direkt vor der Nase der örtlichen Polizei in der Öffentlichkeit zu trinken. Solange man die Dose in der Tüte nicht sieht, darf niemand sie anhalten und durchsuchen. Die Leute in solchen Gegenden fühlen sich oft den Gesetzeshütern ausgeliefert und revanchieren sich, wo sie können.

Ich trommle im Rhythmus des Liedes im Radio mit den Daumen aufs Lenkrad und gehe im Geiste verschiedene Szenarien durch. Noch immer versuche ich abzuschätzen, wie Eunice reagieren wird, wenn ich plötzlich vor ihrer Tür stehe. Ich kann mir nicht vorstellen, was ich tun würde, wenn die Mörderin meines Kindes Jahre später bei mir auftauchen würde, um sich zu entschuldigen. Zwar versuche ich, positiv zu denken, doch ich befürchte, Eunice könnte wie ich außerstande sein, eine Entschuldigung zu akzeptieren.

Neben mir klingelt mein Handy, und ich schaue aufs Display. Es ist ein Anruf von Lucky. Ich will nicht rangehen, denn dann wird er fragen, wo ich bin, und ich werde lügen müssen. Aber ich möchte Lucky niemals belügen. Außerdem steht immer noch die Sache mit seinem betrunkenen Heiratsantrag zwischen uns, und das werden wir nicht am Telefon klären. Er kann warten.

Es sind jetzt nur noch ein paar Blocks, und mir bricht der Schweiß aus. Heute Abend ist die Luftfeuchtigkeit besonders hoch, was nicht gerade hilfreich ist. Die Babys geben überhaupt keine Ruhe und tragen in mir einen kleinen Boxkampf aus. Als ich meinen Bauch reibe, piepst mein Handy. Ich rechne damit, dass Lucky auf die Mailbox gesprochen hat, aber stattdessen sehe ich eine SMS. An einem Stoppschild schnappe ich mir das Handy und werfe einen Blick darauf.

Lucky: Wo bist du? Wir müssen reden. Es tut mir leid.

Verdammt! Ich hatte gehofft, das vermeiden zu können. Zwar könnte ich die SMS ignorieren, aber ich will nicht, dass er einen Suchtrupp zusammentrommelt. Das Team könnte problemlos mein Handy orten. Aus Sicherheitsgründen haben wir alle eine entsprechende App installiert. Rasch tippe ich eine Antwort, bevor ich weiterfahre.

Ich: Ich kaufe noch was ein. Bin gleich daheim. Dann reden wir.

Mir ist ganz schlecht. Es wird bestimmt nicht leicht, mich der Mutter des Mannes zu stellen, den ich getötet habe. Im

Gegenteil, es ist das Schwerste, was ich je im Leben getan habe, aber Eunice verdient es. Ich schulde es ihr.

Als ich in das Viertel einfahre, in dem Eunice wohnt, schlägt mein Herz schneller. Ich gerate zwar nicht in Panik, aber ich bleibe auch nicht gerade cool. Die Idee, mit Eunice zu reden und mich zu entschuldigen, klang in der Theorie gut, aber jetzt, wo ich noch ein paar Einfahrten von ihrer Tür entfernt bin, wird die Sache in meinem Kopf immer größer und furchterregender. Ich bin fast schon entschlossen, zu wenden und mich mit Höchstgeschwindigkeit aus dem Staub zu machen, als ich aus der anderen Richtung ein Auto kommen sehe, das in ihre Einfahrt abbiegt.

Sie ist es. Eunice ist jetzt daheim, und ich scheine genau richtig zu kommen. Ich gebe Gas, ehe meine Zweifel überhandnehmen, und fahre vor ihrem Haus rechts ran.

Sie bleibt auf der Treppe zur vorderen Veranda stehen und mustert mein Auto mit zusammengekniffenen Augen über die Schulter hinweg. Als ich mit Charlie zusammen war, bin ich ein anderes Auto gefahren, deshalb weiß sie noch nicht, dass ich es bin.

Ich schalte den Motor aus, löse meinen Sicherheitsgurt und hole ein paarmal tief Luft, ehe ich die Tür aufstoße. Wie sie da so steht, erinnert sie mich stark an Charlie … Mehr, als ich gedacht hätte.

Charlie wird für mich niemals wirklich tot sein, aber Eunice spürt seine Abwesenheit jeden Tag. Genau deshalb bin ich hier.

Ich steige aus, streiche meine Hose glatt und widerstehe dem Drang, das Gummiband über die Babys hochzuziehen. Um zu tarnen, dass ich schwanger bin, trage ich ein weites T-Shirt. Nichts möchte ich weniger, als ihr den Gedanken an ein Baby unter die Nase zu reiben. Ich habe ihr schon genug wehgetan.

Als ich über ihren Rasen gehe, sehe ich, dass ihr dämmert, wen sie da vor sich hat. Zuerst reißt sie die Augen auf, dann kneift sie sie wieder zusammen. Sie wendet sich zu mir um und lässt die Handtasche von der Schulter in die Ellbogenbeuge rutschen. Eunice trägt lilafarbene Polyesterhosen und ein orange, lila und schwarz gemustertes Oberteil.

Drei Meter von ihr entfernt bleibe ich stehen, sinke knöcheltief in ihren dichten, lehmig riechenden Fingerhirserasen ein.

»Was hast du denn hier zu suchen?«, fragt sie, und ihre Stimme klingt froschartig von all dem Zigarettenrauch, den sie im Laufe der Jahre eingeatmet hat.

Eine berechtigte Frage. Ich nehme ihr den angewiderten Tonfall nicht übel. Wenigstens weiß ich jetzt, wie sie auf meinen Anblick reagiert. *Nicht gut.*

»Ich bin gekommen, um mit dir zu reden.«

Sie lächelt mich höhnisch an. »Ich habe dir nichts zu sagen.«

Zögernd gehe ich einen Schritt weiter. »Ich weiß, und ich erwarte auch nicht, dass du etwas zu mir sagst. Ich hatte lediglich gehofft, du würdest mir zuhören.«

Sie schiebt eine Hüfte vor und deutet mit spitzem Finger auf mich. »Du hast echt Nerven, du Flittchen, dass du nach allem, was du getan hast, hier auftauchst.«

Ich nicke. »Ja, ich weiß. Ich weiß, dass das ein kühner und wahrscheinlich total dummer Schritt ist, aber ich musste ihn gehen.«

»Warum?«

Ich kann ihr nicht mehr in die Augen schauen. Der reine, unverhohlene Hass in ihrem Gesicht gibt mir das Gefühl, als schrumpfe etwas in mir zusammen. Die Babys drehen sich in mir, als machten sie Gymnastik. Den Blick auf ihre Schulter gerichtet, sage ich: »Es tut mir schon lange furchtbar leid, was ich angerichtet habe, aber jetzt habe ich erkannt, dass ich danach nie das einzig Richtige getan habe. Ich habe mich nie direkt bei dir entschuldigt. Das hätte ich schon ewig tun sollen, und es tut mir wirklich leid, dass es so lange gedauert hat. Es tut mir alles leid … dass ich dir Charlie genommen und nicht kapiert habe, was das für dich als seine Mutter bedeutet.«

»Charlie ist tot, weil du ihn umgebracht hast.« Ihre Stimme ist beinahe ein Knurren. »Nichts, was du sagst, kann daran etwas ändern.«

»Ich weiß. Glaub mir, ich wünschte, ich könnte es ungeschehen machen, aber das geht nicht. Trotzdem tut es mir leid. Ich wollte, dass du das weißt. Du musst begreifen, dass ich dich verstehe. Ich weiß, warum du mir nicht verzeihen kannst. Ich habe dir ein Stück von dir genommen, und das war weder dir noch Charlie noch dem Rest der Familie gegenüber fair.«

»Nun, mit einem hast du recht: Du kannst nichts ungeschehen machen. Jetzt tut es dir leid?« Sie spuckt aus. »Hau ab, bevor ich dafür sorge, dass du dir wünschst, du wärst nie geboren worden.«

Ich schaue zu ihr auf, überrascht von ihrem Tonfall, der mir auf so unheimliche Weise bekannt vorkommt. Charlie hat manchmal so mit mir gesprochen, unmittelbar bevor er mich geohrfeigt hat. Furcht schleicht sich in mein Herz.

»Ich bin nur vorbeigekommen, um mich zu entschuldigen, Eunice. Es tut mir leid, wenn ich dich verärgert habe. Das war nicht meine Absicht. Ich werde jetzt gehen.« Ich weiche einen Schritt zurück.

Sie verkürzt den Abstand zwischen uns auf anderthalb Meter. »Oh, das tut dir auch leid, ja? Es tut dir leid?« Sie kommt einen weiteren Schritt näher. »Ich will dir sagen, was mir deine Entschuldigungen bedeuten.« Sie hält kurz inne und faucht dann: »Gar nichts. Weniger als nichts. Ich würde dir am liebsten mit deinen Entschuldigungen die Vorderzähne einschlagen.«

Der Hass, der wie in Wellen von ihr ausgeht, ist so stark, dass ich davor zurückweichen muss. Kapitulierend hebe ich die Hände. »Ich will keinen Ärger mit dir, Eunice. Der Zweck meines Besuchs war, mich zu entschuldigen, und jetzt werde ich wieder gehen.«

Sie schüttelt den Kopf und presst die ohnehin schmalen Lippen zusammen, bis sie komplett verschwinden. Ihr Doppelkinn bebt, während sich in ihren Mundwinkeln Speichel sammelt. Sie greift in ihre Handtasche und entnimmt ihr etwas.

»Nein, du gehst noch nicht. Ich habe eine kleine Überraschung für dich, hier in meiner Handtasche.« Die letzten Worte murmelt sie. »Das gibt's fürs Leidtun …«

Mein Herz bleibt fast stehen und verkrampft sich schmerzhaft, als ich für eine Sekunde glaube, sie habe vor, eine Waffe auf mich zu richten. Aber dann sehe ich, dass sie lediglich einen kurzen schwarzen Stock aus der Tasche gezogen hat.

Sie schüttelt einmal die Faust, und der Stock wird länger.

O Scheiße! Mein Hirn weigert sich, das zu verarbeiten. Sie hat einen Teleskop-Stahlschlagstock in der Hand und sieht aus, als würde sie ihn gerne benutzen. Das war nicht Teil meines Plans. Dazu hätte es nicht kommen sollen. Ich sitze voll in der Tinte. Dabei habe ich Charlies Geist in mir selbst geschworen, der Frau nichts zu tun. Ich bin gekommen, um mich zu entschuldigen, sonst nichts. Gegenwehr kommt nicht infrage.

Mir bleibt der Mund offen stehen, als mir klar wird, dass mir gleich eine Oma mit Doppelkinn den Hintern versohlen wird. Bei all meinen Trainingseinheiten mit Dev und den anderen Jungs habe ich Männer abgewehrt. Kein einziges Mal hatte ich eine Seniorin als Gegnerin, und ich musste mich auch nie zurückhalten. Ein unzurechnungsfähiger Teil meines Gehirns teilt mir mit, dass sie die Mutter des Mannes ist, den ich getötet habe, und ich ihr im Gegenzug praktisch mein Leben schulde. Deshalb rühre ich mich nicht von der Stelle, obwohl ich eigentlich wahrscheinlich rennen sollte wie ein Hase, am besten bis über die Grenze ins nächste County.

Sie hebt den Stock über den Kopf und lässt gleichzeitig ihre Handtasche fallen. »Von diesem Tag träume ich seit Jahren. Ich werde dir eine Kostprobe dessen verpassen, was du meinem Jungen angetan hast. Du hast geglaubt, es täte dir leid? Wart's nur ab. Dir wird gleich Hören und Sehen vergehen, und dann wird es dir erst so richtig leidtun.«

Sie verkürzt die Distanz zwischen uns viel schneller, als ich erwartet hätte. Eben noch war sie knapp anderthalb Meter entfernt, und im nächsten Augenblick ist sie bei mir.

Bevor ich zwei Babys in mir trug, war ich beweglicher. Ich versuche, mich zu ducken, aber ich bin zu langsam. Der Stahlschlagstock saust herab und trifft mich gegen die Schläfe.

Ich schreie und krümme mich vor Schmerz, reiße die Hand hoch, um mein Ohr zu schützen. Es ist, als dröhnte eine riesige Glocke in meinem Schädel. Etwas Warmes, Klebriges rinnt mir zwischen den Fingern hindurch. *Blut.* Ich habe früher nie Angst vor Blutverlust gehabt, jetzt aber schon. Dieses Blut teile ich mit meinen Kindern. Ich kann mir nicht leisten, welches zu verlieren.

Ich versuche, zu meinem Auto zu entkommen, will mich verzweifelt in Sicherheit bringen, aber sie trifft mich mit dem schweren Schlagstock mitten in den Rücken, ehe ich mehr als zwei Schritte zurückgelegt habe. Ich krümme mich, als der Schmerz mich durchzuckt, stolpere und gehe zu Boden.

Ich bin benommen, und meine Gedanken überschlagen sich, als ich überlege, wie ich die Situation und mich retten kann. Wehren kann ich mich nicht. Das wäre nicht richtig. Ich habe Charlie versprochen, ihr nichts zu tun. Außerdem habe ich dieser Frau den Sohn genommen. Ist es falsch, ihr zu gestatten, im Gegenzug mir etwas zu nehmen? Ich kenne die Antwort auf diese Frage nicht, und Schmerz rast durch meinen Körper.

Plötzlich brüllt Dev in meinem Kopf: *Blocken, blocken, blocken!*

Ich rolle mich auf die Seite und hebe die Unterarme, trete halbherzig nach ihr in der Hoffnung, ihr Schienbein zu treffen und sie so möglicherweise aufzuhalten. Während mich weitere Hiebe treffen, weicht Devs Stimme einer anderen.

Nicht die Babys, sagt Lucky. *Lass nicht zu, dass sie unseren Babys wehtut.*

Ich kann nicht Eunices Hiebe abblocken und die Babys schützen, also bleibt mir nur eins: Ich rolle mich so eng in der Fötusstellung zusammen, wie ich kann, um meine ungeborenen Kinder zu schützen, und bete, dass es bald vorbei sein wird.

Sie hält inne, dann brüllt sie schrill: »Was ist das denn …? Bist du schwanger? Du Schlampe! Mein Sohn hat nie Kinder gehabt! Deinetwegen hat mich Charlie nie zur Oma machen können.«

Jetzt erfüllen mich Verzweiflung, Panik und der Gedanke, der Teufel habe ihr ermöglicht, meine Gedanken zu lesen. Sie weiß es. Sie wird versuchen, die Zwerge in ihrer Höhle zu töten, Milli und Vanilli … sie mir wegzunehmen, wie ich ihr Charlie weggenommen habe.

Ich versuche, zu ihr aufzuschauen, um die nächsten Hiebe abblocken zu können, aber ich habe Blut in den Augen, und das brennt und nimmt mir die Sicht. Also schreie ich, so laut ich kann, und hoffe, jemand wird mich hören und meinen Kindern zu Hilfe eilen. Meine Beine fühlen sich taub an und scheinen nicht richtig zu funktionieren, was in mir die Angst weckt, sie könnte meine Wirbelsäule verletzt haben.

Dies ist eigentlich nicht die Sorte Viertel, wo man auf gute Samariter stößt, aber nach fünf oder sechs weiteren Hieben mit dem Schlagstock, die überwiegend meine Rippen und meinen Arm treffen, höre ich Stimmen, und dann brüllt jemand: »Hör auf, Eunice, hör auf!« Es ist ein Mann, den ich nicht kenne.

»Die Schlampe bringe ich um!«, brüllt sie, und ein weiterer Hieb trifft mich am Kopf.

Ich bin benommen und verliere immer wieder das Bewusstsein. Aber die Tatsache, dass sie trotz der heftigen Tracht Prügel, die sie mir verpasst hat, noch kein einziges Mal meinen Unterleib getroffen hat und dass jetzt Zeugen eingetroffen sind, macht mich regelrecht euphorisch. Es besteht Hoffnung, dass meine Babys überleben werden.

Ich verlasse mich nicht darauf, dass Eunice nicht trotz der Zeugen weiterhin versuchen wird, meinen Bauch zu treffen, also behalte ich meine Fötusstellung bei und bete, dass die Geräusche, die ich rings um meinen Kopf höre, daher rühren, dass meine Retter sie von mir wegzerren.

Zwiebelatem schlägt mir ins Gesicht. »Geht es Ihnen gut? Was ist hier los? Warum schlägt sie so auf Sie ein?«

Ich versuche zu antworten, aber mein Kiefer funktioniert irgendwie nicht richtig. Ich kann nur eine einzige, unverständliche Silbe murmeln. »Uhhhhnn …«

Über meinen Kopf hinweg ruft jemand: »Schau in ihr Auto. Such nach einem Handy oder so. Vielleicht können wir jemanden anrufen.«

»Ich glaube, du wählst besser den Notruf«, sagt eine Frauenstimme.

Eunice schreit. Ich verstehe nicht richtig, was sie sagt … irgendetwas von einer dreckigen Mörderin. *Oh! Die reden über mich.* Ich hoffe, ihre Nachbarn schnappen sich nicht den Stock und bringen die Sache für sie zu Ende. Vor lauter Sorge um die Babys kommt mir nicht einmal in den Sinn aufzustehen. Ich bleibe zusammengerollt liegen und lausche auf das erlösende Geräusch der Sirenen. Sie lassen verdammt lange auf sich warten.

Durch einen Schleier von Schmerzen hindurch denke ich während einer sehr langen Fahrt ins Krankenwagen an meine Freunde und meine Familie. Lucky wird sich furchtbar aufregen.

Ozzie wird sehr enttäuscht sein und Thibault sauer. May und Jenny werden es nie verstehen.

Verdammt, niemand wird es verstehen, denn was ich getan habe, entbehrt jeder Logik. Aber ich weiß immer noch, warum ich es zuvor für eine gute Idee gehalten habe, und ungeachtet des Ausgangs werde ich mich davon auch nicht abbringen lassen. Manchmal muss man einfach tun, was man für richtig hält, und mit den Konsequenzen leben.

Kapitel 38

Man hat mir irgendein schwaches Schmerzmittel gegeben, das nicht besonders viel bringt. Die Schwester hat gesagt, es gebe das Problem, dass Schmerzmittel durch die Plazentaschranke dringen können, wodurch die Babys Dinge aufnehmen, die schlecht für sie sind, deshalb muss ich mich auf etwas beschränken, das ungefähr so stark ist wie Tylenol.

Ich schaue auf die Uhr und flehe die Zeiger an, sich langsamer zu bewegen. Mein Handy liegt neben meiner Hand auf dem Krankenbett. Ich habe etwa zehn SMS vom Team bekommen. Alle wollen mich sehen, aber ich habe sie bisher hingehalten und geschrieben, der Arzt erlaube das noch nicht. Jetzt, wo die Euphorie der abgeschlossenen Mission abgeflaut ist, ist mir peinlich, was ich getan habe. Ich kann mich ihnen, ihrer unvermeidlichen Kritik und ihren Vorwürfen noch nicht stellen. Ja, ich bin ein Risiko für die Babys eingegangen, was ich nicht hätte tun sollen. Ich hätte Lucky informieren sollen, ehe ich zu Eunice gefahren bin, ihm Gelegenheit geben sollen, es mir auszureden.

Vom Gang ertönt Geschrei. Für einen Augenblick habe ich Panik, befürchte, Eunice könne mir ins Krankenhaus gefolgt sein, um diesmal Nägel mit Köpfen zu machen. Aber dann fliegt die Tür auf, und da steht Lucky. Ein Pfleger hat ihn bei der Hemdbrust gepackt und versucht, ihn aus dem Zimmer zu zerren.

»Lassen Sie mich los! Ich muss sie sehen! Sie ist die Mutter meiner Kinder.« Er versucht mit aller Kraft, sich von dem Hünen loszureißen, der ihn an die Wand gepresst hat.

Ich setze mich auf und zucke zusammen, weil das unangenehm wehtut. Mein ganzer Körper ist ein einziger Schmerz. »Schon okay. Lassen Sie ihn rein.« Ich muss mir die Rippen halten, Schmerz durchzuckt meine Brust.

Der Pfleger lässt Lucky los, schüttelt ihn aber noch einmal heftig, bevor er sich endgültig von ihm löst. »Wenn wir sagen, Sie müssen warten, dann müssen Sie auf uns hören.« Er stößt Lucky von sich, schaut zu mir herüber und streicht seinen Kittel glatt. »Erklären Sie ihm, wie man sich in einem Krankenhaus benimmt. Wir können ein solches Verhalten hier nicht dulden.«

Ich nicke. »Mache ich. Tut mir leid. Das war meine Schuld.«

Lucky sieht mich stirnrunzelnd an. Er streicht seine Lederjacke glatt, kommt herüber und bleibt mit geballten Fäusten am Fußende meines Bettes stehen. »Wann hörst du endlich auf, dir die Schuld am Verhalten anderer zu geben?«

Verwirrt über diese Frage, schaue ich ihn an. Damit habe ich nicht gerechnet. »Wann hörst du endlich auf, dich so aufzuführen?«

»Wie aufzuführen?«

Ich halte inne, weil ich selbst nicht so genau weiß, worauf ich hinauswollte. »Keine Ahnung. Jetzt bin ich völlig verwirrt.« Ich hebe die Hand und berühre vorsichtig meine Stirn, ertaste dort Hämatome. »Tut mir leid. Die haben mir Schmerzmittel gegeben, die nicht richtig wirken.«

Lucky beugt sich vor und stemmt sich mit den Händen auf das Fußende des Bettes. »Ist das kein Problem mit den Babys?«

Ich zucke die Achseln. »Auch nicht schlimmer, als den Arsch versohlt zu kriegen, schätze ich.«

Sein Gesichtsausdruck wird sanfter, und er kommt ums Bett herum und setzt sich mit einer Arschbacke auf die Matratze neben mir. »Babe, was hast du dir nur dabei gedacht, dorthin zu fahren?«

Tränen steigen mir in die Augen, so unrecht mir das auch ist. »Ich weiß nicht. Wahrscheinlich habe ich gedacht, wenn ich mich entschuldige und sie begreift, dass es mir damit wirklich ernst ist, dass ich meine Tat bereue, könnte ich irgendwie einen Weg finden, in meinem Leben voranzukommen.« Mit bebenden Lippen und zitterndem Kinn schaue ich zu ihm auf. Mein ganzes Gesicht zuckt. »Für die Babys. Für uns.«

Lucky schüttelt den Kopf, und auch sein Kinn zittert jetzt vor unterdrückten Gefühlen. Er hebt meine Hand an die Lippen und küsst meine Finger. »Du brauchst ihre Vergebung nicht, um in deinem Leben voranzukommen, Babe. Du musst dir nur selbst verzeihen.«

»Ich weiß.« Meine Stimme bricht beinahe. »Aber das ist wirklich schwer. Ich habe ihn getötet. Daran ist nichts mehr zu ändern.« Unablässig strömen Tränen über mein Gesicht.

Lucky nickt, schluckt ein paarmal und ringt mit seinen Gefühlen, ehe er antwortet: »Ja, hast du, und das ist bestimmt bedauerlich. Aber Charlie war alles andere als unschuldig oder sündlos, und allen außer dir ist das auch klar.«

»Egal. Das ist keine Entschuldigung.«

Er seufzt und schaut mich kopfschüttelnd an. »Du hast es so schlimm.«

»Was habe ich so schlimm?« Mit dem Handrücken wische ich mir die Tränen ab, wobei ich sorgfältig darauf achte, mir nicht aus Versehen die Infusionsnadel herauszureißen.

»Ich habe vergessen, wie man das nennt. Wenn Opfer sich selbst die Schuld an ihrem Leid geben. Das machst du ständig.«

Jetzt ärgert er mich. »Nein, tue ich nicht.«

»O doch! Ich habe mich da draußen mit dem Pfleger angelegt, und du hast dir die Schuld dafür gegeben.«

»Natürlich. Ich habe deine SMS ignoriert. Den anderen habe ich geschrieben, sie sollen wegbleiben, und ich habe deine Babys in meinem Bauch. Ich verstehe dein Verhalten, denn ich hätte das Gleiche getan.«

Er deutet mit dem Finger auf mich. »Genau. Sage ich doch. Du gestattest anderen in Situationen, wo es völlig in Ordnung ist, aggressiv zu reagieren, genau das zu tun, aber dir selbst verbietest du es.«

»Es ist eine Sache, mir die Schuld daran zu geben, dass jemand mit einem Pfleger aneinandergerät. Jemanden zu töten ist etwas ganz anderes.«

Er seufzt. »Ich kann es dir einfach nicht begreiflich machen, oder?«

Ich schüttle den Kopf. »Tut mir leid, aber nein. Ich glaube nicht. Glaub mir, das haben schon ganz andere versucht.«

Lucky stützt sich links und rechts von mir auf die Matratze, beugt sich ganz dicht heran und starrt mir in die Augen. »Kannst du mir einen Gefallen tun?«

Ich nicke. »Ich denke schon. Vielleicht. Welchen?«

»Kannst du dir selbst verzeihen?«

»Ich habe es versucht, aber ich schaffe es nicht.«

Lucky schaut meinen Bauch an, dann streckt er die Hand aus und reibt ihn durch das Krankenhausnachthemd. »Kannst du es vielleicht für die Zwerge tun?«

»Du meinst Milli und Vanilli?«

Mit strahlenden Augen schaut Lucky zu mir auf. »Echt? Können wir sie Milli und Vanilli nennen?«

Ich lache und lege ihm die Hand auf den Arm. »Nur bis zur Geburt. Danach muss damit Schluss sein.«

Lucky streckt die Hand aus. »Abgemacht.«

Ich schlage ein und lasse ihn wieder meine Finger an seine Lippen heben, um sie zu küssen.

Mit einem tiefen Seufzen sage ich, was mir durch den Kopf geht und auf dem Herzen liegt. »Ich werde versuchen, mir dieses Verzeihungsding anzuschaffen, aber nur, wenn du es auch tust. Wir müssen beide einen Weg finden, mit den Tragödien unserer Vergangenheit zu leben, um der Zukunft entgegengehen zu können.«

Erstaunlich lange schaut er mich an, dann nickt er. »Einverstanden. Für dich und die Babys. Milli und Vanilli.«

Ich grinse und habe erstmals das Gefühl, es könnte tatsächlich möglich sein, mit meinen Fehlern leben zu lernen. Vielleicht werde ich mir selbst nie ganz verzeihen können, aber mit Luckys Unterstützung – wer weiß?

»Wie geht's denn jetzt weiter?«, fragt er, und seine Stimme und sein Gesichtsausdruck sind schon wesentlich heiterer.

»Ich weiß nicht, was du vorhast, aber ich muss mich der Realität stellen.«

»Was meinst du damit, der Realität stellen?«

»Ich muss mit May über ihre Hochzeit und den Junggesellinnenabschied sprechen, an denen ich nicht teilnehmen werde.«

Lucky verzieht das Gesicht. »Ja ... du wirst keine besonders hübsche Brautjungfer sein.«

»Ist es schlimm? Ich habe mich bisher noch nicht getraut, in den Spiegel schauen.«

Sein Lächeln ist schmerzlich. »Sagen wir, du wirst massiv in Make-up investieren müssen.«

»Wie sauer sind sie? Ich meine Jenny und May ...«

Luckys Gesichtsausdruck verändert sich nicht. »Ich bin nicht ganz sicher.«

»Du lügst.«

Er seufzt und betrachtet unsere verschränkten Finger. »Natürlich machen sich alle Sorgen und sind ein bisschen verwirrt, warum du unbedingt Charlies Mutter besuchen musstest.« Er schaut zu mir auf. »Aber ich verstehe das. Ehrlich.«

Vielleicht sollte mir das egal sein, aber für mich macht es einen Unterschied. Er gibt mir das Gefühl, in diesem Wachalbtraum, in dem ich seit Jahren lebe, nicht allein zu sein.

»Danke. Auch wenn du es nicht ernst gemeint hast.«

»Doch, wirklich. Ich meine es ernst. Weißt du, wir beide sind gar nicht so unterschiedlich.«

»Was meinst du damit?«

»Wir schleppen beide einen Haufen Ballast aus der Vergangenheit mit uns herum, wünschen uns eine zweite Chance, die wir nicht kriegen werden. Deshalb werden wir einfach lernen müssen, wie wir trotzdem vorwärtskommen.«

»Aber ich glaube, was du getan hast, ist nicht mal ansatzweise mit dem vergleichbar, was ich auf dem Gewissen habe.«

»Ich glaube, es ist schwer zu sagen, was auf der Schicksalswaage wie schwer wiegt. Ja, du hast Charlie getötet. Aber er hatte es auf dich abgesehen. Wenn er dich an diesem Tag nicht umgebracht hätte, dann einen anderen. Eure Beziehung wurde immer gewalthaltiger, das weißt du. Ja, ich habe meine Schwester nicht erschossen, aber vielleicht waren meine Achtlosigkeit und die Tatsache, dass ich nicht kapiert habe, wie es um sie steht, und nichts dagegen unternommen habe, ganz genauso schlimm.« Er zuckt die Achseln. »Ich habe mir deswegen lange genug Selbstvorwürfe gemacht. Das hast du mir vor Augen geführt. Du hast mir die Wahrheit gezeigt. Ich glaube, du hast dir auch wegen Charlie lange genug Selbstvorwürfe gemacht. Es wird Zeit, dass wir beide versuchen, unsere Selbstvorwürfe hinter uns zu lassen, wo sie hingehören, und nach vorne schauen.«

»Das würde ich wirklich gern.« Ich drücke seine Hand ganz fest, lege meine ganze Verzweiflung in diesen Griff. Obgleich meine Arme und Schultern schmerzen und die Hämatome pochen, lasse ich ihn nicht los. Es ist, als würde ich mich an einen Rettungsring klammern.

»Rutsch mal«, bittet er.

Ich mache ihm so viel Platz auf der schmalen Matratze wie möglich.

Er legt sich neben mich und legt sanft die Hand auf meinen Bauch. »Niemand hat gesagt, das Leben würde leicht sein, aber ich glaube, gemeinsam können wir es friedlicher gestalten.«

»Das glaube ich auch.« Bei diesen Worten habe ich das Gefühl, mich übergeben zu müssen, aber nur, weil die sie begleitenden Gefühle so riesig und mir so fremd sind. Ich habe mich nie dabei wohlgefühlt, von jemandem abzuhängen, und deshalb ist es ein großes Opfer für mich, auch nur den Gedanken zuzulassen, Lucky könne Teil meines Lebens werden und der Entscheidungen, die ich treffe.

»In der Nacht, in der ich betrunken heimgekommen bin, habe ich mich wie ein richtiges Arschloch benommen.«

Mein Mund zittert, als ich gegen erneute Tränen ankämpfe. Es fühlt sich so gut an, ihn das sagen zu hören. Charlie hat sich nie für etwas bei mir entschuldigt.

»Ja.«

»Das hätte ich dir nicht antun dürfen. Es war gedankenlos und grausam.«

»Ja.«

»Du hattest recht, mich danach rauszuschmeißen. Ich musste darüber nachdenken, was ich dir und uns angetan hatte, um entscheiden zu können, wie es meiner Meinung nach zwischen uns weitergehen soll.«

»Bist du denn zu einer Entscheidung gekommen?«

»Ja. Bin ich.« Er streichelt mit dem Daumen meinen Handrücken. »Ich möchte, dass wir zusammen sind. Wie ein richtiges Paar.«

Ich lächle erleichtert und überglücklich – und ein bisschen ängstlich. Das ist eine große Verpflichtung. »Sind dir diese Worte schwergefallen?«

Er küsst meine Finger. »Nein. Obwohl ich es befürchtet hatte. Deshalb habe ich mich in dieser Nacht betrunken. Ich wollte dir all diese Dinge sagen, dir meine Gefühle offenbaren, war aber nicht sicher, ob ich das nüchtern hinkriege. Das war dumm von mir. Du hattest recht, als du gesagt hast, ich müsse stark sein, um dich zu verdienen. Wenn du mich lässt, Toni, kann ich für dich ein starker Mann sein.«

»Du hast mir wirklich wehgetan.« Ich muss meine Tränen unterdrücken. Mein Herz brennt. »Es hat sich angefühlt, als sei ich es nicht wert, etwas so Wichtiges richtig zu machen.«

»Mein Gott, das ist ja furchtbar«, flüstert er mit bebender Stimme. »Es tut mir so leid. Bitte lass mich das wiedergutmachen. Bitte. Ich verspreche, dieses Mal mache ich es richtig. So sehe ich dich nicht mal ansatzweise.«

Der brennende Schmerz in meinem Herzen flaut zu einer beruhigenden Wärme ab. Ich habe ihm jetzt diesen dummen Fehler, den ich genauso gut auch selbst hätte machen können, lange genug vorgeworfen. Außerdem bin ich auch nicht immer der tapferste Mensch der Welt. »Was hast du vor?«

»Lass dich überraschen.«

Ich drücke seine Hand. »Okay. Ich freue mich darauf.«

Er beugt sich vor und küsst mich sanft auf die Wange. »Du wirst es nicht bedauern, mich in dein Leben gelassen zu haben, versprochen.«

»Ich weiß.«

Als er meinen Bauch sanft streichelt, bewegen sich die Babys unter seiner Hand. »Geht jetzt schlafen, Milli und Vanilli. Eure Mama braucht Ruhe.«

Minuten später schließe ich die Augen und dämmre weg. Ich weiß nicht, ob es an den Medikamenten oder an Luckys Anwesenheit liegt, aber in dieser Nacht im Krankenhaus suchen mich keine Albträume von Charlie heim.

Kapitel 39

Alle weiteren Besuche kann ich aufschieben, bis ich zu Hause bin, aber dann möchte ich die persönlichen Begegnungen auch hinter mich bringen. Ich muss ein paar Entschuldigungen loswerden.

Das Gespräch mit Charlies Mutter war eine beknackte Idee. Das ist mir jetzt klar. Leider waren mir in meinem Leben viele Dinge erst in der Rückschau klar. Aber jetzt habe ich Lucky und vertraue darauf, dass wir gemeinsam in der Lage sein werden, bessere Entscheidungen zu treffen. Das ist besonders deswegen gut, weil diese Babys sich aufführen, als wollten sie jeden Augenblick durch meine Bauchdecke brechen, auch wenn der Geburtstermin noch eine ganze Weile hin ist.

Während ich auf der Couch sitze und auf Ozzie warte, sehe ich eine kleine Ausstülpung auf meinem Bauch. Ich drücke mit dem Finger dagegen und frage mich, ob mich Milli oder Vanilli da drinnen spüren können. Ich trommle ein paar Morsezeichen auf die Ferse des Babys. *Ich liebe dich.* Die Vorstellung, wir könnten auf diese Weise kommunizieren, zaubert ein Lächeln auf meine Lippen.

Dann öffnet und schließt sich die Tür, und ich höre Ozzies schwere Schritte im Foyer.

»Ich bin hier.« Mühsam versuche ich, mich von der Couch zu wuchten, gebe aber auf, als mir klar wird, dass das zu anstrengend und zu schmerzhaft sein wird. Mir tut alles weh. Eunice hat mir nach allen Regeln der Kunst in den Arsch getreten. Weil ich unbedingt die Babys beschützen wollte, habe ich eine Risswunde in der Kopfhaut, einen gebrochenen Kiefer, zwei Rippenbrüche und einen gestauchten Wirbel. Mehrere andere Bereiche meines Körpers weisen zahlreiche Hämatome auf, aber zumindest keine Brüche. Ich darf nur Tylenol nehmen, bin damit aber ganz zufrieden. Wenigstens lebe ich noch. Wenn es nach Eunice gegangen wäre, läge ich jetzt unter der Erde.

»He«, sagt Ozzie und tritt ein.

»He.«

Er setzt sich auf einen Stuhl neben der Couch, beugt sich vor, stützt die Ellbogen auf die Knie und verschränkt die Hände vor seinem Körper.

»Möchtest du etwas trinken?«

Er schüttelt den Kopf. »Nein, ich habe keinen Durst. Außerdem bleibe ich nicht lange. Ich weiß, du brauchst Ruhe.«

Ich lehne mich auf der Couch zurück. »Bleib, so lange du willst. Lucky liest mir jeden Wunsch von den Augen ab, ich habe also nicht wirklich irgendetwas zu erledigen. Ich habe den halben Tag geschlafen.«

Ozzie nickt. »Er ist ein guter Kerl.«

Beim bloßen Gedanken an ihn wird meine Stimme ganz sanft. »Ich weiß.«

»Ja?«

Mehr hat Ozzie nicht zu sagen. Ich weiß, was er hören will.

»Ja. Ich weiß, er ist gut für mich, und ich werde auch nicht weiterhin Ärger suchen.« Ich reibe mir die Rippen. »Ach, ich bin zu alt für diese Scheiße.«

Er lächelt traurig. »Ich wünschte, ich könnte das glauben.«

Im verzweifelten Versuch, ihm klarzumachen, dass er mir tatsächlich glauben kann, beuge ich mich vor und ignoriere dabei den Schmerz in meinen Rippen. »Es ist mir ernst, Oz.« Ich lege die Hand auf seine und drücke sie. »Vertrau mir. Ich hatte viel Zeit zum Nachdenken, und ich habe viele blaue Flecken, die mich daran erinnern, wie schlecht ich darin bin, mich zu entscheiden. Außerdem habe ich jetzt Lucky. Wir haben uns lange unterhalten und haben vor, einander zu helfen. Einander zu unterstützen. Uns für unsere Familie und füreinander zu engagieren.«

»Was soll das denn genau heißen?«

Ich zucke die Achseln und komme mir ein bisschen dumm dabei vor, das mit Ozzie zu erörtern, bin aber gleichzeitig froh, es laut zu ihm zu sagen. »Wir haben es noch nicht genau definiert. Ich meine, er hat mir einen Antrag gemacht, aber da war er gerade ein Arschloch, deshalb habe ich gesagt, das kann er vergessen.«

Ozzie lächelt mich schief an. »Hast du nach einer zweiten Chance verlangt?«

Ich erwidere sein Grinsen, denn ich muss an unsere Jugendtage denken. »Ja. Das haben wir beide. Er sagt, er wird mich überraschen, und mir soll's recht sein.«

Ozzie nickt und schaut deutlich hoffnungsvoller. »Das ist gut. Ihr braucht einander. Ich möchte nicht, dass einer von euch das in den Sand setzt.«

Ich schüttle den Kopf. »Werden wir nicht. Es geht jetzt nämlich nicht mehr nur um uns: Wir müssen an die Babys denken. Ich glaube, es hilft uns, Verantwortung für mehr als nur uns beide zu haben.«

Er nickt. »Verstehe.«

Ich schenke ihm ein schwaches Lächeln. »Wie läuft's mit May?«

Sein Blick wirkt nicht besonders glücklich. »Ganz gut, schätze ich. Sie ist ein bisschen sauer auf dich.«

Gequält verziehe ich das Gesicht. »Ich weiß. Mit Recht. Jetzt hat sie nur eine Brautjungfer.«

Er hebt die Brauen. »O nein! Sie hat zwei. May rechnet fest mit deinem Kommen.«

Ich deute auf mein Gesicht. »Hast du das gesehen?«

Er zuckt die Achseln. »Besorg dir besser etwas Make-up. Im Ernst. Wenn du nicht auftauchst, wird sie todunglücklich sein.«

Ich nicke und ergebe mich in mein Schicksal. »Na schön. Ich werde da sein.«

Er seufzt tief, lehnt sich zurück und stützt die Ellbogen auf die Armlehnen seines Stuhls. »Tut mir leid. Ich habe versucht, mit ihr zu reden, aber sie ist irgendwie total daneben. Der Hochzeitswahn hat sie wirklich schlimm erwischt.«

Ich kichere unwillkürlich, als ich mir vorstelle, wie sie Gott und die Welt verrückt macht. Offenbar hat es auch Vorteile, von einer Großmutter mit Doppelkinn in den Arsch getreten zu werden. »Sie ist schwanger. Hab Nachsicht mit ihr.«

»Ich weiß, aber das ist nicht alles. Du bist ihr wirklich wichtig. Sie hatte solche Angst, du könntest sterben. Sie wollte es einfach nicht glauben, als wir ihr versicherten, dass du schon wieder auf den Damm kommst. Ich musste ihr ein Beruhigungsmittel geben.«

Ich lache, aber es liegt nicht viel Humor darin. »Das tut mir so leid. Ich kann mir kaum vorstellen, was du durchmachen musstest.«

Er legt den Kopf in den Nacken, starrt an die Decke und reibt sich den Schädel. »Ich liebe dieses Mädchen so.«

»Ich weiß. Ihr seid füreinander bestimmt. Du kannst dich auf mich verlassen, versprochen. Ich werde zu eurer Hochzeit kommen.«

Ozzie legt den Kopf schief und schaut zu mir auf. »Tut mir leid, dass ich dich neulich auf der Arbeit so angeschnauzt habe. Das hattest du nicht verdient. Ich habe mir nur Sorgen um dich gemacht. Du hast mich an einem schlechten Tag erwischt. Dieser Fall macht den Polizeichef total verrückt, und der Mist rollt bergab und landet dann genau in meinem Schoß.«

»Alles klar. Wirklich. Du musst dich nicht entschuldigen. Das ist komisch.«

Diesmal ist sein Lächeln echt. »Sehen wir uns am Donnerstag?« In Anbetracht meiner Rippenbrüche haben die beiden ihre Hochzeit um einen Tag verschoben. Ein längerer Aufschub wäre mir lieber gewesen, aber das ging aus irgendwelchen Gründen wegen des Floristen nicht.

Er nickt. »Bis Donnerstag.« Er steht auf und schaut Richtung Küche, dann wendet er sich wieder mir zu und legt die rechte Hand mit gespreizten Fingern auf die Brust. »Kann ich dir noch irgendetwas bringen, ehe ich gehe?«

Ich deute auf die Tür, durch die Lucky gerade mit einem Tablett hereinkommt. »Nein. Ich glaube, ich bin gut versorgt.«

»Tee, selbst gebackene Kekse, Toast und Marmelade vom Wochenmarkt«, verkündet Lucky und geht ganz vorsichtig, damit ihm nichts von seinem Silbertablett kippt.

Ich lächle meinen Kerl an. Er zwinkert mir zu und stellt das Essen und die Getränke auf den Tisch.

»Möchtest du auch einen Tee, Mann?«, fragt Lucky Ozzie.

Ozzie steht bereits in der geöffneten Haustür, als er antwortet: »Eine Teeparty? Nein danke. Ich gebe doch nicht meine Männlichkeitskarte ab.«

Als Reaktion nehme ich Luckys Hand, ziehe ihn neben mich auf die Couch und versuche, das schmerzliche Zusammenzucken zu überspielen, das dieser Bewegung folgt. »Hör nicht auf ihn. Du bist so männlich, du hast zwei Männlichkeitskarten im Portemonnaie.«

»Ganz genau, Babe. Schließlich habe ich zwillingszeugendes Supersperma.« Er beugt sich zu mir herüber und küsst mich erst auf die Lippen und dann auf den Bauch, und ich versinke im Glück. Die Eingangstür öffnet und schließt sich, als Ozzie das Haus verlässt.

Kapitel 40

Mays großer Tag ist gekommen. Ich habe eine halbe Flasche Grundierung aufgetragen und bin mit dem Ergebnis ziemlich zufrieden. Meine Wange ist immer noch heftig geschwollen, aber die hässlichen grünblauen Flecken rund um das linke Auge sind fast vollständig abgedeckt. Mein Haar verbirgt die Naht in der Kopfhaut.

Leider hat das Kleid, das ich tragen wollte, praktisch keine Ärmel, aber ich finde ganz hinten im Schrank einen schwarzen Pulli, der leicht genug ist, um ihn bei dem warmen Wetter zu tragen. Ich ziehe ihn an, und er verbirgt die Hämatome an meinen Armen. Eine dunkle Strumpfhose tarnt die Kampfspuren an meinen Beinen ziemlich gut. Als ich vor den Ganzkörperspiegel trete, lächle ich. Ich sehe fast normal aus.

Lucky tritt hinter mich und bindet seine Krawatte.

»Verdammt!« Ich starre sein Spiegelbild an. »Noch viel besser kann ein Mann eigentlich nicht aussehen.«

»Gefalle ich dir?« Er lächelt und streckt die Arme aus. Er hat sich den Bart gestriegelt und zu einem Spitzbart unter dem Kinn gestutzt.

Ich ignoriere den Bart. »Definitiv. Wenn es meinen Rippen wieder besser geht, will ich definitiv Sex.«

Er beugt sich vor und sagt ganz ernst: »Von mir aus auch gleich. Ich könnte sehr sanft sein.«

Lachend stoße ich ihn mit einem Finger weg. »Hau ab! Ich habe gebrochene Rippen.« Es fällt mir noch immer schwer durchzuatmen, aber ich bin so straff bandagiert, dass meine Rippen die erforderliche Stütze erfahren. Die Verbände und mein Tylenol werden mich schon durch die Nacht bringen.

Jetzt muss ich nur noch die Standpauke überstehen, die mir zweifellos von May und Jenny bevorsteht, dann ist alles gut. Ich erwarte nicht, dass Eunice plötzlich vor meiner Tür steht, um mir erneut den Arsch zu versohlen, aus dieser Richtung ist also nichts zu befürchten. Sie hat mich ein paarmal gut erwischt, aber nur, weil ich blauäugig bei ihr eingelaufen bin und mich ihr auf dem Silbertablett präsentiert habe. Das werde ich definitiv nie wieder tun.

Ich habe seither weder Jenny noch May gesehen. Jedes Mal, wenn sie vorbeigekommen sind, habe ich geschlafen, und Lucky ist ein strenger Pfleger. Er würde niemals zulassen, dass mich jemand im Schlaf stört. Wenn sie mit ihm diskutieren wollten, hat er schwere Geschütze aufgefahren, nämlich Milli und Vanilli. Er ist sich nicht zu fein, unsere Kinder als Waffen einzusetzen, aber ich bin ihm dankbar dafür. Ich habe täglich etwa achtzehn Stunden geschlafen und bin ziemlich sicher, dass mein Körper das gebraucht hat.

Jennys Garten steht in voller Blüte. Er sieht aus, als habe jemand einen ganzen Lkw voller zusätzlicher Blumen hier abgeladen. In einer Ecke steht eine Laube, und davor sind Stühle so aufgereiht, dass ein Mittelgang dazwischen entsteht. Viele Plätze sind bereits besetzt, und aus einem Lautsprecher ertönt klassische Musik, was eine angenehme Atmosphäre schafft. Ich stehe im Haus im Essbereich und schaue durch das Fenster in den Garten, als mir jemand auf die Schulter klopft.

»Hey«, sagt Jenny, als ich mich umdrehe. Sie streckt die Arme aus und umarmt mich vorsichtig. »Wie geht es dir?«

Als sie mich aus ihrer Umarmung entlässt, zucke ich die Achseln. »Den Umständen entsprechend. Ich freue mich, hier zu sein.«

Jenny legt den Kopf schief. »Ja?«

Ich nicke. »Definitiv.« Es ist nicht gelogen. Nach meiner unangenehmen Begegnung mit Eunice und ihrem Schlagstock ist mir klar geworden, wie froh ich sein kann, diese Leute in meinem Leben zu haben. Ich muss mit zwei Mädels klarkommen, die gerne quatschen und viel herumalbern. Das ist eindeutig besser, als von einer Frau mit einem Schlagstock totgeprügelt zu werden. Um ehrlich zu sein, fand ich unsere Einkaufstour auch gar nicht so schlimm, und May ist immerhin die andere Hälfte der Schreibbrigade.

Jenny grinst. »Gut. May hatte Angst, sie hätte dich zum Herkommen gezwungen.«

Ich lache. »Na ja, hat sie ja auch irgendwie, aber ich kann das ab.« Ich strecke den Arm aus und zeige ihr meinen Pulli. »Tut mir leid, dass ich den tragen muss, aber ich habe echt hässliche Hämatome.«

Jenny nimmt von der Rückenlehne eines in der Nähe stehenden Stuhles eine schwarze Stola. »Keine Sorge. Ich habe auch etwas mitgebracht. Schließlich wusste ich, dass du dich würdest bedecken müssen.«

Sie legt sie um, zwinkert mir zu und schaut hinter sich, ehe sie sich mir wieder zuwendet. »Möchtest du jetzt raufgehen und dir May anschauen?«

»Gern, aber Treppen sind echt ein Problem für mich. Ich spüre jede einzelne Stufe in den Rippen.«

»Oh, richtig. Das hatte ich vergessen. Ich gehe sie holen.« Sie eilt davon, ihre hohen Absätze klackern auf dem Küchenboden und dann im Flur.

Ich stehe weitere fünf Minuten am Fenster und werde mit jeder Sekunde nervöser. Vielleicht will May ja nicht zu mir herunterkommen. Vielleicht ist sie noch sauer. Ich könnte ihr keinen Vorwurf daraus machen. Schließlich ist es mir gelungen, den schönsten Tag ihres Lebens praktisch im Alleingang zu ruinieren. Der alten Toni wäre das möglicherweise egal gewesen, aber die Toni, die ich heute bin, macht sich deswegen große Vorwürfe.

Hinter mir ertönt Mays Stimme und reißt mich aus meinem Selbstmitleid. Ich drehe mich um, um sie zu begrüßen. Es ist albern, aber als ich sie in ihrem hübschen weißen Kleid sehe, steigen mir Tränen in die Augen.

Ich kann nicht glauben, dass ich es ihr und Ozzie bisher so schwer gemacht habe. Sie sind wirklich füreinander geschaffen. Ihre Albernheit bildet einen so großartigen Kontrast zu seiner Ernsthaftigkeit. Sie hilft ihm, sich zu entspannen, bringt Humor und Leichtigkeit in sein Leben. Genau wie Lucky in meins.

»Es tut mir wirklich leid, dass ich alles versaut habe«, beginne ich. »Das war scheiße von mir.«

May schweigt. Ein Stück von mir entfernt bleibt sie stehen und streckt die Hände aus.

»Du siehst wirklich wunderschön aus.« Ich deute auf das Kleid. »Es ist perfekt. Einfach perfekt. Wie aus einer dieser Zeitschriften, die du immer liest.«

May schaut an sich herunter und lächelt mich dann fröhlich an. »Danke.«

Ich seufze genervt. Ich bin nicht wütend auf sie, sondern über mich selbst. »Im Ernst. Es tut mir furchtbar leid. Dieser Tag sollte für dich voller Lächeln und Glück sein, aber stattdessen musstest du dir Sorgen machen, weil sich deine Brautjungfer zusammenschlagen ließ und alles ruiniert hat. Wenn ich gehen soll, dann sag es einfach. Es wäre dein gutes Recht.«

May sieht lange zu Boden, und ich wende mich beinahe zum Gehen, doch dann hebt sie den Blick und schaut mich mit Augen an, in denen ungeweinte Tränen schimmern. »Ich möchte nicht, dass du gehst. Aber du musst verstehen, dass du mir wichtig bist und ich nicht möchte, dass du je wieder etwas tust, was dich oder deine Babys in Gefahr bringt. Das ist für mich sehr stressig, und für Ozzie genauso, und ich mag es nicht, wenn sich Ozzie zu sehr stresst.«

»Ich verstehe. Das mag ich auch nicht. Genauso, wie ich es nicht mag, wenn du mich nicht anlächelst. Mir dreht es tatsächlich jedes Mal den Magen um, wenn du die Wahrheit wissen willst.«

Der Anflug eines Lächelns schleicht sich auf ihr Gesicht. »Hast du nicht gesagt, ich sei überdreht? Ich würde zu viel lächeln?«

»Ignorier mich einfach, wenn ich so etwas sage. Ich habe diese mürrische Grundhaltung, in die ich immer wieder verfalle, aber so möchte ich eigentlich gar nicht sein. Nicht mehr.«

Sie nickt. »Lucky hat einen guten Einfluss auf dich.«

»Ja. Ich liebe ihn.«

Der Blick, mit dem sie mich bedenkt, ist beinahe ein Funkeln. »Weiß er das?«

»Ja. Wahrscheinlich.«

»Hast du es ihm gesagt?«

In meinem Kleid winde ich mich unter ihrem prüfenden Blick. »Nicht wirklich.«

»Was heißt das, nicht wirklich?«

Ich muss ihr antworten, so unangenehm mir dieses Gespräch auch ist. Sie war mir bisher eine gute Freundin, und Freundinnen tun das. Sie reden miteinander über Mist, bei dem Leute wie ich am liebsten vor Verwirrung in Tränen ausbrechen würden.

Mein Gesicht ist flammend rot. »Das heißt, dass ich es soeben zum ersten Mal laut gesagt habe.«

»Warum?« Sie kommt einen Schritt auf mich zu, und ihre Stimme ist voller Mitleid oder vielleicht Traurigkeit.

Ich zucke die Achseln. »Vielleicht habe ich es mir nie gestattet. Ich weiß nicht. Vielleicht, weil es sich nicht richtig angefühlt hat, mich in jemand so Guten zu verlieben.« Ich muss auf den Boden starren, statt sie anzusehen, sonst breche ich gleich in Tränen aus.

Ihr Lächeln wird breiter. »Du solltest ihm das sagen. Hier, auf meiner Hochzeit. Jetzt.«

Es ist überraschend einfach, als Reaktion auf ihre plötzliche Begeisterung für diese Idee, die für mich nur in der ultimativen Peinlichkeit enden kann, meine Gefühlsachterbahn in den Griff zu kriegen. Wie ich May kenne, erwartet sie, dass ich Lucky meine Liebe unter Verwendung eines Megafons oder etwas ähnlich Großem, Lautem und Unüberhörbarem gestehe, und zwar so, dass es der gesamte Garten mitbekommt.

»Klar, kann ich machen. Aber vielleicht später«, sage ich. »Im Augenblick müssen wir uns auf dich und Ozzie konzentrieren.«

Sie klatscht unwillkürlich zweimal in die Hände. »Ich weiß – ist das nicht toll?« May beugt sich zu mir vor und senkt die Stimme. »Ich habe so eine großartige Überraschung für ihn. Einer meiner guten Freunde, ein großartiger Fotograf, ist hier, um Bilder zu machen, und ich habe für unsere Hochzeitsreise eine Kreuzfahrt gebucht. Er hat von beidem keine Ahnung!«

»Da wird er definitiv überrascht sein.« Ich lache insgeheim über seinen Gesichtsausdruck, den ich mir lebhaft vorstellen kann. Ozzie hasst Kreuzfahrten.

Aber hey, was weiß ich schon? Vielleicht wird May seine Meinung auch in dieser Hinsicht verändern, wie sie es im Bezug auf eine Menge anderer Dinge schon getan hat. Vielleicht findet er es ja am Ende großartig. Wahrscheinlich wird er nicht einmal merken, dass er auf See ist, weil er die ganze Zeit damit beschäftigt ist, May anzustarren. In einem Badeanzug wird sie mit ihrem Babybauch entzückend aussehen. Man sieht ihn schon ein bisschen, aber ich habe Angst, ihr das zu sagen, denn ich fürchte, das wird sie bei ihrer Hochzeit nicht hören wollen.

»Es ist fast Zeit«, sage ich. »Bist du so weit?«

Sie greift hinter sich und entnimmt einer großen weißen Schachtel auf dem Tisch ein Blumensträußchen. »Das ist deiner.«

Ich nehme ihn, betrachte ihn von allen Seiten und bewundere die Farbenpracht. »Der ist wunderschön. Wie sieht denn dein Strauß aus?«

Sie nimmt eine größere Version dessen, den ich in der Hand halte, aus der Schachtel. »Es ist der hier. Jenny hat mir aussuchen geholfen.«

»Prachtvoll. Das hat Jenny wirklich gut gemacht.«

May nickt und wischt sich eine Träne aus dem Auge. »Ja. Sie ist die beste Schwester der Welt.« Sie legt mir die Hand auf den Arm und drückt ihn leicht. »Du bist jetzt meine zweite Schwester. Ich weiß, du bist verrückt, ungestüm und manchmal tollkühn, aber ich liebe dich trotzdem.«

Vor lauter Tränen bekomme ich kaum ein Wort heraus. »Ich dich auch, May.« Eigentlich habe ich damit gerechnet, dass mir dieses Eingeständnis Schmerz bereiten würde, denn das bin ich von Liebe gewohnt, aber dem ist nicht so. Ich fühle mich … erleichtert.

Sie umarmt und drückt mich, bis ich vor Schmerz aufkeuche, aber als sie mich loslassen will, lasse ich es nicht zu. »Ich bin so froh, dass du jetzt zum Team gehörst«, gestehe ich ihr.

»Ich auch«, sagt sie. »Jetzt hör auf zu heulen, bevor du mein Make-up ruinierst.«

Sie lässt mich los, und ich versuche lächelnd, mir die Tränen zu trocknen. »Mein Make-up hat es bestimmt härter getroffen, vertrau mir.«

Ihr vergeht das Lächeln. Sie deutet auf mein Gesicht. »O mein Gott! Das musst du in Ordnung bringen. Auf der Stelle!«

»Wo ist Jenny?«, frage ich, während ich ihr endloses Kleid umrunde und versuche, nicht über die Schleppe zu stolpern. Das Ding scheint anderthalb Kilometer lang zu sein.

»Im Wohnzimmer. Geh zu ihr rüber, sie soll sofort dein Make-up richten. Meine Hochzeit geht gleich los, und keine meiner Brautjungfern soll aussehen, als sei sie mit dem Gesicht voran in einen Bus gelaufen.«

So schnell ich mit meinen angeknacksten Rippen kann, gehe ich ins Wohnzimmer und präsentiere Jenny die Katastrophe. Sie verschwendet keine Zeit, sondern bringt es in Ordnung. Nachdem sie einen letzten Hauch Puder auf meine Wange gepinselt hat, beugt sie sich vor und schaut mir in die Augen. »So, fertig. Bereit?«

Ich nicke. »Bereit.«

Kapitel 41

Die Musik spielt, und ich warte mit Jenny am Ende des Mittelgangs. Als der Hochzeitsmarsch ertönt, bringt Jenny die vier Kinder in Position. May zufolge müssen die Ringträger und die Blumenmädchen am Ende der Hochzeitsprozession gehen, aber weder sie noch ihre Schwester haben den vieren zugetraut, ihre Aufgaben ohne die entsprechende Aufsicht korrekt zu erfüllen; deshalb lassen wir sie vorgehen.

Sammy schiebt Jacobs Rollstuhl den Mittelgang entlang, Jacob hat ein Kissen in den Händen, an dem die Ringe befestigt sind. Beide Jungs schauen ernst und konzentrieren sich auf ihre sehr wichtige Aufgabe. Jenny strahlt.

Dann kommen die Mädchen, die begeistert Blütenblätter in alle Richtungen streuen, nicht nur in den Mittelgang, sondern auch auf zahlreiche zu dicht daran sitzende Gäste. Ich halte mir meinen Strauß vors Gesicht, um mein Lächeln zu verbergen. Lucky und Ozzie schauen auf ihre gefalteten Hände und unterdrücken das Lachen. Es sieht aus, als gingen hier Blumenbomben hoch, und die Gäste würden vom Schrapnell getroffen.

Dann kommt Jenny. Sie folgt den Kindern ruhigen Schritts und hält von Zeit zu Zeit inne, um die Köpfe und Schultern von Gästen von Blütenblättern zu befreien. Ich halte das für eine gute Idee, denn May würde wahrscheinlich in Panik geraten, weil ihre Nichten Gäste mit ihren Blütenblättern attackiert haben. Die kleinen Mädchen streiten sich gerade um ihre Körbe. Die Ältere scheint den Sieg davonzutragen. Jenny erreicht den Klappaltar unter der blumengeschmückten Hochzeitspergola gerade noch rechtzeitig, um als Schiedsrichterin einzugreifen.

Ich werfe einen Blick über die Schulter zur Hintertür des Hauses und erwarte, May hinter mir in den Garten treten zu sehen, da fällt mir etwas Seltsames ins Auge. Ein Hochzeitsgast, der beim Cateringpersonal neben der Seitentreppe steht, tritt aus der Gruppe heraus genau in mein Blickfeld. Ich sollte ihn nicht kennen, weil er definitiv weder ein Polizist noch ein Familienmitglied ist, doch er kommt mir vertraut vor.

Das Herz schlägt mir bis zum Hals, als ich mir den Typen genauer ansehe und mein Blick auf die Narbe auf seiner Wange fällt. *Heilige Scheiße, das ist Marc Doucet!* Während ich nach links und rechts schaue, überschlagen sich meine Gedanken. *Warum ist er hier?* Niemand hat ihn eingeladen, das ist mal ganz sicher. *Wird er von Mitgliedern seiner Bande begleitet?*

Ich schaue mich gründlich um, lasse den Blick so lässig wie möglich schweifen, aber es scheint alles in Ordnung zu sein, auch wenn ich ihm durchaus zutrauen würde, seine Wut über die Zerschlagung seiner Organisation an diesem Hochzeitsfest auszulassen.

Ich habe keine Zeit, an die Risiken und Gefahren zu denken, denen ich mich aussetze. Um diese Situation muss ich mich kümmern, bevor uns hier alles um die Ohren fliegt.

»Ich schaue mal kurz nach der Braut«, sage ich laut und gehe ins Haus, so schnell ich kann. Natürlich entsteht Unruhe, weil ich nicht wie erwartet den Mittelgang entlangschreite, aber ich hoffe, jeder wird das darauf schieben, dass das Brautmonster Hilfe von einer Brautjungfer braucht.

Sobald ich die Schwelle überquert habe, werfe ich meinen Strauß weg und eile zu Thibault und May.

Sie mustert mich stirnrunzelnd. »Warum schmeißt du denn deine Blumen einfach so auf den Boden? Davon gehen doch die Blüten kaputt …«

»Pst, dafür haben wir keine Zeit.« Ich drehe mich zu Thibault um. »Doucet ist hier.«

Er schaut mich an, als hätte ich endgültig den Verstand verloren. »Was?«

Ich deute auf den Garten, und mit jeder verstreichenden Sekunde wächst meine Verzweiflung. »Er ist hier!«, flüstere ich, so laut ich kann. »Er ist da draußen. Bei den Caterern, in einem Anzug.«

»Nein, ist er nicht«, sagt May. »Ich habe ihn natürlich nicht eingeladen. Das war damals nur ein Witz.« Sie hält inne und beißt sich auf die Lippe. Dann verändert sich ihr Gesichtsausdruck drastisch, wird sorgenvoll. »Aber möglicherweise habe ich ihn einmal versehentlich angerufen.« Sie verzieht das Gesicht, als Thibault und ich ihr unsere volle Aufmerksamkeit zuwenden.

»Wie bitte?«, fragt er gefährlich leise.

Sie seufzt und senkt die Stimme zu einem theatralischen Flüstern. »Tut mir leid. Ich dachte, das ist egal, und da habe ich einfach wieder aufgelegt und die Sache vergessen.« Sie schaut über die Schulter Richtung Garten. »Bist du sicher? Vielleicht ist es auch nur jemand, der ihm ähnlich sieht.«

Ich packe ihre Hand und schüttle sie, sodass sich ein paar Blütenblätter aus ihrem Strauß lösen und zu Boden fallen. »May, hör mir zu! Er ist hier, und zwar sicher nicht nur, um später bei der Feier den Brautstrauß zu fangen.«

Thibault packt mich am Handgelenk und zieht mich zum Fenster. »Zeig ihn mir!«

Ich deute durch die Glasscheibe und lege die freie Hand auf meine schmerzenden Rippen. »Da. Schwarzer Anzug. Rote

Krawatte.« Dankenswerterweise gilt Doucets Aufmerksamkeit den Hochzeitsgästen, nicht dem Haus.

Ich schaue Thibault an und sehe, dass auch er ihn wiedererkennt. »Wer ist sonst noch hier?«, fragt er.

Ich schüttle den Kopf. »Jeder könnte zu ihm gehören. Vielleicht jemand von den Caterern? Keine Ahnung. Aber er ist der Einzige, den ich von unseren Überwachungsfotos und -videos wiedererkenne. Er könnte allein arbeiten. Die meisten seiner Jungs sitzen im Augenblick im Knast.«

»Auf wen hat er es abgesehen?«, fragt Thibault. Vielleicht hat er nur laut gedacht, aber ich antworte trotzdem.

»Auf May. Es muss May sein. Vielleicht auch der Polizeichef.«

Unser beider Blicke wandern zu dem grauhaarigen Mann in der ersten Reihe. Wie ich Marc kenne, hätte er in seiner Rachsucht auch kein Problem damit, die fünf Leute umzulegen, die neben dem Polizeichef sitzen.

Thibaults Gesichtsausdruck wird hart. »Wir müssen ihn ausschalten.«

»Ja, sehe ich auch so. Wie?«

Thibault schaut mich an, die Muskeln an seinem Kiefer zucken. »Lust auf ein bisschen Schauspielerei?«

Ich grinse, froh darüber, dass er mich in die Aktion einbinden will, mit der wir diesem Dreck ein Ende setzen. »Und wie.«

»Was habt ihr vor?«, fragt May und tritt zu uns. Ihre Stimme bebt. »Ist er wirklich hier?«

Ich nicke.

»Woher weiß er von meiner Hochzeit? Woher kennt er Jennys Adresse?«

Meine Gedanken rasen. May hat mich schon mehrfach aus Versehen angerufen und mir sinnlose Aufzeichnungen von über zehnminütigem Gespräch im Hintergrund hinterlassen. »Vielleicht hast du ihm etwas auf der Mailbox hinterlassen, als du ihn versehentlich angerufen hast. Du redest ja seit Wochen von nichts anderem als von deiner Hochzeit. Allein mich hast du gestern acht Mal deswegen angerufen.«

Thibault unterbricht mich: »Das ist jetzt egal. Darum kümmern wir uns später. Jetzt müssen wir erst einmal die Situation klären, ohne das Leben der Gäste aufs Spiel zu setzen.« Thibault zückt sein Handy und schreibt eine SMS an das Team.

Wir beobachten durchs Fenster, wie niemand sie zur Kenntnis nimmt.

»Schick sie immer wieder, bis sie reagieren«, sage ich.

Thibault schickt die SMS fünf weitere Male, dann hat endlich das gesamte Team sie gesehen. Sie heben die Köpfe und nicken in unsere Richtung.

Bereit.

»Ich muss da raus«, sage ich. »Die Gäste werden unruhig. Wenn wir noch länger warten, wird Marc nervös.«

Thibault nickt. »Du hast recht. Also, wie lautet der Plan?«

Ich sehe ihn so klar vor Augen, als liefe in meinem Kopf ein Film ab. Soweit ich sehe, gibt es nur einen Weg, Marc auszuschalten und Kollateralschaden zu vermeiden. Außerdem hoffe ich, dass auf diese Weise die Hochzeit trotzdem stattfinden kann und ich dieses Kleid kein zweites Mal tragen muss.

Ich sage rasch: »Wir tun Folgendes …«

Kapitel 42

Ich warte, bis Thibault eine weitere SMS an das Team geschickt hat, dann gehe ich hinüber zur Tür und hebe unterwegs meine Blumen auf. Im Versuch, sie wieder einigermaßen zu arrangieren, zupfe ich ein paar heraus, die schon zu welk sind.

»Was soll ich tun?«, fragt May und haucht mir dabei heftig von hinten in den Nacken.

Ich drehe mich um und deute auf Jennys Diele. »Hol deine Waffe, versteck sie in deinen Blumen und schieß ihm in den Arsch, wenn er dir zu nahe kommt.«

»Meine Waffe? Die habe ich auf der Arbeit gelassen!« Sie schaut sich verzweifelt um. »Was soll ich denn nur ohne Waffe machen?«

Ich deute auf meine Tasche. »Da drin ist mein Taser. Nimm ihn dir. Er ist voll aufgeladen.« Nicht, dass ein Taser ihr an dieser Stelle weiterhelfen würde, aber sie muss jetzt ruhig bleiben und darf nicht durchdrehen. Bewaffnet zu sein wird ihr Sicherheit verleihen.

Sie rennt hinüber, um sich den Taser zu holen, verheddert sich dabei in ihrem Schleier, und ich muss mich auf der Schwelle stehend zusammenreißen. Ich kann mich jetzt nicht um sie kümmern. Wichtig sind jetzt der Plan und dass ich meine Rolle darin richtig spiele. Ich atme tief durch und streiche mein Kleid über dem Babybauch glatt. *Vorbereiten und ausführen. Kommt schon, Milli und Vanilli. Jetzt hängt es an uns.*

»Du schaffst das«, sagt Thibault und küsst mich auf die Wange.

»Klar doch.«

»Lass dir nicht wehtun«, knurrt er.

»Ich tue mein Bestes.«

Dann trete ich hinaus in die Sonne und gehe vorgeblich völlig sorglos den Mittelgang entlang.

Die Sonne scheint wunderbar, dringt warm zwischen dem Laubwerk einer großen Eiche hindurch, in deren Schatten die meisten Gäste sitzen. Der Duft von Rosen weht auf einem lauen Lüftchen an mir vorüber, das Härchen von meiner verschwitzten Stirn löst. Alle Bewegungen scheinen wie in Zeitlupe stattzufinden, als ich zu den Klängen des Hochzeitsmarsches den Mittelgang entlanggehe.

Der Mann, den ich mehr liebe als alles andere auf der Welt, ist dort vor mir, er steht mit Dev und Ozzie am Ende des Gangs. Ich wünschte, ich könnte ihm irgendwie mitteilen, was ich gerade empfinde, aber das geht nicht. Ich habe nur ein Kleid, eine Handvoll Blumen und einen ziemlich beschissenen Plan. *Gott helfe mir.*

Gäste auf mit Schleifen verzierten weißen Klappstühlen säumen zu beiden Seiten den Mittelgang, der mit einem rosafarbenen Band abgetrennt ist. Das Personal der Cateringfirma und mindestens ein Mörder stehen als Gruppe neben einigen Büschen am Rand von Jennys Garten.

Alle meine Teamkameraden sind hellwach und auf alles vorbereitet. Thibault geht so schnell und leise wie möglich von der Vordertür zu dem kleinen Garten neben Jennys Haus, er hält auf einen Punkt direkt hinter Marc Doucet zu. Seine Aufgabe ist es, den Verbrecher auszuschalten, während der Rest unseres Teams die Gäste beschützt und die Augen nach Komplizen offen hält, die sich möglicherweise in die Feier eingeschlichen haben.

Hände liegen entspannt auf Waffen in Holstern unter Jacketts. Jede auffällige Bewegung unsererseits könnte dazu führen, dass die Bösen abdrücken, was wir unter allen Umständen vermeiden müssen. Wir wissen, wie diese Gangster arbeiten. Solange wir sie in dem Glauben lassen können, alles laufe noch nach Plan, haben wir eine Chance, sie aufzuhalten, ehe sie handeln.

Auf halbem Weg den Mittelgang hinunter bleibe ich stehen und lege die Hand auf den Bauch. »Oh!«, rufe ich übertrieben laut und versuche, überrascht auszusehen.

Mehrere Gäste schauen mich an und runzeln verwirrt die Stirn.

Ich lasse meinen mitgenommenen Strauß fallen, klammere mit beiden Händen meinen Bauch und stelle mich entspannt hin, soweit das in diesem blöden Kleid möglich ist. »O mein Gott! Ich glaube, die Wehen haben eingesetzt.«

Die Leute, die mir am nächsten sitzen, erheben sich.

Ich strecke die Hand aus. »Nein, bleiben Sie sitzen, bleiben Sie sitzen, bleiben Sie sitzen, ich komme schon klar.« Als der Mann neben mir mir die Hand hinstreckt, funkle ich ihn an und knurre: *»Sitzen bleiben, habe ich gesagt!«*

Seine Frau zerrt an ihm, und er setzt sich zögernd wieder.

Ich versuche, trotz meiner schmerzenden Rippen zu grinsen, und flüstere: »Tut mir leid. Ich spiele nur eine Rolle.« Dann gehe ich einen weiteren Schritt, nur um erneut stehen zu bleiben, mich wieder zu krümmen und zu keuchen. So laut ich kann, ohne dass es auffällt, sage ich: »Au! Was zur Hölle …! Ich glaube wirklich, ich habe Wehen.«

Hoffentlich weiß Marc Doucet nicht allzu viel über Schwangerschaften, denn ich sehe nicht aus wie jemand im neunten Monat. Ich werfe einen Blick in seine Richtung und sehe ihn mit ausdruckslosem Gesicht dastehen. Mit ernster, eiskalter Mine greift er langsam in sein Jackett. Die Zeit scheint stehen zu bleiben.

Thibault ist noch zu weit weg. Er hat gerade erst das Tor erreicht, das den seitlichen Garten von dem großen hinter dem Haus trennt. Ich sehe ihn durch den Maschendraht. Er wird es niemals rechtzeitig schaffen.

Ich krümme mich wieder und brülle noch lauter: »O Mann! Das war eine heftige! Vorsicht!«

Lucky kommt einen Schritt auf mich zu.

Ich strecke die Hand aus, um ihn aufzuhalten. Er muss aus der Schusslinie bleiben. Ich kann nicht zulassen, dass er verletzt wird.

Marc zieht langsam die Hand wieder aus dem Jackett. Ich sehe, dass sie den Griff einer Schusswaffe umklammert.

»Oh, hey, Marc!«, ertönt eine hohe Stimme hinter mir. »Du bist gekommen. O mein Gott, du bist ja total verrückt!«

Was zum …?

Mit offenem Mund drehe ich mich um und sehe May aus dem Haus eilen, die Schleppe über einem Arm, den Strauß in der anderen Hand. »Woher hast du denn die Adresse? Ich habe ganz vergessen, dich anzurufen.«

Alle … und damit meine ich wirklich alle … Festgäste starren sie einfach nur an. Selbst Marc. Ich stehe da wie angewurzelt, aber selbst wenn ich mich bewegen könnte, diesen entgleisenden Zug könnte ich nicht aufhalten. Thibault ist noch immer zu weit weg, um einzugreifen, und Ozzie hat keine Flügel. May ist jetzt auf sich gestellt.

Sie bleibt in etwa drei Metern Entfernung stehen, als er seine Pistole vollends zieht. Dann legt sie den Kopf schief. »Was tust du denn da, Marc – versuchst du, meine Hochzeit zu sprengen?«

Dann geschieht alles gleichzeitig, als säße ich im Kino und sähe einen Film: Thibault zieht seine Waffe aus dem Holster und reißt das Tor auf.

Ozzie rennt auf May zu.

Lucky kommt auf mich zugeeilt, die Hände ausgestreckt, denn er hofft, sich zwischen mich und alles werfen zu können, was mich erreichen will.

Marc legt den Finger an den Abzug seiner Waffe und richtet sie auf jemanden, der inmitten der Gäste sitzt.

May hebt ihren Strauß und brüllt Marc an: »Ich habe es mir anders überlegt. Scheiß auf die urbane Hochzeit!«

Die zwei Spitzen des in ihrem Strauß verborgenen Tasers schießen zwischen den Blumen hervor und bohren sich in Marcs Brust. Der Lauf seiner Waffe ruckt nach oben, dann fällt sie ihm aus der erschlafften Hand, als sein Körper mehrfach zuckt, ehe er rückwärts zu Boden fällt.

May geht auf ihn zu und drückt mit jedem Schritt erneut ab, jagt Stromstöße durch seinen Körper. »Nimm das, du widerlicher, ekelhafter Hochzeitscrasher!«

Kapitel 43

May tritt an Thibaults Arm durch die Gartentür. Ich stehe mit Jenny und den Kindern seitlich neben der Hochzeitspergola, uns gegenüber Mays Zukünftiger und seine beiden Trauzeugen, Dev und Lucky. Lucky zwinkert mir zu, und ich erröte. Ich habe keinen Strauß mehr, May auch nicht, aber wir brauchen sie auch nicht, weil wir krasse Frauen sind und unsere eigenen Regeln schreiben.

May hat nie zuvor so hübsch ausgesehen. Ihre Schwester hat ihr Haar und ihr Make-up gerichtet, weil zu viele Tränen beides ruiniert hatten, und das Kleid sitzt perfekt, es ist gleichzeitig elegant und irgendwie süß, ganz wie die Frau, die es trägt. May Elektrogirl Wexler – wie sie sich in der letzten Stunde selbst genannt hat – ist jetzt, wo der Mann, über den sich die Braut so echauffiert hat, festgenommen wurde und sie sich zwei Tassen Kamillentee einverleibt hat, endlich bereit, zum Altar zu schreiten.

Ozzie sieht aus wie ein sanfter Riese, wie er da unter der über und über mit Blumen geschmückten Hochzeitspergola steht. Er wirkt nicht nervös, aber ich kenne ihn ziemlich gut. Unter seiner stählernen Brust schlägt ein Herz, das alles empfindet, jede Emotion seiner Mitmenschen auffängt und es trotzdem irgendwie schafft, weit offen und zugänglich zu bleiben für die, die er liebt. Es hat in seinem Leben viele Frauen gegeben, aber nur eine ist geblieben. May. Anfangs war ich nicht sicher, was ich von ihr halten sollte, aber jetzt ist mir klar: Sie ist die Richtige für Ozzie. Die einzig Richtige. Welche Frau hätte sonst die Eier gehabt, mitten auf ihrer eigenen Hochzeit einen Mörder auszuschalten, indem sie ihn mit einem Taser ins Reich der Träume schickt? Nur May. Sie ist definitiv ein Unikum. Ozzie verdient auch nichts Geringeres.

Ich schaue wieder Lucky an. Er ist definitiv der Richtige für mich. Früher habe ich mir vorgemacht, das sei Charlie, aber damit lag ich total daneben. Fast hätte ich mich selbst davon überzeugt – geblendet von seiner Attitüde, von seiner Aura der Gefahr, nach der ich mich so verzehrte. Ich versuchte, meiner Vergangenheit, den Problemen meiner Jugend zu entkommen, aber sie waren immer direkt neben mir, quasi auf dem Beifahrersitz. Charlie war das Letzte, was ich gebraucht hätte, aber das erkannte ich damals nicht. Wie Lucky gesagt hatte, ich war das Mädchen, das sich immer selbst die Schuld für das gab, was ihm andere antaten. Ich hatte gar keine Chance, mich für eine gesunde Beziehung zu entscheiden. Deshalb habe ich wahrscheinlich auch nie bemerkt, dass Lucky in mich verknallt war. Aber dieses Mädchen bin ich nicht mehr. Kommt gar nicht infrage.

May erreicht die Hochzeitspergola, und Thibault übergibt sie an Ozzie und tritt an die Seite seines Freundes, um seine Rolle als Trauzeuge einzunehmen. Er spielt heute eine Doppelrolle. Dann kommen die Ehegelöbnisse, aber ich höre kein Wort davon. Ich bin zu sehr damit beschäftigt, meinen Freund anzustarren. Er erwidert lächelnd meinen Blick. Mit diesem albernen Bart sieht er nur noch sexier aus. Erst hat er mir nicht gefallen, aber ich habe mich daran gewöhnt. Wahrscheinlich könnte er sich den Kopf rasieren, und ich würde ihn trotzdem sexy finden. Ich glaube, Liebe macht einen blind und öffnet einem dadurch die Augen.

May und Ozzie tauschen die Ringe, dann küsst sich das glückliche Paar und besiegelt damit seine Ehe. Ich falle in den Jubel der anderen ein, trotz meiner schmerzenden Rippen. Aber innerlich bin ich schmerzfrei, feiere ihre Liebe mit ihnen. Ich könnte mich nicht mehr für meinen Boss und meine Kollegin – meine Freundin und Teamkameradin in der Schreibbrigade, May Elektrogirl Wexler – freuen.

Das Fest beginnt, sobald wir alle durch den Mittelgang zurückgeschritten sind. Der Caterer öffnet auf dem Büfett auf der anderen Seite des Rasens zwanzig Warmhaltebehälter, und es gibt Champagner. Ich stehe ein Stück abseits, ein Glas frisch gepressten Orangensaft in der Hand.

»Amüsierst du dich?«, fragt Lucky, der neben mir steht und auch Saft trinkt.

»Ja. Aber ich werde langsam müde. Meine Rippen schmerzen ununterbrochen, und ich habe Kopfweh.«

»Soll ich dich reinbringen?« Er legt die Hand auf meinen Steiß, bereit, mich über den Rasen zu geleiten.

Ich schüttle den Kopf. »Noch nicht. Ich möchte ihnen noch ein Weilchen beim Tanzen zuschauen.«

Damit meine ich die anderen Mitglieder unseres Teams. Sie benehmen sich total albern. Ich ärgere mich, dass ich auf der Ersatzbank sitze. Viel lieber würde ich jetzt mit ihnen über die Tanzfläche fegen. Sie machen sich total zum Narren, was ich zuvor nie attraktiv fand, aber heute Abend neide ich es ihnen. Ich bin bereit, ganz ich selbst zu sein, ohne einen Gedanken daran zu verschwenden, was andere von mir denken könnten. Das hätte ich schon damals in der Mittelstufe tun sollen, als mich Lucky zum Tanzen aufgefordert hat. Ich habe zehn Jahre gebraucht, um meinen Weg zu finden, und jetzt bin ich zu schwer verletzt, um ihn zu beschreiten. Dankenswerterweise ist das nur ein vorübergehendes Problem. Lucky und ich werden schon bald miteinander tanzen.

»Ich habe nachgedacht«, sagt Lucky, nachdem wir unseren Kollegen noch eine Weile bei einem Swing zugeschaut haben, wie ich ihn noch nie gesehen habe.

»Ach ja? Worüber?«

»Über diesen Rummel hier.« Er macht mit seinem Orangensaftglas eine Geste, die den gesamten Garten einschließt.

»Ziemlich nett, was? Jenny ist gut in kurzfristigen Planungen. Die Wexler-Mädels lassen sich den Tag nicht einmal von einem Möchtegernmörder verderben.«

»Ja.« Er hält inne, dann fährt er fort: »Vielleicht sollten wir *unsere* Hochzeit lieber selbst planen.«

Mein Herz stolpert ein bisschen, als mir klar wird, worauf er hinauswill. »Vielleicht. Aber du müsstest erst mal um meine Hand anhalten. Wer weiß, ob ich Ja sage …«

Er kichert. »Du wirst mir das nicht leicht machen, oder?«

Ich zucke die Achseln, ohne den Blick von den Tanzenden zu wenden, obwohl ich nicht mehr wirklich wahrnehme, was sie tun. »Nein.«

»Na schön.« Er legt die Hand auf meinen Arm und dreht mich zu sich um. »Tanz mit mir.« Er hält inne, um unsere Gläser auf einem Beistelltisch in der Nähe zu deponieren, ehe er sich wieder zu mir umdreht und mich in die Arme nimmt.

Wir schauen beide auf meinen Bauch und lachen. »Leichter gesagt als getan«, antworte ich bedauernd. Ich habe das Gefühl, stündlich dicker zu werden.

Er legt die Hände links und rechts an meinen Bauch und beginnt, sich zu wiegen. Ich nehme seinen Rhythmus auf, während ich mich in seinen wunderschönen Augen verliere. Die Geräusche der Party treten in den Hintergrund, und ich höre nur noch ihn.

»Toni, glaubst du, du könntest für den Rest deines Lebens mit einem Typen wie mir glücklich sein?«

Mein Herz fühlt sich an, als wolle es zerspringen. Ich liebe ihn so sehr, aber ich habe Angst zu verderben, was uns verbindet, wenn ich das zugebe. »Du bist doch ohnehin schon die ganze Zeit Teil meines Lebens, oder?«

Er schüttelt den Kopf. »Du musst es schon sagen, Babe. Du kannst nicht immer kneifen, wenn es hart wird.«

Spielerisch boxe ich ihm gegen den Arm. »Nennst du mich einen Feigling?«

Er zieht mich enger an sich, beugt sich vor und küsst mich sanft auf den Mund. »Du gackerst wie ein aufgescheuchtes Huhn …« Lächelnd presst er wieder die Lippen auf meine.

Ich lege die Hand in seinen Nacken und ziehe ihn noch enger heran, um ihn intensiver küssen zu können und ihn so daran zu erinnern, mit wem er sich hier einlässt, doch nach einigen Augenblicken lasse ich ihn los. »Na schön, du möchtest es hören? Ja. Ich könnte für immer mit dir glücklich sein.« Meine eigenen Worte klingen mir in den Ohren. Ich kann nicht glauben, dass ich das gerade zu Lucky gesagt habe … dem Jungen mit dem Luftgewehr, den Hasenzähnen und der Brille, vor dem ich viel zu lange weggelaufen bin.

Er weicht ein Stück zurück, starrt mir in die Augen, und sein schalkhafter Gesichtsausdruck ist verschwunden. »Du hast es getan.«

»Was?« Jetzt komme ich mir albern vor. Ich versuche, mich von ihm zu lösen, aber er hält mich fest.

»Du hast dich mir geöffnet.« Er hat Tränen in den Augen.

Normalerweise würde ich ihm für diesen lächerlichen Spruch eine verpassen, aber dann begreife ich, was das für ihn und mich bedeutet. Für uns. Ich nicke, und wir weinen zusammen. »Ja. Jetzt kennst du mein großes Geheimnis. Unter der rauen Schale bin ich nur ein kleiner Jammerlappen.«

Er umarmt mich sanft. »*Mein* kleiner Jammerlappen. Ich liebe dich so.«

Ich reibe ihm den Rücken, und seine Worte erfüllen mich mit Glück. »Du hast es auch getan.«

Er weicht ein Stück zurück, um mich anschauen zu können. »Was denn?«

»Dich mir geöffnet.«

Er nickt, und wir schauen uns eine Ewigkeit in die Augen. Dann bricht ein Geräusch in unsere kleine Seifenblase ein. Es ist May – mit einem Megafon.

»He! Toni und Lucky! Habt ihr euch jetzt endlich gegenseitig eure Liebe gestanden oder was?«

Ich sehe sie an und schüttle langsam den Kopf, während Ozzie ihr das Megafon abnimmt und ihr einen spielerischen Klaps auf den Hintern verpasst.

»Das wird ihr so was von leidtun«, sage ich und mache mir eine geistige Notiz, nach ihren Flitterwochen Rache zu nehmen.

Lucky legt mir den Arm um die Schultern. »Sie meint es gut. Weißt du, sie hat angeboten, unsere Hochzeit zu planen.«

Ich stütze meinen Kopf in die Hand. »Lieber Gott, verschon mich.« Ich sehe mich schon in einem Kleid, mit dem ich durch keine Tür passe, mit fünfzehn Brautjungfern und einem zehnköpfigen Trupp von Blumenkindern und Ringträgern.

Lucky lacht und umarmt mich liebevoll. »Keine Sorge, Babe. Ich sorge dafür, dass da nichts schiefläuft.«

Kapitel 44

Als meine Wehen einsetzen, ist alles vorbereitet und geplant. Lucky sitzt in einem OP-Kittel samt Mundschutz auf einem Hocker neben meinem Kopf, ein grüner OP-Vorhang verbirgt meinen Bauch vor seinen Blicken. Eines unserer Babys – wir sind nicht sicher, ob es Milli oder Vanilli war – hat sich stur geweigert, sich zu drehen und das warme Zuhause zu verlassen, in dem es sich in den letzten knapp neun Monaten so wohlgefühlt hat, weswegen die Ärztin einen Kaiserschnitt angeordnet hat. Ich zittere vor Nervosität und wohl auch aufgrund der Medikamente, die man mir gespritzt hat.

»Aufgeregt?«, fragt Lucky, und ein Teil seines Bartes, den der Mundschutz nicht verdeckt, kitzelt mich im Gesicht, als er sich vorbeugt.

»Sehr … und ängstlich. Ich will nicht sterben.«

Er sieht mich stirnrunzelnd an. »Du wirst nicht sterben. Mach dich nicht lächerlich.«

»Es wird alles wunderbar laufen«, sagt die Anästhesistin durch ihren Mundschutz. »Ich werde Sie mit Argusaugen bewachen.« Sie beobachtet die Monitore über meinem Kopf, die über Kabel mit meiner Brust, meinen Armen und, wie es mir vorkommt, noch etwa fünf weiteren Punkten meines Körpers verbunden sind.

Ich ignoriere sie und starre lieber den Vater meiner Kinder an. »Heirate mich«, platze ich heraus.

Ich vermute, dass er breit grinst. Allerdings trägt er ja den Mundschutz, sodass ich nur seine Augen sehen kann, doch die versinken praktisch in seinen Wangen.

»Jetzt?«

Ich nicke und umklammere seine Hand. »Ja. Auf der Stelle.«

Er lacht. »Das geht nicht, du kleine Spinnerin. Du bringst gleich zwei Babys auf die Welt.« Er schaut über die linke Schulter hinweg über den Vorhang. »Ich glaube, es geht los.«

Er wendet seine Aufmerksamkeit wieder mir zu. »Aber vergiss es nicht, Babe. Ich verspreche, ich laufe dir nicht weg. Lass uns Milli und Vanilli da rausholen, und dann rufen wir Jenny an. Sie kann alles planen.«

Ich nicke und atme so gleichmäßig wie möglich, um mich zu beruhigen. Jenny kann das. Sie macht immer alles professionell. Wenn sie es sagt, verzichtet May sogar auf große Roben und aufwendige Frisuren.

»Entspannen Sie sich einfach«, sagt die Anästhesistin. »Alles wird gut. Sagen Sie mir, wenn Ihnen schlecht oder schwindelig wird.«

»Bereit?«, fragt der Geburtshelfer. Er linst mich über den Vorhang hinweg an, seine dunkelbraunen Augen schimmern im Licht des Kreißsaals.

Ich nicke. »Ja. So bereit, wie ich nur sein kann.«

»Okay!« Er verschwindet wieder hinter dem Vorhang, und ich spüre irgendwo unten einen Druck. Mein ganzer Körper ist echt warm, aber ich zittere immer noch.

»Das geht ziemlich schnell«, sagt er und versetzt meinem Körper einen kleinen Ruck mit dem, was er da tut. »Es geht los …«

Schwestern kommen angerannt, und ein weiterer Arzt beugt sich über mich. »Baby A kommt …«, verkündet meine Ärztin.

Wir wollten das Geschlecht der Babys nicht im Voraus wissen, also kann ich nur den Namen schreien, den wir für Baby A bisher verwendet haben. »Milli!«, brülle ich.

Ein leiser Babyschrei ertönt, dann höre ich Lachen. »Milli ist ein Junge!«

Mein Baby und ich brechen gleichzeitig in Tränen aus. »Milli ist ein Junge, Lucky, hast du das gehört?«

Auch Lucky weint. Dann steht er auf und schaut über den Vorhang. »O mein Gott, er ist wunderschön.« Lucky sieht wieder mich an, er lacht und weint gleichzeitig.

Der Arzt hält mir den Kleinen hin, damit ich ihn sehen kann. Ich sehe aus dem Augenwinkel einen winzigen roten Körper und ein zerknittertes Gesicht, ehe er wieder verschwindet. Der Arzt reicht ihn einer Schwester, die ihn zu einer Korbwiege trägt. Ich beobachte sie, so gut ich kann, und wünschte, die Anästhesistin würde aus dem Weg gehen. Sie versperrt mir mit ihrem dicken Ärztinnenkopf die Sicht.

»Baby B …« Ein zweites Baby gleitet aus mir und beginnt ebenfalls sofort zu weinen. »Ist ein Mädchen!«

»Vanilli!«, schreien Lucky und ich wie aus einem Mund. Dann lachen und weinen wir gleichzeitig. Unser Leben ist im Augenblick total verrückt.

Man hebt sie über den Vorhang, damit ich sie anschauen kann, ehe sie an eine andere Schwester weitergereicht wird. Sie sieht aus wie eine winzige Preisboxerin, ihre Hände sind zu winzigen Fäustchen geballt, ihr Körper ist mit blutigem Schleim bedeckt, und ihre Augen sind zugeschwollen. Nie war ich stolzer. *Meine kleine Kämpferin!*

Lucky setzt sich und streichelt mit der behandschuhten Hand meine Wange. »Du bist so unsagbar schön, Babe. Du hast das mit den beiden Zwergen ganz wunderbar gemacht.«

»Du kannst mir Honig ums Maul schmieren, so viel du willst, du wirst unsere Tochter nicht Vanilli nennen.«

Er lacht und beugt sich herunter, um mich zu küssen. In diesem Augenblick gibt es nur noch ihn, seine Lippen auf meinen, seine Zunge, den Duft seiner Seife. Ich liebe alles daran.

»Ich liebe dich«, sagt er, als er sich von mir löst.

»Ich liebe dich auch.« Schon wieder fließen die Tränen. So emotional zu sein macht mich langsam fertig.

Er schaut über den Vorhang und zuckt zusammen. »Sie nähen dich wieder zu. Was dagegen, wenn ich mir die Zwerge mal genauer anschauen gehe?«

Ich nicke und möchte mich erst einmal einen Augenblick sammeln, bevor ich sie mir selbst anschaue. Wenn Lucky so nahe bei mir ist, habe ich Konzentrationsschwierigkeiten, weil ich ihn so sehr liebe. »Nein. Mach nur. Ich bin auch gleich da.«

Er küsst mich rasch auf die Stirn, erhebt sich und tritt zu den Schwestern, die zwei Korbwiegen nebeneinandergeschoben haben. Alle machen begeisterte Geräusche, betrachten die Babys und kommentieren staunend ihr Gewicht. Beide wiegen über drei Kilo, was bei Zwillingen etwas Besonderes ist, zumindest haben das meine Bücher behauptet.

Mein Körper ruckelt ein wenig, als die Ärzte mich nähen. Meine Gedanken schweifen ab und wandern zu Charlie. Zum ersten Mal kann ich ihn mir ohne wütenden Gesichtsausdruck vorstellen. Das Gesicht, das ich jetzt vor meinem geistigen Auge sehe, ist das, das ich immer gern mochte. Charlie war nicht immer ein betrunkener Schläger. Manchmal war er auch glücklich, großzügig und voller Lebenslust.

Es tut mir so leid, dass ich dir das weggenommen habe, Charlie. So leid. Seit der Nacht, in der ich dich erschossen habe, versuche ich, mein Leben wieder auf die Reihe zu kriegen. Das ist mir furchtbar schwergefallen, und jetzt weiß ich auch, warum. Ich habe die ganze Zeit die falschen Fragen gestellt. Es geht nicht darum, warum ich es getan habe, wer daran schuld ist oder warum ich es nachträglich nicht mehr ändern kann. Warum passiert überhaupt irgendetwas so, wie es letztlich geschieht? Tausend Handlungen und Entscheidungen von tausend Menschen verbinden sich in einem einzigen Augenblick zu einem Ausgang. Wenn man auch nur eine dieser Variablen verändert, verändert sich auch das Ergebnis. Kontrolle ist nur eine Illusion. Ich bin wirklich nicht sicher, ob es überhaupt eine richtige Frage gibt, aber ich kenne die richtige Antwort. Liebe. Liebe ist mein Daseinsgrund, der Grund, warum ich weiterkämpfe, warum ich die Fehler, die ich gemacht habe, hinter mir lassen und mich auf eine unvollkommene, aber erfüllende Zukunft freuen muss. Wenn ich dich oder mich damals wirklich geliebt hätte, wäre alles anders gelaufen, davon bin ich überzeugt. Fehlende Liebe hat alles zwischen uns zu dunkel, falsch und toxisch gemacht. Charlie, ich verzeihe dir, was du mir und uns angetan hast, und ich verzeihe auch mir, was ich dir und mir angetan habe. Wo auch immer du bist, jetzt geht es dir gut, das weiß ich. Die Unvollkommenheiten unserer menschlichen Wahrnehmung und Egos und all der Dreck belasten dich nicht mehr. Du bist jetzt umgeben von Gottes Liebe, und es erfüllt mich mit großer Freude, dass du diesen Frieden gefunden hast.

Ein Licht erfüllt mich von innen heraus, und ich habe das Gefühl, regelrecht zu erstrahlen. Ich schaue mich um, aber alle anderen verhalten sich ganz normal, als sähen sie es nicht. Meine Babys hören jedoch sofort auf zu weinen. Sie spüren es. Genau wie ich empfinden sie die vollkommene Liebe, die diesen Raum erfüllt. Mit erstauntem Gesicht dreht sich Lucky zu mir um. »Was ist denn jetzt los?«, fragt er lachend. Wortlos forme ich meine Antwort, sodass er sie mir am anderen Ende des Zimmers von den Lippen ablesen kann. *Ich liebe dich.* Sein gesamtes Gesicht erbebt, als er begreift, was ich gerade gesagt habe. Alle Dämme brechen, und er nickt unter Tränen. *Ich liebe dich auch*, antwortet er auf die gleiche Weise. »Jetzt zeig mir endlich unsere Kleinen«, sage ich und versuche, dabei fordernd zu klingen. Alle lachen, und zehn Sekunden später schauen aus den Armen meines zukünftigen Ehemannes zwei winzige Babys auf mich herab, von denen eines aussieht wie ein rosafarbener Burrito, das andere wie ein blauer.

45368798R00223

Printed in Poland
by Amazon Fulfillment
Poland Sp. z o.o., Wrocław